COURONNÉE PAR L'AMOUR

Un Roman Historique Du Quinzième Siecle

DIANA RUBINO

Traduction par
ADRIANA L. BOCCALONI

Chapitre Un

PALAIS DE WESTMINSTER, Londres, Avril, 1471.

Denys Woodville releva ses jupes et sauta sur la porte du palais. La foule ovationna alors que le Roi Edward conduit son armée Yorkiste vers la cour extérieure, fraîche d'autre défaite des Lancastriens. La scène évoquait des sentiments contradictoires alors que le désespoir l'importait sur sa joie. Comment elle désirait donner la bienvenue à la maison à quelqu'un de ses propres soldats.

Monté sur son poulain blanc, le roi saluait aux sujets qui lui adoraient comme si aujourd'hui était tout autre. Trompettes et clairons jouaient un air heureux. Les gentilshommes mirent pied à terre et enlèvent les casques tandis que les familles et les dames que leur aimaient allaient vers eux. Richard, le frère du roi, sauta de sa monture aux bras ouverts de sa petite amie Anne. Le roi conduit le courant des écuyers et palefreniers à l'intérieur du palais pour saluer sa enceinte Reine Elizabeth. Au milieu de tous ces étreinte et bises, Denys est descendue de sa place et restait là seule.

Seulement un gentilhomme resta monté sur son cheval. Il

ne se jeta pas aux bras d'une jeune fille aimante. Au lieu, il arreta son cheval gris directement face à Denys.

«Bonjour, madame!» Son ton, clair et avec confiance, résonna de sa visière de rubans.

Les yeux d'elle collés sur la figure fiére, sa allure royale un portrait de la galanterie. Les rayons de soleil bloquaient tout à l'exception du contour de son casque pointu. Avec un mouvement élégant, il déplaça vers l'arrière sa visière. Le regard d'elle resta sur son visage, sombre avec une barbe de trois jours, une coupure dans son menton son seul défaut physique. Les rayons de soleil rayonnaient dans ses yeux bleu ciel.

«Heureuse de vous revoir, mon monsieur,» elle lui saluait. «Nous sommes tous très fiers de vous.»

Il retira une rose blanche d'une plante grimpante derrière lui, se baissa et le lui donna. Le contraste saisissant entre la rose délicate et l'armure en plaques dures envoya un frémissement à travers d'elle. Elle désirait prendre ses doigts sous ces gantelets. «Pourquoi, merci, mon monsieur.»

Il la regarda avec un désir si intense, elle savait qu'il partageait sa solitude, sa sensation d'être déplacée.

Il avait aussi besoin de quelqu'un de spécial pour le faire rentrer à la maison; elle le savait dans son cœur.

Les fêtards se réunissaient, en les séparant, bien que leurs yeux soient toujours collés. La pression du peuple et les chevaux l'avaient repoussé, seulement son casque et son gantelet étaient encore visibles alors qu'il agitait sa main. Elle agitait aussi sa main vers lui, mais certainement il ne pouvait plus la voir.

«Au revoir, Monsieur...»

Monsieur... qui? Alors qu'il disparait, elle caressait les pétales de la rose et son imagination s'envola.

Elle n'avait jamais eu un petit ami ou une relation amoureuse. Elle aimait son ami de l'enfance Richard, c'était une histoire d'enfance. Ce soldat lui faisait sentir comme une femme pour la première fois dans sa vie.

Elle ouvrit son passage à travers du terrain surpeuplé du palais. I n'y avait pas aucun signe de lui. «Je le trouverai,» elle jura à voix haute.

❦

VALENTINE STARBURY guida sa monture autour du périmètre de la cour extérieure, les fleurs et les mouchoirs piétinés les seuls vestiges de la joyeuse parade. Il regarda sur son épaule mais il ne pu pas la trouver, la seule jeune fille sans coiffure de beffroi. Seulement une élégante bague en perles décorait ses cheveux argentés. Elle était seule quand il entra, sans donner la bienvenue ni prendre dans ses bras aucun soldat spécial, elle semblait si abattue. Mais ils brillèrent comme des bijoux quand il se rapprocha, son propre cœur brisé reflété dans ces yeux. C'était la jeune fille qu'il avait entrevu pendant toutes ces nuits solitaires en France —la jeune fille qu'il savait toujours qu'il trouverait.

Et dans un moment, il l'avait perdu.

Jurant, il secoua la tête désespéré —*tu l'as perdu, idiot, tu ne peux pas même faire ça bien.*

Il ne pouvait pas supporter une autre perte.

❦

SEULE DANS SA CHAMBRE APRÈS LE BANQUET, DENYS caressa la rose parfumé qu'il lui avait donné. Après que sa tante Elizabeth l'avait adoptée, elle chassa passionnément Edward, le futur roi d'Angleterre. Edward perdu sa tête et ils se sont mariés. La jeune mariée n'avait pas besoin d'un enfant, de sorte qu'elle envoya Denys à Yorkshire, bien loin de son chemin.

Le duc et la duchesse de Scarborough, sans enfants, l'élevèrent comme la fille qu'ils n'ont jamais eu. Quand la duchesse est morte, le duc envoya Denys de retour à la cour, de nouveau on la rejeta. Malgré avoir un roi et une reine comme oncle et tante, Denys languissait, une âme perdue. Aujourd'hui, pendant que les amants réunis l'entouraient, elle restait seule, non désirée. Pour ajouter à sa misère, le chevalier de ses rêves apparut, seulement pour disparaître. Donc était sa vie comme exclue.

Sa dame d'honneur entra, fit une révérence, et lui passa un parchemin plié imprimé avec le sceau royal. «Un page livra cela de sa majesté la reine, madame.»

Elle autorisa la femme de chambre à se retirer. «Cela peut attendre.» Probablement une convocation pour une des idiotes soirées musicales de la reine, un prétexte pour que les dames de la cour bavardassent.

Elle poussa le message de son esprit jusqu'à la nuit tandis que la femme de chambre qui l'habillait était debout derrière elle brossant ses cheveux.

«Jane, s'il te plait, passe-moi ce parchemin royal.» Elle pointa la main vers son bureau.

Denys brisa le sceau el le déploya ⁻une convocation, en effet⁻ mais pas pour une frivole soirée musical.

C'était une convocation pour un mariage ⁻le sien. Son cœur donna une secousse dégoûtante.

Son prétendant était Richard, duc de Gloucester, le frère plus jeune du roi, son compagnon d'enfance. La Reine Elizabeth épousait toujours les membres de sa famille avec la crème de la noblesse, et Richard était le célibataire de la catégorie plus haute du royaume.

Loin de son idée d'un mari. Un frère, oui. Un mari ⁻jamais!

Un prude fastidieux, il avait l'intention d'épouser sa petite amie Anne Neville.

Denys et Richard jouaient ensemble quand ils étaient enfants, et reprirent son amitié quand elle retourna à la cour. Ils jouaient au tennis, aux échecs, aux cartes —mais le jeu finissait là. Seulement l'idée de l'embrasser lui faissait frissonner.

Maintenant la reine volait qu'ils se mariassent le Jour de Noël.

Bouillonnant de fureur, elle avança vers le foyer et jeta le parchemin aux flammes. Elles le léchèrent et le carbonisèrent jusqu'à il soit méconnaissable. Elle rampa vers le lit pour réfléchir longuement et fortement.

Au moment où elle s'est endormie, elle avait déjà pensé plusieurs façons de se libérer.

🐚🦢🐚

Le Roi Edward se leva pour souhaiter une bonne nuit à sa reine; elle quitta l'estrade et son groupe de femmes de chambre la suivirent hors de la grande salle. Denys monta les marches de l'estrade et s'approcha de son oncle avec une révérence. «Oncle Ned, j'ai besoin de parler avec toi.»

«Denys, ma chère, viens, assieds-toi à côté de moi!» Sa main forte enveloppa la sienne avec un chaleur réconfortant. «Je te vois à peine, avec toutes les batailles et les réunions du conseil —tu dois me laisser venger au échiquier !»

Elle sourit se souvenant de leur dernier match —elle captura le même roi du Oncle Ned seulement avec la tour et le pion. «Je l'apprécierais beaucoup, Oncle.» Elle s'assit à côté de lui et embrassa sa bague de couronnement rubis.

Il fit signes à un valait qui passait pour qu'il apportât à Denys un verre de vin. «Tu es heureuse dans la cour, ma chère ? Ou tu préférerais rester à Yorkshire où au moins il est calme ?»

«Oh, je me sentis particulièrement déprimée aujourd'hui, le premier anniversaire de la mort de la duchesse. Le Château

Howard me manque tant.» Ah, le Château Howard ⁻où la chaleur et l'amour l'entouraient, en embrassant son enfance avec berceaux à bascule, une berceuse chaque nuit et la poitrine douce de la duchesse pour appuyer sa tête. «J'avais mes études, je donnais aumônes aux pauvres, je lisais aux gamins…. Ils dévoraient les contes du Roi Arthur.» Son ton s'allégea pendant qu'elle se souvenait du plaisir d'apporter un bref bonheur á des vies désolées.

«Je sais comment le peuple el la duchesse t'adoraient.» Le Roi Edward regarda au loin. «Dans les années où mes frères, mes sœurs et moi habitions dans le Château Howard, la duchesse était une mère pour tous nous.»

Denys hocha la tête. Ses yeux captèrent le flou de lumière clignotant de son verre. «La duchesse passait des heures se souciant de mes cheveux, particulièrement quand le soleil les laissa blancs. «Que tu es belle, comme une petite Colombe!» me dit un jour.» Son surnom fut Colombe depuis ce jour. Mais son enfance idyllique trouva une fin abrupte.

Un sourire enjoué reposa sur les lèvres du Roi Edward. «Elle avait des surnoms pour tous nous. J'étais Noueux à cause de mes grands genoux et coudes. Mais j'ai grandi à l'intérieur d'eux.» Il étendit ses doigts, rugueux et calleux pour brandir l'épée et le maillet.

«Je suis perdue ici, avec l'agitation constante des affaires de la cour et les ornements de la royauté. Simplement je ne m'adapte pas ici.» Elle pouvait parler ainsi avec lui; son oreille était la plus compréhensive à la cour. Il partageait son amour pour la campagne de Yorkshire: champs verts luxuriants, vallées aimables, landes violettes avec bruyère. Elle détestait Londres, un trou sale dégoûtant et bondé. Surtout, elle méprisait l'avide famille de la reine. «Comment j'aimerais pouvoir trouver mes vraies origines. Je ne croirai jamais que je suis la nièce de la reine.»

«As-tu fait appel à elle depuis que tu es revenue á la cour?»

Il but une gorgée de vin. «Elle peut te satisfaire maintenant que tu es adulte.»

«Oui, le jour où je suis venue du Château Howard. Elle me vira en me disant «Ton père n'a jamais épousé ma sœur, ils sont morts à cause des soucis, et remercie que j'adoptai une bâtarde comme toi.» Elle regarda son oncle dans les yeux. «Elle cache quelque chose, je le sais.»

Avec ses premiers mots, elle commença à demander à sa tante −«Qui étaient mon seigneur père et ma mère ?» Elizabeth la giflait ou la chassait, et quand l'interrogatoire fut trop ennuyeux pour la future reine, avec les bijoux de couronnement et les banquets dans sa tête, elle s'est débarrassée de Denys et l'envoya au loin Yorkshire.

Mais Denys ne cessa jamais de se demander. *Qu'est-ce qu'Elizabeth cache? Qui sont mes parents? Qui suis-je?*

Edward hocha la tête, une fossette dans sa joue accentuant sa grimace. Oh, il connaissait son intrigante femme, très bien.

Denys respira profondément et redressa les épaules. «Oncle, le dernier après-midi, la reine m'envoya une demande très absurde. Je dois t'en appeler.»

«Oh non, qu'est-ce qu'elle veut cette fois ?» Son ton fatigué, Edward fit signes à un des serveurs pour qu'il remplît les verres. «Dois-je trouver un pichet pour ça?»

«Je chercherais un tonneau.» Denys saisit son verre. «Elle veut que j'épouse Richard. Le jour de Noël.»

«Richard? Mon frère Richard?» Il mit ses yeux blancs et but une longe gorgée du vin. Elle lut ses pensées : «Il était temps de marier la gamine.» Mais pas avec Richard!

«Je savais que c'était seulement question de temps pour me marier. Mais je ne peux pas épouser Richard. Il est un frère pour moi. En plus, pendant des années il est destiné à se marier avec Anne comme la reine le sait bien.» Elle prit une longe gorgée du vin bien nécessaire, vidant le verre. «Elizabeth me pressa depuis l'enfance, m'éloignant, ensuite me ramena. Mais elle ne peut pas me marier avec Richard le jour de Noël ou n'importe quel jour. Oncle, s'il te plaît, refuse ton permission.»

«Donc, voilà l'urgence.» Il rit, balançant son verre entre le pouce et l'index.

«Urgence?» Elle s'assit droite.

Edward hocha la tête. «Richard déjà coincé-» Il tourna son verre. «Je veux dire qu'il demanda la permission pour épouser Anne à l'aube demain. J'ai vu des hommes soucieux de ne pas se marier, mais pas l'inverse.»

«Oh, Dieu merci.» Elle soupira de soulagement. «Ils devraient se marier. Ils se sont toujours beaucoup aimés. Ils devraient se marier demain alors ?»

«Oui, mais pas à l'aube comme il demanda. Il était prêt pour chercher tout prêtre qu'il pourrait sortir du lit, mais j'ai jugé sage d'en informer d'abord la mariée.» Il sourit e fit un clin d'œil enjoué. «J'ai promis de publier les bans entre les réunions du conseil demain. Alors il ne peut pas atteindre le bonheur d'être marié au moins qu'après les vêpres.» Il jeta un coup d'œil autour de la grande salle bruyante. «Maintenant je dois assister à cette redoutable messe funéraire, donc je dois y aller, ma fille. Mais nous aurons ce jeu d'échecs, je le promets.»

«Les funérailles de qui ?» Elle se leva avec lui.

«Le compte de Desmond. Il a été exécuté comme ses deux jeunes fils.» Il tendit son pourpoint.

«Desmond? Exécuté? Pourquoi il était une des Yorkistes plus fidèles. Quel était son crime?» Denys tressaillit en pensant à cette dernière exécution. «Cette cour est un bain de sang.» Elle murmura. Il n'y eut pas de crime. Pas de lui, mais de mon irritable reine.» Edward parla comme s'il était résigné au flux constant d'exécutions qu'Elizabeth incitait. «Quand il arriva pour la première fois d'Irlande, nous sommes allés chasser. À la légère je demandai son avis à propos de mon mariage avec Bess. Desmond répondit honnêtement que c'était mieux faire une alliance mariant une étrangère. Sans y penser à nouveau, je fis l'erreur de mentionner par hasard cette conversation à Bess. Elle était furieuse, et cajola le compte de Worcester pour inventer une charge contre le pauvre vieux Desmond. Il a été arrêté il y a une semaine et il a été amené au gibet hier matin.»

«Mais pourquoi tu n'as pas pu arrêter ça?» Insista Denys, le suivant en descendant les deux marches de l'estrade.

«J'avais l'intention de lui accorder le pardon. Pendant que j'étais dans la salle du conseil, j'ai mené une recherche inutile du sceau royal, et j'ai découvert que ma reine l'avait volé pour sceller l'ordre d'exécution.» Il étouffa un bâillement. «Desmond était toujours si fidèle. J'aimerais pouvoir dire la même chose sur des autres ici.» Elle savait exactement de qui il parlait.

Denys fronça les sourcils avec dégoût, en savant qu'elle ne devait pas le cacher à son oncle. «Quand ta corde se brisera-t-elle?»

«Ce n'est pas nécessaire, ma fille.» Le roi montra un rare froncement de sourcils. «La reine est sur le point d'accoucher maintenant, et je la ferai accoucher pour le reste de ses jours. Elle doit donner naissance à un prince apte à être roi, ou au moins si robuste comme les deux jokers qu'elle accoucha avec cette autre plaie gangreneuse.»

Cette «autre plaie gangreneuse» était son premier mari, John Grey.

«Nous espérons que la similitude s'arrête là». L'oncle et la nièce échangèrent des regards amusés.

Edward salua aux courtisans alors qu'ils quittaient la grande salle. Plusieurs de son cortège lui suivirent.

«Je dois porter du noir.» Il se baissa et la serra dans ses bras. Elle se sentait si en confiance entourée de sa chaleur.

«Merci, majesté.» Elle resserra son étreinte.

«Des fois je me demande pourquoi je dérange en enlevant mes vêtements noirs. On penserait que je suis veuf.»

«Attention à ce que tu demandes, Oncle.» Elle le poussa dans les côtes. «Peut-être que tu l'auras.»

Ils partagèrent un échange de sourires plus secret cette fois.

Elle aimait Oncle Ned de tout son cœur. Il était père, frère, et ami pour elle-Elle avait confiance en lui pour tous ses problèmes. C'était la seule bonne chose qu'elle avait obtenu de ce coup du destin. Il lui manquait tellement quand il partait à une bataille ou quand il était voyageait. Mais pourquoi était tombé-t-il sous le charme d'Elizabeth? Elle avait entendu beaucoup d'histoires, dont beaucoup étaient ouvertement osées, à propos des jeunes filles qu'Oncle Ned avait courtisé. Il fut sur le point d'épouser l'un d'eux.

Mais Elizabeth résolut tout ça.

Et beaucoup pensèrent que c'était de la sorcellerie.

Elizabeth Woodville rencontra Edward Plantagenet pour la première fois sous un chêne. La veille de leur mariage, le 13 avril, était sabbat dans l'année des sorcières. Les sorcières célébraient toujours leurs sabbats sous les chênes. La voisine d'Elizabeth l'accusa publiquement de la sorcellerie, montrant deux petits personnages en plomb représentant le roi et la reine. Edward prit l'accusation au sérieux et enquêta par lui-même. Mais étant désespérément amoureux de la Jument de Grey, comme on la connaît, il l'épousait. C'était parce qu'elle ne donnerait pas ce qu'il voulait jusqu'à la nuit de noces? Denys s'est toujours demandé.

PENDANT TOUTE LA MESSE LE LENDEMAIN MATIN, DENYS regarda Richard avec inquiétude, regardant partout, ignorant le prêtre en chaire. Il joua avec ses bagues, il lissa son tabard jusqu'à ce qu'elle pensa qu'il abîmerait le tissu, et il passa la dernière moitié du service religieux vacillant, la tête dans ses mains. Son esprit n'était pas dans le culte religieux.

Non, la reine ne serait pas si cruelle pour le priver du bonheur avec son vrai amour. *Nous trouverons une solution pour cela,* elle jura devant Dieu.

Alors que la chapelle se vidait après la Messe, Richard tiralla de la manche de Denys et le lui fit signe de lui suivre. Mais il fit un virage brusque et revint par l'allée. «Non, asseyons-nous mieux au fond.» Il ajouta en marmonnant, «c'est mieux si nous sommes loin de l'autel.»

Denys rassembla ses jupes s'assit sur le dernier banc. Richard marchait d'un côté à l'autre, les mains jointes derrière son dos. «Richard, assis-toi s'il te plaît. Tu me donnes le vertige.»

«Je ne peux pas m'asseoir. Je peux seulement penser debout-avec mes pieds en mouvement.» Sa voix résonnait à travers la chapelle vide. «La damnée reine fait ses tours habituels et cela pourrait même fonctionner.» Il frappa la paume de sa main avec son poing.

«Qu'est-ce qu'elle a fait maintenant?» Sa voix monta préoccupée. «Je pensais qu'Oncle Ned t'avait donné la permission pour épouser Anne aujourd'hui.»

«En effet. Alors, après avoir obtenu la permission et après avoir convoqué le Père Farley, tout en l'espace d'une heure, je suis allé trouver ma mariée, mais son père sans scrupules l'avait déjà enlevée.» Sa voix dégoulina amertume.

«Pourquoi faire ça?» Elle se leva et se tint à côté de lui.

«Oh, ce n'était pas entièrement sa faute. Il eut de l'aide.» Il souligna le dernier mot avec une moquerie.

«Oh, non.» Elle serra les dents, le sang se réchauffant à chaque respiration.

«Oh, oui. La Reine Elizabeth le fait à nouveau.» Il leva les mains. « J'essaye de trouver Anne, j'ai envoyé une équipe de recherche, mais ils ruinent tout. Je chasse la queue dans toute l'Angleterre.» Il frappa son poing au bord du banc. «Oh, nous aurions dû nous échapper!»

Une lourde cape descendit sur son esprit. Même Oncle Ted disait que tu devrais t'assurer de la présence de ta mariée en premier.»

«Mais n'est-ce pas typique de moi oublier ce qui est le plus facilement reconnu?» Il se frotta les yeux. «L'enfer sacré sait où elle est et on revient au point de départ.»

Elle leva son index. «Pas encore. Je vais quitter la cour déguisé en femme de chambre et je prendrai résidence au nord, près du Château Howard. Je connais ces endroits, je connais des gens de confiance, et je peux continuer ma recherche de ma famille de là. Bess ne peut pas nous marier si elle ne peut pas trouver la mariée.»

Il secoua la tête pendant qu'elle parlait. «C'est trop dangereux se faufiler hors de la cour déguisé, errant en Grande-Bretagne habillé comme une foutue poissonnière.»

«Très bien, alors, considère ma prochaine idée. Elle me frappa comme un éclair de lumière pendant la nuit.»

Ses yeux se sont illuminés et ont regardés les siens. «Continue.»

«Tu peux épouser quelqu'un d'autre,» elle proposa une solution simple.

«Que j'épouse quelqu'un d'autre? Dis moi pourquoi moi?» Il laissa son poing sur sa hanche. «Tu es la personne que ta tante veut épouser. Je suis juste le lièvre pris dans les vilaines mâchoires du chien.»

«Bon, je n'épouserai pas quelqu'un choisi par la reine. Je veux d'abord trouver ma famille. Quand je me marie, sera un homme choisi par moi qui est poli, beau et viril. Je ne veux pas dire que tu n'as pas toutes ces qualités, sans doute,» elle ajouta.

Il acquiesça, la provoquant. «Continue, voyons comment tu t'en débarrasses.» Son sourire s'étendit, s'inclinant cependant. Il aimait embarrasser les gens.

«Oh, tu sais ce que je veux dire.» Son cœur bondit au souvenir d'hier. «Je veux quelqu'un comme le gentilhomme qui m'a approché dans la cour extérieure hier.»

«Quel gentilhomme ?» Il haussa un sourcil.

«Nous échangeâmes juste un bonjour. La foule nous obligea à nous séparer. Il vint et alla en un clin d'œil. Mais oh, il me fit sentir si spécial, si désirée, si...» Elle poussa une longue inspiration. «Si féminin. Aucun homme ne me regarda comme ça avant. La cour extérieure pleine de jeunes filles, mais il m'a choisi. J'ai toujours rêvé d'un mariage de conte de fée —avec quelqu'un comme lui.» Elle baissa les yeux. Richard avait raison. Elle rêvait encore à haute voix cette fois. «Mais quel avantage cela peut-il t'apporter à toi, ou quelqu'un d'autre, épouser la nièce orpheline illégitime de la reine de toute façon? Je n'ai même pas de dot.»

«Oh, tu sais.» Richard la caressa sous le menton. «La vieille sorcière couvrit son cul, comme d'habitude.»

«A-t-elle fourni un dot?» Les yeux de Denys s'écarquillèrent. «De quoi ?»

«Avec une écriture sensiblement plus grande que le reste du message, et non moins souligné, elle essaya de profiter de mon sens de l'avidité en utilisant le Manoir Foxley comme appât.»

«Le Manoir Foxley?» Elle secoua la tête. «Je n'en ai jamais entendu parler.»

« C'est un bien que, selon elle, est substantiel. Comme si un damné Manoir pût se comparer avec ce que Anne apporte. Avec tout mon respect, Denys...» Il fit une pause. « La dot d'Anne est énorme, et elle va hériter la moitié des biens de sa mère.»

«Je ne connais aucun Manoir Foxley.» Elle secoua la tête.

«Je n'ai jamais eu aucune sorte de dot. «Comment puis-je, étant une bâtarde orpheline?»

«Je pensais que ça faisait partie de la dot de la reine, mais ses terres de dot étaient à Northamptonshire, où Edward est tombé pour la première fois sous son charme. La maison de sa famille à Grafton Regis devint propriété d'Edward après son mariage dans la chapelle là,» il expliqua. «Mais je ne sais pas où est ce Manoir Foxley. Ça m'est égal aussi. Il me semble comme une vieille vache qu'elle m'a jetée. Absolument inutile.» Il effraya l'idée comme si c'était une mouche domestique.

«Bon, c'est important pour moi.» Elle croisa les bras sur sa poitrine. «A-t-elle dit où se trouvait cet endroit?»

«Quelque part à Wiltshire –oh, quel était le nom du village?» Il frappa le côté de la tête. Ça semblait comme un type de vin-oh, oui. Malmesbury.»

Denys haleta et serra son Livre d'Heures, le dos du livre s'enfonçant dans ses paumes. «Malmesbury! La vérité de Dieu!»

«As-tu entendu parler de ce village?» Il pencha la tête.

«Plusieurs fois!» Elle semblait incapable de reprendre son souffle. «Richard...» Son cœur battait. «Plusieurs fois avant qu'elle m'envoie vivre au Château Howard, je l'ai entendu par toute la cour parlant sur Malmesbury, suivi par mon nom, à mots couverts. Mais je ne pus jamais comprendre les mots à travers les murs du palais, avec des serveurs faisant du bruit. Pensant qu'il devait y avoir une connexion, je l'ai écrit dans mon journal immédiatement après l'avoir entendu pour ne pas me tromper. Même je l'ai trouvé dans la carte.»

«C'est peut-être de là que ton père vient.» supposa Richard.

«Bon, je n'ai jamais pensé que j'étais la fille de sa sœur. Je ne ressemble même pas à une Woodville, et par la grâce de

Dieu, je n'ai pas des caractéristiques en commun avec aucun d'eux.»

«Alors il peut y avoir un lien avec ton famille avec ce Manoir Foxley.» Richard tambourina ses doigts sur le banc. «Hmmm.»

«Richard, je dois partir pour Malmesbury pour trouver le Manoir Foxley, et si Dieu le veut je trouverai ce que je cherche.» Elle lâcha brusquement ses poings fermés. «Pendant que je voyage, tu peux continuer à chercher Anne.»

Elle avait du mal à respirer uniformément et à rester calme, quand elle voulait vraiment pénétrer dans la chambre de la reine et l'étrangler.

Richard toucha son pied. «Bon, peu importe si tu trouves ce que tu cherches chez le Manoir Foxley, on pourrait trouver un moyen de faire de ton autre fantaisie de conte de fée une réalité.»

Denys leva les yeux dans les toits voûtés de la chapelle et évoqua l'image du gentilhomme, si vif dans son esprit. Si Richard pouvait trouver quelqu'un vaguement comme lui...

«J'appelle ça un conte de fées parce que c'est tout ce que c'est, Richard.» Elle retomba sur terre. «Je devrais me réveiller.»

«Peut-être non. Le royaume a sa juste part de courtisans... » Il agita sa main. «Peu importe ce que tu as dit. Il y en a plusieurs autres d'où il vient. Fais-moi confiance pour t'aider à en avoir un d'eux. Puis obtiens la permission d'Edward pour te marier et termine avec ça. La Jument de Grey n'a besoin de rien savoir.»

Une étincelle d'émotion accéléra son pouls. «Je vais considérer ceci si tu plonges dans ce juste part et tu récupères un bijou-mais ça devrait correspondre avec la description de ce que je veux. Va d'abord trouver Anne et je vais aller à Malmesbury pour trouver ma famille. Au moins un de nous devrait trouver ce que nous cherchons. Maintenant je pars pour échanger des mots avec la reine-et il n'y a rien moins poli qu'elle.»

Il secoua la tête avec un sourire affecté. «Pas hors de toilettes, de toute façon.»

«Oh, comment je voudrais qu'il me pousse des ailes et voler vers Malmesbury,» elle imagina à haute voix. «Un autre lien dans le mystère à la portée, finalement. Je vais y aller et si Dieu le veut c'est là que se trouvent mes vraies origines.»

S'il te plaît que ce soit l'endroit sur lequel je me suis demandé à travers toutes ces nuits dans mes chambres venteuses étant un enfant, chaque fois qu'Elizabeth m'a chassé, elle supplia Dieu en haut. Elle était plus déterminée à vaincre la reine dans son propre jeu cruel. Maintenant elle avait un but-un endroit où aller-dans la première étape sur le chemin de son ascendance. Et si Richard trouvait le gentilhomme de sa fantaisie, la vie serait complète. C'était trop demander? Trouver la famille et le véri-table amour?

«Pour l'instant, gardons-le dans les brumes du monde des rêves comme je vais sur ma recherche.» Elle serra sa main et lui conduit à la porte de la chapelle. «J'ai besoin de savoir qui je suis et où j'appartiens. Alors ma vie aura un sens. Je n'ap-partiens pas à la famille royale. Ma place n'est pas ici et je ne mérite pas non plus tous ces ornements royaux. Même s'ils sont métayers travaillant le sol, ils sont ma famille. Oh, combien j'ai envie de les trouver! Alors je serai digne de l'amour d'un gentilhomme.» Elle fit une pause. «Peut-être qu'il a senti que je suis perdue et pas à ma place et cela l'a fait partir. Il a vu de la tristesse et de l'angoisse dans mes yeux. Qui veut partager tant de misère?» Elle ouvrit la porte.

«Mais quelque chose le rapprocha de toi en premier lieu.» Il sortit derrière elle. «La foule vous a séparés. Tu ne l'as pas repoussé. Je sais comment ils sont ces célébrations de la victoire. Le chaos prévaut-surtout une fois que le vin commence à couler. Les gens se séparent, et j'ose dire encore plus souvent, se réunissent. Beaucoup de jeunes filles sont poussées dans les bras des gentilshommes avides, qui prennent n'importe quelle chance pour fêter avec elles, plus d'une façon, jusqu'aux petites heures du matin avant de savoir leurs noms.»

«Oh, et comment le sais-tu? Expérience?» Elle sourit, sachant que ce n'était pas comme ça.

«Non, je ne pourrais pas tromper une jeune fille même si je le voulais. Tout le monde connaît mon visage distinctif.» Il lécha son index et le passa par son front. Mais cela est arrivé à mes collègues. Parfois je pense qu'ils sont là-bas se battant en prévision des célébrations au lieu de se battre pour la survie du royaume.»

«Nous vivons tous pour quelque chose, Richard.» Elle fit courir son doigt sur sa joue. Ils se sont séparés et elle alla dans ses chambres pour pratiquer son dialogue avec la reine.

Chapitre Deux

DENYS ENTRA dans la salle d'audience de la Reine Elizabeth pendant que les cloches de l'église sonnaient trois fois. Une dame d'honneur alla informer la reine. Denys s'est préparée pour une longue attente: Son Altesse faisait toujours ses grandes entrées quand elle était bien et prête.

Alors qu'elle marchait d'avant en arrière, trois bonnes polissaient le bois aux mains rouges et rugueuses. Deux autres serveurs frappaient les tapisseries et polissaient les meubles. Une femme de chambre oscillait sur une échelle délabrée, s'efforçant d'enlever les filets de poussière d'une tablette.

La reine Elizabeth entra, passa à côté de Denys sans la reconnaître, et se dirigea droit vers la bonne qui polissait son bureau. Denys avait vu cette pauvre fille dans de nombreux matins sombres essuyant le sol, poussant une bougie pour éclairer son chemin.

La reine écrasa sa paume sur la table. «Cela n'est pas chaud, tu ne frottes pas assez. Et il est rayé!» Elle beugla. La fille grimaça de peur. «Frotte-le jusqu'à ce qu'il soit chaud, ou tu tomberas sur ta couchette chaque nuit pendant une semaine sans dîner!»

Elle regarda Denys et son sourire n'atteignit pas ses yeux, augmentant son mensonge. «Assieds-toi, ils ont juste ventilé la salle de réception.» La reine fit claquer ses doigts deux fois et les serveurs disparurent.

Elle accommoda sa silhouette gonflée de la grossesse dans la chaise surdimensionnée face à Denys, un peu trop loin pour une conversation normale, mais la distance semblait augmenter le sentiment de supériorité de la reine. Sa coiffure pointue jetait une ombre inquiétante sur la peinture de Londres derrière elle. Denys s'assit en face d'elle sur une chaise en velours et joua avec son bord tressé.

«Maintenant qu'est-ce que tu vas me dire, ma chérie?» L'amour apostillé à la fin était clairement une réflexion après coup. «Je rencontre le personnel de cuisine bientôt pour commander le dîner. Alors dis vite ce que tu as à dire.»

Denys s'éclaircit la gorge pour dire les mots très bien répétés: «Tante Bess, tu sais que j'aime distribuer l'aumône aux enfants pauvres. Depuis que je suis de retour à Londres, j'ai observé la misérable condition de nos pauvres ici, et je veux organiser des voyages à travers de la ville. Je ferais ça régulièrement.»

Elle lissa ses jupes autour de sa taille. «Demandes-toi une allocation royale?»

Denys acquiesça. «Ça et un guide, peut-être une monture en forme pour m'emmener dans mes voyages.»

Un froncement de sourcils créa des lignes profondes autour de sa bouche. «Le trésor royal est épuisé, finançant ces batailles incessantes contre les Lancastriens. Ça serait un lourd fardeau.»

«Je réduirai mes propres dépenses.» Ses mots sortirent précipitamment. «Par exemple, je n'ai pas besoin des bonnes que j'ai ici pour m'assister. J'en virerai quatre.»

Elizabeth regarda Denys avec un mélange de rancune et d'étonnement. «Pour vivre avec moins de six bonnes?»

«Je n'en ai besoin que d'une.» Elle saisit les bras de la chaise. «Mon ciel, dans le Château Howard, j'avais une dame d'honneur et une femme de ménage, et c'était plus que suffisant. Je préfère donner de l'argent aux orphelins pauvres. Les bonnes peuvent travailler ailleurs.»

«Tu as un grand cœur,» elle commenta comme s'il s'agissait d'un défaut.

«Tante Bess, tu es une femme qui a beaucoup voyagé. Tu as voyagé avec le roi jusqu'aux extrémités de la frontière écossaise-Je n'ai jamais fait un voyage de bonne volonté comme celui-ci, étant si isolée dans le Château Howard. J'organiserais un groupe de voyage pour faire des tours saisonniers, pour distribuer l'aumône, et lire pour les enfants sur leur bonne reine, même en dehors de Londres. J'espérais que tu pourrais me dire sur les villes où la population locale accueillerait un membre de la famille Woodville.»

Elizabeth, regardant ses ongles, finalement leva les yeux, mais ne regarda pas Denys dans les yeux. Elle ne regarda jamais personne directement dans les yeux. «J'aime New Forest, et Devon, et la beauté sauvage de Cornwall. Quelques pauvres misérables peuvent y vivre, je ne sais pas. La population locale admire les Woodvilles vraiment. Puis, bien sûr, l'Est-Anglie. J'ai toujours vraiment aimé Colchester, même si le château ne répond pas à mes critères.»

«Je me demande comment est Wiltshire,» réfléchit Denys.

«Pourquoi Wiltshire?» Ses yeux se plissèrent alors qu'elle penchait la tête. Quand elle vit Denys la regardant, elle est devenue nerveuse.

«Oh, j'aimerais voir quelques villages là. Malmesbury... » Elle continua à regarder la reine, mais elle réussit à garder le niveau de sa voix.

Les mains d'Elizabeth flottaient et elle racla sa gorge. «Maintenant pourquoi voudrais-tu y aller?»

«Pourquoi pas?» elle défia.

«Dis-moi juste, de tous les lieux dans ce royaume, tu pointes spécifiquement un foutu village à Wiltshire.» Le ton sévère de la reine s'intensifia.

«Pendant que j'aide les pauvres, il y a des choses là-bas que je suis intéressée à visiter.» Denys garda le niveau de sa voix.

«Comme lesquelles?»

«Oh, l'Abbaye a une histoire riche. Ensuite il y a l'Auberge des Trois Cloches du onzième siècle, et le Manoir Foxley.» Gardant son ton aussi innocent que celui d'un saint, elle continua à regarder.

«Le Manoir Foxley?» Le ton de la reine s'est fané, comme une corde brute.

Aha!

Elizabeth Woodville ne réussirait jamais comme actrice de théâtre.

«Oui, le Manoir Foxley.» Elle acquiesça, son ton haletant. « J'ai lu ça quand j'étais enfant. C'est assez charmant, et remonte au temps d'Arthur. En conséquence, il stimule ma curiosité.»

«Je n'en jamais entendu parler. Je n'ai jamais entendu sur Malmesbury.» Les doigts de la reine grattèrent les brins de perles autour de son cou. Denys savait qu'elle mentait. « St. Giles ici même à Londres c'est beaucoup plus pratique. Ils ne viennent pas plus pauvres que ça. Pète-toi vers cette pitoyable canaille et ils se battent à mort pour l'attraper. C'est plus amusant que l'appât pour ours.» Ella donna un rire sadique.

«Tu es sûre de ne pas en avoir entendu parler?» Denys insista. «Plonge dans ton mémoire, peut-être que tu te souviens de quelque chose. Après tout, tu as autant lu sur l'histoire britannique que tu as voyagé.»

Des taches rouges s'étendirent sur les joues de la reine. Sa poitrine s'est soulevée avec la prise d'air profonde qu'elle tint un moment. «Non, je n'en ai pas. Dieux sait où il est cet endroit miteux.» Ella exhala et son souffle sifflait comme un serpent en agitant son autre main.

«À quelques pas de Swindon, en fait,» lui signala Denys. «J'ai lu que le Manoir Foxley a un lien avec les Woodvilles. Un ancêtre éloigné, un parent éloigné d'Ethelred II l'Indécis, le construisit.»

«Peut-être je me souviens en avoir entendu parler.» Elle toucha le côté de sa tête. «Oui, c'était le père du Roi Edward articulant un de ses bobards.»

Bêtises. Denys taquina. Si Richard n'en avait jamais entendu parler, cela n'avait jamais appartenu aux Plantagenets. Si quelqu'un connaissait chaque morceau de propriété que les Plantagenets ont jamais eu ou ont saisi, c'était Richard. Mais sa tante tombait comme prévu.

«Donc je devrais être heureuse de rendre visite pour qu'on me reçoit comme la nièce royale,» déclara Denys.

«N-non... » bégaya la reine. «Il n'y a personne. Il s'est brûlé.»

«Une ville entière?» demanda Denys.

«Non, le Manoir Foxley, connard. Il s'est brûlé il y a des siècles.» Elle fit un geste désobligeant.

«Une tour de pierre ne brûle pas facilement,» défia Denys.

«C'était une cabane en rondins, pas plus que ça. Beaucoup de pourriture. Ça n'existe plus.» Les yeux de la reine scrutèrent la chambre.

«Ah. Très bien alors.» La vérité était à portée de main, même si elle ne savait pas comment. La faible tentative d'Elizabeth pour cacher ses mensonges la trahit. Elle convainquit Denys qu'elle avait des liens familiaux à Malmesbury. La possibilité de ne pas être une Woodville était semblable à naître de nouveau.

Elle s'est levée pour dire au revoir.

La reine leva les yeux pour faire face au soleil, toute la misère d'une tempête furieuse condensé dans ces yeux. Elle eut du mal à se lever, rejetant la tentative de Denys de l'aider. «Le Manoir Foxley n'existe plus. C'est un mythe maintenant, comme Camelot, réduit à légende incomplète. Si tu souhaites voyager pour les pauvres, fais-le, mais ne va pas à Malmesbury. C'est une ville riche, ils n'ont pas besoin d'aumônes là-bas. Tu perds ton temps. Reste à Londres. Je te le commande.»

Un mythe. En effet. Le bavardage à propos de sa brûlure était plus crédible. La vérité était à peine hors de sa portée.

«Ah, alors je vais le faire, Tante Bess. Je ferai ce que tu dis. Vas-tu me donner l'allocation?» Elle traversa la chambre et attrapa la poignée de la porte.

«Oui, je te donne dix livres par an. Et si tu insistes pour renvoyer tes servants, qu'il en soit ainsi. Je les ajouterai à mon propre personnel. J'ai besoin d'aide.»

Oh, mais bien-sûr. Elle cachait un sourire moqueur derrière sa main. La reine leva à peine un doigt même pour prendre soin de ses besoins privés les plus élémentaires. Se forçant à s'incliner, elle recula hors de la chambre, son esprit tournant avec des intrigues.

«Je sais qu'elle ment!» Elle cracha à haute voix. Elle ne s'attendait pas à entendre la vérité, elle voulait juste que sa tante sache qu'elle avait des informations. Elle marcha dans le couloir, avec la tête haute, les épaules droites. C'était ce gentilhomme-il l'avait fait sentir si digne d'attention. Autant que son Oncle Ned l'adorait, elle était encore un enfant devant ses yeux. Mais ce gentilhomme, qui que ce soit, changea la façon où elle se voyait maintenant, à cause de la façon dont il l'avait regardée. Et elle pourrait ne plus jamais le revoir.

Le cimetière de l'Église de Tous les Saints, Surrey.

Étant revenu de l'instruction militaire en France directement au combat à Barnet, Valentine faisait maintenant une pause à la ferme de sa famille, le Manoir Fiddleford, au-delà des portes de la ville. Comme c'était agréable d'être de retour à Surrey, sans parler des affaires de la cour ou des ennemis. Il sourit, si heureux de rencontrer son cher ami, qui lui rendait visite pendant une journée. Mais pourquoi Richard trouvait les cimetières si réconfortants? Valentine appréciait la paix et la tranquillité, mais sa propre terre suffirait. Il n'avait pas besoin de *tant de* tranquillité.

Il s'allongea sur une pierre tombale. Sa fraîcheur le calma, tout comme le cimetière d'une manière étrange, ombragé avec des vieux arbres, les feuilles chuchotant dans la brise. Pierres tombales debout dans le testament éternel aux métayers qui travaillaient dur, les gravures s'effaçant par les ravages du temps.

Se penchant en avant, il passa son bras autour des épaules de Richard et lui donna une pression affectueuse. «C'est dommage que tu n'aies jamais visité la France, Richard. Les Français ont des mots pour décrire tous les fantasmes imaginables pour lesquels il n'y a pas d'équivalent en Anglais.»

Richard fronça les sourcils. «Pas étonnant que nous les battions à chaque tournant. Ils sont trop occupés à s'amuser pour défendre leur propre terre. Lorsqu'il s'agit de l'art de la guerre, ils sont nulles.»

«La guerre n'est pas tout.» Valentine regarda vers sa ville natale. «Nous devons aimer, aussi.» Du haut de la colline où se trouvait le cimetière, il regarda à travers les vallées vallonnées où il avait batifolé quand il était un enfant, le paysage riche en bandes de terres cultivées. La ville de Twickenham était au loin, le clocher de l'église atteignant le ciel, entouré de huttes d'acacia et de boue. Les chevaux paissaient aux côtés d'un troupeau de moutons moelleux comme les nuages au-dessus. Les collines rencontraient le ciel dans le faible horizon, entourées d'une forêt luxuriante,

24

où il apprit la fauconnerie et la chasse, et il partagea son premier baiser.

Au millieu de la dernière bataille, un soldat Lancastrien attaqua Valentine avec une hallebarde et lui coupa le bras. Il réussit à endurer et il aida à détruire le centre de la ligne ennemie. Il pouvait à peine bouger son bras jusqu'à hier quand il leva son épée et l'équilibra prudemment. Il changea de position pour soulager l'inconfort. Il ne voulait pas que Richard sache qu'il était blessé. C'était une question de fierté; ils avaient toujours été des rivaux amicaux.

«La vérité de Dieu, Val, ton séjour en France a fait ressortir le romantique en toi.» Il lui fit un sourire malicieux.

Les cheveux de Valentine entrèrent dans ses yeux et il les balaya. «Ah, oui, rien n'égale la passion d'un homme et une femme dont les cœurs ne font qu'un.»

Richard regarda autour de lui. «Un passe-temps assez agréable entre les batailles, je crois.»

Comment Valentine souhaitait que Richard soit allé en France avec lui! Peut-être qu'il arrêterait d'être obsédé avec la guerre.

Le sourire de Richard s'élargit. «J'imagine que tu composes des sonnets d'amour dans ta tête pendant la messe?»

«Oui, mais seulement les paroles, pas la musique,» répondit Valentine. «Et toi? Aimes-tu quelque jeune fille?»

«Seulement une.» L'expression de Richard se durcit, le sourire était parti, les lèvres serrées.

«Pourquoi seulement une?» Valentine bougea son bras, essayant d'ignorer le douleur.

Richard haussa les épaules. «Je n'en chasse qu'une à la fois, mon ami.»

«Qui est-ce?» La curiosité fit ressortir le meilleur de lui.

«Anne Neville.» Le sourire de Richard revint. «Mon Annie.»

«La petite Annie? Tu l'aimes encore? Pourquoi, c'est merveilleux!» Il frappa son ami sur l'épaule. «Vous faites un couple parfait.»

«Oui, on le fait. Richard nous donna la permission pour notre mariage. Mais quand je suis allé la chercher avec un prêtre à la remorque, son père l'avait séquestrée de telle manière, que nous ne pouvions même pas nous enfuir. Ce putain Warwick...» Il murmura. «J'aurais dû savoir.»

«Pourquoi Warwick vous séparerait?» demanda Valentine.

«C'est une conspiration entre lui et la reine des sorcières.» Richard s'éclaircit la gorge et poussa un soupir résigné. «Elle veut me rattraper dans un mariage pour faire avancer sa propre tribu, comme toujours.»

«Avec qui?» Les yeux de Valentine s'ouvrirent. La curiosité le brûlait maintenant.

«Avec sa nièce orpheline illégitime.»

La mâchoire de Valentine tomba. «Pied de Dieu!»

«M'épouser est le plus haut auquel sa nièce puisse aspirer, mais sa dot n'est qu'une réflexion après coup qu'Elizabeth ajouta dans l'accord, et vraiment sans importance. Une sacrée insulte par rapport à la valeur d'Anne. «Qui mieux pour ma nièce que le frère lui-même du roi? Bla-bla!»» Il imita le ton irritant d'Elizabeth.

«Est-ce que la nièce connaît bien la tromperie comme le reste du groupe?» demanda Valentine.

«Non, d'aucune manière.» Il secoua la tête. «Elle est une confidente très digne de confiance. Elle me dit rapidement ce qui arrive avec les Woodvilles.»

Il blanchit d'incrédulité. «Pourquoi trahir sa propre famille avec toi?»

«Elle ne croit pas qu'elle est une Woodville. Il n'y a aucune similitude. Aussi, pour une bonne raison, elle a honte d'Elizabeth et ses proches frayant un chemin dans la cour, comme des vautours sautant sur une proie. Elle ne veut pas en faire partie. Leurs valeurs sont des mondes différents, les Woodvilles ne valorisent rien de plus que les titres et la richesse. Vois comment ils parviennent à cajoler Edward pour obtenir des titres de noblesse et des postes dans la cour. Ensuite ils réussirent qu'il finance cette marine de merde d'eux. Tout avec l'aide de la reine, bien sûr. Et je n'ai pas besoin d'expliquer.»

Valentine était tenté de sonder son ami prude avec «Oh, s'il te plaît, Richard, dis-moi exactement,» pour profiter d'un moment de plaisir. Mais la conversation avait capturé son imagination. «Alors, la nièce-quels sont ses défauts? En plus de la tache de son nom.»

«Il n'y a rien en elle qui me décourage. Contrairement à ses parents mangeurs de pompe, elle préfère les plaisirs bucoliques. La vie dans la cour n'a aucun attrait pour elle. J'apprécie sa compagnie, mais rien d'autre. Mes humeurs, si tu veux, sont interrompus quand elle est proche. Je n'en ressens aucun...» Richard baissa la tête et tambourina ses doigts sur son menton.

«Souhait?» suggéra Valentine.

Richard haussa les épaules.

«Passion?» il risqua.

Richard détourna les yeux et arracha un brin d'herbe.

«Extase?» il essaya.

« Quelque chose comme ça,» il murmura, en secouant la tête. Il se tourna vers Valentine. «Comment sais-tu ces choses? As-tu ressenti l'intensité de ces sentiments que tu mentionnes? Ou tu te bases à ce dont tu as été témoin à la cour de France?»

«Oh, je suis tombé amoureux, mais pas les douleurs émotionnelles profondément enracinées d'un homme pour une femme, comment mon père et ma mère se sentaient. Quand j'étais à peine assez vieux pour parler, je percevais tout l'amour qui se sentaient l'un pour l'autre.» Ses yeux se fermèrent tout en évoquant le souvenir de ses parents.

«Bon, certainement je ne me sens pas Français quand je suis avec elle.» Richard fronça les sourcils. «Ce serait comme épouser ma sœur. J'ai à peine sept mois pour échapper à la parodie.»

«Il doit y avoir un moyen d'éviter ce mariage.» Valentine leva un doigt. « A-ha! Dis à la reine que tu préfères les hommes."

Les lignes entre les sourcils de Richard approfondissaient. «À quoi cela servirait-il? Elle sait que je suis un soldat et je préfère la compagnie des hommes, je-»

«Non, Richard.» Valentine l'interrompit. «Je ne parle pas seulement de leur compagnie. Je veux dire-tu sais...» Il lui fit un clin d'œil à Richard. «Dis-lui que tu es l'un *d'eux*.»

«Tu veux dire...» Richard bougea son poignet.

«Oui!» Il acquiesça. «Elle ne voudrait pas épouser sa nièce avec un sodomite, n'est-ce pas?»

Il réfléchit à ça et il secoua la tête. «Non, il faudrait que je joue le rôle, et la cour tournant autour de moi m'apportera plus de problèmes que ceux que j'ai déjà.» Il enleva une fourmi de son bras. «Elle le verrait et elle essayerait de m'épouser avec un de ses frères bizarres.»

Valentine chercha une autre solution. «Et si tu prends des vœux sacrés ?»

Richard expulsa un soupir. «Je n'ai pas envie d'être prêtre, Valentine. Dieu m'aura pour le reste de l'éternité. Tant que je vivrai, le royaume a plus besoin de moi. Non, je dois trouver Anne et la libérer des fichues griffes de Warwick. Ou sinon, je dois trouver...» Ses yeux s'illuminèrent et brillèrent. «Val...» Il posa sa main sur le bras de Valentine. «Toi et moi sommes plus proches que des frères, et je dois discuter de quelque chose avec toi. À propos de-la réponse féminine, pour le dire délicatement.»

«Je te prie de me dire pourquoi as-tu choisi un cimetière pour faire face au problème. Les femmes font semblant d'être mortes quand tu t'approches d'elles?» Valentine, très content de ses taquineries amicales, rit. Se moquer les uns des autres volontiers était un passe-temps favori.

«Ferais-tu quelque chose pour moi?» Les doigts de Richard serrèrent le bras de Valentine. «Puisque tu es très capable.»

«De quoi s'agit-il?» Valentine regarda le panier de pique-nique, en espérant que ce ne n'était pas vide.

Richard relâcha la prise et retira sa main. «Séduis la nièce d'Elizabeth pour moi.»

La main de Valentine se figea vers le panier. «Pour toi? Tu veux dire que je prétende que je sous toi et que je faufile dans ses chambres après avoir soufflé les bougies? J'ose dire qu'elle remarquera la différence après une ou deux caresses.»

«Non, je veux dire à ma place! La vérité de Dieu, tu sais ce que je veux dire. C'est ma contingence si les autres plans échouent. Elle veut quelqu'un qui sort tout droit des contes du Roi Arthur. Voudrais-tu essayer, Lancelot?» Il haussa un sourcil.

«Oh, magnifique. Alors maintenant je suis un plan florissant.» Valentine secoua la tête. «Quand j'ai dit que je ferais n'importe quoi pour toi, je n'ai pas voulu dire séduire la virginité de ton fiancée.»

«Nous sommes à peine engagés. Un de ses plans était de fuir la cour déguisée. Je ne pouvais pas la laisser errer dans le royaume, c'est trop dangereux. Il vaut mieux réaliser mon plan. Et tu t'adaptes à sa description d'un courtisan-oh, comment l'a-t-elle appelé, son candidat idéal-beau, viril, et quelque chose comme ça...»

Valentine baissa la tête pour cacher son sourire et fouilla dans le panier de pique-nique.

«Tu as hérité le titre de ton père, tu possèdes des terres et d'armure.» Richard continua. «Tu es juste ce qu'elle imagine.

Vous aurez l'air parfait ensemble. «Connais-le seulement, ¿tu le feras?»

«Richard, je ne vais pas créer une fissure dans ta famille. Tu supposes que la reine approuvera. Tu supposes trop.» Il trouva une cuisse de poulet froide, l'enleva et prit une bouchée.

«La reine ne saura rien. Ce n'est pas le moment de douter, Val. Tu n'auras aucun problème pour capturer son cœur. Regarde-toi. Haut, charmant, et un soldat accompli. Tout ce que je ne suis pas.»

«Maintenant, je suis d'accord avec presque tout ce que tu as dit, mon ami. Mais tu es le vrai soldat,» Valentine répondit en mâchant.

«C'est ce qu'on attend de moi. Ainsi que la capacité politique est ta force. Mais le royaume aura toujours besoin d'un brillant leader. Combine ça avec l'art pour être un homme d'État et tu as un royaume invincible!»

Valentine jeta un coup d'œil à son ami infatigable. «Tu suggères que si tu étais roi je serais un conseiller en chef approprié?»

«Peut-être. J'espère que tu considères la désignation.» La réponse de Richard semblait trop désinvolte pour un sujet aussi sérieux.

Prenant une autre bouchée, Valentine se demanda si Richard réfléchissait à l'idée d'être roi. Avec Edward maintenant engendrant des héritiers, son droit au trône était de plus en plus loin de se matérialiser.

«Tu as à peine mangé de cette nourriture.» Valentine jeta l'os de poulet de côté, il trouva des lamproies cuites au fond du panier, en mit une dans sa bouche et savoura sa somptueuse texture.

«Le poids supplémentaire me ferait perdre l'équilibre.» Richard lissa son pourpoint.

«Tu n'as jamais eu d'appétit pour le plaisir, sauf le macabre, comme le pique-nique au cimetière. Comment peux-tu passer tant de temps dans des jardins d'os comme celui-ci?» Valentine réprima un frisson pendant qu'un lièvre passait.

«C'est le seul endroit où l'on peut vraiment être seul.» Richard était couché de son côté. «Il n'y a pas de meilleur sanctuaire. Tu dois l'admettre, ici c'est assez paisible. Ses habitants ont peu de chances de se lever pour parler.»

«N'as-tu pas peur que des spectres apparaissent de ces tombes anciennes?» La voix de Valentine acquit des tons spectraux simulés pendant qu'il bougeait ses doigts dans un geste d'inquiétude.

«Bah! Je n'ai jamais vu un fantôme, et je ne m'attends pas non plus à le voir. Ils n'existent pas.»

«Mais tu crois qu'Elizabeth Woodville est une sorcière.» Valentine pencha la tête.

Les lèvres de Richard se comprimèrent en une fine ligne et il se tourna. «Nous ne parlions pas de la reine des sorcières, mais de sa nièce.»

«J'espérais que tu avais oublié,» murmura Valentine. «Pourquoi je ne l'ai jamais rencontrée?»

«Elizabeth l'envoya au Château Howard quand elle était un enfant, et elle n'est revenue que l'année dernière, pendant que tu étais en France.» Richard enleva une feuille tombée de sa jambe.

«Quelle chance pour moi,» murmura Valentine.

Richard s'assit. «Veux-tu que je prenne les dispositions nécessaires pour que tu la rencontres?»

Un autre craquement fit Valentine sursauter. «Je ne peux pas profiter de cette fille abandonnée, surtout quand j'ai rencontré la fille la plus charmante le jour où je suis revenu de la bataille, et bien que nous n'échangions que des blagues, je fais campagne pour la retrouver.»

«Jusqu'à cet événement capital se produise, offre-le ta compagnie. Fais ça pour moi,» il plaida, avec les mains jointes.

«Tu viendras à la cour demain. Si elle te rejette tellement, tu peux au moins dire que tu as essayé. Il peut servir de pratique, au moins. Mon Dieu, même vous pouvez vous retrouver emportés sur les ailes de Pégase.»

Les yeux de Valentine s'ouvrirent. Il n'avait jamais rencontré Richard faisant allusion à la mythologie. Il *devait* être désespéré.

«Elle appréciera les fleurs que tu lui offres et elle mémorisera chaque ligne de ta poésie passionnelle.» Richard continua avec un ton anxieux.

«Poésie ? En Français, j'espère.»

«Son Français est si parfait qu'elle le chante presque!» Les lèvres de Richard s'ouvrirent en un large sourire.

«Et qu'en est-il de son visage? J'avoue que cela semble assez intrigant, si elle aime la poésie Française. Peut-être que je lui présenterai d'autres spécialités Françaises...» Il laissa le reste de cette pensée en suspens, mais Richard ne comprit pas.

«Comment est-elle? Je n'ai jamais vu. Je suppose qu'elle est...» Richard trébucha avec ses mots, avec les yeux errants. «... normale, je suppose.»

Valentine se pencha en avant. «Une limace de jardin est normale, Richard... pour une autre limace de jardin. De quelle couleur sont ses cheveux? Ses yeux? Et sa taille?»

«Bon, elle est... Ses cheveux sont... maintenant, laisse-moi voir, de quelle couleur sont ses cheveux? Ses cheveux sont très clairs et pâles, donc depuis qu'elle était enfant on l'appelle Colombe. Ses yeux sont plutôt... bon. As-tu déjà vu guano de chauve-souris?»

«Mon Dieu, ça sonne somme une véritable abomination!» Les lamproies cuites n'étaient plus si appétissantes maintenant.

«Que veux-tu que je dise? C'est comme ça que je la vois, comme mes propres chères sœurs, lesquelles je ne considère pas des femmes. Elles sont mes sœurs. Tu dois la voir par toi-même,» insista Richard.

Il leva la main avec hésitation. «Je ne crois pas, Richard, nous ne semblons pas du tout compatibles.

«Je ne te demanderais pas de la rencontrer si je pensais que vous étiez incompatibles. Je dois considérer tous les options, si je ne pouvais pas sauver Anne.» Le regard fixe de Richard pénétra Valentine. «C'est une faveur très spéciale que je te demande, cher ami.»

«Oh, la vérité de Dieu.» Il ne pouvait pas refuser quoi que se soit que Richard lui demandait de faire. Il pourrait être rempli de malvoisie et elle serait meilleure avec chaque coupe. «Voilà ce qu'on fera,» Valentine s'assit droit. «Jouons à notre jeu préféré, celui que nous avons toujours apprécié quand nous étions garçons. J'ai pratiqué mes compétences de combat religieusement. J'ose dire que maintenant je suis assez habile. Croisons les épées, émoussées bien sûr. Si je perds, je réaliserai ton souhait. Mais si je gagne...» Il étendit ses mains dans un geste de donner. «C'est toute à toi, sauf si tu sauves Anne des griffes de son père et tu l'épouses.» Valentine savait que ses talents d'épée lui apporteraient un jour un duché; c'était une pratique très nécessaire. Il se leva et se secoua, fléchissant son mauvais bras. Juste lui donnant des élancements, il se sentait suffisamment guéri.

«Défi accepté, mon ami. Juste ici dans cet endroit le matin à l'aube.» La lèvre de Richard se relâcha en une courbe rusée. «Apporte ton arme et n'oublie pas tes prières.»

❦

RICHARD DÉGAINA SON ÉPÉE ET LA SOULEVA. «TU VAS PAYER pour ça, mon ami. Prépare-toi à perdre tous les vestiges de ta dignité.»

«Il ne manque pas de dignité dans ce monde, Richard. Je

vais juste en ramasser plus.» Spasmes d'agonie frappaient les biceps de Valentine; sa prise serrée sur la poignée de l'épée fit tirer des tiges de feu jusqu'à l'épaule. Mais il ne pouvait pas revenir maintenant.

Le combat verbal finit, les deux soldats tournaient autour de l'autre, plus proche, et plus proche encore, jusqu'à ce que leurs armes étincelantes entraient en collision avec un son métallique. Le soleil jetait un rayon de brillance aveuglante sur les arêtes coupantes des épées. Esquivant les pierres tombales, ils entrèrent dans la chaleur du duel brûlant, semblables en force, agilité, et envie de gagner. Valentine savait ça, malgré sa blessure, ils jumelaient correctement, tout comme leurs parents, qui périrent ensemble au combat. Les mouvements de Valentine étaient un peu plus fluides, son calcul en une fraction de seconde rattrapant son adversaire. Richard jura dans sa barbe de frustration. Valetine était fier de son jeu de jambes habile. Il se lança à gauche, fit une feinte à droite, causant plus d'irritation à Richard. Richard, plus petit et plus mince, tâtonnait, esquivait, puis retrouva son rythme pour hésiter à nouveau.

Les lèvres de Valentine se tordirent en une grimace, son regard perçant à travers les fissures de son casque, la sueur faisant du mal à ses yeux. «Richard!» il haleta quand leurs épées se heurtèrent, glissèrent et se heurtèrent à nouveau. «Nous n'avons plus besoin de nous battre pour cette fille!» Valentine haleta, sa voix rauque d'angoisse. Chaque bruit de son épée passait par son bras. «J'abandonne! Je t'aiderai à trouver quelqu'un d'autre pour elle!»

«C'est trop tard maintenant. Le meilleur doit gagner!» Richard cria avec confiance alors que l'épée de Valentine glissait dans sa main affaiblie. La lame brillante de Richard traversa l'air à quelques centimètres de la gorge de Valentine.

Mais les manœuvres expertes de Valentine finalement surpassèrent son adversaire. Richard perdit son équilibre, glissa et s'écrasa sur une pierre tombale inclinée. Valentine s'approcha du duc hésitant et poussa un cri de victoire. Mais un coup d'agonie lui transperça le bras. Il trébucha, permettant à Richard de retrouver son équilibre.

Le bras de Valentine se détendit, ses genoux se plièrent sous lui, et son épée glissa au sol comme il tomba comme une jeune fille évanouie. Richard s'approcha de lui, leva son arme et pointa vers le cœur de Valentine...

Ensuite en riant aux éclats, il jeta son arme d'un côté.

Richard se pencha pour aider Valentine à se relever. Valentine était fatigué, le bras suspendu à son côté comme un poids mort. Il gémit à haute voix, essayant de plier le coude, l'attrapant avec sa bonne main.

«Val, tu es blessé? Viens, appuie-toi sur moi.» Richard étendit ses bras.

Valentine s'appuya sur son robuste ami. «Juste une légère blessure. Ce n'est vraiment rien.»

«À cause de notre joute?» Richard prit le coude de Valentine dans ses mains.

«Non, une collision mineure avec une hallebarde à Barnet.» Valentine ferma les yeux quand la douleur ralentit à un battement.

«Pourquoi tu l'as pas dit?» Richard lui conduisit à un banc de pierre. «Je ne t'aurais jamais laissé soulever une épée, chéri!»

«Non, j'ai perdu avec justice. Je vais courtiser ta vache,» Valentine abandonna.

«Seulement si tu peux le faire physiquement.»

«C'est mon bras qui fait mal. Mes autres appendices sont tout à fait intacts, je t'assure,» Valentine ajouta à voix basse.

«Très bien, je m'arrangerai pour que tu la rencontres demain. Mais d'abord va voir le docteur royal pour ce bras.» Richard s'agenouilla pour récupérer les deux épées.

Ils retournèrent chez le Manoir Fiddleford et Valentine

essaya de fléchir les doigts. Même ce simple mouvement envoya des flèches de douleur à travers son bras. «Les choses que je fais pour toi...»

Les yeux de Richard pétillaient d'amusement. «Oh, cesse de t'inquieter. Est-ce que je t'ai déçu déjà?»

Valentine roula les yeux vers le ciel, puis il les baissa rapidement vers la terre, au cas où la vache de Richard viendrait piétiner.

❧

LA GRANDE SALLE DU PALAIS DE WESTMINSTER BRILLAIT d'élégance. Les bougies brillaient en candélabres de différentes couleurs suspendus au plafond parsemés avec les signes du Zodiaque. Les carreaux brillaient sous les chaussons en satin des dames et les chaussures en cuir des hommes, les extrémités pointues étaient attachées à leurs genoux avec des chaînes brillantes. Les couples tournèrent avec les airs délicieux des ménestrels de la galerie dessus. Le rire, comme le tintement de l'étain, faisait écho dans tout le salon rembourré. Des roseaux frais éparpillés sur le sol adoucissaient l'air chaud de l'après-midi.

Le Roi Edward et la Reine Elizabeth se blottissaient dans la table haute, avec les têtes ensemble, avec des bijoux et des pierres précieuses enfilés à travers leurs robes ornées de hermines, une manche se balançant renversant une cruche de vin comme il glissa de manière ludique un raisin dans sa bouche rieuse. Les frères et enfants d'Elizabeth de son premier mariage, maintenant avec des titres et terres, encombraient la grande salle. Son frère Edward commandait la flotte Woodville qui protégeait apparemment la côte.

Même Richard semblait apprécier. Il se tenait le plus loin possible des Woodvilles, avides de pouvoir, dans un coin avec son frère aîné George, au milieu d'une conversation animée. George était duc de Clarence, un subversif perfide qui causait au roi un tourment constant. Sa cohorte le compte de Warwick l'aidait dans tous ses soulèvements et campagnes. Chaque révolte bâclée terminait par une défaite humiliante pour George, intensifiant la rupture entre les frères. Ils firent une trêve après la tentative la plus perfide de George pour s'emparer du trône d'Edward. Frustré une fois de plus, George jubila dans le feu de la réconciliation, situé au sein de la famille.

La cape à damier de George glissa d'une épaule, ses chaussures cramoisies avec des longs doigts pointus avaient des cloches sécurisées. *Un bouffon de cour déguisé en noble,* pensa Valentine.

La conversation et les rires retentissaient, les courtisans exultants en compagnie de leur roi bien-aimé Edward. Le royaume était en paix.

Mais Valentine Starbury était abattu... et il essayait désespérément de se saouler.

Tous les rires et la proximité lui faisaient sentir plus comme un étranger. Il était assis seul au bout de l'estrade, son menton dans sa paume, son autre main coincée dans sa poche, faisant tourner une pièce encore et encore. Ce soir, son cou doré l'étranglait, ses manches lui attachaient les bras comme des chaînes.

La scène devant lui lui semblait familière mais étrange. Après trois ans en France, bien que content d'être de retour à la terre anglaise, il avait du mal à se réintégrer. Même les accents lui semblaient étranges. Il avait besoin de se retrouver avec la vie dans la cour, renouveler des vieux amis et réfléchir à ce qu'il avait laissé derrière, du nouveau point de vue d'un homme.

Il éteignit le bruit et essaya de conjurer la voix de sa mère, mais il ne pouvait se souvenir que des respirations inégales pendant qu'elle lui disait en sanglotant les nouvelles tragiques : «Ton Père périt au combat, mon garçon... »

Non. Pas mon Seigneur Père. Le grand et fort soldat qui lui avait donné sa première épée, prenant chaque doigt et l'enroulant autour de la poignée froide. Le combat prit également le père de Richard, et sachant qu'ils étaient allés au paradis ensemble réconfortait Valentine à l'âge de neuf ans. Mais ça n'avait pas réconforté sa mère. Elle se coucha une nuit, étreignant l'oreiller du Père, et elle ne se réveilla jamais. Valentine s'assit en lui serrant la main toute la nuit. Alors que la obscurité cédait la place à une aube humide, ses lèvres se figèrent dans un sourire paisible. Il se souvint avoir levé les yeux pour voir la mère de Richard, les larmes coulant de ses yeux.

Valentine rejoignit la bruyante maison Plantagenet ce jour-là.

Il avait beaucoup à rattraper avec sa famille d'accueil, mais ce n'était pas le moment.

Il rétrécit devant sa défaite dans ce duel avec Richard. Il aurait dû savoir mieux pour ne pas submerger son bras blessé. Ajoutant à sa consternation s'ajoutait la grimace de mécontentement qu'il montrait chaque fois qu'une femme passait. Étudiant chaque femme dans la grande salle, il se demandait qui était la fille qu'il était condamné à faire la cour.

Souhaitant qu'elle apparaisse pour qu'il puisse y mettre fin, Valentine cherchait les yeux de la bile, les cheveux de paille. Mais personne de cette description plana, tourna, ou même dandina à ses côtés. Elle était probablement dans ses chambres traduisant Homer.

Aha! La pensée lui frappa comme un éclair. C'était une des blagues de Richard; il n'y avait pas de fille bovine! Nul mais Richard était amusé par son étrange sens de l'humour. La dernière gorgée de vin de Valentine lui chauffa alors qu'il se levait. Forçant un rire dans un souci de sportivité, il s'avança lourdement vers Richard et George. «Il n'y a pas de fille bovine ici, Richard. Cependant, c'est typique de toi me faire perdre toute la nuit à attendre la vache.»

Richard n'enregistra aucune surprise ni amusement, ce que dérouta Valentine encore plus. Quand Richard admettait-il sa blague? «Elle sera ici. Elle adore danser.»

«Cette séance ici ne fait que me déprimer, Richard. J'ai besoin d'être seul pendant un moment, pour penser. Je vais me promener.» Sans donner à aucun d'eux une chance de le rejoindre, il quitta la grande salle et il marcha dans le couloir aux portes du palais. Il respira plus facilement maintenant qu'il savait que l'inévitable avait été retardé. Donc ce n'était pas une blague après tout, à moins que George ne soit impliqué. Mais George n'était pas un farceur. Il était trop occupé avec le vin, les jeunes filles et les guerres.

Il franchit les portes du palais et il inhala l'air terreux pour dégager davantage sa tête. Il ne s'avait pas rendu compte à quel point la grand salle avait été étouffante jusqu'à ce qu'il s'échappait du corps en sueur de la cour.

Londres appliquait strictement son couvre-feu à 8:00. Après la fermeture des portes de la ville, quiconque qui marchait dans les rues était l'objet d'une lourde amende. Mais l'air frais et la solitude valaient les quelques shillings si on lui arrêtait.

Sifflant un air français, il se dirigea vers la rive du fleuve. La lueur nacrée de la lune éclaira son chemin. Dans le loin détour de la Tamise, les quatre sommets de la tour poignar-daient le ciel sombre. Les maisons s'appuyaient les unes sur les autres au bord de la rivière, avec des scintillements de sébum dans chaque fenêtre, en l'honneur de la fête de Saint Paul. Des brindilles de bouleau gris argenté, ses feuilles vertes donnant à la scène un air de fête, décoraient chaque porte. Les tavernes obscènes sur le quai retentissaient, leurs pancartes suspendues se balançant dans la brise. Sauf le fanal rougeoyant occasionnel, les navires marchands dans le port étaient sombres, ses mâts imposants. Quelques voiles déployées se levaient et brillaient comme des spectres. Des sloops, des péniches et des bateaux de pêche durcis aux intempéries heurtaient paresseusement le rivage et dérivaient comme une rangée de somnambules stupéfaits. Les bruits lointains venant du palais créaient un buzz discordant.

Il commença à voir la raison de Richard pour avoir besoin d'un lieu d'évasion privé. Peut-être cette tache d'herbe sous l'orme au bordure du parc du palais pourrait être le sien.

Il arrêta de siffler.

Quel endroit paisible pour se connecter avec la terre. Il détestait encore plus ses vêtements étouffants maintenant, les bas qui étouffaient ses lombaires, ses chaussures pleines de mousse. Il avait besoin de l'humidité pour mouiller sa tête et tremper son corps.

Imprudent à cause du vin, il enleva ses vêtements et jeta chaque vêtement de côté formant un chemin froissé alors qu'il trottait vers la rivière. La brise ébouriffa ses cheveux, caressant chaque membre exposé tout en retirant chaque vêtement: pardessus, chemise, bas. Libre, nu et sans restrictions, il rit de l'absurdité de ses actions. À quel point Richard serait horrifié en affichant sa nudité à l'air libre!

Ses pieds quittèrent la terre ferme et se glissèrent dans la chaleur liquide de la rivière. Elle l'enveloppa comme un cocon. Il plongea. L'eau trempa ses cheveux et son cuir chevelu. Revenant à la surface, il rit et tomba comme un enfant. Respirant profondément, il étendit ses bras comme des ailes et glissa sur l'eau, chaque muscle s'étirant et fléchissant alors que ses bras le propulsaient en avant.

Il marcha dans l'eau jusqu'au rivage, arqua son dos et flotta, regardant les étoiles pointillées, diamants dispersés dans les cieux.

Un doux bourdonnement atteignit ses oreilles au-delà de

la rive du fleuve-la mélodie chantante comme les gloires du matin entrelacées autour d'une clôture, les notes le capturèrent dans leur doux rythme. Il se retourna et tomba à genoux.

Regardant autour de l'orme tordu, il vit la tête brillante d'un cheval blanc. Il se retourna pour lui faire face.

Il voulait toujours trouver la source du bourdonnement, mais ses vêtements étaient au-delà de sa capacité à les ramasser, sur le rivage!

Une femme apparut devant lui à côté du cheval. Ses doigts autour des rênes, emmenant l'animal à la rive pour boire. Alors qu'elle se retournait, ses yeux s'arrêtèrent sur sa silhouette. Il sombra dans les profondeurs sombres de la rivière, mais il ne pouvait pas détacher ses yeux. Ses jupes remontées jusqu'aux genoux révélaient de telles jambes minces, elle pourrait courir jusqu'à Cripplegate sans s'arrêter.

La vérité de Dieu! Était-elle la jeune fille vers laquelle il avait galopé dans la cour extérieure après la bataille, celle qu'il avait juré de retrouver? Oui, c'était elle! Cette fois aucune foule ne les séparerait. En ce moment, personne d'autre du monde n'existait.

Oubliés toutes les pensées à propos de la vache qui l'attendait de retour dans le palais, personne n'avait d'importance sauf lui et cette dame. Avec une explosion d'impulsivité, il traversa l'eau vers elle.

«Je veux vous jeter au sol et vous faire l'amour avec folie et passionnément!» Il aspirait à proclamer.

Écoutant les éclaboussures lointaines, Denys haleta. Quelqu'un se cachait dans la rivière, en la regardant. Elle plissa les yeux pour distinguer les traits. Une étincelle de reconnaissance l'éclaira, puis laissa place à la surprise.

«Je ne voulais pas vous faire peur.» Sa voix sonna, perçant le silence. «Je voulais un plongeon.»

Sa voix résonnait dans sa tête depuis ce jour-là. «Vous

m'avez trouvé!» elle prononça, les seuls mots qu'elle put penser. Cette silhouette nue et vulnérable devant elle était la même qui la faisait se sentir si spéciale, si désirable, s'élevant au-dessus d'elle comme la fierté de l'armée triomphante du roi. Mais sa modestie prévalut: elle fouilla dans sa ceinture et baissa ses jupes. L'ourlet tomba pour couvrir ses chevilles.

«Oui, ma dame, c'est moi. Autant que je voulais vous retrouver, je m'attendais à ce que l'atmosphère soit plus-formelle. Au moins avec quelque chose de plus qu'une rivière pour me recouvrir. Vous avez aussi envie d'un plongeon?» il plaisanta.

«Non, je suis sorti pour donner de l'eau à Chera et être seule pendant un moment.» Un soupçon de souffle s'enfila dans ce qu'elle espérait que ça sonnait comme une maîtrise de soi sereine. Certainement il pouvait entendre son cœur battre. Premières choses d'abord: découvrir qui est lui: «Rési-dez-vous à Londres, mon seigneur?»

«Je viens juste d'arriver à la cour. Ma résidence est à Surrey. Je suis un ami de la famille royale.»

«Oh, vous connaissez Onc...er, son altesse le roi Edward!» Ça devrait rendre les choses beaucoup plus faciles. Elle se demandait pourquoi il ne se levait pas pendant qu'elle s'effor-çait pour un moyen de prolonger leur échange. «Je n'ai jamais écouté que les gentilshommes se baignaient dans la Tamise.»

«Non, c'est la première fois. Je n'ai jamais fait ça avant mais je n'avais pas envie de participer aux festivités. Je suis récemment revenu de France et... les souvenirs ont commencé à revenir et j'avais juste besoin d'un peu de liberté. J'ai été invité au palais pour la fête de Saint Paul.»

«Oh, si Saint Paul pouvait vous voir maintenant,» elle chuchota.

«Pardon?» Il s'approcha et elle se retira lentement vers le rivage.

«Je pensais seulement tout haut.» Elle se concentra sur ses

traits. Elle ne pouvait pas décider s'il était plus attirant avec un armure complet ou comme ça, nu et vulnérable. «Les gentilshommes Français nagent nus dans la Seine?»

«Non, pas que je sache.» Il nia avec sa tête. «Les anciens Romains passaient de nombreuses heures de loisir dans les salles de bain, mais ils étaient beaucoup plus sensuels que nous les ennuyeux Anglais.»

«Je dois dire que je n'ai jamais été en présence d'un homme nu sans l'honneur d'une présentation formelle.» Son esprit se précipita vers l'image floue de certaines scènes à l'avenir. Elle étouffa ses pensées.

«Oh, avec votre permission. Permettez-moi de me présenter. Je suis Valentine Starbury, compte de Pembroke. En ce qui concerne me lever et me pencher pour baiser votre main, je n'ose pas vous approcher dans cet état. Je ne peux pas me pencher pour ne pas me mouiller le visage dans l'eau, et je suis aussi haut que je ne le serai jamais.»

Elle essaya de ne pas sourire.

«Et peux-je vous demander votre nom, ma dame?»

«Je suis Denys, et voilà Chera.» Elle fit un geste vers son cheval. «Sa mère est morte en lui donnant naissance et maintenant elle pense que je suis sa mère.»

«Je dois tristement lui dire, alors, qu'elle a tort.» Il regarda Chera. «Aucun palefroi n'a eu une si belle mère. Ne peut-elle pas discerner le manque de ressemblance?»

Maintenant elle montra ce sourire. «Et quelle est votre position à la cour, mon seigneur?» L'idée de l'appeler «mon seigneur» dans état actuel de nudité l'amusait. Mais elle devait en savoir le plus possible sur lui, pour prouver qu'il était réel et pas seulement un produit de son imagination.

«Gentilhomme aujourd'hui même si j'ai confiance que mes compétences avec la hache et l'épée gagnent le faveur du roi Edward. J'ai hérité le titre de mon père qui a été tué au combat quand j'avais neuf ans. Les Plantagenets m'ont accueilli. Ils sont ma famille à tous points de vue sauf les liens de sang. En essence, c'est une des raisons pour lesquelles je suis ici.»

«Ils vous ont mis au défi de nager nu?» Elle continua à plaisanter.

«Non, mais s'il n'y avait pas le manque de fiabilité d'une tierce personne, je ne serai pas ici, en train de vous parler. Donc, je suis reconnaissant envers cette tierce personne. Si elle était arrivée comme prévu, je serais là...» Il pointa de la main vers le palais. «Obligé de m'amuser et d'être charmant à travers de l'après-midi avec un sourire forcé.»

«Vous semblez assez jovial. Qu'est-ce qui vous rend triste?» Elle baissa les yeux. «Désolé, je me mêle. Je demande juste par curiosité. Ma soif d'informations, de tout type, c'est l'un de mes défauts les plus graves, on me dit.» Elle espérait que ça excuserait sa grossiéreté.

«Ce n'est pas du tout un défaut, mais un signe d'un esprit actif et intelligent. Je n'ai vous rien caché jusqu'à présent! Bon, presque. J'oserais dire qu'il y a beaucoup plus que j'en saurais sur vous. Je suis obligé à courtiser une dame qui a besoin d'un *parti* approprié.»

La déception emporta l'émotion, laissant sa voix impassible. «Hélas, c'est un problème de la royauté... et de la noblesse. Cette dame... avez-vous vu son portrait?» Elle ne voulait pas demander qui était la dame. Elle ne voulait pas savoir, son fantasme si cruellement évanoui.

Il nia avec sa tête. «Non, je rentre dans cela sans le bénéfice d'un regard sur son visage.»

Elle haleta. «Vous et elle sont fiancés?»

«Non!» Des gouttelettes volaient alors qu'il secouait la tête. «Je serais sur le prochain bateau pour rentrer en France avant que quelqu'un me force à épouser quelqu'un que je n'ai pas vu. C'est juste une question d'honneur pour laquelle je dois la connaître! Et c'est tout que j'ai accepté de faire, la connaître. Si nos âmes ne résonnent pas avec compatibilité à la fin de l'après-midi, je vais lui dire au revoir. J'aurai rempli ma part de l'accord.»

«Ah.» Son soupir de soulagement s'entendit clairement à travers la Tamise. *Oh, il est libre.* Son esprit s'envola, avec ses battements de cœur. «Ah, donc c'est un accord.»

«Rien de plus que ça, certainement. Pour moi, la pire façon de commencer une cour. Je crois fermement en l'amour. Je vais lutter contre les chances et je ferai un couple par amour, je ne succomberai pas à une relation sans amour juste pour sceller une alliance politique ou sauver une fille simple du célibat.»

«Noble en effet, mais présomptueux de l'appeler simple sans l'avoir vue.» Elle a eu pitié de la pauvre fille.

«J'ai entendu une description, même si c'est brève, d'une partie objective. J'ai formé une image dans mon esprit, et ce n'est pas jolie.» Il fronça les sourcils mais le remplaça rapidement avec un sourire.

«Bon, c'est le Roi Edward ou George. Ils ne peuvent être objectifs sur aucune créature portant un corset et des jupes.» Elle lui sourit timidement.

«Non, une âme plus indifférente, détachée et impartiale.» Il baissa la tête.

Elle acquiesça. «Bien sûr. Le duc de Gloucester.»

Il leva la tête. «Comment avez-vous deviné?»

«Simple. Il est la seule personne dans ce royaume qui coïncide avec ces trois mots.»

«Je ne peux pas en discuter.» Il rit entre ses dents.

«Mais pourquoi faire confiance à sa parole? La dame peut être une beauté époustouflante.» Elle enleva une mèche de cheveux de son épaule et haussa un sourcil avant de revoir son regard. Elle pourrait profiter de cette drôle de réplique, maintenant qu'elle savait qu'il n'était pas fiancé-et aucune femme connue de Richard pourrait attirer l'attention de cet homme.

Ella avait le sentiment qu'elle était l'une des sœurs de Richard et elle retint un rire.

«En quelque sorte j'en doute. Si elle était si belle, le roi la courtiserait déjà,» il affirma.

«Alors *qu'est-ce qu'il a dit* d'elle, mon seigneur?» *Qu'est-ce que c'est cet accord?* C'était ce qu'elle voulait vraiment savoir.

«Oh, rien de particulièrement méprisant.» Il haussa les épaules. «Il ne veut jamais blesser. Il le dit directement, exactement comment il le voit.»

«Oui, Richard est plus émoussé qu'un couteau à beurre émoussé.» Avec cela elle admit également qu'elle ne voulait pas la misérable échevelée près de lui.

«Et certainement tout ce qu'il m'a dit, il lui a dit. Il n'est pas de ceux qui parlent derrière le dos des autres. Même moi!» Il ajouta.

«C'est son cousin avec un œil gris et l'autre vert... oh, quel est son nom?» Elle toucha le côté de sa tête. «Gonilda?»

«Non. Elle est liée à la reine.» Ses yeux s'illuminèrent quand il leva un doigt. Maintenant je me souviens. Son surnom est Colombe.»

Elle recula comme si elle était frappée par un sac de pierres. Ses doigts engourdis autour des rênes. «C'est Colombe?»

Il continua. «Oui, et il l'a décrite comme assez simple, en fait.» Son sourire s'évanouit. «Sa couleur des yeux, oh qui était... ah, ou, elle a des yeux de la couleur de... qu'est-ce que c'était maintenant... oh, oui. Guano de chauve-souris!» Ses mots trébuchèrent avec le rire.

Se tournant pour quitter sa présence soudainement indésirable, elle glissa. Ses pieds glissèrent dans la boue. Ses bras l'entourèrent et la redressèrent. Leur contact fit que les étoiles et tout leur éclat la brûlèrent, parce que cette vague intense draina tout sa vigueur. Maintenant ils étaient debout dans l'eau jusqu'à la taille. Sa respiration intensifiée éventa sa joue. Avant qu'il ne puisse la déranger davantage, elle trébucha sur le rivage, traînant ses jupes derrière elle.

Alors qu'elle était la malheureuse fille aux yeux de guano! Comment Richard a-t-il pu la traiter si cruellement? Le crétin! «Guano de chauve-souris? Est-ce une façon de parler de quelqu'un que vous n'avez jamais connu? Est-ce que vous jugez toujours sans voir d'abord le sujet de vos propres yeux ou votre discrétion est si imparfaite que vous ne pouvez pas lui faire confiance?»

C'étaient les mots de Richard, pas les miens!» Il leva les mains pour se rendre.

«En en les répétant vous êtes tout aussi dégoûtant!» Elle remonta le talus, prit les rênes et partit, Chera trottant à côté d'elle.

«Revenez! Attendez!» Sa voix devint plus fort quand il essaya de la rejoindre.

Les larmes brouillaient sa vision; les branches la déchirèrent. Elle trébucha sur des racines exposées. La reine l'avait dégradée et rabaissée devant toute la cour, mais rien ne lui avait fait autant de mal que ça.

Parce que c'était lui. Il avait le pouvoir de la blesser.

Et Richard-Comment pourrait-il le faire? Lui et ce gentilhomme nu, des bouffons sans cœur les deux.

Elle ramena Chera au palais, jetant ses bras autour du cou de l'animal avant de partir dans les écuries. Chera lui caressa la joue, son souffle chaud comme une douce berceuse pour Denys. «Tu m'aimeras toujours, n'est-ce pas?» elle chuchota. Chera répondit avec un signe de tête, une autre caresse. Toujours fidèle, une simple bête, mais tellement capable d'amour inconditionnel.

Confus par la réaction de la jeune fille indignée devant la description de Richard, Valentine traversa l'eau jusqu'au rivage et revint sur ses pas pour récupérer les vêtements qu'il avait enlevé avec tant de débauche. Mais ils n'étaient pas en vue. Le clair de lune illuminait chaque parcelle d'herbe, chaque monticule de terre, mais rien de tel que sa tunique, bas ou pourpoint. Puis la compréhension surprenante lui frappa plus fort que le vin avait touché le creux de son estomac: La garce avait volé tous les fils de sa tenue!

Il descendit la rive comme un blaireau blessé, accroupi pour que personne ne le voie, la brise caressant son corps aux parties jamais exposées à l'air libre. Malgré l'absurdité de sa situation, il rit. *Ça se sent bien après tout,* il s'assura, avec de la mousse sous ses pieds nus.

Il monta à bord d'une barge abandonnée, cherchant quelque chose pour se couvrir, un morceau de tissu, une voile, n'importe quoi, pour pouvoir rentrer dans le palais avec un minimum de dignité. Il ne trouva rien. Il grimpa sur le rivage et attrapa un morceau de bouleau de la porte de la première maison à laquelle il arriva. Le tenant sur son entrejambe comme la feuille de vigne d'Adam, il courut.

Au-delà du jardin formel, il sauta, grimaçant de douleur quand les cailloux pointus le piquèrent au bas de ses pieds. Il arriva à la porte d'entrée et courut sur le chemin. Les arômes enivrants de roses et de chèvrefeuille ne purent pas le calmer. Juste un peu plus loin, au-delà des gardiens effrayés, qu'il salua avec un joyeux, «Belle soirée... er... modelant pour une statue, tenant une pose, collant mes fesses pendant des heures...»

Le pont—levis était encore soulevé. Ses pas résonnèrent à travers le tunnel qui menait à la cour extérieure. Une fois en sécurité à l'intérieur, il se permit le luxe d'un soupir de soulagement. Pas une âme en vue. Les lumières brillant dans la grande salle indiquaient que certains courtisans ne s'étaient pas toujours saoulés jusqu'à l'oubli. *S'il vous plaît, que le roi se soit retiré!* Il implora à un sauveur invisible, parce que même si Edward ne partageait pas du tout la pudibonderie de Richard, il était le roi après tout, et il n'aimerait qu'un sujet avec un titre se promenât dans une tenue si inapproprié. Ses pieds nus touchaient le sol alors qu'il montait le grand escalier et descendait le couloir jusqu'à ses chambres. Les gardes étaient postés à l'entrée des chambres du roi, les épées brillant à la lueur des torches. Il ouvrit les portes de sa chambre et se faufila dans son placard privé. Il se soulagea sur le pot, jeta la branche de côté, et glissa sous ses couvertures. Oh, cette vile et méchante nymphe, volant ses vêtements. Il pourrait tordre son petit cou! Alors que ses pensées dérivaient dans un hasard disjoint, il rêva. Ses lèvres écrasaient les siennes alors que ses mains glissaient de haut en bas à travers ce délicieux corps.

Chapitre Trois

DENYS ÉTAIT ASSISE sous l'orme au bord du palais, Chera broutant à côté d'elle. Après avoir mâché une pomme, elle commença une lettre à l'Archevêque de Canterbury, lui racontant son possible lien avec Malmesbury. «Votre Excellence, je demande votre aide pour en savoir plus...» Elle écrivit alors que les mots coulaient facilement, son écriture constante et sûre. Oh, enfin passer à l'action et retracer ses origines, après toutes ces années de chuchotements silencieux.

Avec le bruit des sabots battant, elle leva les yeux, en attente d'un page royal pour l'accompagner à la cour. Mais son souffle s'arrêta et se retint à l'approche du cavalier. La mèche blanche jouait dans ses cheveux coupés par le vent, formant une flaque sus ses épaules en arrêtant sa monture.

«Je suis occupée en ce moment, mon seigneur,» elle déclara. Son poing saisit la plume; la pointe de la plume perça le parchemin. Elle ne voulait pas trahir l'étincelle d'émotion qu'il avait provoquée. «Bonjour à vous.»

«Malgré ce que vous voulez, je n'ai pas volontairement cherché votre compagnie, et je ne vous donnerai pas non plus la satisfaction de savoir comment suis-je rentré au palais hier après-midi en gardant ma dignité.» Il la regarda avec les yeux plissés, pourtant un sourire jouait dans ses lèvres.

«Soyez reconnaissant que mon seigneur se soit échappé en gardant quelque chose.» Elle repoussa son regard vers sa plume et son parchemin. «Peut-être que vous réfléchirez avant de diffamer quelqu'un que vous ne connaissez pas.»

«Si mes vêtements sont hors de portée, je le ferai certainement. Je réfléchirai avant de me déshabiller pour une raison quelconque à partir de maintenant. Surtout dans la compagnie actuelle.» Il descendit du cheval et s'approcha d'elle. Elle était maintenant assise au niveau des yeux avec ses genoux et jeta un coup d'œil furtif à la tunique brodée moulée sur son torse, son abdomen plat se rétrécissant aux hanches carrées. Les bas serrés soulignaient sa masculinité.

La brise portait son parfum de bois. Le clair de lune ne lui avait pas fait la justice du soleil éclatant. La couverture de la nuit lui avait assombri les yeux célestes avec lesquels elle s'était émerveillée dans la cour extérieure. Elle se concentra une fois de plus sur ces yeux, toujours rayonnant de l'innocence de la jeunesse, intacts de la douleur de l'amour perdu. Ses yeux parcouraient la largeur de sa poitrine maintenant qu'elle n'était pas immergée dans l'eau ou enveloppée dans une armure.

«Vous expulser maintenant me ferait plus de plaisir que ne plus jamais enlever vos vêtements dans ma compagnie, mon seigneur.» Ce n'était pas une surprise quand il fit un autre pas.

«Venez maintenant, ne soyez pas si méchante. Nous sommes quittes. Je vous ai dérangée en quelque sorte et vous m'avez dérangé. J'avoue que j'ai commencé. Je pensais que je délirais... en plongeant pour nager seul dans la rivière, je n'ai jamais rêvé que j'ouvrirais les yeux sur la même vision que j'ai trouvée dans la cour extérieure. Vous devez admettre que cela toucherait les sens de tout homme sain. Peut-on pas recommencer?»

Si elle refusait, il monterait certainement son cheval et le mettrait fin. Quelque chose lui dit qu'elle ne le rejetterait pas. Oui, il avait parlé d'elle avec Richard mais il ne le savait pas encore. C'était pardonnable.

«Je suppose qu'il n'y a rien de mal à être civil, depuis que je suis une... amie de la cour, comme vous. Mais je vous informerais, que je suis fiancée,» elle ajouta, pour garder son distance, au cas où il aurait l'intention de le réduire davantage, puisqu'elle n'était pas accompagnée.

Son sourire s'évanouit mais il ne bougea pas un muscle. «Un noble, je suppose?»

Elle acquiesça. «Oui, bien sûr, un noble. Avec titre et terrain.»

«Et quand est la date du mariage?» Il la stimula plus.

«Bientôt.» Elle ne put pas forcer l'enthousiasme dans son ton.

«Dites-moi s'il vous plaît, c'est à lui que vous l'écrivez, annulant l'événement?» Il jeta un œil à la lettre et elle la tint contre sa poitrine.

«Vous n'avez rien à faire, mon seigneur? Vous n'entraînez pas?» Elle trempa sa plume dans sa corne d'encre.

«Je pratique constamment, avec ou sans épée. Je reviens de la Tour où j'ai assisté au conseil. Le roi se prépare pour une autre bataille contre les Lancastriens.» Il s'agenouilla devant elle et s'installa pour s'asseoir.

Elle n'avait aucune raison de cacher son alarme. «Comment je déteste ces batailles! Elles menacent le bienêtre du royaume et la vie de mes proches. Quand?»

Il haussa les épaules. «Je ne le sais pas encore. Mais si une autre bataille est imminente, je vais m'unir à leurs forces.»

«Leurs forces comme Yorkiste, j'espère?» elle poussa.

Sans hésiter, il répondit, «Je sais que vous essayez de m'ennuyer. Je vous ai raconté que mon père est mort à côté de le père de Richard. Ces batailles ne finiront pas jusqu'à ce que chaque traître des Lancastriens soit dans sa tombe. Et Dieu nous en préserve, si le Roi Edward périt au combat, nous avons George et Richard pour continuer avec le gouvernement Yorkiste.»

Elle commença à se demander à quel point elle voulait le connaître. «Une visite au confessionnal est nécessaire étant donné que vous avez envisagé l'idée. Parler de la mort du roi c'est trahison.»

Son sourire lui dit qu'il ne la prenait pas un peu au sérieux. «J'ai parlé plusieurs fois avec le Roi Edward. Il accepte la réalité de la mort au combat, pourtant ça ne l'empêche jamais de se battre pour défendre le gouvernement Yorkiste. Simplement je considère la possibilité. Malgré la dextérité à la guerre du Roi Edward, il est en réel danger de mourir au combat. Si Richard un jour héritât du trône si ses héritiers ne peuvent pas gouverner, je serai à ses côtés servant dans n'importe quelle position dans laquelle il me considère convenable. Le royaume prospérerait avec un roi comme Richard.»

«Vous avez tour prévu sauf la date du couronnement. Richard roi? C'est pas improbable, mais franchement effrayant.» Elle frémit sachant comment Richard évitait le progrès au-delà de son rang de duc. «En plus, il est bien en dessous de la ligne de succession.»

«Vous êtes juste en colère contre ce que Richard dit à propos de cette fille qu'il veut que je courtise. C'est bien qu'elle ne m'ait pas vu la nuit dernière *au natural*. Alors je ne m'en débarrasserais jamais.» Il arracha un brin d'herbe du sol et l'enlaça entre ses doigts.

«La modestie ne fait pas partie de votre courte liste de vertus.» Elle lui sourit ironiquement.

«Non, je suis fier de me vanter de ma personne, chère dame. Des années de travail acharné en tournois et joutes et brandissant la hache et l'épée m'ont donné ma part des bosses et des ecchymoses, mais ils m'ont fait assez ferme.» Il passa ses mains sur ses hanches minces et ses cuisses musclées qui ressortaient sous les bas. «L'art de la guerre n'est pas mon cadeau, cependant. Je suis beaucoup plus habile dans l'art de la compétence politique. Pourqui, le Roi Luis m'appelait pour rédiger des lettres pour ses collègues étrangers, sans parler des lettres d'amour.» Il haussa un sourcil. «Je l'ai aidé avec des discours, et j'espère que le Roi Edward a cela à l'esprit quand il attribue la prochaine promotion à un de ses gentilshommes.»

Alors qu'il aspirait à un poste supérieur et le titre d'accompagnement. Pour commencer.

«Nous ne sommes pas d'accord sur cela, mon seigneur. Vous vous délectez des intrigues de la cour, et je les méprise. Vous êtes sûr que votre nom n'est pas Woodville?»

«Rien n'est plus faux. Mon nom est Starbury, madame. Et je gagnerai mes titres plus hauts honorablement, grâce à la loyauté pure et simple. Je vais continuer d'où mon père l'a laissé.»

Comme elle ne connaissait pas son père, elle ne pouvait pas porter de jugement. Le royaume était si plein des traîtres et des espions, qu'elle ne savait plus qui était qui. Il pouvait être un Lancastrien aux matines et après un Yorkiste aux vêpres pour autant qu'elle sache.

Oui, physiquement attirant, mais trop plongé dans la fierté pour son goût. Ses ambitions contredisaient tout ce qu'elle croyait. Peut-être pensait-il plus raisonnablement après avoir expérimenté la trahison et la tromperie des affaires de la cour.

Elle fit semblant de retourner à sa lettre comme si elle n'avait été jamais interrompue. Il se leva, lui dit bonjour et retourna à son coursier, mit une jambe sur son dos et partit au galop. Comme il s'éloignait, un sourire toucha ses lèvres. Alors que l'homme et la bête descendaient la pente herbeuse hors de vue, son rythme cardiaque descendit à un coup inconfortable. Elle ferma les yeux, son image était nette comme s'il se tenait toujours devant elle. Elle laissa son fantasme s'attarder un moment de plus, puis elle retourna à sa recherche pour trouver sa famille.

UNE FOIS QUE DENYS AVAIT FINI LA LETTRE ET L'AVAIT expédiée à l'Archevêque entre les mains du messager royal le plus fiable, elle parcourut les couloirs du palais à la recherche de Richard. Si une bataille était imminente, sans doute il priait, loin de la cacophonie des voix et des ménestrels et surtout, les Woodvilles. Elle monta le grand escalier et se dirigea à la chapelle.

VALENTINE AVAIT DÉJÀ TROUVÉ RICHARD AU PREMIER RANG de la chapelle, pas dans sa pose pensive habituelle, mais juste assis là. «Richard,» il chuchota, «Je l'ai trouvée. La femme que je t'ai dit que j'avais vu seule dans la cour extérieure après la bataille.» Sa voix prit un ton rêveur. «Je n'ai jamais vu personne comme elle. Je l'ai retrouvée aujourd'hui dans le bordure du parc tu palais et... oh, j'aurais pu la violer à ce moment précis.»

«Si elle était Française, peut-être qu'elle t'aurait laissé le faire juste là dans la terre.» Richard lui indiqua de s'asseoir.

Valentine se glissa sur le banc à côté de lui. «Elle a juré allégeance à un autre. Un noble. Oh, si seulement j'étais arrivé en premier,» il continua avec une exubérance renouvelée. «Mais je pense que ce serait nécessaire plus qu'un titre pour la conquérir.»

«Oh mon Dieu, Val, elle n'a peut-être pas de dot ou pire-

elle est la fille de quelqu'un Lancastrien.» Richard se glissa plus bas pour donner à Valentine plus d'espace.

«Ça m'est égal. Mon héritage est grand. Je la veux même si elle n'a pas un sou pour elle.» Valentine joignit ses mains entre ses genoux.

«As-tu oublié notre accord? Tu as perdu équitablement et proprement, mon bon ami.» Richard ferma son Livre d'Heures le mit sur ses genoux.

«Non, je n'ai pas encore rencontré ta vache.» Valentine regarda une vieille femme qui allumait une bougie près de l'autel. «J'étais préparé hier soir.»

«Et bien saoul,» Richard commenta. «Une grande impression puante.»

«Bon, qu'est-ce que tu attendais, avec la façon dont tu la décris? Et après avoir connu cette... oh, je devrais me souvenir de son nom. Ses cheveux reflétaient le clair de lune, ses yeux le vert de la forêt, sa peau si lisse et laiteuse...» Il omit qu'il avait couru de retour au palais serrant une brindille de bouleau sur ses parties intimes. «Et, je pourrais ajouter, elle est une combattante comme si cela ne suffisait pas.»

«Non, je ne connais personne à la peau laiteuse ou avec les yeux comme la forêt.» Richard nia avec la tête. «Pas dans ce pays. Comment tu prodigueras l'attention nécessaire à deux femmes?»

«Voyons, tu me connais, je peux partager mon temps... et mes affections... assez bien. J'ai du temps pour les deux.» Il étendit ses doigts. «Qui est l'homme qui ne peut pas?»

«Je ne peux pas.» Richard leva le menton avec un air de supériorité.

«Ah, mais ça c'est toi, mon ami. Je veux dire nous les hommes inférieurs.» Le sourcil de Valentine s'arqua tout en tournant quand il entendit le bruit de la porte qui grinçait.

DENYS S'APPUYA SUR LA PORTE DE LA CHAPELLE ET SAISIT LA poignée alors qu'elle regardait. Elle avait raison; Richard était assis là au premier rang. Ensuite elle écouta une voix et elle comprit que Richard n'était pas seul. Elle n'osa pas ouvrir plus la porte qui grinçait.

Elle était dans un silence de mort alors que Richard parlait: «Très bien, va chasser ta nymphe partout à Londres si tu veux. Mais seulement si tu fais la connaissance de Denys à ce moment précis. Je vais la chercher et tu dois lui donner tes... processus.»

«Qu'il en soit ainsi. Je vais attendre ici.»

Elle connaissait cette voix. *Mon Dieu, c'est lui!*

Denys laissa la porte se fermer avec un sifflement d'air moisi de la chapelle. Mais elle resta coincée sur place. Quelque chose tenait ses jupes. Elle se tourna pour voir pourquoi elle ne pouvait pas bouger. Oh, le pied de Dieu! La porte de la chapelle avait attrapé ses jupes! C'était trop tard. Même Richard pouvait remarquer les jupes d'une dame prises dans une porte. Dès qu'elle poussa la porte s'ouvrit complètement, et il était là.

«Moi... je suis venu prier, Richard. Je suis désolée. Je ne savais pas que tu étais ici.» Elle garda son ton clair et distant; essayant de garder l'équilibre á travers son angoisse.

Il lui donna le bout de ses jupes qui étaient clairement déchirées. «Bonjour, ma chérie. Viens connaître un de mes amis.» Elle regarda vers l'autel. Il était là, l'air si ravi comme s'il avait découvert or dans l'eau bénite, avec un large sourire. Son cœur fit un bond. Elle attrapa le bord d'un band pour stabiliser ses mains tremblantes. *Fait-il ça à toutes les femmes?* Elle se demanda.

«Je ne crois pas, Richard. Nous nous connaissons déjà.» Son regard était retenu sur le gentilhomme qui lui causait une réponse si obsédante.

«Oh, as-tu connu Denys?» Richard se retourna pour faire face à Valentine. «Tu ne m'as pas dit que tu l'avais connue.»

«Moi... uh...» Le bégaiement de Valentine fit écho et s'estompa dans la partie supérieure du dôme du ventilateur. Richard attendit.

Le sang de Denys commença à bouillir. «Je demande une explication de ta part, Richard, et je ne vais pas te donner de la dignité pour m'expliquer en privé. Je vais l'obtenir maintenant. Regarde-moi dans les yeux et dis-moi qu'ils sont de la couleur du guano dans le visage d'une vache hideuse.»

«Hideuse?» Ses sourcils se froncèrent de perplexité. «Ce n'est même pas dans ma nomenclature, ma chérie. Quand m'as-tu vu si vif?»

«C'est-ce qu'*il* a dit que tu as dit!» Elle jeta un coup d'œil dans la direction de Valentine.

«Alors êtes-vous la «Colombe» à laquelle il faisait référence?» dit Valentine. «Je n'avais aucun moyen de savoir que c'était vous. Je transmettais seulement l'impression que j'avais eu de la description de Richard-comme si c'était une de ses sœurs.»

«Je n'appellerais jamais ma sœur une vache, pour l'amour de Dieu.» Richard fit face à Denys à nouveau, secouant la tête. En ce moment difficile pour nous, j'ai pensé que c'était avantageux pour vous de vous connaître. Chacun de nous te voit d'une manière complètement différente. C'était toi à propos de qui il babillait et délirait tout ce temps, mais j'étais sûr de n'avoir jamais rencontré personne qui correspondait à sa fleurie description.»

«Alors vous êtes Denys.» Le regard de Valentine la parcourut. Elle sentit qu'elle l'appréciait, même en rougissant de rage.

«Tu sais que pour moi tu es une sœur, Denys,» dit Richard. «Mais Val insista pour que je te décrive et je lui ai dit comment je te vois. Il est un frère pour moi, tout comme tu es une sœur. Maintenant si tu mets de côté ton imagination folle, j'ai confiance que toi aussi tu l'aimeras.»

«Nous verrons.» Elle s'excusa par la tension croissante entre les trois.

La porte se referma avec un gémissement et Richard jeta à Valentine un long regard dur en marchant dans l'allée.

Valentine ne trouva aucune raison de contenir sa joie. « C'est Denys! Je suis captivé! Ah, Richard, tu es quelqu'un d'intelligent. Me faisant penser que c'est une racaille intime donc je serais doublement heureux quand nous nous rencontrions finalement. Toi et ton mauvais sens de l'humour. Dommage qu'elle ait découvert, mais peu importe, je me ferai pardonner.»

«Ce n'était pas une blague. C'est comme ça que je la vois. Es-tu si obtus que tu ne le comprends pas?» Richard le regarda avec les yeux plissés.

«Aucun duché ou manoir se rapproche de ce que tu m'offres!» Il avala, sa bouche sèche comme de la laine coupée. «Elle m'a dit qu'elle avait promis son allégeance à un noble. C'était à toi, maintenant je le vois. Et elle a beaucoup de peur.»

«Oui, bien sûr. Elizabeth veut ruiner une amitié chérie, sans parler de mes propres intentions. Mais je comptais sur toi pour changer tout ça. Maintenant tu as tout gâché!» Richard tourna pour partir.

«Je peux le réparer. Quelque chose s'est produit entre nous depuis que nous nous sommes rencontrés. Comme ragoût de lamproie, mijotant pas bouillant, juste assez pour provoquer.» Il regarda par-dessus du dôme du ventilateur et se concentra sur les tons satinés des vitraux au loin.

«Alors c'est ragoût de lamproie?» Richard rit. «Peut-être que tu devrais sortir ton nez du pot avant qu'il ne brûle. Pardonne mon manque de perception, mais je ne la vois pas trébucher sur ses jupes pour te rejoindre, Sir Galahad.»

DIANA RUBINO

«Considère-toi pardonné.» Valentine baissa la tête. «Tu ne vois pas l'intensité dans ses yeux? Mais alors je suis sûr qu'elle ne te regarde jamais comme ça.»

«Dieu merci.» Richard leva les yeux au ciel. «Mais tout ce que tu as réussi à faire c'est qu'elle te tourne le dos. Es-tu sûr que c'était la France lubrique où tu as passé les trois dernières années, et pas la fichue Flandre?»

«Donc on a mal commencé. Ne sois pas si idiot.» Valentine glissa dans l'allée après Richard. «La prochaine fois que tu entreras dans cette chapelle ça pourrait bien être pour le mariage de Denys, mais sois assuré, tu ne seras pas le futur marié!» Valentine s'agenouilla et embrassa les pieds de la statue de la Sainte Mère avant de quitter la chapelle.

Richard secoua la tête avec un soupçon de sourire et alla au cimetière à la recherche de la paix.

❧

LE COUP FAMILIER TROP COURT À LA PORTE DE LA SALLE DE réception interrompit son dîner, mais elle ne voulait pas vraiment manger de toute façon. Denys ouvrit la porte elle-même, ayant renvoyé sa femme de chambre tôt.

Richard était là, essayant d'avoir l'air désolé. «Je suis ici pour m'excuser si c'est ce que tu veux.» Il ferma la porte et se versa un verre de vin du buffet.

«Je ne demande pas d'excuses pour m'avoir humiliée devant cet idiot. Je t'ai déjà pardonné, Richard. Que personne comme lui ne met notre amitié à l'épreuve.»

Il la suivit jusqu'à la fenêtre où ils s'assirent sur le siège en velours. Elle prit une gorgée de vin avant de parler. «Je suppose que tu n'as pas localisé Anne.»

«Non. Mais je pars pour East Grinstead cet après-midi. Il y a une possibilité qu'elle soit là.» Il regarda par la fenêtre.

«Si Dieu le veut. En attendant, j'ai trouvé un guide pour

aller à Malmesbury. Hugh Corey, beau-frère de la couturière de la duchesse de Salisbury. Etant un messager de Gloucestershire, il connaît parfaitement la campagne. Il peut m'emmener directement par le chemin le plus rapide. J'ai eu la chance de trouver quelqu'un qui connût les routes. Il fera que le voyage soit beaucoup plus sûr et plus facile. Il espère que nous localiserons le Manoir Foxley une fois que nous entrons à Malmesbury. Il est disponible jeudi dans quinze jours, alors je vais y aller, même si tu n'as pas le bonheur d'être marié à Anne d'ici là.»

«Je suis soulagé que tu aies un protecteur et que tu ne te promènes pas sans guide, mais pourquoi es-tu si sûr que c'est là que se sont tes origines?» Richard se tourna pour être face à face avec elle. Tout ce que nous savons c'est que c'est là où Bess a improvisé une dot pour toi.»

«Oh, je suis pratiquement sure.» Elle hocha la tête convaincue. «Quand j'ai demandé à Bess avec désinvolture sur le Manoir Foxley, elle a raconté histoire après histoire. Elle ment en respirant.»

«Comment peux-tu savoir?» Il lui jeta un regard sournois.

«Elle gratte ses perles,» vint sa réponse. «Tu sais qu'elle fait ça quand elle essaie de se convaincre d'une solution.»

Il hocha la tête en reconnaissance instantanée. «Oh.» Il le savait aussi. «Bon, ne fais pas trop confiance à ça. Des grands espoirs peuvent conduire au chagrin.»

«Je vais faire ça, Richard. Et pas seulement pour sortir de notre dilemme. J'ai besoin de retrouver ma famille.» Elle ouvrit la fenêtre avec des cristaux de diamant. «J'ai besoin d'air.» Des fragments de lumière colorée éclairèrent la chambre, mélangés avec des flammes de bougies vacillantes.

«Parlant de notre dilemme... et Val...» Richard s'approcha d'elle.

«Pourquoi mentionnes-tu Val?» Elle feignit l'indifférence. «Quel est son rapport avec notre dilemme?»

«J'espérais que tu t'entendisses bien avec lui. D'autant plus que c'est le même homme dont tu as parlé-le Roi Arthur et tout ça. Tu ne le connais pas du tout. Je le connais depuis de nombreuses années, et il a le cœur le plus sincère du royaume. Même tu l'as dit, avant de savoir qui était lui.» Richard s'appuya sur le montant de la fenêtre. Tu voulais rencontrer quelqu'un comme lui, et que puis-je faire, je vais chercher non seulement quelqu'un comme lui, mais le même personnage dont tu parles. Je jette à tes pieds à ton héros légendaire, et tu n'en veux pas!»

Elle secoua la tête. «Je ne peux pas m'empêcher d'hésiter-J'ai des doutes sur lui. Il aspire à des hautes fonctions. Il faut faire attention ces jours-ci. Ce qu'il a dit peut être innocent, mais nous avons des ennemis et on ne sait jamais qui est qui. Il est peut-être entre les griffes de George et Warwick.»

«Si quelqu'un est complètement Yorkiste, c'est Valentine. Son père est mort à côté du mien. Il ne ferait jamais de mal à aucun de nous. Donne-lui une opportunité. Il n'est pas sur le point de partir, pour que tu puisses t'y habituer. Tu peux même l'aimer, comme c'est mon désir.»

La porte de la chambre s'ouvrit d'un coup et le Page d'Honneur du Roi Edward était au garde-à-vous. «Son Altesse le roi appelle immédiatement votre honneur,» il s'adressa à Richard.

Richard frappa son pied. «Et comment as-tu su que j'étais ici?»

«Son Altesse la reine m'a dit de vous chercher...» Le page s'éclaircit la gorge et détourna les yeux, «en compagnie de votre fiancée, mon seigneur.»

«Pourquoi, l'impudence d'elle!» Denys s'éloigna.

«Ça pourrait être pire, Denys. Si tu m'aimais vraiment, elle essaierait de t'épouser avec quelqu'un d'autre *que* moi.» Richard lissa sa chemise et s'adressa au page. «Maintenant que se passe-t-il?»

«Le compte de Warwick envisage d'envahir de France, mon seigneur.» Le page parla à Richard sans regarder dans les yeux.

«Cet idiot» Sans se retourner pour regarder Denys, Richard passa le page et quitta la chambre.

Mais Richard se retourna, se précipita vers la chambre et courut vers Denys. «Bonne chance dans ta recherche.» Il embrassa sa main et disparut.

«Bonne chance à toi!» elle chuchota dans le noir. «Peut-être que j'aurai une famille pour te présenter à mon retour.»

ALORS QUE LE SOLEIL SE LEVAIT À L'HORIZON, UN FLOT DE doigts roses agitait dans le nouveau matin. Valentine traversa batailles simulées dans la cour extérieure du palais jusqu'à que la Messe commença. Richard n'assista pas.

Quand il ne se présenta pas pour le petit déjeuner dans la grande salle, Valentine alla dans ses chambres pour le chercher.

Un hallebardier lui laissa entrer. Valentine s'approcha du lit richement sculpté et écarta le velours qui pendait. Le visage de Richard avait l'air inquiet dans le rêve, ses sourcils froncés. Il donna un léger coup de coude à son ami. Ouvrant un œil et apercevant Valentine, il gémit et se retourna.

«Allons-y, lève-toi et brille! C'est le meilleur jour, et demain c'est le tournoi. Tu ne peux pas gagner rêvant de victoires, nous devons sortir et fléchir nos muscles.» Valentine brandit une épée imaginaire, soulagé que son bras ait guéri. La pâte de feuilles de mandragore avec laquelle le médecin l'avait enveloppé faisait des merveilles.

«Je m'en fous si le soleil cesse de se lever et on plonge dans la nuit éternelle,» Richard murmura dans l'oreiller.

Valentine se pencha pour l'entendre. «Es-tu malade? Dois-je appeler le docteur?»

«Non, n'amène personne. J'ai écouté des nouvelles hier soir qui m'ont beaucoup brisé le cœur.» Sa tête n'était plus enfouie dans l'oreiller, il la recouvrit de la couette.

«Oh, je suis désolé que tu sois opprimé. Mais lève-toi et brise ton jeûne. Tu te sentiras mieux l'estomac plein. Je vais pratiquer avec l'épée dans la cour extérieure pendant que je t'attends.»

Valentine eut deux combats simulés avec le jeune compte de Towton, lui coinçant les deux fois. Richard arriva, avec un visage maussade et émacié, lui manquant à sa marche ce pas vivant.

Valentine lui salua. «Où étais-tu? Le soleil a presque disparu au-dessus de la cime des arbres. As-tu brisé ton jeûne?»

«Non. Pourquoi devrais-je ajouter un jeûne brisé au cœur brisé que je possède maintenant?» Richard se faufila à côté de Valentine, sans lever les yeux.

«Que s'est-il passé?» Valentine lui suivit jusqu'à un banc en bois.

Le martèlement des sabots sur un sol dur, généralement musique aux oreilles de Valentine, lui dérangea tandis que l'activité dans la cour extérieure s'intensifiait. Soldats blindés dans une splendeur argentée brillante, plumes flottant de leurs casques, entraient aux portes du palais à cheval avec la bannière Yorkiste. Les drapeaux coulaient derrière eux.

«Que se passe-t-il?» Valentine se tourna vers Richard. «Le tournoi est demain, n'est-ce pas? Ou est-ce que la prochaine bataille va commencer?»

Richard regarda autour de lui et se leva. «Marchons et je te dirai.» Ils dépassèrent la porte d'entrée et marchèrent le long du talus.

«Oui, c'est comme ça. Warwick a déjà recommencé. Il

envisage d'envahir de la France avec Marguerite d'Anjou. Ils sont en route pour ici avec une flotte de navires fournie par le Roi Louis. Mon frère George attend dans les coulisses. Ils essaieront à nouveau de détrôner Edward. C'est assez facile à gérer, parce qu'ils ne réussiront jamais.»

Ils s'éloignèrent des jardins du palais et s'assirent sur un monticule d'herbe. Valentine regarda par-dessus son épaule pour voir si plus de gentilshommes arrivaient tandis que Richard amena ses genoux à son menton.

«Allons-nous nous battre cet après-midi ou pas?» Valentine persista, sachant qu'il devait se préparer mentalement pour les rigueurs de la bataille ainsi qu'il devait s'entraîner pour la guerre.

«Non, nous devons d'abord avoir une réunion avec le conseil.» Richard s'arrêta et ferma les yeux. «Tu ne croiras pas ce qu'ils ont fait avec mon Anne. J'ai découvert hier soir qu'elle était mariée avec le fils de Marguerite d'Anjou, Edward.» La voix de Richard cassa de désespoir.

«Oh, je suis désolé.» Marguerite d'Anjou —la femme du Roi déchu Henry VI-un des Lancastriens les plus tenaces du royaume, était encore pire que Warwick. «Je vois pourquoi un mariage comme celui-ci correspond à l'agenda politique de Warwick. Mais pauvre Annie.» Son cœur était avec son cher ami. «Je souhaite qu'il y ait quelque chose que je puisse faire. Je me sens impuissant.»

«Merci, mais on ne peut faire rien.» Richard se retourna et ils commencèrent à rentrer.

«J'ai commencé à réaliser comme s'est vraiment sournois l'art de gouverner-et comment je changerais les choses.» Les muscles de Valentine se tendirent par frustration.

«C'est ce rejeton de l'enfer Elizabeth Woodville. Encore! Elle veut que j'épouse sa nièce, donc elle ne s'arrêtera devant rien pour contrecarrer mes plans. Elle et son homme de main, le père d'Anne, Warwick. Ce faible Edward n'est pas bon pour Anne!» Richard lança une pierre hors de son chemin. «Ils ne se sont jamais rencontrés. À cause de cette sorcière impie et sa cupidité, j'ai perdu Anne pour toujours.»

Le cœur de Valentine s'écroula. «Je suppose que tu ne peux plus t'échapper au mariage avec Denys maintenant.» Il posa son menton sur la paume en coupe et poussa un soupir abattu. La seule femme qui avait rempli le vide douloureux de la vie, dans une cruelle ironie, allait épouser son meilleur ami.

«Non, au contraire. Maintenant c'est entièrement à toi,» il encouragea Valentine, son ton plus brillant et teinté d'espoir. «Veux-tu l'épouser?»

«Bien sûr je veux l'épouser! Je voudrais l'épouser maintenant si le roi donnât sa bénédiction et sa permission.» Penser à elle seulement mettait des ailes sur ses pieds.

«Bon, ça n'arrivera pas. Mon frère n'annule jamais sa reine quand il s'agit des alliances des Woodvilles. Tu dois la prendre, ou nous serons tous complètement misérables,» il commanda.

Les yeux de Valentine bougèrent rapidement alors que son esprit tournait. Maintenant que Anne n'épouserait pas Richard, il devait attraper le cœur de Denys. Il ne pouvait pas manquer un moment.

MAIS L'APPEL AU COMBAT RÉDUISAIT LE TEMPS PRÉCIEUX DE Valentine. Tandis qu'un écuyer l'aidait avec son armure, un courrier remettait une note de lui à Denys, lui demandant que ses pensées et ses prières fussent avec lui.

DENYS NE VENAIT PAS DANS LA GRANDE SALLE AU TEMPS DE manger, elle mangeait à peine son plat préféré d'avoine saupoudrée de safran, ou le bol de figues, amandes et dattes qu'on laissait dans sa chambre extérieure. Elle ne brodait pas, ni jouait de son luth, ni chevauchait Chera. Sa seule aventure en plein air était son premier voyage royal, a St. Giles, l'un des quartiers les plus pauvres de Londres, avec un sac de pièces et un guide royal chargé de nourriture. La foule à moitié affamée la regarda bouche bée pendant qu'elle mettait pied à terre et distribuait des pièces. Ils se tenaient dans un tel étonnement, qu'ils ne combattaient, mordaient, ou piétinaient pas pour saisir ce qu'ils pourraient. Ils marmonnèrent juste merci et touchèrent l'ourlet de sa robe comme si elle était une sainte.

Elle retourna au palais, elle rampa à ses chambres et s'effondra sur son lit, épuisée physiquement et émotionnellement. Mais elle se força à sortir du lit et retourna à la chapelle, où elle passait plus de temps à prier qu'à dormir ces jours-là. Elle supplia le Seigneur de l'aider à retrouver sa famille. Elle dit une autre prière, «Protège ceux que j'aime au combat –Oncle Edward, Richard et-Valentine Starbury.»

Assise dans un environnement calme, avec l'arôme persistent de l'encens, elle laissa l'air parfumé la réconforter. «Dieu, que ma vrai famille puisse être en vie et en sécurité.»

Elle ouvrit une page de son livre de prière au hasard et elle commença à lire, «... sauve-moi et défends-moi de tout mal et de mon mauvais ennemi, et de tout danger, présent, passé, et futur, et daigne me consoler avec ta descente aux enfers...» Oh, comment cette prière était appropriée!

Elle glissa une petite feuille de parchemin qui était entre les pages du livre et la déplia. Les boucles soulevées et gonflées de l'élégante calligraphie de Valentine étaient presque aussi belles comme le message qu'elles transmettaient. «Bien que je brave volontiers la laideur et la cruelle hostilité de la bataille, je n'entendrai pas le pinceau des épées mais votre voix douce et je ne verrai pas la laideur de la mort mais votre visage délicat devant moi. Je serai honoré si vous attendez mon arrivée dans la roseraie du palais à la fin de la parade de la victoire. Jusqu'à mon retour, Valentine.»

Elle ferma les yeux et inspira profondément. Peut-être qu'elle pourrait tomber amoureuse de lui. Était-il possible de tomber amoureuse de quelqu'un qu'elle n'aimait pas? Elle se demandait. C'était étrange comment ses sentiments entraient en conflit et se heurtaient, tricotant et flottant dans son cœur comme un tapis finement tissé. Fallait-il du talent d'un grand artiste pour les gérer aussi?

De retour dans ses chambres, elle ouvrit sa boîte à bijoux et chercha son bien le plus précieux-ce n'était pas un bijou; elle avait peu de bijoux. C'était une rose blanche fanée, ses pétales commençaient juste à s'estomper sur les bords. La rose qu'il lui avait donnée, son odeur si douce comme fraîchement cueillie de la plante grimpante. Elle refusait juste de mourir. C'était aussi la seule rose qu'elle avait jamais vu sans une seule épine.

Les autres roses de la plante grimpante étaient parties depuis longtemps. Mais «leur» rose vivait encore.

UNE AUTRE PARADE DE LA VICTOIRE FRANCHIT LES PORTES de Londres. Cette fois, Denys regardait depuis l'entrée du palais alors que la procession entrait dans la cour extérieure. Maintenant elle avait un soldat pour l'accueillir. Elle n'avait plus besoin d'être seule et voir comment tout arrivait autour d'elle. Richard chevauchait aux côtés du Roi Edward. Les acclamations atteignirent ses oreilles en voyant George, souriant avec un nouvel air de confiance, sans soute pour une vague de fidélité. Marguerite d'Anjou était assise glacialement dans un chariot, avec la tête haute avec toute la royauté qu'elle put rassembler, jetant un mouchoir aux visages des spectateurs qui réclamaient de la voir.

Valentine chevauchait sa monture, saluant les spectateurs, se penchant pour serrer la main. Regardant autour d'elle, elle remarqua que presque tous les yeux féminins se délectaient avec le gentilhomme radieux.

Elle descendit les marches sinueuses et courut vers le jardin. Juste comme cette première fois, il vint trotter vers elle sur sa selle. Elle n'avait jamais éprouvé le frisson d'un soldat rentrant pour elle, même s'ils ne s'étreignaient pas et ne mêlaient pas leurs larmes comme amants de longue date. Il mit pied à terre et lui tendit les mains. Un collier Yorkiste orné avec des bijoux de soleils et des roses brillait sur sa poitrine. Ils ne s'étreignirent pas, mais ils restèrent à se regarder dans les yeux pendant un long moment. Il provoquait une sensation de chaleur en elle. Ses yeux parlaient de compréhension, même si elle ne savait rien de son passé, elle savait qu'il avait vécu une tragédie-et il faisait de son mieux pour ne pas la laisser le détruire.

«Merci beaucoup pour votre note, mon seigneur.» Elle retint son souffle. «Ça signifia beaucoup pour moi.»

Ses yeux s'illuminèrent. «Chaque soldat a besoin de quelque chose pour quoi se battre outre le royaume.» Elle savait combien d'autres choses étaient cachées derrière ses simples mots. «Donc que va-t-il se passer après? Le compte de Warwick rentre aussi?»

«Oui, mais hélas, il est revenu dans un cercueil. Il fut tué.» Une note de tristesse se glissa dans la voix de Valentine en mentionnant le compte mort. Denys détecta qu'il avait admiré Warwick. «Mais c'était une victoire.»

La victoire de qui? Elle se demanda. Du royaume? La Maison de York? Ou la victoire de Valentine? Aussi attirée qu'elle l'était par lui, elle avait encore des doutes sur sa loyauté.

Il regarda en direction du palais, mais il fixa à nouveau son regard sur elle. «Le roi a demandé ma présence á la réunion du conseil avant le banquet cet après-midi, donc je dois prendre un bain, me préparer et mettre des vêtements ordinaires.»

«Dans la Tamise à nouveau, Sir Starbury?» Elle sourit, se souvenant à quel point elle était bouleversée cette première nuit, arrachant ses vêtements. Si elle devait le refaire, elle ne changerait rien. Sauf que peut-être qu'elle le ferait en plein jour.

Ses yeux brillaient sous le soleil éclatant. «Cette farce était strictement impulsive. Ce n'est pas quelque chose que tu peux planifier. Ou ça ne devrait pas être comme ça.» Il prit les rênes de sa monture et ils se dirigèrent vers les écuries.

«Vous agissez par impulsion en règle générale, mon seigneur?»

«La plupart de ma vie est un événement inattendu après l'autre, alors j'ai appris à prendre la vie comme elle vient, sans attendre que la vie se déroule comme prévu. La vie serait terriblement ennuyeuse si c'était comme ça, ne croyez-vous pas?» Ils s'arrêtèrent sans s'en rendre compte. Le cheval commença à paître. «Imaginez planifier toute votre vie, et avoir le résultat en conséquence. Nous mourrions d'ennui. Nos battements de cœur ne s'accéléraient jamais, il n'y aurait pas de cri de surprise.» Il fin un pas de plus.

Qu'est-il arrivé à la conversation sur les affaires de la cour? Elle se demanda, voulant vivre une partie de cette surprise dont il parlait. «J'aime des surprises, mon seigneur. Je ne peux pas en avoir assez.»

«Comme cette surprise?» Et sans avertissement ni préambule même pas un indice, il captura ses lèvres dans une quête douce mais affamée. Ses lèvres s'adoucirent sous son baiser patient mais exigeant. Ça termina trop vite quand il s'éloigna et tous deux prirent une bouffée d'air bien nécessaire.

«Pardonne-moi, Denys,» il chuchota, son souffle attisant son oreille. Elle tressaillit alors qu'une vague de chaleur la traversait. «Je ne pouvais juste plus attendre.»

«C'est plutôt bon.» Elle poussa un profond soupir. «Moi non plus. Mais je vois certainement ton point maintenant. On le comprend facilement quand ça se voit au lieu de raconter.»

«Je dois vraiment me préparer pour le conseil, et je dois être calme et pas-excité.» Il redressa sa robe. «Continuons-nous notre chemin?»

«Il vaut mieux que je revienne par un autre chemin.» Elle regarda autour d'elle. «Les yeux d'espion de la reine peuvent nous voir ensemble.»

Il hésita et elle sut qu'il ne voulait pas que ça se termine non plus. «Très bien, alors, bonjour à toi, Denys.»

«Et à toi, Valentine,» Elle lui appela par son nom pour la première fois. C'était tellement bon et naturel comme si elle l'avait connu toute sa vie.

Le soir les courtisans, les soldats, leurs amants et une variété de sujets de rang subalterne, se délectèrent d'un somptueux banquet dans la grande salle. La danse, la nourriture, et surtout la boisson continuèrent longtemps après du départ du roi et de la reine. Tout au long du repas et des festivités, Denys se demanda où était Valentine. L'ayant cherché toute la nuit, elle brûlait de curiosité-*où pourrait-il être?*

Elle garda une généreuse portion de restes dans un sac pour donner aux pauvres le matin. Le palais gaspillait plus en festin de ce que certains mangeaient en quinze jours.

Richard était assis les jambes croisées sur un siège de fenêtre grignotant une patte de faisan, une cruche en étain près de lui. Denys s'approcha de lui, et autant qu'elle voulait lui demander s'il savait où se trouvait Valentine, elle se contint. «Richard, personne ne peut discuter que les Yorkistes sont les guerriers les plus intrépides et les plus courageux qui n'ont jamais marché sur un champ de bataille.»

«Pas autant, Denys. N'oublie pas Richard Cœur de Lion et son armée dans les Croisades.» Il essuya sa bouche avec une serviette en lin.

«Oh, mais les Croisades ont eu lieu à cause de la religion, Richard.» Elle rassembla ses jupes et s'assit à côté de lui. «Toi et l'armée du Roi Edward se battent pour notre terre, notre royaume, c'est-ce qui compte vraiment.»

«Un peu d'hydromel?» Il fit signe à un majordome qui passait, qui remplit un verre vide sur la table à côté d'elle.

Elle prit un verre plus gros qu'elle n'aurait dû. «Quelqu'un a-t-il été gravement blessé?»

«Les pertes habituelles des deux côtés.» Il but son hydromel. «Oh, el le mari d'Anne de deux jours n'a pas été blessé-il a été tué.»

Elle faillit s'étouffer. «Cher Dieu! Comment?»

«On l'a poignardé trois fois,» il répondit de sa manière calme habituelle. «Un fois pour moi, une autre fois pour Anne, et une autre pour mortifier Bess Woodville.»

«Oh, comment c'est terrible!» Puis elle comprit. Elle n'osa pas demander le nom de l'assassin. «Le pauvre Edward.»

«Oui, terrible pour son mère. Mais pas si douloureux pour moi.» Il continua à grignoter sa patte de faisan.

Elle ferma les yeux et elle apprécia un soulagement éphémère, mais la culpabilité l'inonda. Un jeune homme inexpérimenté-assassiné de sang-froid. «Cela signifie qu'Anne est libre de t'épouser.»

«Maintenant elle est libre, n'est-ce pas?» Il eut du mal à garder un visage sérieux. «Et quelle ironie... le père et le mari de Anne morts dans la même bataille. C'est la fin de la Reine Bess et son stratagème pour m'empêcher d'épouser Anne. Il l'explosa dans son visage de chasseuse d'oiseaux.» Il finit la patte de faisan, la plaça sur l'assiette devant lui, et se nettoya les mains. «Et avant que j'oublie, j'ai des nouvelles vraiment tristes.» Sa voix prit maintenant un ton ironique.

«Quoi?» Elle se pencha en avant.

«Le roi tint une conférence cet après-midi. Il me demanda de lui donner un ordre très désagréable au Huissier de la Tour.» Il prit une autre gorgée d'hydromel.

Elle retint son souffle.

«Un ordre d'exécution pour l'ancien Roi Henry VI.» Il vida son verre. «Il doit mourir à l'aube.»

«Oh, Jésus.» Elle baissa la tête. «Ce faible imbécile vivrait une vie heureuse si ce n'était pas pour sa femme tyrannique et tous ses dissidents.»

«C'était inévitable. Heureusement, sa fin sera pacifique.» Richard posa son verre et essuya ses lèvres avec sa serviette.

Elle frémit. «Pourquoi la vie vaut-elle si peu?»

«C'était bien pire dans les siècles passés, ma chérie. El plus d'affaires de la cour ce soir.» Il étira ses jambes. «J'en suis vraiment fatigué. As-tu vu Val?»

Son cœur dansa quand elle entendit son nom. «Pas depuis la fin de la parade de la victoire. Il dit qu'il devait assister à une réunion du conseil. Mais jusqu'à cette heure? Peut-être qu'une foule de jeunes filles se précipita sur lui après.»

«Dans ce cas, nous ne le verrons pas avant encore quinze jours.» Richard sourit. Mais c'est hautement improbable. Il aime ses jeunes filles une à la fois ces jours-ci.» Il lui jeta un regard.

«Es-tu sûr de ça?» Oh, comment elle le voulait.

«Je pensais que tu allais tenir compte de mes souhaits et lui donnerais une chance équitable.» Il haussa les sourcils en attendant une réponse.

«Il y a encore quelque chose en lui que... je ne peux pas m'empêcher de craindre.» Elle mit ses mains ensemble, avec les lèvres serrées. «J'ai mes doutes sur lui, mais ce que je crains le plus c'est mon amour grandissant pour lui.»

«Bon, ton gentilhomme légendaire recevra bientôt une promotion. J'ai demandé le roi de l'accorder un titre supérieur et quelques terres pour son courage et loyauté au combat,» lui informa Richard. «Duc de Norwich très probablement, un titre que beaucoup de mes ancêtres. Je veux dire, si aucun membre du groupe de la putain Elizabeth le vole d'abord.»

Elle se força à arrêter d'explorer la grande salle à la recherche de cette tête d'or.

«As-tu vu mon nouveau neveu, le prince Edward?» Il lui fit un large sourire.

«Oui, je l'ai vu.» Elle acquiesça, enthousiasmée par l'image du bébé robuste. «Suçant de sa nourrice. C'est un enfant vif.»

«Edward est très fier. Et je ne peux pas te dire à quel point je suis soulagé d'avoir un héritier masculin. J'espère que George reviendra à ses sens maintenant qu'il est plus loin du trône... comme moi, je suppose.» Il ajouta, son ton vague.

«Mais j'ai peur que la Maison de Lancaster se soulève de nouveau. Avec Henry Tudor à la barre,» Denys aventura.

«Au diable avec Tudor,» Richard cracha. «J'espère ne plus jamais entendre parler de lui. Il s'est enfui en France quand les fonds de sa mère ne pouvait plus lui donner à manger à son armée.»

«Bon, je sais que le royaume est en sécurité pourvu que toi et Oncle Ned et... les bons soldats ouvrent la voie au combat.» Elle lui fit un signe de tête rassurant.

Les courtisans commencèrent à s'éloigner de la grande salle pendant que les serveurs nettoyaient et nourrissaient les chiens du palais avec les restes. Elle souhaita à Richard un bon après-midi et regarda autour d'elle pour la dernière fois à la recherche de cette tête blonde et de cette large poitrine. Oh, Valentine n'était pas là. La déception l'écrasa alors qu'elle se dirigeait seule vers ses chambres.

Chapitre Quatre

LES BOUGIES BRÛLAIENT ALORS que la brise flottait à travers les fenêtres ouvertes et craqua les rideaux de velours. La Reine Elizabeth était assise dans sa chaise post-partum. Ses dames dans la cour l'entouraient, jouant avec ses luths, flûtes, violes et rebecs. Leur joyeux bavardage éteignait la sonnerie et les hululements des instruments. Denys préférait jouer de son luth dans une solitude paisible, mais elle assistait à ces soirées musicales des dames pour une raison: pour rattraper les pitreries des Woodvilles. La conversation prit une tournure sérieuse alors qu'elles se réjouissaient de la récente victoire sur les Lancastriens.

«Quelle défaite! Et la vieille Marguerite d'Anjou sous-estimait vraiment l'avancée de mon Ned,» babillait Elizabeth. «La Ville de Gloucester était fermée à son entrée. Ensuite mon Ned fit face à cette tête Lancastriene à droite en plein milieu de la ligne.»

Cela, Denys le savait, était extrêmement inexact. Elle respectait Oncle Ned jusqu'à l'éternité et elle ne remettait jamais en question ses compétences de combat, mais elle savait que c'était Valentine qui avait ouvert la voie, avait fait face au Duc de Somerset et avait pénétré le centre de la ligne. Mais il ne s'agissait pas de corriger une reine.

Elizabeth continuait à bavarder, «… et mon cher beau-frère Guilford a été poignardé dans le feu de la bataille.» Un halètement collectif était suspendu dans l'air interrompant le tintement des cordes alors qu'elle levait le menton avec un sourire arrogant. «Cependant, les sources m'informent que c'était vraiment un meurtre, pas à cause de la guerre-et il n'a pas été tué par un Lancastrien.»

La pièce était entourée de murmures et de chuchotements silencieux. Denys se pencha en avant.

«Le comte de Pembroke l'assassina de sang-froid.» Les lèvres d'Elizabeth étaient pincées dans une ligne d'insistance. «Valentine Starbury,» elle ajouta avec emphase alors que ses yeux se plissaient sur Denys.

«Je n'entendrai plus parler de cela.» Denys se leva et posa le luth. «Excusez-moi.» Étourdie de terreur et de rage, elle ramassa ses jupes et quitta la pièce, avec des battements de sang. Des éclairs douloureux de sa petite enfance clignotèrent devant ses yeux avec une intensité graphique. Son cœur sauta un battement quand cette peur il y a longtemps leva sa tête laide pour la hanter… L'odeur de la cire fondue l'assaillit alors qu'elle se souvenait… La bougie jetait des ombres macabres sur la mâchoire proéminente d'Elizabeth… «Tu as volé ma broche, tu as parlé durement à Thomas, tu as tiré les cheveux de Bridget…» Maintenant une chambre inexplorée de son cœur criait avec une empathie féroce pour Valentine, accusé à tort et à tort. Cette fois Elizabeth Woodville alla trop loin. Elle craignait la nouvelle d'une fausse accusation contre Valentine. La reine avait accusé des hommes innocents et les avait condamnés à mort. Cela pourrait signifier la hache pour Valentine si Elizabeth suscitait des fausses accusations. Désespérée d'en parler à son oncle, elle s'enfuit vers la suite royale.

«Où est Son Altesse le Roi?» elle demanda à son Page d'Honneur quand elle atteignit sa chambre de réception.

«Il est allé à Sandwich capturer le bâtard de Fauconberg, Mademoiselle Denys,» il répondit.

Une autre bataille? Elle n'en avait pas entendu parler. Valentine était-il avec lui? Elle se retourna et courut dans le couloir, son souffle court. Se précipitant hors des limites du palais, elle traversa la cour jusqu'à l'écurie. Elle avait besoin d'emmener Chera pour une longue promenade à travers les friches périphériques, pour prier pour la fin du conflit incessant et pour la tête de Valentine Starbury.

Pendant que l'écuyer sellait Chera, Denys entendit son nom. Elle se retourna alors que Valentine marchait vers elle, les cheveux flottant derrière lui, son visage pâle au crépuscule. Il brillait dans sa robe de satin cramoisie bordée de tissu d'or. «Où vas-tu si vite?»

Sa surprise de le voir lui coupa le souffle. «Pourquoi n'es-tu pas dans la campagne avec le roi?» A perplexité fit place à l'euphorie, cependant elle était préoccupée par sa proximité. Son cœur battit. «J'ai offert mes services, mais son altesse a ordonné... er, m'a demandé de rester et de remplir mes devoirs ici. Lui et Richard seront de retour dans quelques jours.»

Elle hésita à le prévenir des accusations de la reine. C'était peut-être mieux attendre le roi.

Il l'attira vers lui et posa son menton sur le dessus de sa tête. Elle accueillit sa touche réconfortante. «Tout ira bien. Ce n'est pas une grande bataille. Fauconberg n'a aucune chance. Ses options sont de se rendre immédiatement ou perdre la tête au gibet demain.»

Perdre la tête au gibet. Les mots l'étourdirent. Elle se

retourna et leva les yeux vers lui. Il avait l'air si propre et tangible.

Elle ne pouvait pas se retenir. L'idée qu'il fût condamné à mort était trop à supporter. «Il y a quelque chose que tu devrais savoir. Bess vient de jeter le potin le plus effrayant. Ça se répandra dans tout le palais et... » S'étouffant avec ses mots, elle ne pouvait pas continuer.

«Calme-toi.» Il tendit les bras et l'attira vers lui. Elle sentit qu'il voulait qu'elle repose sa tête sur son épaule et cherche son réconfort. «Maintenant, dis-moi,» Il l'exhorta, avec sa voix calme et douce.

«Bess dit que tu as assassiné Guilford,» elle prononça l'horrible accusation. «Le mari de sa sœur.»

Il resta silencieux pendant un long moment. Elle s'attendait à ce qu'il se déchaîne et casse une branche d'arbre, commence à la secouer comme brandissant une épée, maudissant la sorcière à la damnation éternelle.

Son rire la rendait somnolente. Elle serra les poings et brisa son étreinte. «Comment peux-tu trouver de l'humour dans cela?»

Ses lèvres se recourbèrent d'amusement. «C'est absurde, voici comment. Je n'ai même pas assisté à sa mort. Je n'étais pas là. Richard et moi cherchions de la nourriture avec les soldats. Quand nous sommes rentrés dans les tentes, nous écoutâmes les nouvelles.»

«Mais Bess t'a accusé!» Elle lui lança un regard noir. «Je ne peux pas croire que tu rires à haute voix de ça.»

Elle est bouleversée que je n'ai pas courtisé sa sœur dégingandée. Mais c'était la fin de la nuit et j'étais complétement dedans. Ne t'inquiètes pas des fausses accusations, Denys. Ce sont seulement des mots et les mots sont futiles.» Son ton indifférent la calma finalement alors qu'il l'attirait une fois de plus envers lui.

«Elle a fait arrêter des hommes innocents avec des accusations inventés et les a conduits au gibet. Le compte de Desmond perdit sa tête pour avoir dit au roi qu'il aurait dû se marier avec une étrangère!»

«C'était vrai et Desmond l'a admis. Je n'ai tué personne et je peux le prouver. Cent soixante soldats étaient avec moi. Si j'avais vraiment tué Guilford, peut-être je pourrais avoir quelque chose à craindre.» Son regard rencontra le sien.

«Tu ne connais pas la reine, Valentine,» elle lui donna un avertissement nécessaire. «Peu importe que les accusations soient fausses. Tu dois informer le roi et t'assurer que le sceau royal est en place!»

Il rit encore, plus fort cette fois. Elle voulait le protéger et le frapper en même temps.

«J'en rêve depuis ce jour dans le jardin.» Il baissa sa bouche vers la sienne. Elle lui laissa réclamer ses lèvres, puisqu'elle en rêvait aussi depuis ce jour. Son baiser était chaud, doux et délicieusement lent et tranquille. Ses doigts jouaient dans ses cheveux. Comme s'ils avaient tous les deux peur de ce que se passerait ensuite, ils se séparèrent en même temps.

Blottie dans le cercle chaud de ses bras et posant sa joue sur sa robe, elle se força à respirer calmement. Son cœur battait entre eux et toutes ses couches de vêtements. Elle fit un pas en arrière, luttant contre son émotion pour être si proche.

«De quoi parlions-nous?» murmura-t-il alors que leurs mains se rencontraient et leurs doigts se entrelaçaient.

«Uh-horrible calomnie... la reine t'accusant de meurtre. Elle l'a déjà fait, Valentine. Je ne veux pas que ça t'arrive. Parle juste au roi, s'il te plaît.»

«Denys, les commérages sont quelque chose qu'un noble doit surmonter.» Ses yeux brûlaient dans les siens. «Ce qui me distingue des autres courtisans, sauf la royauté, bien sûr, c'est que je me fiche de ce que les autres disent de moi. Pendant que moi, et ceux qui se soucient de moi, connaissons la vérité, c'est tout ce qui compte. Le roi et Richard savent que je n'ai pas poignardé Guilford, et je prie que tu le saches. La reine ne peut pas m'incriminer pour ça. Il y a trop de témoins, le roi parmi eux. Elle devra trouver un autre moyen de me punir pour ne pas céder aux charmes putrides de sa sœur célibataire.»

Il la conduisit à travers les portes du palais et en descendant le chemin étroit vers la rivière, le lieu de cette première rencontre inoubliable. Elle nourrissait des sentiments mitigés, délicieusement craintive des réponses que sa proximité suscitaient en elle.

«J'entends ton avertissement sur la reine, mais nous devrons prendre ses accusations avec indifférence et parfois même se moquer d'elles. Nous, ceux de haut rang, nous sommes sujets à toutes sortes de calomnies et, cependant, nous apprenons à l'ignorer...» Il essuya de la saleté sur le devant de sa robe, «puisque c'est de la saleté.»

Un rire s'échappa du fond de son soupir de soulagement. «Nous ceux de haut rang? Tu nous considères dans ces rangs, mon seigneur?»

Il fit un pas en arrière et son regard s'arrêta sur ses traits comme aucun homme ne l'avait jamais fait auparavant. Cela la mortifiait et la flattait en même temps. «Sûrement. Spécialement toi. Tu es la royauté.»

Elle détourna les yeux et acquiesça, prête à changer de sujet, mais elle souhaitait pouvoir lui dire la vérité-elle n'était pas de la royauté, elle ne savait pas qui elle était.

«Je sais que ta tante ne te traite pas aussi bien que sa propre progéniture. Mais tu as encore du sang royal dans tes veines, comme seuls quelques chanceux peuvent avoir.» Il s'arrêta et ajouta, «Même si tu n'épouses pas Richard.»

«Non, elle ne pouvait pas lui dire la vérité. «Ah, oui,» elle dit à travers une pincée de rire forcée, «la meilleur façon de ruiner mon amitié avec Richard serait de nous marier. Sa netteté affectée ne me cause que le rejet.»

Il gloussa, ajoutant. «Ah, il est sérieux, d'accord. Mais il semble assez content de sa chance. C'est un moment heureux pour tous nous, spécialement pour moi. Si ce n'était pas pour notre joute, je ne serais pas ici pour profiter du plaisir de ta compagnie.»

Ses yeux devinrent plus grands. «Quelle joute?»

«Richard et moi nous nous sommes battus pour toi,» il le dit aussi négligemment, que s'il faisait référence à quelqu'un d'autre.

«Pour moi?» Elle était assise là, stupéfaite. «Quand?»

«Je crois que c'était, uh...» Ses yeux cherchaient de haut en bas et il secoua la tête. «Je ne me souviens pas. Mais il n'y a pas longtemps.»

«Richard ne le mentionna jamais.» Elle leva sa voix. «Pourquoi se battre pour moi?» elle insista.

Il agita sa main en faisant une vague dans l'air. «Oh, c'était juste un combat amical. Mais j'avoue qu'il était le vainqueur. Si je n'avais pas souffert d'un bras blessé, n'importe lequel de nous aurait pu gagner.» Il leva le bras et plia ses doigts.

«Il t'a vaincu? Bon, je ne suis pas surprise. Il est un épéiste expérimenté et capable.» Elle fit une pause et le regarda sérieusement. «Mais pourquoi était-il pour moi, si ça ne te dérange pas que je te demande?»

«Il s'agissait de qui resterait avec toi. Et je suis resté avec toi.» Il brandit un sourire et gonfla sa poitrine comme s'il avait gagné la couronne et le royaume.

«Tu veux dire que j'étais en jeu? Une compensation pour récompenser le perdant?» Elle serra les poings. «Vous vous êtes battus et celui qui perdait resterait avec moi? Amical, en effet! Qui était le père de cette blague de cerveau malade? Je peux supposer que ce n'était pas Richard. Il n'a ni l'imagination ni le nerf.»

«C'était son idée que je te courtise pour l'aider à échapper à votre mariage arrangé. Comment peux-tu l'objecter?» Il haussa les épaules, avec les paumes vers le haut.

Elle marchait en cercle, brûlant d'humiliation. «Je serai la risée de la cour si quelqu'un découvre ça.»

«Personne ne le saura.» Il l'arrêta dans son élan. «Tout ce que je fais est d'essayer de tenir ma part de l'accord.»

«C'est ce que tu penses de passer du temps avec moi?» Elle lui fit face. «Tenir ta part de l'accord? Alors ton accord est conclu, je te libère par la présente de la tâche.» Incapable de supporter de le voir une autre seconde, elle ramassa ses jupes et s'enfuit. Trébuchant sur une racine d'arbre, elle perdit l'équilibre, atterrissant sur le côté avec un coup douloureux. Elle eut du mal à se lever et à lisser ses jupes, essayant de garder sa dignité. Deux mains chaudes la soulevèrent doucement alors qu'elle se levait, lui caressèrent le dos avec des caresses sensuelles. Elle se retourna pour lui faire face, pour balbutier un fouillis des mots, quand ses doigts enveloppèrent une mèche de ses cheveux. Ses mains restèrent entrelacées un moment de plus que nécessaire.

«Valentine, souviens-toi que tu es juste une partie de la noblesse de ce royaume, et tu cours plus de risques que tu ne le penses. Va voir le roi et assure-toi que le sceau royal est entre ses mains de peur que tu ne finisses par te pavaner dans la grande salle avec la tête sous le bras!»

«Tu es vraiment inquiet pour moi, n'est-ce pas?» Sa voix prit un ton respectueux.

Elle lutta pour se libérer de lui. «Je te prie de me laisser partir. J'ai besoin d'être seul pour penser.» Son ourlet se prit dans une branche, accrocha le satin et le déchira en rubans. Il se pencha et déroula le matériel effiloché de la branche, mais il ne lui donna pas. Il le cacha sous son pardessus. «Juste une faveur, si je peux.»

«Valentine, je t'avertis-évite Bess Woodville. Et pour le

moment-moi aussi.» Avec un autre regard, elle se retourna et monta la colline de retour au palais. Elle ne se retourna pas pour regarder en arrière. Tant qu'il ne s'inquiétait pas pour l'accusation d'Elizabeth, elle n'avait pas besoin de s'inquiéter autant. Il avait beaucoup réussi à la calmer à ce sujet.

Elle ralentit à un rythme de marche et s'assit sous un arbre au-delà des portes du palais, essayant de régler ses sentiments pour lui. Sous ses airs de supériorité, il avait une trace de sincérité. Il la traitait comme aucun homme ne l'avait jamais fait-comme une femme, pas une petite fille. Elle voulait flirter mais ne savait pas comment. Donc pour l'instant elle lui permettrait être le leader et elle le suivrait juste. Elle était trop impatiente de trouver sa famille pour se défouler à travers une mascarade avec Valentine Starbury.

◈

RICHARD ACCUEILLIT VALENTINE DANS SA CHAMBRE DE réception l'après-midi suivant. «Val, te souviens-tu de mon cousin, Anne Neville?»

«Bien sûr. C'est un plaisir de vous revoir, Lady Anne. Mon Dieu, vous avez grandi depuis la dernière fois que je vous ai vu!»

Lady Anne donna à Valentine un sourire chaleureux qui toucha ses yeux bruns. «Il est bon de vous revoir. Vous avez beaucoup grandi aussi! Il est difficile de croire que vous me jetiez dans la rivière et me renversiez!»

«Et je cassais des œufs sur votre cerveau!» Il fit un poing et lui tapa sur la tête.

«Et vous écrasiez des boules de neige dans ma cape!» Elle lui donna à son bras une pincée enjouée.

Ils riaient en revivant les doux souvenirs.

«Oh, viens ici, Annie!» Les camarades de jeu d'enfance

s'embrassèrent et Valentine tendit le bras pour attirer Richard dans le cercle. Le trio s'embrassa.

Quand ils se séparèrent finalement, Valentine recula et prit les mains d'Anne. Elle subit les ravages de l'âge trop tôt. Les plis autour de ses yeux expansifs partagèrent le regard de sagesse de Richard furtive à travers cette innocence inexpérimentée. Même s'ils étaient des parents éloignés, Anne partageait la couleur brune. Les cheveux bruns se montraient sous la coiffe. Ses sourcils arquées donnaient à son expression une définition nette.

«Tu as mes sincères respects pour la mort de ton mari Edward,» Valentine offrit Anne.

«Ce n'était pas un vrai mariage, Valentine.» Elle secoua la tête. «Nous ne vivions pas comme mari et femme, même pas pour un jour.»

«Non, pas en fait,» relaya Richard, son ton vif perçant la sérénité de sa chambre. «Je t'ai appelé pour demander une faveur, Val, et j'ai confiance que tu répondras à ma demande.»

Il acquiesça, il savait en quoi consistait cette faveur.

Richard y Anne étaient assis l'un à côté de l'autre dans chaises de chêne sculpté et pendant un moment une image flasha devant les yeux de Valentine-Richard et Anne intronisés en tant que roi et reine. À quel point ils étaient royaux dans leur majesté, la tête haute avec un air royal de supériorité subtile, mais comme leurs yeux caressaient doucement quand leur doigts se touchaient.

Richard regarda Valentine. «J'aimerais que tu sois avec moi à notre mariage.»

Valentine prit la main de Richard. «Je serai heureux de le faire. Quand est la date?»

«Demain après les vêpres. Et si Dieu le veut avant que la reine ne puisse le foutre de nouveau.» Il fronça les sourcils.

«Je vous offre mes vœux les plus sincères.» Ils hochèrent la tête comme une seule personne.

«Excellent.» Richard et Anne se levèrent et elle mit sa main dans sa manche.

Quand Valentine s'inclina, il vit une étincelle dans les yeux de Richard qu'il n'avait jamais vue auparavant, s'illuminant de bonheur en regardant sa future femme. Ce qu'il ne donnerait pas pour partager cette même magie avec Denys.

Après qu'Anne dit au revoir, Richard ferma la porte derrière elle et se tint près de la fenêtre. Il mit un pied sur le siège de la fenêtre et mit un coude sur son genou.

Valentine le rejoignit, regardant la Tamise. Le transport fluvial s'arrêta dans la brume du soir. «Maintenant Anne est libre de se remarier. Et cela résout ton engagement avec Denys.»

«Oui, elle est soulagée amis attristée que je vivrai à York-shire.» Richard redressa son pourpoint. «Elle s'attendait à ce que nous restions à la cour.»

«La reine ne sait rien de tes plans, je comprends,» dit Valentine.

«Non. Et Edward le gardera silencieux jusqu'à ce que nous ayons échangé nos vœux,» il ajouta. «Mais l'amitié ne connaît pas des limites terrestres. Tu n'as pas besoin de te précipiter pour capturer le cœur de Denys. Prends ton temps.»

Le sourire de Valentine s'élargit. «Vaut mieux pas. Je remercie Dieu d'avoir perdu cette joute. Gagner son cœur est une autre affaire. Ça peut prendre plus de temps que je ne le pensais,» il ajouta.

«Bon, si quelqu'un peut faire passer une femme de te gifler au visage à t'embrasser, c'est toi.»

«Sans doute, sans doute!»

Richard invita son ami à s'asseoir. «Val, je te parle de mon mariage avec la plus grande confiance. George ne doit pas savoir non plus.»

«Pourquoi?» Ses yeux devinrent plus grands. «Interférerait George avec ton mariage?»

Richard renifla. «La Jument de Grey n'abandonnera pas son but de m'attacher à Denys. Après la réunion du conseil, Edward me dit qu'Elizabeth eut l'audace d'envoyer George pour lui demander de nous refuser la permission pour notre mariage.»

«Oh mon Dieu! Qu'est-ce qu'Edward dit?»

«Exerçant l'autorité du frère aîné, Edward lui dit de partir.» Se moqua Richard.

Valentine siffla d'incrédulité. «Maintenant elle oblige George à faire son sale boulot? Pourquoi, elle ne s'arrêtera devant rien.»

«Cette fois, George a un intérêt. Tu sais qu'il a épousé la sœur aînée d'Anne. En tant que tel, Isabel héritera toutes les propriétés de sa mère. Elizabeth a convaincu George qu'Anne doit rester célibataire pour qu'il garde l'héritage d'Isabel. Sur sa cruche habituelle de malvoisie le dernier après-midi, George laissa échapper qu'il avait l'intention de garder tout l'héritage d'Isabel. Maintenant je dois vraiment épouser Anne immédiatement. Je dois protéger l'héritage d'Anne, et le garder hors des griffes gourmandes de George.»

«Bon, si tu peux surmonter tous ces obstacles, toi et Anne vous êtes vraiment censés être ensemble!» Valentine baissa la tête avec un sourire.

«Oui, je pense que nous sommes censés être ensemble. Et je souhaite engendrer des héritiers comme tout homme,» il dit après une pause, regardant toujours vers la rivière.

«Mais tu l'aimes vraiment, n'est-ce pas?» demanda Valentine.

Il se tourna vers Valentine. «Je l'ai toujours aimée. Maintenant je peux enfin l'épouser. N'est-ce pas une idée bizarre!»

LE JOUR QUI ÉTAIT CENSÉ ÊTRE CELUI DU MARIAGE DE Richard, il entra dans la Maison Pluckley, la maison jumelée de George, se fraya un chemin à travers la foule de jongleurs, bouffons et sycophantes au hasard, riant et chantant ivres et désaccordés face à une interprétation négligée des ménestrels.

Dans la grande salle, George était assis au milieu du tout, avec une fille aux gros seins sur ses genoux, tenant un verre à ses lèvres alors que sa main gauche glissait sur sa poitrine, ses doigts farfouillant la dentelle cramoisie de son corsage.

Richard approcha son frère juste quand une blague vulgaire envoyait des rires rauques à travers la pièce. Il tendit son bras et secoua George, faisant couler un filet de vin dans la poitrine de la jeune fille. Elle hurla, jetant sa tête en arrière de joie. Puis ses yeux rencontrèrent ceux de Richard et elle poussa George. Ses yeux devinrent plus grands en voyant son frère.

«Richard! Tu as décidé de participer aux plaisirs subtils de la vie et il était temps! Prends une cruche et une fille et joins les festivités! Mais enlève d'abord une partie de cette foule tenue. Une telle affectation vestimentaire n'est pas nécessaire ici!»

«D'accord, George, où est-elle? Je demande à savoir.» La voix de Richard ne dépassait jamais le niveau normal, et ce n'était pas une exception, mas son ton sinistre ne faisait que personne n'osait le défier.»

«Oui? Je ne t'ai pas entendu.» George leva la main. «Taisez-vous! Sa Grâce le Duc de Gloucester est présent.» Le bruit se réduisit à un bourdonnement curieux.

Richard ne fit pas attention. «Où est-elle?»

George essuya le vin de son menton et jeta la jeune fille de ses genoux. Elle tomba au sol, en riant.

«Où est qui? Et n'aie pas l'air si sombre, Richard.» Il caressa son petit frère sur le menton.

«Qu'as-tu fait d'Anne?» Richard parla à travers les dents serrées.

«Quelle Anne?» Les yeux de George se croisèrent en confusion.

«Ta belle-sœur, Anne Neville, glouton, tu sais qui! Où est-elle?» Richard attrapa le bras de George et le secoua.

George pâlit, parce que son frère bien-aimé ne lui avait jamais parlé de cette façon. La fureur éclaira les jeunes yeux bruns. «Calme-toi, Richard,» Il lui réprimanda à voix basse.

«Je vais me calmer quand tu me dis où est-elle.» Il parla à travers les dents serrées.

«Par ordre de Son Altesse le roi, je ne suis plus le gardien de Lady Anne. Je ne sais pas et je ne me soucie pas où est-elle.» George dit au revoir à Richard et retourna à ses réjouissances.

Richard jura, «Je la trouverai, George, et à ce moment-là, que Dieu t'aide.»

La silhouette élancée du Duc de Gloucester se glissa à travers la grande sale et claqua les doubles portes derrière lui. Avec les yeux flamboyants sur le groupe béant sur lui, il grogna, «Retourne à tes jeux et bois jusqu'à ce que tu te noies.» Il sortit à grands pas de la Maison Pluckley, sa cape de velours coulant comme un liquide.

Les fêtards se regardèrent, en secouant la tête, la vieille question dans chacun de leurs esprits. Est-ce que le frère amidonné du roi s'est amusé quelque fois?

DENYS ALLA RENDRE VISITE À RICHARD UNE FOIS DE PLUS avant son mariage. Elle dépassa les gardes jusqu'à sa chambre de retraite et frappa la porte. Il ne répondit pas, alors elle entra, comme elle le faisait habituellement.

Il courut à travers la pièce, avec une chaussure, dans une

simple chemise en lin et des bas, ses lèvres tordues en un sourire serré. «Richard! Pourquoi tu n'as pas mis ton costume de mariage? Où est ton Assistant? Il ne reste qu'une heure pour le mariage!»

«Ce n'est pas comme ça.» Il regarda sous une chaise.

Elle secoua la tête avec incrédulité. «Quoi...»

«Pas maintenant, Denys, je dois aller dans quelque part.» Tirant son autre chaussure sous la table, il le mit. Il mit une bague sur son pouce et claqua sa boîte à bijoux.

«Richard...» Elle saisit sa manche mais il s'envola comme une plume dans le vent et alla dans l'antichambre.

«Que se passe-t-il?» Elle se mit entre lui et la porte. Ses yeux la transpercèrent alors qu'il pointait son pouce, mais elle ignora son signal d'adieu. «On dirait que tu es sur le point de tuer quelqu'un.»

«Je le ferai. Mais ça devra attendre. Et si tu ne veux pas de moi dans ton lit conjugal la Nuit des Rois mages, tu dois me laisser aller chercher Anne.» Il se dirigea vers la porte.

«Oh, non!» Elle suivit ses traces. «Est-elle encore perdue? Le jour de votre mariage? Que s'est-il passé cette fois?»

«Cette fois, Sa Peste a convaincu George qu'Anne doit rester une vieille fille pour qu'il garde tout le butin hérité de sa femme. Donc c'est lui qui l'a emmenée son Dieu sait où!» Il ouvrit la porte.

«Tu la trouveras!» Elle lui cria dessus alors qu'il partait, quitta ses chambres et erra sans but dans les couloirs, passant devant les courtisans chantant, appuyant sur leurs luths, ou courant vers leurs devoirs. Se traînant à travers les roseaux éparpillés sur le sol, elle passa sa main par les élaborés cadres des portraits qui couvraient les murs, regardant dans les yeux des monarques morts depuis longtemps, leurs ancêtres et leurs descendants. Sachant qu'elle ne faisait pas partie de cette longue et durable lignée lui déchira le cœur. Oh, si elle savait qui était-elle, elle échapperait aux griffes des Woodville! Se forçant pour enlever de son esprit l'horreur de la solitude, elle se demanda où était Valentine. Seule comme elle était, elle voulait l'entendre rire et voir la brise agitant ses cheveux. Quand elle regarda vers la cour extérieure, elle ne le vit pas parmi les gentilshommes tournoyant, ou parmi les serviteurs qui couraient avec des sacs, des seaux et du bois de chauffage. Avec des roues qui grinçaient, des wagons chargés de fournitures passaient les portes. Une poule errante marchait en se balançant et une fille de cuisine courait après elle. Mais Valentine était introuvable. Dès qu'elle décida d'emmener Chera se promener, le messager royal qu'elle avait envoyé au Archevêque galopa devant elle sur sa gracieuse monture. Restant sur le cheval, il mit sa main à son chapeau.

Son cœur s'arrêta.

«Mademoiselle Denys, j'ai une réponse de l'Archevêque de Canterbury.»

Son souffle se coinça dans sa gorge. Avec une main tremblante, elle prit le parchemin qu'il lui remit, plié et gravé d'un sceau de cire élaboré. Sa réponse, enfin! Si Dieu le voulait, les secrets sur son origine longtemps enterrés ça fait longtemps, maintenant dans sa main!

«Alors où as-tu trouvé Anne?» Valentine mit la touche finale à sa tenue pour la soirée, sélectionnant des bagues et des chaînes de sa boîte à bijoux.

«À Shoreditch, dans les cuisines d'un ami de George, habillée en cuisinier.» Richard fronça les sourcils par la fenêtre.

Valentine leva les yeux. «Tu plaisantes.»

«C'est la vérité. George l'emmena là-bas, le bon à rien... parfois je ne sais pas comment il est entré dans cette famille!

La douleur qu'il nous a causée rend mon sang vert! C'est pour ça qu'il déteste Elizabeth; ils se ressemblent trop!»

«Comment l'as-tu trouvée?» Valentine glissa un collier Yorkiste en or sur sa tête et le lissa sur sa poitrine.

«Je me suis d'abord tourné vers les amis de George. Elle n'était avec aucun d'entre eux, alors je me suis tourné vers ses ennemis. Heureusement, je n'ai eu qu'à interroger vingt d'entre eux avant de la trouver. Imagine-toi si je devrais recourir aux cinq mille!» Richard enleva son tabard noir. «Ah, les funérailles ont pris fin. Je devrais changer pour quelque chose de moins sombre.»

«Quelles funérailles?» Valentine sortit un tabard de sarcenet blanc et un pourpoint vert foncé de son placard et les posa sur le lit.

«Le Compte de Hereford.» La voix de Richard se traînait à cause de la fatigue. «Exécuté hier matin pour trahison.»

Valentine est revenu surpris. «La vérité de Dieu! Un autre de plus? Je ne l'ai pas vu du côté des Lancastriens pendant la bataille.»

«Il n'était pas du côté des Lancastriens. Il était toujours de notre côté. Il s'avère être le dernier prétendant à rejeter la main de la sœur d'Elizabeth en mariage. Elizabeth fit apparaître une liste de charges la longueur de ton bras, il est allé au procès, bien sûr les juges étaient tous ses frères et neveux, et ils ont trouvé le pauvre homme coupable de flirter avec Marguerite d'Anjou et totalement coupable de trahison. Imagine la foutue Marguerite d'Anlou! Je doute que son mari lui ait jamais fait l'amour. Mais c'était le charge d'Elizabeth, qui a grandi et grandi-la prochaine chose qui était connue, le pauvre diable est dans la Tour et ils construisent un échafaudage...» Il passa un doigt dans sa gorge dans un mouvement tranchant. «Si je n'étais pas le frère du roi, elle trouverait une raison pour *me* faire couper la tête parce que je refuse d'épouser sa nièce épanouie.»

Une image plus claire d'Elizabeth Woodville s'est formée dans l'esprit de Valentine et il réprima un frisson, se souvenant de l'avertissement de Denys. Peut-être en avait-il ri trop facilement. Mais le Roi Edward lui avait assuré qu'il n'était pas en danger. Cela avait calmé Valentine, mais il se demandait... «J'ai appris que, en présence de Son Altesse, je dois garder ma bouche fermée.»

«À moins que ce ne soit pour vomir à quel point elle est belle ou sent bon.» Richard fronça les sourcils comme si son estomac lui faisait mal rien qu'en parlant d'elle.

Valentine redressa les manches de son pourpoint. «J'ai enduré des choses bien pires, mon ami. Rappelle-toi, j'ai passé un peu de temps en France.»

«Ooh, l'odeur!» Richard se couvrit son nez.

«Est-ce que je peux t'aider à choisir un tabard pour la nuit, Richard?» Valentine se tint devant son grand miroir et se tourna d'un côté à l'autre.

«Mon Assistant peut faire ça, Val, tu n'as pas besoin de t'embêter.»

«Pas du tout un problème.» Valentine se retourna pour faire face à Richard. «Tu m'as rendu un grand service en me battant dans une joute que j'étais assez hautain pour proposer. Cela m'a obligé à courtiser la plus belle jeune fille du pays, dont j'ai l'intention de capturer son cœur, et j'ose dire qu'elle le délivrera aussi facilement que les Lancastriens se donnent à toi.

«C'est comme ça? Ce n'est peut-être pas si simple. Les Lancastriens sont des hommes. La jeune fille plus belle du royaume ne mange pas exactement de ta paume, n'est-ce pas, Sir Golden Rod?» Richard lança à Valentine un sourire narquois.

«Non, mais après ce soir elle mordille peut-être. J'ai écrit de la poésie captivante et j'ai cueilli les fleurs les plus douces du jardin. Je me tiendrai sous sa fenêtre et je réciterai mes poèmes à la lumière de la lune avec mon Français de langue magique.» Il libéra un soupir tremblant, car il ne se sentait pas pourtant aussi sûr qu'il le paraissait.

«Ta langue magique aurait pu faire autre chose Française si ta langue n'avait pas fourché notre combat la faisant fuir,» commenta Richard.

Valentine mit de nouvelles chaussures pointues et il boutonna les extrémités jusqu'à ses genoux avec des cordes de perles. «Oh, j'espère que demain elle oubliera tout ça. Tout ce qu'il faut est notre échange de logique et nous serons d'accord.»

«Peut-être que tu as raison, Val.» Richard hocha la tête. «Si quelqu'un peut faire oublier à une fille ce qu'elle a fait hier, c'est toi.»

«Alors quand est le mariage?» Valentine remua ses orteils dans ses chaussures.

«Le matin. Avant l'aube. Et personne ne le sait cette fois. Juste Edward, toi, Denys et le prêtre. Et si Dieu veut, cette fois-Anne.» Richard se dirigea vers la porte.

«Je serai là.» Valentine écarta les bras et fit quelques pas de danse, imaginant Denys devant lui, et il n sentit pas une agitation dans son ventre, mais une chaleur dans son cœur. Avec une profonde respiration, il laissa l'odeur de son parfum remplir sa tête, il fredonna une chanson romantique, comme s'ils partageaient leur première danse.

«Qu'est-ce que tu fais?» La voix de Richard fit tout s'écrouler autour de lui.

«Pourquoi, je danse.» Valentine cligna les yeux, alors que sa rêverie s'évanouissait rapidement.

«Bon, depuis que tu passes un si bon moment, je te laisse, toi et ta partenaire invisible, continuer.» Richard quitta la chambre avec un léger sourire.

La lettre de l'Archevêque était brutal et au point. Comme il n'y avait aucune preuve de sa naissance, il ne pouvait pas l'aider pour déterminer sa vraie parenté. Elle jeta le parchemin dans le feu, avec son cœur écrasé, son visage strié des larmes d'angoisse.

Elle feuilleta le journal qu'elle avait gardé pendant toutes ces années, quand elle et ses nobles «cousins» apprirent à lire et à écrire. Elle se souvint d'un palefroi que l'Oncle Ned lui avait apporté, la façon dont Tomas Woodville l'avait écartée pour pouvoir le monter en premier, comment elle s'était échappée pour écrire avec ses gribouillis peu sûrs sur sa cruauté. Maintenant elle lut l'histoire de cette fille troublée, une histoire des événements qui conduisirent à l'étonnante révélation qu'elle n'était pas une Woodville après tout.

Enfin elle trouva le registre qu'elle cherchait.

«Ils dirent Denys bla-bla-bla-bla Malmesbury,» disait le registre.

Maintenant elle découvrirait ce qui était le bla-bla-bla-bla. Et avec la bénédiction de Dieu, cela la mènerait à qui *elle* était.

Plus tard, cette même nuit, un messager vint dans sa chambre avec une feuille de parchemin pliée et scellée. Son pouls s'accéléra. Un autre message de l'Archevêque? Avait-il trouvé quelque chose? Mais l'espoir s'effondra quand elle brisa le sceau et vit l'écriture de Richard. Il demanda l'honneur de sa présence à son mariage à la tombée de la nuit.

Richard et Anne échangèrent leurs vœux dans une cérémonie silencieuse dans la Chapelle isolée de St. Stephen du Palais de Westminster. Denys ne concentra pas son attention sur la mariée mais sur Valentine Starbury. Sa cape était du velours rouge le plus riche, couvert de fourrure d'hermine.

Des clous dorés brillaient sur le bord roulé de son chapeau. Il se tint à côté de Richard et lui tendit l'alliance en or. Les yeux de Richard étaient agréablement calmes alors que lui et sa mariée marchaient de retour dans l'allée, avec le voile blanc d'Anne tombant derrière elle. Denys sentit la main de Valentine sur son bras et elle l'attrapa avec trop de possessivité. Pendant qu'il sortait avec elle, elle imagina qu'elle et Valentine étaient ceux qui se mariaient, sortant de la chapelle entre leurs amis et leurs parents, leurs regards se rencontrant pour la première fois comme mari et femme. Quel genre de mari serait-it; serait-il fidèle? Ou se vanterait-il de ses maîtresses devant la cour comme l'Oncle Ned? Sa nuit de noces serait si bonne comme elle avait toujours rêvé? Puis elle s'arrêta pour se demander pourquoi elle envisageait ces idées. Épouser Valentine Starbury? Lui laisser prendre sa virginité? Elle frémit, à la fois pour la honte et pour le plaisir, et se força à revenir sur le moment. Richard était marié; un autre signe de que son enfance était fini. Elle s'approcha de la mariée, elle embrassa chacune des joues d'Anne et Anne sourit chaleureusement. Elle s'approcha de Richard. «Je te souhaite du bonheur dans ton mariage.» Il lui remercia et lui chuchota à l'oreille. «Tout comme je te souhaite du bonheur dans le tien.»

Alors qu'elle et Valentine se séparaient à la porte de la chapelle, elle ne laissa pas son regard s'arrêter. «As-tu parlé au roi sur l'accusation d'Elizabeth?»

Il acquiesça. «Oui, j'ai parlé, et il m'a assuré que je profiterai de la compagnie de ma tête pour des nombreuses années à venir.»

Elle savoura un élan d'affection pour son oncle de bon cœur. Oh, comment pourrait-il se marier avec cette femme? «Je suis vraiment soulagée, Valentine.»

«Je peux le dire.» Il lui fit un sourire enjoué.

«Je t'inviterai à la salle privée pour une partie d'échecs, si le temps le permet.» elle lui défia.

Ses yeux s'écarquillèrent. «Est-ce que tu joues aux échecs?»

«Un peu. C'est un passe-temps.» Elle essaya de paraître décontractée. «Le ciel semble menaçant. J'espère que tu es à la hauteur du défi.»

«Compte sur moi! Je dois rompre le jeûne avec le conseil, mais j'ai quelques minutes.» Il lui fit un sourire arrogant. «Prépare ton échiquier immédiatement.»

Elle acquiesça, elle s'inclina, et elle dit au revoir.

Souriant à elle-même, elle aurait aimé avoir vu cette joute, et le regard de la défaite écrasante sur son visage quand il se rendit. Mais voir sa surprise quand elle disait «échec et mat» avec quelques mouvements rapides ferait plus que compenser!

«MAINTENANT, LES ÉCHECS SONT MON JEU!» VALENTINE inspecta le roi et la reine en étain tandis que Denys choisit le siège près de la fenêtre la plus ensoleillée de la salle privée. «Allons-nous le rendre plus intéressant pariant échec et mat en vingt-cinq mouvements?»

Denys omit de mentionner qu'elle avait joué aux échecs depuis le fils d'Elizabeth Anthony, le plus humain des deux, lui avait appris á l'âge de trois ans. «Ou n'êtes-vous pas sûr de vous mon seigneur?»

«Je vous facilite la tâche, chère dame. Dites-vous combien vous pariez et allons-y.»

Elle tourna l'échiquier pour qu'il ait les pièces blanches, un gros avantage, puis qu'il ferait le premier mouvement. «Je vais te faciliter la tâche. Tu peux utiliser les pièces blanches. Prépare-toi pour à une défaite encore plus humiliante qu'avec le bout émoussé de l'épée de Richard.

Il pâlit, le cachant avec un sourire agité. «Est-ce que les étoiles sont en ta faveur aujourd'hui ou tu te sens juste chanceuse?»

«C'est à toi d'y répondre. Cependant, je suis surprise que tu ne veuilles pas jouer pour un pari.» Elle mit chaque pièce à sa place sur l'échiquier.

«Je ne parie jamais avec une femme.» Il étudia l'échiquier.

«Tu as parié *sur* une femme,» elle répondit. «Et tu dis que tu l'as gagnée.»

Il continua á étudier l'échiquier sans faire encore son mouvement d'ouverture. «Bien que mon prix m'échappe encore, il est bien à ma portée, n'est-ce pas?» Il déplaça un pion vers l'avant deux cases.

«Physiquement, oui, mais métaphoriquement, ton prix pourrait bien être au ciel en ce qui concerne sa proximité avec toi.» Elle déplaça son cavalier.

Il déplaça son même cavalier. «Des prix infiniment plus importants ont échappé à mes mains, chère dame.»

Essayant de ne pas laisser son commentaire tranchant la distraire de l'échiquier, elle répondit, «Donc tes mains ont moins d'habileté que ton épée.» Elle déplaça le pion de son roi et évalua sa position.

«Mes compétences d'épée ne sont pas à désirer. En ce qui concerne mes mains, elles peuvent faire de la magie au-delà de l'esclavage.» Ses yeux quittèrent l'échiquier et la brûlèrent.

«Alors, pourquoi n'as-tu défié Richard dans le combat du pouce? Tu aurais pu gagner.»

Son regard revint pour se concentrer au jeu. «Un simple jeu d'enfant.»

«On joue pour la punition alors?» elle poussa.

Il leva les yeux vers elle. «De quelle nature? J'ai assez de terrain; je n'ai pas besoin de bêtises de la part des filles.»

«Ce n'est pas une question de propriétés,» elle répondit.

«Un accord similaire que tu as combattu avec arrogance avec Richard.»

«De quoi s'agit-il?» Ignorant le jeu, il fixa son regard sur elle.

«Si tu gagnes, garde ton pacte avec Richard et poursuis moi jusqu'au bout de tes esprits. Si je gagne...» Son sourire le fit s'effondrer contre le mur, tandis que ses yeux prenaient un air de rêve, se souvenant de la glace fondante. «Alors ce pacte es nul et tu arrêtes de me poursuivre.»

«Mais je ne peux pas! Mon pari avec Richard était juste et direct et je suis lié par l'honneur.»

«Ce nouvel accord l'assujettit. Avons-nous un accord ou tu es si mauvais à ce jeux que tu ne peux pas prendre le risque?» Elle savait qu'il n'oserait pas reculer.

«Très bien, on a un pari.» Leurs yeux restèrent fixés sur l'échiquier et ils se turent.

«C'est votre tour, mon seigneur,» elle lui informa.

Changeant finalement un pion pour protéger celui qui était attaqué, il poussa un soupir. «Est-ce que tu perds la confiance?» Elle captura son pion incitant son échec et mat au prochain coup s'il reprenait son pion avec ça.

Il émit un confiant «Hrrmph!» et prit son pion, tombant dans son piège.

Elle avança sa tour mais ne la lâcha pas. «Maintenant c'est échec et mat, mais j'ai eu un avantage injuste de toi.» Elle recula avec la tour.

Il leva les yeux vers elle. «Quel avantage injuste?»

«J'ai joué aux échecs dès l'âge de trois ans. Très peu de personnes dans la cour, y compris le roi, m'ont vaincu jamais. Il serait injuste de t'humilier davantage.» Elle se força à garder un visage impassible.

Il s'éloigna de l'échiquier, reposant contre l'ouverture de la fenêtre. «C'est honorable de la part. Ou tu ne voulais pas gagner parce que tu te rends compte de ta foie et tu accueilles ma poursuite?»

Cela apporta un drôle de sourire à ses lèvres. Elle remit les pièces à leurs positions initiales et commença un jeu solitaire. «Vous ne le saurez jamais, mon seigneur. Cependant, savez-vous que l'honneur est ma plus grande vertu?» Elle parla en déplaçant les pièces des deux côtés alors qu'il regardait avec révérence. «Je ne tricherais jamais ni profiterais de ton manque de compétence dans un domaine dans lequel j'excelle.»

«Quel contraste avec le reste de ta famille, je dois dire. Ce n'est pas caractéristique des Woodvilles.»

«Tellement plus évident que je ne suis pas l'un d'e...» Elle s'arrêta trop tard. Serrant un poing autour d'un pion noir, elle se couvrit sa bouche de son autre main, sautant, s'éloignant de lui et de la tempête des questions qui était censée suivre.

Il se leva et s'approcha d'elle. «N'es-tu pas l'un d'eux?»

Elle agita ses mains en l'air. «Oublie que je l'ai dit.»

Il la retourna pour lui faire face, ramassa quelques mèches lâches de ses cheveux et les porta sur sa joue. «N'es-tu pas la nièce de la reine?»

«Je ne voulais pas dire ça.» Mais elle se sentait étrangement à l'aise de lui dire. Contrairement à Richard, il n'était pas occupé à réunir un conseil pour sa nouvelle vie dans le nord. Il avait le temps et le désir d'écouter. Et combien elle avait besoin de quelqu'un sur qui s'appuyer!

«Il n'y a rien de mal à être adopté par un noble-»

«Je m'en fous d'être noble. Je ne leur ai jamais appartenu et je ne leur appartiens plus maintenant. Je ne suis pas une Woodville, j'ai horreur de devoir vivre sous leur toit!»

«Tu ne leur ressembles en rien. Peu importe qui t'a élevé.» Son ton doux la réconforta. «C'est toujours toi.»

«Oh, mais je vais découvrir. Jusqu'à mon dernier souffle, je vais découvrir qui je suis. Je n'ai jamais cru que les Woodvilles étaient ma vraie famille. Ça va au-delà de toutes nos différences dans la nature, le tempérament et les valeurs. Simplement je ne me sens pas à ma place. Mes soupçons sont profonds, et existent depuis quelques années maintenant. Quand j'étais jeune, j'ai entendu par hasard Bess et Oncle Ned parler sur Malmesbury se référant à moi, et à propos d'une orpheline. Depuis que j'ai entendu ces extraits chuchotés, j'ai demandé à Bess encore et encore. «Parle-moi de ma mère et de mon père, Tante Bess, s'il te plaît!» Mais elle me giflerait ou ordonnerait à un serviteur de me retirer de la chambre.»

«Pourquoi ne te dirait-elle pas la vérité?» Avec des yeux abattus, il secoua la tête.

«Je pense qu'elle a un sombre secret sous son chapeau pointu. Mais je ne peux pas continuer sans savoir. Je ne me souviens pas beaucoup, mais j'ai écrit ce que j'ai pu. C'est bien que les nobles veillent à ce que leurs enfants apprennent à lire et à écrire, ou je n'aurais pas pu l'écrire. Cela commença à me hanter après que l'Oncle Ned accédât au trône et je vis la soif de pouvoir des Woodvilles. Cela attisa mes soupçons. Je ne partage aucune de leurs qualités, même si je ne suis qu'une nièce. Je ne leur ressemble pas du tout, surtout elle. J'ai gardé ce journal de l'enfance pendant toutes ces années. J'écrivis sur leur mention à Malmesbury. Richard dit que Bess lui offrit une dot, le Manoir Foxley, à Malmesbury. Quand je mentionnai le Manoir Foxley à elle, elle me raconta une histoire folle, et je l'attrapai dans son mensonge. J'écrivis à l'Archevêque, mais il ne put pas m'aider. Il n'y a pas de traces de ma naissance.»

«Que vas-tu faire maintenant?» Il demanda.

«Je partirai demain pour Malmesbury pour trouver le Manoir Foxley. Si c'est un hareng rouge, je vais essayer une autre façon. Je ne m'arrêterai pas tant que je n'aurai pas trouvé mes vraies origines.» Elle lui fit un signe de tête résolu.

Elle lui prit la main. «Denys, laisse-moi t'accompagner. Je te guiderai à chaque étape du chemin et je serai là quand tu auras besoin de conseils, au cas où ce ne soit pas fructueux.»

Elle secoua la tête. «Ton inquiétude touche, mais tu n'as pas besoin de tenir ma main. J'ai embauché un guide compétent, juste...» Elle hésita avant que les mots sortissent de ses lèvres.

«Juste quoi?» Il attrapa ses doigts. «Je ferai tout ce que tu me demandes.»

«Attends-moi juste ici quand je revienne.» Elle s'approcha de lui.

«Bien sûr je t'attendrai. Je n'ai pas d'autre endroit où être.» Il baissa son visage vers le sien, il ferma les yeux et leurs lèvres se rencontrèrent, apaisant une faim qu'il n'avait pas connue auparavant. Un doux gémissement s'échappa au fond de sa gorge en caressant sa joue avec des touches de plumes.

Elle s'éloigna, frottant ses lèvres comme effaçant toute trace de son baiser. «N'abuse pas de moi, j'en ai assez de ça.»

«Pourquoi j'abuserais de toi avec un baiser? Tu as aimé autant que moi.» Sa voix s'adoucit. «Ce n'était pas le cas?»

«Non, tu m'as trompé... Juste laisse-le.» Elle rompit son étreinte et quitta la pièce.

«Je serai ici,» il cria derrière elle. «Attendant...» Il chuchota à voix basse, «...pour mieux te connaître. Peu importe qui tu es.»

MONTÉE SUR CHERA, AVEC SON GUIDE HUGH COREY, SA femme de chambre, un couple de gardes royaux et un des écuyers du Roi Edward, conduisant un cheval de bât avec des vêtements et des fournitures, sans que la reine le sût, Denys franchit les portes du palais. Distribuant des pièces de monnaie et des bonbons aux gens béants de la ville, elle guida son cortège le long des remparts de la vieille ville.

Ils traversèrent à cheval les rues animées de Londres, à travers la poubelle puante. Les corbeaux criaient, balayant les rues, déchirant les cadavres pourris avec leurs becs. Les marchands et vendeurs de fruits et légumes criaient: «Venez, mangez, venez! Des gâteaux chauds, des galettes d'oie, bœuf, viande d'agneau, des gâteaux chauds, chauds!» Le chêne noir contre le plâtre blanc encadrait les maisons, avec des boucliers aux couleurs qui représentaient leurs métiers. La maison d'un riche marchand ornée de vitraux, ressortait parmi les maisons des artisans. Des robes de rouge, bleu et vert vif couvraient les gens, ses chaussures pointues tout aussi colorées. Des enfants aux pieds nus entraient et sortaient de la foule. Les chariots grondaient et les cloches des églises sonnaient au loin.

Ils traversèrent le pont sur le fossé de la ville, ses boues de déchets dégageant une mauvaise odeur. Sur la route cahoteuse sur le terrain vague ouvert, les bâtiments agricoles, les greniers et les foyers leurs entouraient. Les cloches de l'église s'éteignirent et les aboiements des chiens augmentèrent pendant qu'ils chevauchaient à côté d'un chenil à côté d'un ruisseau. Les maisons, sur pilotis enfoncés dans le sol, s'élevaient en groupes sur le marais. Le groupe suivit des pistes très usées alors que les nuages s'épaississaient. Une fois libérée des limites de la ville, Denys accueillit la bruine froide sur son visage et ses mains.

«Malmesbury dans cinq jours, alors je saurai qui je suis, si Dieu le veut,» et Mère Nature répondit avec une nouvelle rafale de pluie pour la rafraîchir. Elle enleva sa coiffure et laissa ses cheveux tomber dans son dos.

TANDIS QUE DENYS SE RENDAIT À MALMESBURY POUR trouver ses origines, Valentine pensa qu'il pourrait aider en restant au palais. Richard voyagea au nord avec sa mariée au Château Pomfret, sa nouvelle résidence officielle. Certains serveurs restèrent, lavant les vêtements, couvrant le sol de roseaux frais, et frottant les toilettes.

Valentine rattraperait Richard plus tard. Il avait quelque chose à faire en premier.

Les plantes grimpantes épaisses comme une corde qui couvraient le mur nord du palais rendaient l'escalade si facile comme monter le grand escalier. Une fenêtre ouverte laissait entrer l'air frais au dressing de la Reine Elizabeth. Il escalada la plante grimpante, rampa par la fenêtre et atterrit sur ses pieds.

Il y avait une rangée de coffres contre le mur. Les coiffures accrochées aux crochets, chaque paire de chaussures dans sa propre boîte en bois. Les sous-vêtements en satin étaient pliés les uns sur les autres, sur une étagère le long du mur opposé. Un tissu à volants couvrait une coiffeuse. Un tas de peignes en ivoire se trouvait à côté d'une rangée de cornes remplies de lotion.

Dans le placard privé de la reine il trouva des piles de malles verrouillables, sachant que son contenu devait être listé ici. Il devait trouver ce qu'il cherchait, même si ça voulait dire dormir ici sur une pile de chemises de nuit d'Elizabeth.

Personne ne pouvait contester les compétences organisationnelles d'Elizabeth Woodville. Ses scrupules sur la méthode le dérangeaient: chaque repas devait être servi de manière ordonnée, chaque assiette devait être retirée et chaque verre rincé avant le plat suivant. Chaque entrée et sortie des serveurs du palais devait être enregistrée, chaque cheval avait son nom gravé sur son écurie, on enregistrait chaque balle de foin et chaque seau de déchets, chaque dépense enregistrée par la reine agaçante elle-même. Elle rendait le pauvre Lord Steward fou avec son inventaire constant de la boulangerie, le cellier et la vaisselle. Elle s'asseyait avec les contrôleurs tous les mercredis pour équilibrer les comptes. Personne ne dépensait un sou sans son approbation, et le ciel aidât l'auditeur qui ajoutait mal une colonne.

Des torches étaient allumées dans la chambre de la reine jusqu'aux petites heures du matin, alors qu'elle examinait les registres. Elle avait sûrement archivé des documents concernant sa belle nièce aux cheveux argentés à sa charge.

Il examina un grand livre relié en cuir sur son bureau, proprement écrit dans des colonnes droites. Il feuilleta un autre grand livre, et un autre. Il trouva finalement un livre où aucune situation financière était enregistrée. Il y avait un enregistrement de ses frères et sœurs, leurs époux ou épouses et leurs enfants, lieu et date de naissance. Chaque nom avait un chiffre à côté. Sûrement un code de quelque sorte, un index de ses piles de fichiers. Son doigt examina la liste de noms, tourna la page et examina une autre liste. Les Plantagenet: Edward, le décédé Edmund, George, Richard, et leurs autres frères et sœurs, avec leurs lieux et dates de naissance. Quelques-uns avaient des chiffres à côté, des autres n'avaient aucun chiffre à côté. Il tourna une autre page. Les Woodvilles étaient un grand clan. La liste remontait au début des années 1300, avant Edward III. Elle savait certainement d'où elle venait. Ensuite en retournant, examinant tous les noms, il le vit. Il n'y avait lieu ni date de naissance à côté, seulement le chiffre 5. Le nom qu'il cherchait.

Denys Woodville.

Mais que voulait dire le chiffre 5? Il examina les autres noms avec un 5 à côté-les tantes, les oncles et cousins et cousines d'Elizabeth. Pendant qu'il faisait noir, il prit une torche de la chambre et revint sur ses pas vers la chambre privée, s'installant entre les malles. Les scintillements de la torche distinguaient des chiffres romains à l'avant de chaque malle. La malle gravée avec «I» était en bas, «V» au sommet.

En utilisant un tabouret de nuit comme marche, il équilibra la malle au-dessus de sa tête et la laissa tomber. La poussière se leva quand elle toucha le sol. Il descendit du tabouret, tourna la serrure rouillée jusqu'à ce qu'elle se brisa et ouvrit le couvercle. Elle était bondée de lettres, leurs odeurs de moisi mélangées avec le parfum de la cire que les avait une fois scellées. Elles avaient toutes quelque chose un commun: elles étaient écrites par des gens avec un «5» à côté de leurs noms dans le livre. Maintenant, laquelle appartenait à Denys Woodville?

Quand la torche était réduite à une lueur orange, il arriva aux dernières quelques lettres. Forçant ses yeux pour voir, il se leva et étira ses jambes.

Puis il la trouva...

Une lettre courte avec une écriture élaborée qui couvrait un côté de la page, signée par Margaret Holland, Comtesse de Somerset. Qui diable était-elle? Son importance était dans le corps de la lettre, où le «bébé» était mentionné plusieurs fois. Elle était datée «Lundi après la Fête de Saint-Martin, 1457,» dans la tradition de se servir des jours des saints pour dater les lettres. Fête de Saint-Martin.

Vérifiant les noms des saints et les dates, il se souvint que c'était le 11 Novembre, la fête du laboureur, quand le grand abattage des animaux avait lieu.

Il avait fait tout ce qu'il pouvait pour une nuit; il faisait noir et la torche était réduite à rien. Repoussant la malle à sa place, il se fraya son chemin hors du placard d'Elizabeth vers l'antichambre. Les torches brillaient dans le couloir lointain. Demain matin il vérifierait plus profond la malle «V».

Pendant qu'il passait par la chambre extérieure, des pas résonnèrent derrière lui. S'écrasant contre le mur, il aperçut un tablier blanc alors qu'une domestique avançait lourdement

DIANA RUBINO

dans le couloir. Elle était grosse, sa robe était sale, et elle puait une puanteur qu'il pouvait détecter à dix mètres. C'était Kat, la seule femme cuisinière dans les cuisines de la cour, en raison de son volume et sa puissance, elle était comme il imaginait Denys selon la description forte de Richard.

Il s'attendait à ce qu'elle se dandinait sans le voir. Les pas s'arrêtèrent. *Oh, no.* Il retint son souffle. Elle l'avait attrapé.

Il fallait réfléchir vite. «Bonne soir, jeune fille, qu'est-ce que t'amène dans les chambres de la reine à cette heure tardive?» Il recula en rampant le long du mur.

«Qu'est-ce que *vous* amène ici?» Son ton accusateur aigu trahissait un accent de jetée. Elle entra dans l'antichambre et claqua la porte. Maintenant ils étaient confinés dans cet espace trop près.

«Une mission royale secrète. Il fait terriblement sombre dans ce labyrinthe de palais.» Il mit la lettre dans le dos de son bas et il s'essuya le front.

Il avait peur d'avoir de plus gros problèmes que quand il arrangea des rendez-vous séparément avec les deux filles du Roi Louis, et elles arrivèrent au jardin en même temps!

Comme à ce moment, maintenant il éclata en perles de sueur froide.

«Bon, dites-moi ce que vous faites, gentilhomme blanc, ou je vous dénoncerai à la reine.» Elle mit des poings charnus sur ses hanches.

«Kat, simplement...» Il essaya de la séduire en utilisant son nom. «Je n'essaye de blesser personne, tu sais combien je respecte le roi et la reine.»

«Dites-moi ce que vous faites alors,» elle répéta.

«Une mission pour le roi. Il semble que notre bonne reine perdit le sceau privé et le roi en a besoin. Mais elle sera très en colère si elle découvre que le roi m'a envoyé ici, alors promets-moi que tu ne lui diras pas?»

«Sceau privé mon cul.» Elle se moqua.

«Mais c'est la vérité!» il insista.

«Je parie que vous fouinez pour Le Cochon Blanc de Gloucester. Je vous ai tellement vus jouer ensemble, je pense que
vous êtes l'un derrière l'autre ou quelque chose comme ça.»

Il avait entendu ceux de basse extraction désigner
Richard comme «Le Cochon Blanc» à cause de son
emblème, le Sanglier Blanc. Personne de la noblesse n'oserait se référer à lui de cette manière, sauf peut-être les
Woodvilles.

«Peut-être si vous prenez mon esprit ailleurs, j'oublierai
que je vous ai vu et je ne dirai pas à Son Altesse que vous étiez
ici.» Elle s'approcha de lui et passa un doigt sur sa joue.

«Détourner ton esprit? Très bien alors. Que dirais-tu d'une
partie d'échecs?» Il recula avec un joli sourire.

«Non!» Elle se lécha les lèvres, montrant des dents pourries. «Que diriez-vous de familiariser mon corps avec le
vôtre?»

«Que dirais-tu de familiariser ton corps avec une nouvelle
barre de savon?» il répondit.

«Ce que je pense n'a aucun rapport avec être propre.» Elle
tendit la main pour lui arracher ses parties intimes.

Il s'échappa du chemin. Elle agita ses cils, mais cette
tentative regrettable de féminité ne marcha pas avec lui.

«Hélas, il n'y a rien que je puisse faire pour te faire plaisir.
Un défaut physique vole ma virilité, pour ainsi dire, je ne suis
pas un homme au vrai sens du terme.» C'était assez facile à
dire devant l'idée de la toucher.

«Vous dites la vérité, mon seigneur?» Son ton s'adoucit...
une tentative de sympathie, il espérait.

«Oui, je dis la vérité. J'ai été blesse dans la Bataille de
Tewkesbury, moi et mon cheval. Nous sommes allés au
combat l'homme et le cheval, nous avons fini par être un
couple d'hongres.» Il atteignit derrière lui pour adoucir la
lettre, entassée entre ses fesses. «Le pauvre animal périt bien-

tôt. Mais moi... je l'ai presque perdu, ils ont réussi à le recoudre. Ç'arrêta de servir dans le sens charnel.»

«Et pourquoi ça ne marche pas?» Elle se rapprocha un peu plus. Il recula, son dos contre le mur. «Votre histoire me réchauffe le cœur,» elle dit. «Mais je veux le voir par moi-même.» Elle se jeta sur lui.

Il sortit hors de sa portée et pointa un doigt accusateur. «Peut-être que je devrais dire à la Reine Elizabeth que tu as essayé de coucher avec moi dans la chambre royale.» Il renversa la situation contre elle. «Juste que fais-*tu* ici?»

«Je frotte les foutus toilettes comme punition pour avoir servi un toast brûle à Son Altesse. Regardez mes mains!» Elle répandit des paumes crues et calleuses. «Regardez comment elles sont dus au frottement.»

«Assez!» il commanda et elle se figea.

«C'est quoi ça dans ta main gauche? Est-ce la marque d'une sorcière?» Il se força à l'approcher. «Peut-être que tu fais un sort par ordre du roi.»

«Non! C'est juste une verrue, mon seigneur!» Elle enleva sa main. «Je ne suis pas une sorcière, s'il vous plaît...»

Pendant qu'elle sanglotait, il savait que la peur étoufferait tous les ragots sur cet incident.

«Alors va-t'en donc je ne te demande pas d'enlever ta camisole et prouver que tu n'as pas un sein supplémentaire!» il ordonna.

Elle recula, ouvrit la porte et s'enfuit dans un nuage de puanteur corporelle et de graisse de cuisine.

Poussant un soupir de soulagement, il regarda dans les deux sens avant d'aller dans ses propres chambres, où il commanda un bain et frotta chaque pouce de son corps. Il alluma un petit feu et brûla la lettre. Il n'osa pas la garder ni retourner dans les chambres d'Elizabeth pour la remettre en place.

«Oh, Denys, les choses que je fais par amour!» La désirer

lui faisait mal au cœur, lui ramenait un pas de plus pour la gagner.

VALENTINE FRANCHIT L'ÉLÉGANTE VIEILLE PORTE DU Château Pomfret, mit pied à terre et remit les rênes à un garçon d'écurie. Un page lui conduisit à une chambre où Richard conférait avec son conseil.

Après annoncer le jour et l'heure de la prochaine réunion, Richard leur dit adieu. «Val, qu'est-ce qui t'a pris autant de temps? Je pensais que tu avais changé d'avis et tu avais rejoint la cour lors du voyage.»

«Non, le voyage ressemble trop à une bataille mais sans aucune gloire. J'avais besoin de m'occuper d'une tâche.» Il s'assit sur un siège de fenêtre et regarda la rivière bondée.

«J'ai des réunions à Londres et je partirai demain. Reste à l'intérieur si tu veux,» Richard offrit.

«Merci quand même.» Valentine refusa l'offre. «Je retournerai à Londres.»

«Je pensais que tu le ferais peut-être,» Richard montra son demi-sourire.

Ils quittèrent la chambre et Richard l'emmena dans la cour extérieure. Une douce brise jouait avec les cheveux de Valentine. Respirant profondément l'air frais de la campagne, il ferma les yeux et apprécia le chant des oiseaux en ce moment de paix.

«Une tâche monumentale si elle prit environ une semaine.» Richard étendit ses bras au-dessus de sa tête.

«C'était en effet.» Valentine se souvint de la durée du voyage alors que l'air frais lui aiguisait l'appétit. «Y a-t-il quelque chose à manger?»

Après un bon repas de poitrine de caille rôtie, ailes de cygne, moules, bulots et coques avec des tranches de pain beurré, un bol de fraises et une poignée d'amandes arrosées de bière, ils retournèrent au grand air. «S'il te plaît dis-moi qu'on n'ira pas dans un cimetière.»

Richard enleva son chapeau en caressant sa plume. «Non, nous nous arrêterons ici sur le monticule.»

«J'aide Denys à trouver sa vraie famille, Richard, mais elle le sait toujours pas. Ce sera passionnant et gratifiant de savoir que j'ai aidé dans sa recherche. Cela pourrait même aider à capturer son cœur, mais ce n'est pas ma seule raison.» Il s'assit par terre et mâcha un brin de menthe.

«Je sais que tu y es soumis.» Richard s'assit les jambes croisées. «Mais ne la laisse pas trop te charmer. Denys peut être charmante et très ennuyeuse à la fois, la manière où elle construit de royaumes fictifs autour d'elle. Elle peut parfois être un tourbillon. Si sa situation difficile ne lui plaît pas, pourquoi, elle le répare juste dans son cerveau. Et c'est difficile, presque impossible, lui dire le contraire. Même si elle se souvient vraiment ce qu'elle entendit à sept ans, c'était probablement la joyeuse cruauté de Bess jouant avec les sentiments de Denys, jouant avec sa nature pensive. Si cela ne porte pas ses fruits, peut-être que tu ne pourras même pas la réconforter.»

«Ah, mais je vais me racheter. En plus, je t'ai fait une promesse et je te la tiendrai.»

Richard renifla. «Je savais que tu l'aimerais une fois que tu la rencontrerais.»

«Il y a beaucoup de choses que j'aime.» Il ferma les yeux et l'imagina. «Peut-être trop.» Il rit. «Si je l'aide à retrouver sa famille, alors elle m'épousera au plus tôt. Une double cérémonie aurait été géniale.»

«Tu es plus un rêveur qu'elle!» Richard fit un sourire méchant. «Non, Anne et moi nous devions nous marier dans la plus grande hâte sous un manteau de secret. Je ne pouvais pas me permettre de la courtiser tranquillement.»

«Tranquillement? Sans blague!» Valentine rit. «La chasser demande beaucoup de mon énergie. Je serai à peine réveillé la nuit de mon mariage!»

VALENTINE CHEVAUCHAIT AUX CÔTÉS DE RICHARD SUR LES pierres brisées de la voie romaine qui conduisait de retour à Londres. Les sabots de leurs chevaux tonnaient à travers de de vieux ponts piétonniers en bois sur les ruisseaux murmurants. Virant au sud-ouest, ils parcoururent des routes étroites à travers des forêts profondes, entourées des de frênes et de châtaigniers qui se dissipaient dans un vaste marais. La brume couvrait les collines au-delà. Les ajoncs et les fougères parfumaient l'air.

Ils arrivèrent à Leicestershire avant le coucher du soleil du troisième jour. Avant s'héberger à l'auberge locale, lui et Valentine allèrent se promener au coucher du soleil, l'air frais sur leurs visages. Ils mirent pied à terre au sommet d'une colline et Valentine sortit une caille à moitié mangée, une prune ridée et deux tartes aux fruits écrasés de son sac à main. «Veux-tu partager, Richard?»

Richard secoua la tête et regarda les champs cultivés. Taches de vert clair et foncé s'étendaient sur la terre sous le ciel brumeux striées de doigts violets vaporeux. Il s'assit sur le sol, leva les genoux et les serra contre sa poitrine. «Quel est cet endroit?»

«Market Bosworth, selon l'indicateur qu'on passa.» Valentine mordit sa prune juteuse.

Ils s'assirent en silence alors que le soleil se penchait plus bas dans le ciel. Valentine enleva son manteau et sa tunique et coucha torse nu sur l'herbe. «Ah, terre douce! Tu devrais te coucher, laisser ta peau nue respirer la terre fraîche.» Il attribua le silence de Richard à des changements soudains dans sa vie.

Avant que Valentine n'ait fini sa prune, Richard se leva et se dirigea vers sa monture. «Je dois partir.»

Valentine prit sa dernière bouchée et jeta la prune de côté. «Pourquoi si tôt? Reste et regarde les étoiles sortir comme nous l'avons toujours fait. Nous nommerons les constellations si tu t'en souviens.»

«Je ne peux pas supporter d'être ici.» Richard tressaillit et fit courir ses mains le long de ses bras. «Je suis gelé. Il y a quelque chose à propos de cet endroit...» Richard monta et tira les rênes.

Valentine sauta sur sa monture et rattrapa Richard au pied de la colline. «Richard, es-tu malade?» Ses yeux étaient vitreux, aveugles derrière un mélange de pensées sombres et hantées.

Richard ne dit rien, mais se retourna et galopa de retour à Leicester, laissant Valentine confus. Comment quelqu'un qui traîne dans les cimetières pendant des heures être si mal à l'aise dans un endroit paisible comme Market Bosworth?

MALMESBURY-UNE VILLE ANCIENNE AUX RUES ÉTROITES ET sinueuses, huttes d'acacia et de boue, et boutiques animées. Plus propre que Londres, elle puait les déchets et les ordures pourries. Denys et son groupe entrèrent par la Porte Est et chevauchèrent par la Rue Principale. Une grande bannière sur la place principale disait «Cross Hayes.» Dans ce jour de marché, les habitants couraient vêtus de leur coutume de vêtements de laine grossière, les sacs de marchandises raccro-chaient sur leurs épaules ou sur le dos des mules. En passant devant des étals affichant des bonbons, biscuits et autres gourmandises, sa bouche arrosa du parfum épicé du pain d'épices.

Le marché était plein de poulets hurlant, porcs grognant, et revendeurs vendant leurs produits. Les auvents en bois craquaient en chaînes rouillées sur les étals. Des sacs en toile de jute et des pots heurtaient les fesses moites des bêtes. Des mains expertes piquèrent et pressèrent beaucoup de fruits. Les clients se disputèrent sur les prix avec les vendeurs de poisson.

Elle acheta une douzaine de gâteaux et apprécia la liberté de marcher parmi les villageois, essayant de comprendre un ou deux mots comme ils bavardaient dans le dialecte inconnu de Wiltshire.

Son regard capta une variété de tissus et de rubans colorés qui étaient accrochés dans un magasin, mais son empressement à accomplir sa tâche la poussa en avant. Son appétit céda la place à une vague d'agitation en marchant un peu plus et apercevant l'Abbaye au-delà du Carrefour du Marché.

«Je vais à l'Abbaye,» elle dit à ses guides. «Suivez-moi.» À pas fermes, elle conduisit la courte promenade jusqu'à l'Abbaye.

Elle s'appuya contre la lourde porte et entra dans l'Abbaye caverneuse. Pendant qu'elle fermait la porte, elle laissa de côté la poussière tourbillonnante et le soleil brûlant. Un moine se tenait dans une ancienne tombe à gauche de l'autel lui tournant le dos. Il se retourna juste au moment où la lumière du soleil se refermait sur lui.

Ils se rencontrèrent au milieu de l'allée. «Bonjour à vous, Père. Je suis Denys Woodville. Qui est l'Abbé ici? J'ai besoin de le voir.»

«Ah, c'est John Aylee. Je vais aller le chercher pour vous.» Alors qu'il disparaissait dans l'ombre elle s'assit sur un banc, tomba à genoux et pria pour que son voyage finît ici.

Quelques instants plus tard, l'Abbé s'approcha d'elle. Sa

rondeur douce la réconforta tandis que les rayons du soleil passaient à travers les vitraux et atterrissaient dans un arc-en-ciel lumineux sur sa tête chauve. «Puis-je t'aider, ma fille?»

Elle glissa du banc et lui salua. «Votre Grâce, je suis Denys Woodville et je vous serais reconnaissante de votre aide.»

Il acquiesça. «On, puis-je vous aider, Mademoiselle Woodville?»

«Je cherche ma famille. On m'a livrée à Elizabeth Woodville comme pupille nouveau née du Roi Henry VI. On m'a dit qu'il n'y a pas de registres de ma naissance, mais je pense que ma famille est d'ici.»

Il haleta comme pris par surprise. «Connais-toi le nom de ta famille?»

«Non, je ne sais pas qui ils sont, mais je veux vérifier les registres et trouver qui est né cette année-là.»

Pendant qu'il secouait la tête, le frisson de son attente se dissolvait. «Es-tu une étrangère?»

Puisque quiconque qui était même à quelques kilomètres de là était un «étranger» elle acquiesça, mais elle fut rapide à expliquer: «Je réside à la cour maintenant, mais ma vraie famille est d'ici.»

«Les livres qui enregistrent les naissances arrivent jusqu'à 1350,» l'Abbé l'informa. «Les livres plus récents ont été détruits dans un incendie, oh, une nuit il y a vingt ans. Je vais chercher celui qu'il te reste.»

Pendant qu'il disait au revoir, elle s'agenouilla et pria encore. Pour autant qu'elle sache, la mère qu'elle cherchait aurait pu s'agenouiller dans ce même banc, avec les mains jointes, avec la tête baissée, priant pour le bien-être de sa fille.

Il revint, lui donna le livre, et elle essaya de ne pas briser les pages dans sa précipitation.

Elle commença par 1457. «Je crois que c'était l'année de ma naissance,» elle lui dit. La ville avait enregistré trois naissances cette année, tous étaient des garçons. Elle consulta deux années avant et après: trois femmes nées dans ces années étaient mortes maintenant et les autres vivaient encore, mariées à des agriculteurs. «Votre Grâce, vous vous souvenez d'une fille née dans une famille qui est morte peu de temps après?»

Il nia avec sa tête. «Non, jeune fille, mais si les hommes du Roi Harry ou n'importe quel étranger vînt à Malmesbury pour emporter un bébé il y a presque vingt ans, je me serais souvenu.»

«Est-ce que je peux vous demander si vous connaissez le Manoir Foxley?» Elle retint son souffle en attendant sa réponse.

Il pinça les lèvres. «Non, je ne sais rien du Manoir Foxley. Peut-être il a changé de mains, il peut avoir un autre nom. La communauté commença avec l'invasion des Saxons, quand c'était partie de Wessex. Le nom Foxley me semble très étrange.»

«Il n'y a pas des titres de propriété?» elle supplia. «Je dois trouver la Manoir Foxley.»

«Ils se sont perdus tous dans l'incendie, Mademoiselle Woodville, avec les actes de naissance. C'était honteux.» Il nia avec sa tête.

Elle ne pouvait s'empêcher de se demander s'il mentait. Elle lui remercia et, avec les yeux brûlants de larmes de défaite, elle revint dans la lumière du soleil qui maintenant brillait avec dureté et cruauté.

Hugh attendait à l'entrée et ensemble ils demandèrent aux citadins s'ils avaient entendu parler du Manoir Foxley, mais en vain. Ils la regardaient bouchée bée et regardaient les couleurs royales qui couvraient Chera, ou secouaient la tête comme si elle parlait une autre langue. En quelque sorte, elle faisait ça.

Toujours pas de chance.

Un vieil homme traversait Silver Street, conduisant une mule d'une seule main, avec un sac de produits secs en bandoulière. «Oh, s'il vous plaît, dites-lui!» elle supplia comme elle et Hugh approchaient de lui.

Le visage de l'homme s'éclaira en reconnaissance quand elle mentionna le nom, comme s'il essayât de se souvenir de quelque chose lointaine. «Oui. Autrefois on l'appela le Manoir Foxley, il y a environ vingt ou trente ans, mais il a changé d'habitants plusieurs fois. Je ne sais pas qui est le propriétaire, mais plusieurs locataires y vivaient, et mainte-nant-oh, je n'ai pas été là depuis que cette vieille mule est née.»

«Savez-vous où il est?» Elle parla si vite qu'elle dut répéter ce qu'elle disait.

Il pointa. «Oui. En dehors de la ville, vers l'ouest, sur le chemin de Bristol, sur la rive opposée de l'Avon. Suivez de Sentier Gaerston jusqu'au Pont Goose.»

Elle savait que de nombreuses rues avaient le suffixe Saxon «Gaerston» que signifiait champ vert.

Hugh hocha la tête. «La rivière est juste là.» Se retournant vers le vieil homme, il demanda, «Savez-vous les noms de quelqu'un qui a vécu là-bas ou qui y vit maintenant?»

L'homme secoua la tête. «Je ne sais pas qui habite là ou qui y vivait. La dernière fois que j'ai entendu parler de cet endroit, c'était il y a plusieurs années. Je ne fréquente pas beaucoup plus ces endroits, je n'entends aucun verbiage local.»

«Est-ce que des Woodvilles vivent à proximité de ces endroits?» Denys lui provoqua.

«Non, pas de Woodvilles.» Il nia avec la tête. «Je ne peux pas dire que j'ai entendu ce nom. Mon nom est Blanchard, mais ne j'ai jamais entendu parler de quelqu'un du nom de Woodville autour de Malmesbury.»

Elle l'enviait presque, de n'avoir jamais rencontré de Woodville. «Je vous remercie.» Elle fouilla dans son sac et remit à l'homme quelques shillings.

Se tournant vers son cortège, elle pointa avec une main tremblante. «Traversons l'Avon!»

Ils chevauchèrent sur le Pont en pierre Goose, le cœur de Denys battant, avec une bouche sèche comme la morue salée. Puis elle la vit devant, entourée d'arbres au pied d'une colline parsemée de moutons-une maison en grès rouge de deux étages avec des balcons vitrés devant et une porte d'entrée bombée. Elle laissa Chera avec sa bonne, mit pied à terre et fit signe à Hugh de la suivre alors qu'elle courait vers la porte. Elle appela et secoua le loquet mais n'obtint aucune réponse. Elle regarda par l'une des fenêtres. «Sombre comme une tombe,» elle commenta Hugh. Ils allèrent à l'arrière mais ils ne purent pas ouvrir la porte ni regarder par les fenêtres. Une détermination féroce alluma un feu dans son ventre. «J'ai besoin d'entrer dans cette maison et je trouverai un moyen.»

Il agita ses mains d'un côté à l'autre. «Vous ne pouvez pas forcer l'entrée, Madame, c'est un crime, on peut vous pendre pour ça ou vous mettre au pilori si vous avez de la chance!»

Elle mit un doigt sur ses lèvres. «Shhh. Personne ne saura si nous nous taisons.»

«¿Nous?» Ses yeux s'écarquillèrent.

«Fais attention, Hugh. C'est probablement ma maison ancestrale. J'ai besoin d'entrer et de trouver des indices sur ma famille. Suis-moi et reste à l'écoute.»

La porte arrière semblait être une affaire simple, mais pas autant quand elle la frappa avec son épaule. «Auuu! Elle se frotta l'épaule alors que Hugh regardait autour de lui, traînant un pied et l'autre. «Hugh, cherche une branche de bonne taille.» Il traîna une grosse branche tombée à la porte et la saisit.

«Je vais enfoncer la branche contre la poignée et ça devrait casser le loquet de l'autre côté.» Elle recula. «Un-deux-trois!» La branche secoua la porte mais ne la bougea pas.

«Oh, Jésus, aide cette fille.» Il mit les mains ensemble.

«Je n'abandonne pas si facilement.» Une fois de plus, elle recula et fracassa la branche contre la poignée de la porte comme un bélier. La porte trembla mais elle ne s'ouvrit pas. «Une fois de plus. » Elle frappa la poignée avec une série de coups rapides. La porte s'ouvrit, gémissant sur les charnières rouillées. Elle trébucha, laissa tomber la branche et retrouva son équilibre.

Elle se tourna vers Hugh. «Je vais entrer! Suis-moi!» Elle regarda autour d'elle, alors que ses yeux s'adaptaient à l'obscurité. La maison était nue; il ne restait plus une table, une chaise ou une tapisserie. Elle essaya de se souvenir d'avoir vécue ici, même quand elle était bébé. Mais elle ne lui arriva pas la moindre trace de souvenir.

«Hugh, reste sur tes gardes ici.» Elle commença à marcher dans les pièces sans air.

La résidence serait élégante si elle était meublée et habitée. Mais maintenant, creuse et dépourvue de chaleur, elle se sentait impuissante, abandonnée. Elle souhaitait que ce soit la sienne pour qu'elle puisse la parer de tapisseries joyeuses, tables et chaises élégantes, fleurs aromatiques, doux roseaux sur le sol.

Et c'était sa dot!

Elle monta un escalier vers un couloir central et entra dans une chambre froide et vide. Elle déverrouilla une fenêtre et l'ouvrit. Inhalant l'air pur dans une brise qui refroidit sa peau, elle se demanda qui avait vécu ici, aimé ici, mort ici. Et quel était le rapport de tout ça avec elle.

Errant d'une pièce vide à une autre, elle s'arrêta à une porte-un chapelet attaché à un médaillon était accroché au mur du fond. Avec son cœur martelant, elle s'approcha pour mieux voir. Il était accroché à un clou; elle le prit et tourna le médaillon. Il encadrait un petit portrait ovale d'une jeune femme. Oh, Dieu, qui était-elle? Denys se concentra sur les yeux, essayant d'associer ce visage à un souvenir depuis longtemps oublié. La femme semblait dépouillée, comme en deuil, ses lèvres sévères se baissèrent en un froncement de sourcils. Ses yeux, sombres et inquiets, faisaient écho à sa robe noire, le seul ornement était un collier de perles qui entourait sa gorge.

Elle referma le chapelet dans son poing et retourna dehors.

«J'ai trouvé ça accroché au mur, Hugh.» Elle lui montra. «Elle ne me ressemble pas, n'est-ce pas?» Sa voix vaincue, elle avait tant voulu trouver une ressemblance, pour lui donner une lueur d'espoir.

Il l'étudia mais nia avec la tête. «Pas beaucoup, jeune fille. Peut-être un peu dans les yeux.»

Elle regarda de plus près. «Et quoi? J'ai vu des yeux verts chez de nombreuses filles.» Elle glissa le chapelet el le médaillon sur le devant de sa camisole. «Allons-y, il n'y a rien ici pour moi.» Se dirigeant vers Chera, elle avait hâte de quitter cet endroit abandonné.

«Mais cela pourrait bien être,» elle dit avait un soupir en montant Chera. *Le Manoir Foxley. La maison de ma famille.* Mais à moins que quelqu'un pourrait identifier la jeune femme dans ce portrait, elle ne saurait jamais.

Maintenant plus que jamais, Denys se sentit perdue; complètement perdue, avec aucun lieu qu'elle pouvait appeler sa maison, aucune famille qu'elle pouvait appeler la sienne. Mais elle essaya de retrouver espoir en regardant vers l'avenir. Elle retrouverait sa famille et se libérerait du contrôle d'Elizabeth, libre de chercher un compagnon aimant et attentionné. Ce n'était que la première étape dans un long et fastidieux voyage. Si elle ne les trouvait pas maintenant, elle les trouverait le lendemain ou le lendemain. Elle refusait de quitter ce monde sans savoir d'où elle venait.

Avec la tête haute, en levant les épaules, elle enleva sa coiffure et le mit dans son sac à main. Tandis que les fortes pattes de Chera galopaient sur la terre verte, ses cheveux soufflaient derrière elle dans le vent.

Épuisée, elle emmena son groupe de retour par la Rue Principale à l'Auberge du Lion Blanc. Le lendemain matin elle retourna au Palais de Westminster-mais si Dieu le veut, non pas pour longtemps-pour tracer la prochaine étape.

⁂

DENYS RETOURNA AU PALAIS PENDANT QUE LES nettoyeurs nettoyaient les placards privés, balayaient les sols et ouvraient les fenêtres pour laisser entrer l'air frais. Elle jeta un coup d'œil dans la grande salle. Préparant le banquet du soir, les femmes de ménage polissaient les carreaux des mains et des genoux. Les serveurs étalaient des nappes en lin sur les tables et plaçaient des assiettes et des verres. La salière en cristal qui séparait les nobles des roturiers était au centre de la table haute. Ajustant sa coiffure, Denys se dirigea vers la chapelle pour les vêpres alors que Valentine se précipitait vers elle. Elle embrassa une pointe d'émotion.

Son costume était à la mode d'un noble de son rang. Son pourpoint de velours bleu avec fourrure de renard roux, des manches doublées de satin bleu. Une ceinture d'or ceignait sa taille, brillant de rubis et de saphirs. Une longe plume pendait derrière sa casquette ornée de bijoux.

«Rencontre moi dans l'orme tordu, il faut qu'on parle,» il chuchota sur le côté de sa bouche.

«Pourquoi tu ne me dis pas ici et maintenant?» Elle avait désespérément besoin de libérer ses frustrations et sa défaite sur ses fortes épaules. Mais il avait l'air trop inquiet.

«Désolé, Denys, ici et maintenant ne sont ni le lieu ni le moment. Mais il faut parler. C'est en rapport à ta...» Il mit ses lèvres à son oreille. «Ta quête.»

«As-tu trouvé quelque chose? Quoi?» Elle saisit sa manche alors que son cœur battait la chamade.

«Simplement viens me retrouver là-bas aussi vite que tu peux avec tes jambes.» Il se retourna et esquiva les fidèles rassemblés à la porte de la chapelle.

Elle se précipita vers l'orme au bord de la rivière. Valentine était là, donnant de l'eau à son cheval.

Elle s'approcha de lui. «Qu'as-tu trouvé?»

Ses yeux brillaient. «J'ai découvert que Margaret Holland, comtesse de Somerset est en quelque sorte connectée à ta...»

Il eut distrait par le martèlement des sabots. Il leva les yeux avec une salutation et un sourire obligeant. «Merci, Alan. Qu'est-ce qui t'amène ici?»

Elle se tourna pour voir un écuyer sur une élégante monture marron.

«Son altesse le roi vous appelle immédiatement, mon seigneur.» Il enleva son chapeau. «Nous partons pour Smithfield et le tournoi de demain.»

«Je serai là.» Valentine dit au revoir en agitant sa main.

Mais Alan resta là. «On m'a ordonné de vous emmener de retour au palais, mon seigneur.»

Valentine regarda Denys, roula les yeux, alla à sa monture et s'en alla galopant devant Alan.

«Je sais que tu essaies de gagner ma faveur, Valentine Starbury,» elle dit au gentilhomme qui partait. «Je suivrai cette piste. Mais si ça brise mes rêves une fois de plus, je te tiendrai responsable.»

Après la cour se retira dans la nuit, la reine convoqua Denys dans ses chambres. «Pourquoi étais-tu avec ce humble soldat pendant les vêpres?» Les yeux d'Elizabeth rétrécirent en fentes odieuses.

«Valentine Starbury est maintenant Lord Valentine, duc de Norwich,» elle rappela à la reine.

Un froncement de sourcils tira sur ses lèvres. «Je m'en fous de son titre. Pourquoi étais-tu avec lui?»

«Comment oses-tu m'espionner?» Denys tordit le tissu de sa jupe avec les poings serrés.

«Arrête ta bouche intelligente et réponds-moi!» Elizabeth fit trois pas jusqu'à ce qu'elle soit à distance qu'elle pouvait la gifler.

«Il est le meilleur ami de Richard. Il est très gentil avec moi.» Les mots sortirent avant qu'elle s'aperçut qu'elle avait défendu Valentine Starbury.

«Et tu t'es prostituée avec lui depuis que Le Cochon s'est enfui de t'épouser,» elle accusa.

«Certainement pas!»

«Je sais que tu as glissé au bord de la rivière comme une pute derrière ce libertin. Ta conduite est celle de la classe plus basse-une putain ordinaire. Tu déshonores notre famille et je ne te laisserai pas salir le nom des Woodvilles.» Elle fronça les sourcils.

Salir le nom des Woodvilles? Cela était similaire à dire qu'Attila le Hun était parfois rebelle.

«Valentine est beaucoup plus poli que ton groupe de guêpes. Il me traite avec la chevalerie du plus noble gentil-homme. Il n'a même pas fait allusion à un rendez-vous.» En le défendant, elle défendait son propre honneur.

Ou Elizabeth avait quelque chose contre Valentine, ou il était sa dernière cohorte et tout cela était un acte pour le cacher.

Elle commença à se demander si l'ambitieux Valentine Starbury tissait un plan pernicieux en échange d'une faveur ou deux des Woodvilles. Après tout, le roi donnait seulement les titres plus hauts aux Woodvilles. Le fait qu'il avait donné le duché de Norwich à quelqu'un qui n'était pas un Woodville portait un vestige de suspicion.

La reine dit au revoir avec une tape décontractée et un dernier mot caractéristique: «J'ai un arrangement en tête pour toi et n'inclut pas quelqu'un de son acabit.»

Denys retourna la tape à la reine mais seulement après se retourner pour quitter la chambre.

CE SOIR-LÀ, COMME LES SERVANTES DE LA REINE LA déshabillaient, elle remarqua que quelque chose n'allait pas: une malle était tordue parmi les autres, avec la serrure cassée. Elle ordonna à une femme de chambre de la baisser, l'ouvrit et examina le contenu. Tout semblait être en ordre, mais elle vérifia l'ancien grand livre pour être sûre. Elle avait catalogué chaque lettre dans cette malle et qui l'avait envoyée, mais elle ne trouva pas la lettre de Margaret Holland. Elle vérifia à nouveau et pour être sûre, elle avait disparue. Elle vérifia les autres lettres encore une fois. Seulement cette-là manquait.

Dans son enquête la reine se prit à son groupe de servantes, serviteurs, huissiers, pages, coiffeurs, et cadres supérieurs: des chevaliers de la chambre du Roi Edward, le Premier Chambellan et le trésorier royal. Elle demanda à chacun où avaient-ils été les quinze derniers jours et que savaient-ils à propos de la lettre perdue. Kat la cuisinière avait l'air aussi innocent et perplexe que n'importe lequel d'entre eux. La reine vira les malheureux qui fléchirent. Elizabeth savait qu'elle avait injustement licencié ces serviteurs, parce qu'elle avait une bonne idée sur qui avait volé vraiment cette lettre.

Avec la cour au tournoi de Smithfield et Richard
dans le nord, Denys partit pour trouver la comtesse de
Somerset, ou dans le cas où elle n'était plus en vie, ses descendants. Mais d'abord elle s'arrêta pour rendre visite au duc de
Clarence à la Maison Pluckley.

Après des excuses pour avoir interrompu son banquet, elle
lui demanda, «George, est-ce que tu connais Margaret
Holland, comtesse de Somerset?»

«Restez, ma chère dame, restez!» Il mit un verre de vin
débordant dans sa main et la conduisit au bout de sa table
haute, loin des rires, les invités blottis et la musique joyeuse
de la galerie ci-dessus. «Un jeune explorateur Génois appelé
Colomb vient de Bristol. Il a vu les limites d'Islande et les
rivages désertiques de l'Afrique. Tandis qu'il se vante de ses
voyages, je verrai s'il manipule des cruches de malvoisie alors
qu'il navigue sur son bateau.» Il fit un clin d'œil. «J'ai entendu
dire que les Génois sont sevrés de vin. Ce sera vraiment intéressant.»

«Oh, George, j'aimerais rester et voir comment tu le fais
boire sous l'estrade, mais je suis pressée de me lancer dans ma
propre recherche, comme ce... comment était son nom?» Elle
cria au-dessus du bruit.

George la conduisit à un siège. «Christophe Colomb, cela
ressemble à un virelangue, n'est-ce pas? Maintenant qu'est-ce
qu'il y a avec Holland?»

Elle resta debout, trop excitée pour s'asseoir.

«Margaret Holland, comtesse de Somerset. Sais-tu
quelque chose sur elle?» Elle répéta sa demande.

George tourna son vin dans le verre. «Si je me souviens
bien, Margaret est morte il y a environ dix ans et son titre
revint à la couronne. Le roi Henry puis lui donna à la sœur
d'Edmund Mortimer, Cecily, descendants de Lionel, fils d'Edward III. Mais ils n'ont aucune relation de sang.»

Découragée, elle baissa la tête, aux épaules affaissées. «Oh, elle est morte?» Mais elle leva la tête et la soutint. «Je trouverai alors ses descendants. Rien ne va m'arrêter, soit des déceptions, des rigueurs du climat ou cogner contre les murs de pierre à chaque pas.» Elle lui embrassa sur la joue. «Je te remercie, George. Tu es un puits de connaissances.»

«Raison de plus pour regretter un talent gaspillé.» Il sourit. «J'espère que tu trouveras ta famille. Et si je te connais, tu n'abandonneras pas tant que tu ne le feras pas. Et comment va ta vie? Sir Starbury a-t-il cédé à tes charmes, ou devrais-je dire, combien est-il tombé? Je vois comment il te regarde. Ce n'est pas l'œil lubrique d'un libertin, ma chère. C'est le regard des étoiles qui balaient le ciel. Ses yeux sont pleins d'étoiles et tu es son ciel!»

George choisissait toujours passages si éloquents-si mystiques, mais dépeignant une image si claire. Il était un maître poète déguisé en bouffon. Pas même Oncle Ned, malgré toute sa beauté surprenante et son éclat sur le champ de bataille, pourrait correspondre au cadeau de George de la langue d'or.

«Attends, ma fille, maintenant je me souviens de quelque chose d'autre...» Il frappa le côté de sa tête, avec les yeux fermés. «Le fils de Margaret Holland Ian-oh, où habite-t-il...» Ses yeux s'ouvrirent et s'illuminèrent. «Ah, Witherham! Une ville près de Leicester. Tu devrais pouvoir le trouver là-bas. Tu peux voyager d'un extrême à l'autre en un clin d'œil. Il est un forgeron, je crois, ou un orfèvre... quelque chose comme ça.»

«Merci beaucoup. Je vais y aller!» Elle était reconnaissante que la mémoire de George fonctionnait mieux quand il était ivre.

Elle lui laissa retourner à son banquet. C'était en honneur de l'anniversaire de sa femme, mais elle ne vit pas de trace d'Isabel dans la grande salle. Ce n'était pas une surprise: George organisait de nombreuses fêtes heureuses après avoir oublié inviter l'invité d'honneur.

Peut-ètre sa propre acte de naissance n'existait pas, mais l'acte de naissance de la comtesse de Somerset existait en effet.

Quand elle partait, trois hommes bien habillés à capuche la suivirent, assez loin derrière elle pour garder les soupçons à distance.

❀

GEORGE AVAIT EU RAISON. WITHERHAM ÉTAIT UN SI PETITE village, ils la traversèrent trois fois sans s'arrêter. Comme toujours, son cortège de femmes de chambre et de palefreniers attira l'attention des villageois-ils coururent hors de leurs huttes d'acacia et de boue pour regarder absorbés la jeune femme sur l'élégant palefroi orné des couleurs royales. Apparemment, personne d'important n'était passé là-bas, sauf les prisonniers qui étaient traînés à leur éxecution.

Deux rues étroites bordées de petites huttes, une vieille église en pierre et un cimetière constituaient la ville de Witherham. Nichée dans une vallée sous les collines luxuriantes parsemées de buissons et des moutons, des bandes vertes de terres agricoles l'entouraient. Les nuages descendaient jusqu'à qu'ils rencontraient les sommets des collines sur un horizon plumeux.

Ian Hollland l'accueillit dans sa hutte ses mains couvertes de cire de bougie. Ses yeux dansèrent d'amusement quand ils sourirent.

Quand Denys expliqua qui elle était, il s'inclina et enleva son chapeau, il s'inclina devant sa femme de chambre, il s'inclina devant ses palefreniers, il s'inclina devant les chevaux. Il lui dit qu'il était marchand de laine. Il était aussi le fabricant de bougies du village, forgeron −George avait eu raison avec ça− et fabricant de casquettes. Il y avait de casquettes partout, de toutes tailles, formes et couleurs, des casquettes avec le bord enroulé à la dernière mode, des casquettes en tissu et cuir et la toile de jute la plus rugueuse.

«Je suis ici parce que je pense que vous et moi pouvons être liés,» elle dit.

Il écouta, trempant des mèches dans la cire fondue tout en faisant cela. «Ma mère était comtesse de Somerset,» il vérifia. «Mais j'ai passé mon enfance au Château Kenilworth sous la tutelle du duc de Belfordshire.»

«Avez-vous des frères et sœurs? Tantes, oncles, cousins du côté de votre mère?» Sa voix tremblait en essayant de se calmer avec des respirations égales. Mais il brisa ses espoirs une fois de plus quand il lui dit non.

Elle lui montra le portrait de la femme au chapelet. Il nia avec la tête, sans montrer signes de reconnaissance.

À l'approche de la nuit, Ian lui promit. «Tôt le matin, nous ferons appel au Maire de Leicester et nous examinerons les registres de naissance et de décès des églises. Je vais vous aider le mieux que je peux, jeune fille.» Il se leva et commença à remplir une petite boîte avec des casquettes. «Ce sont pour le duc de Gloucester, le duc de Clarence, et quiconque qui a la chance de prendre ce qu'il veut. Je serai très reconnaissant d'honorer toutes les têtes dans la cour.»

«C'est génial à vous, Maître Ian.» Elle hocha la tête en le remerciant. «Connaissez-vous une auberge pour moi et mon groupe?»

«L'auberge la plus proche est à 1,6 km de Leicester, beaucoup plus adapté à Madame. «Malheureusement, nous n'en avons pas ici pour un cortège royal.» Il nia avec la tête.

«Nous ne sommes pas de la royauté, Maître Holland. Je viens comme votre paire,» Elle lui corrigea.

Après un dîner de pain de viande et de bière, ils chevauchèrent tous vers Leicester, Ian ouvrant la voie sur un vieux palefroi nerveux. Avec l'intention de se lever à l'aube pour voir le prêtre, qu'elle espérait serait plus utile que l'abbé à

Malmesbury, elle monta un escalier étroit jusqu'à sa maigre chambre du troisième étage du White Boar Inn et sombra dans le lit usagé. Les poutres basses du plafond touchaient presque sa tête, et le sol était inégal, mais les fenêtres en verre au plomb portaient une variété brillante de rayons de lune colorés qui se répandirent dans la pièce.

Elle rêva avec une famille sans visage qu'elle ne pouvait pas voir ni entendre, mais qu'elle connaissait et aimait.

Les suiveurs à capuche prirent une chambre dans l'auberge Rose et Couronne sur la route. Mais ils ne s'arrêtèrent pas. Dans l'obscurité de la nuit, ils sortirent par la porte arrière et allèrent au White Boar Inn.

🏵

DANS SES RÊVES, DENYS SENTIT LA FUMÉE, MAIS ELLE s'enfouit plus profondément dans l'oreiller en plumes d'oie. Quelques instants plus tard elle faillit s'asphyxier. Elle ouvrit les yeux et elle poussa un cri à glacer le sang. Des langues de feu orange l'atteignirent, sautant hors de l'obscurité. Elle sauta du lit et elle chercha à tâtons quelque chose pour couvrir son corps nu, attrapant la courtepointe alors que l'épaisse fumée lui piquait les yeux. Les larmes assombrissaient sa vision. Elle s'adossa au mur, criant à l'aide. Ian enfonça sa porte et courut vers elle.

Le feu se propagea sur tout le mur et jusqu'au lit. Avec un sifflet, le lit prit feu. Elle haleta pour respirer pendant qu'Ian l'enveloppait dans la courtepointe et la poussait vers la fenêtre. «Sautez, fille, sautez!» Elle regarda le sol, trois étages plus bas. Avant qu'elle puisse enregistrer une autre pensée, elle sentit une forte poussée entre ses épaules. Alors qu'elle se précipitait au sol, elle cria comme si ses poumons allaient exploser.

Son dernier souvenir était le goût métallique du sang.

❦

QUAND ELLE SE RÉVEILLA, SON CORPS PALPITAIT DE douleur, son côté droit était très meurtri et gonflé. Une femme de chambre la souleva et mit un verre entre ses lèvres comme un médecin s'approchait de son lit. «Comment te sens-tu, fille?»

«Où suis-je?» Elle regarda autour d'elle. Elle n'était plus au White Boar Inn.

«Nous sommes dans la maison du maire de Leicester, Mademoiselle Woodville,» la femme de chambre expliqua. «Le White Boar Inn prit feu. Il a presque brûlé au sol.»

Des fragments de souvenirs lui revint à l'esprit-les flammes, la chaleur, son étouffement et sa chute, mais pas quand elle toucha le sol. « Où était le reste d'entre vous?»

Au rez-de-chaussée, nous nous sommes échappés.» Sa femme de chambre Mary vint et lissa ses cheveux. «Mais le gouverneur de l'auberge et le Maître Ian périrent.»

«Doux Jésus.» Elle tourna la tête et pleura, malade de remords.

Quand elle récupéra ses sens complètement, elle demanda à ses serviteurs d'amener le vicaire de l'église-et les registres de naissance et de décès, qui n'avaient pas péri.

Appuyée sur le lit, elle vérifia les anciens documents.

Margaret Holland, comtesse de Somerset, n'avait pas de parents vivants. Son frère était mort sans progéniture. Aucun d'entre eux n'avait eu de bébé de sexe féminin en 1457 ou des années plus tôt ou plus tard.

Un autre hareng rouge, cela s'était terminé en tragédie.

Maintenant elle se demandait-Valentine Starbury l'avait délibérément trompée?

Ses ecchymoses n'étaient pas encore guéries, elle loua une litière pour la ramener à la cour. Ils s'arrêtèrent plusieurs fois par jour pour se reposer et ils ne prirent que des routes très fréquentées.

❧❧❧

Quinze jours plus tard, la pleine lune vit la Reine Elizabeth dans sa pire humeur. Avec son jeune fils au sein d'une nourrice, elle avait le temps pour sa poursuite des serviteurs et des personnes de haute naissance.

Après être convoquée aux chambres royales, Denys resta à la porte en attendant la reine. Elizabeth marchait dans le couloir, son voile cramoisi flottant derrière elle, on dirait qu'elle sortait des flammes de l'enfer. Les serveurs s'échappèrent. Seules, elle et Denys s'affrontèrent.

«Je reviendrai plus tard, Tante Bess.» Denys se tourna pour partir.

«Reste ici!» la reine tonna. De sorte que Denys obéit. Il valait mieux être humilié ici que devant toute la cour.

«Voleuse!» elle hurla, son visage rougit de rage, ses yeux crachant des étincelles de fureur. «Tu as forcé ma malle et tu as inspecté mes lettres!»

«Je ne sais pas de quoi tu parles!» Denys répondit, cette accusation la faisait tomber. Elle trébucha en arrière. «Je n'ai jamais rien forcé.»

«Tu as forcé mes malles privées, tu as inspecté mes lettres, les endommageant,» elle hurla. «Qui d'autre que toi, essayant de retrouver tes parents. Et bien ils sont morts, et ils ne t'aimaient pas de toute façon. Maintenant, va-t-en, avant que je coupe tes bras et je te frappe avec les fins sanglantes.»

Denys se redressa dans toute sa hauteur et la reine prit du recul.

«Qui que ce soit le coquin força tes malles, ce n'était pas moi. Je n'étais même pas ici,» elle dit, sa voix uniforme.

«Tu es une menteuse,» Elizabeth répondit avec sa voix brisée.

Denys tourna le dos à la reine et quitta les chambres royales.

Ses soupçons se répétèrent encore et encore dans son esprit. Une seule personne forcerait cette malle.

Si vraiment il l'avait fait.

Elle soupçonnait fortement que Valentine Starbury lui avait tendu le piège dans lequel elle était tombée, presque perdant la vie dans le processus. Elizabeth voulait tromper qui?

Valentine et la reine étaient impliqués tous les deux. La pensée la frappa en la traversant avec un éclair de peur, comme frappée par la foudre.

ENFIN ELLE RETROUVA SES FORCES. SEULEMENT LES cicatrices émotionnelles restèrent, de sorte qu'elle priait plusieurs fois par jour pour les âmes perdues dans le feu.

Ensuite elle entendit des nouvelles inquiétantes. Richard avait accordé le poste de gouverneur de Yorkshire à Valentine Starbury. Il quitta la cour et voyagea pour prendre résidence à Yorkshire.

Le soulagement vint avec un sentiment qu'elle ne pouvait pas définir.

Cet après-midi, Denys vida ses pensées sur le papier pour la première fois depuis l'incendie. Assise à son bureau, elle versa son cœur dans un nouveau journal. *Bien que submergée par le désespoir de ne pas connaître ma famille, j'ai la foi que je les trouverai.*

Alors, choisissant quelque chose de plus léger, elle écrivit une lettre sincère à Richard, depuis qu'il comptait sur elle pour recevoir des nouvelles de la cour.

Elle garda sa lettre légère; elle s'abstint de répandre sa solitude pour rater leurs longs entretiens, leurs parties d'échecs intenses, leurs durs promenades à travers les landes. Elle sauta la tragédie et être miraculeusement sauvée. Sa plume parcourut le parchemin pendant qu'elle racontait des anecdotes sur la cour, en particulier la tournure des événements la plus récente. Hier après-midi un George ivre avait connu une séduisante putain rousse dans une taverne au bord de la rivière et l'avait convaincu de revenir avec lui à la Maison Pluckley, l'emmenant au-delà des chambres de sa femme aux siennes. Quand il se blottit pour un dernier flirt, il aperçut une perruque rouge enroulée entre leurs corps. Par la croix, son amante de la nuit-un autre homme! George brailla plus fort que le verre brisé alors que le voyou sautait par la fenêtre pour s'échapper.

Quelqu'un frappa à la porte de sa chambre. Attendant le messager qu'elle avait appelé pour livrer la lettre à Richard, elle donna la lettre à la femme de chambre qui répondit au coup à la porte.

Valentine était à la porte, les cheveux au vent, avec ses yeux cherchant la pièce. Son regard rencontra le sien, l'implorant de lui donner un dernier moment. Elle inhala son odeur de cuir et d'air frais.

La femme de chambre, sans le savoir, remit la lettre à Valentine et il la prit, regardant en bas pour la voir, puis la regardant de nouveau.

Elle donna un coup de coude à la femme de chambre et lui arracha la lettre des mains. «Ne touche pas à cette lettre.»

Il était là, l'homme qui avait conspiré contre Elizabeth, causant la mort de plusieurs innocents, et presque la sienne. Comment elle aurait pu être attirée par cette allure royale, ces lèvres qui faisaient chatouiller les siennes de plaisir?

Maintenant il n'était plus qu'un escroc à deux visages, traître jusqu'à son dernier acte.

«Qu'est-ce que tu envoies à Richard?» Il signala la lettre.

«Occupe-toi de tes oignons. Maintenant va-t-en. Je ne te ferai plus jamais confiance.» Elle ferma la porte. Il l'attrapa et l'ouvrit de part en part.

«Peut-être qu'on ne se reverra plus jamais, alors veux-tu m'écouter. J'étais malade de souci pour toi. Chaque nuit j'ai passé des heures dans la chapelle à prier pour ton rétablissement,» il défendit sa cause. Elle s'éloigna, incapable de lui regarder, mais quelque chose la força à enregistrer l'image de lui dans sa mémoire, les mèches blondes, les yeux expressifs...

«Tu m'as donné de faux indices. Et je pense que c'était délibéré et stimulé par la reine. Je suis presque morte et d'autres personnes sont mortes. Je ne croirai jamais un autre mot que tu dis.» Elle alla à la fenêtre et regarda vers l'extérieur, en tournant le dos.

Il s'approcha d'elle et posa les mains sur ses épaules. «Non, je ne t'ai pas trompé. S'il te plaît, écoute-moi.»

Elle se débarrassa de lui. «Gardes! Sortez ce coquin de mes chambres.»

Son appel fit enter quelques gardes dans la pièce. Ils s'emparèrent de Valentine et l'emmenèrent, ses protestations et ses appels résonnant dans le couloir.

Une figure dans l'ombre passa à toute vitesse par la porte de Denys, vola dans le couloir et se dirigea vers les chambres de la reine.

🐾🦋🐾

L'APRÈS-MIDI SUIVANT DENYS DÎNA DANS LA GRANDE SALLE pour la première fois depuis l'incendie. La musique était toute aussi brillante, les courtisans si voraces pour la nourriture. Le bouffon du Roi Edward était à ses côtés, montrant ses compétences habituelles pour faire rire le roi.

La Reine Elizabeth se leva de son siège à la table haute.

Un silence descendit sur la grande salle. «Son altesse le roi et moi vous souhaitons une bonne nuit.» Sa voix dominante atteignit les limites de la pièce. Le Roi Edward, assis à côté d'elle, sourit chaleureusement, faisant tourner une pomme par sa tige.

«J'annonce les noces à venir d'un gentilhomme exception-nel,» la reine continua, regardant la foule silencieuse.

Denys était assise confuse; personne n'avait dit un mot sur le mariage d'un gentilhomme.

«Par ordre de la Reine Elizabeth... Valentine Starbury, duc de Norwich, se mariera dans quinze jours,» elle annonça.

Cela surprit Denys. Elle eut pitié de la pauvre fille qui souffrirait son hypocrisie, son ambition incorrigible, son-

«Avec ma nièce Denys!» la reine proclama, regardant à travers elle.

«Non!» Elle secoua la tête à tous les sourires et hoche-ments de tête polis. Puis la grande salle éclata sous les applau-dissements.

Elizabeth souleva son pichet. Tous se levèrent, les ménes-trels, les courtisans, le roi lui-même se leva, souriant à travers le regard d'excuse dans ses yeux.

Denys garda sa dignité et d'une manière ou d'une autre elle survécut aux toasts, les lieux communs, les murmures insipides d'approbation.

Son futur marié n'était au courant de rien de ça, sur son joyeux chemin vers Yorkshire!

DENYS ENTRA DANS LES CHAMBRES DE LA REINE SANS rendez-vous. Elle avait l'intention de déclarer son refus de se marier avec Sir Starbury et quitter la cour pour toujours. Toujours coincée dans une brume confuse, elle arriva à trouver les mots. «Je n'obéirai pas à ton ordre de me marier,» elle dit.

«Tu vas l'épouser ici ou je t'épouserai dans la Tour. Je vais t'épouser avec lui en récompense-pour lui, c'est-à-dire. Pour l'instant, tes chambres seront gardées vingt-quatre heures sur vingt-quatre.»

Elizabeth fit claquer ses doigts et deux hommes armés émergèrent de l'ombre, attrapèrent les bras de Denys et l'emmenèrent hors des chambres de la reine.

Tandis que ses pieds éparpillaient des roseaux dans sa précipitation pour se lever, Denys trembla à la pensée que son corps était délivré à Valentine Starbury en récompense pour les torts qu'il avait commis par ordre de la reine.

Chapitre Cinq

LES GARDES de la reine entouraient Denys vingt-quatre heures sur vingt-quatre. Ils flanquaient les portes de sa chambre, ils regardaient au pied de son lit, ils regardaient chacune de ses morsures à l'heure de manger, ils supervisaient ses visites privées, pendant qu'elle brodait, alors qu'elle jouait de la musique, et la suivaient jusqu'au lit. Comment pourrait-il être pire de se marier avec Valentine Starbury?

L'évasion était impossible. Elle n'avait pas d'allié; elle ne pouvait même pas écrire des lettres.

Elle était assise dans ses chambres pinçant les cordes de son luth, absorbée dans ses pensées. Elle réfléchissait à la répulsion qui l'avait secouée quand sa tante avait commandé de se marier avec Richard; elle essayait de raviver ce même mépris maintenant, pensant à se marier avec Valentine. Mais c'était comme essayer de détester les fleurs et le romantisme; elle ne pouvait pas se résoudre à le mépriser. Elle ne pouvait pas empêcher son cœur de battre pendant qu'elle l'imaginait dans son esprit. Elle ne pouvait pas contrôler la chaleur qui se propageait dans son corps se souvenant de son premier baiser.

Même elle commença à croire qu'il avait dit la vérité quand il déclara son innocence. Pourrait-il commettre de tels actes odieux comme planifier sa mort avec Elizabeth?

Non, elle refusait de croire qu'il a avait participé à une telle méchanceté.

Elle prit la rose blanche de sa table de nuit, elle ramassa les pétales tombés y et elle commença à tout jeter dans le feu. Mais elle ne put pas. Elle la tint contre sa joue, elle respira son odeur persistante, et elle la remit dans le tiroir.

Veux-tu vraiment t'évader? Elle se demanda.

Sa réponse vint plus vite que prévue.

PENDANT QUE DENYS DORMAIT, ELLE SENTIT UN TOUCHER doux sur sa joue. Elle sourit rêveusement, sachant que c'était réel; cette touche familière, doigts forts et calleux, cependant si tendres. Avec un bâillement, elle ouvrit les yeux sur un visage familier lui souriant, les yeux bleus comme le ciel du matin. «Oncle Ned!»

«Oui, c'est moi, chérie.» Le roi monta au bord de son lit. «Bonjour. Avant de partir pour la France, je devais te souhaiter bonne chance. Ma petite Denys sera bientôt une femme mariée.»

Elle s'assit et enroula ses doigts autour des siens. «Protège-moi toujours.»

«J'aimerais pouvoir assister à ton mariage, ma chère.» Il baissa la voix, plein de regret.

«Oncle Ned, tu me manqueras beaucoup. Je savais que cela arriverait un jour, mais maintenant qu'il est déjà sur moi, je...» Elle hésita. Je n'ai pas besoin d'expliquer. Tu sais comment je me sens.»

Il acquiesça. «Je sais, ma chère. Ne pense pas qu'un homme ne se sent pas comme ça face au mariage. Je vivrais mes jours dans un célibat joyeux, mais des forces plus fortes que nous dictent notre destin et nous devons obéir.»

«J'ai dû devenir une femme un jour.» Ils partagèrent un rire, parce qu'ils savaient que depuis qu'elle était revenue à la cour, on parlait souvent de la nièce célibataire de la reine.

«Valentine sera un mari convenable, je le promets,» il l'assura aven un clin d'œil.

«Il ne m'a pas proposé lui-même. Peut-être qu'il est si heureux d'être célibataire comme...» Elle baissa la voix «comme vous étiez, Monsieur.»

«Je pense qu'il te l'aurait proposé s'il en avait l'occasion. Richard l'appela à Yorkshire si vite, il a à peine eu le temps de mettre ses bottes. Mais d'après ce que je vois, même s'il ne l'a jamais partagé avec moi, je sais qu'il veut gagner ton cœur. Beaucoup de mariages sont faits sans cœur, malheureusement trop...» Il soupira, mais sans perdre son sourire à fossettes.

Elle savait qu'il se référait à son propre mariage. «J'ai toujours voulu que quelqu'un m'aime, Oncle Ned. Oh, je sais que tu m'aimes. Mais je veux dire de cette manière.» Elle s'éloigna, avec les joues chaudes.

«D'une manière romantique.» Il pouvait toujours traduire en mots ce qu'elle ne pouvait pas. «Les roses et le clair de lune. Bisous et câlins. Deux âmes unies comme une.»

Oh, il savait!

«Tu auras ce que tu veux. Et je te verrai lors de mon prochain voyage au nord.»

«Oh, s'il te plaît fais-le.» Elle mit ses bras autour de ses épaules qui avaient l'air énorme même sous sa chemine en lin simple.

Il lui embrassa la tête et prit son visage entre ses mains chaudes, essuyant ses larmes avec ses pouces. «Ne pleure pas, Denys. Je serai toujours là pour toi, mais bientôt tu auras un mari avec qui découvrir les plaisirs terrestres, et crois-moi, il y en a beaucoup.»

Elle savait que l'Oncle Ned connaissait bien les plaisirs terrestres.

Il se leva et mit une lourde robe en violet royal. L'Oncle Ned était redevenu Roi Edward.

⚜

VALENTINE AVAIT ÉTÉ INFORMÉ DE SON PROCHAIN MARIAGE et, bien qu'il n'y ait pas eu de temps pour une réponse, Denys était sûre qu'il était l'homme plus heureux du royaume.

À la veille de son départ pour le Yorkshire, elle répondit à un coup à la porte de sa chambre. La couturière de la reine déplia une robe de mariée en satin, avec décolleté révélateur, des manches courtes et amples, le corsage orné de rubis. L'essayant avec l'aide de ses dames d'honneur elle s'émerveilla des jupes taille haute qui commençaient sous ses seins et la douceur du jupon de satin brodé. Elle était serrée pour montrer ses courbes, pour améliorer les lignes de son cou et ses épaules-superbement conçu, une œuvre d'art.

Seulement elle n'était pas blanche. C'était le cramoisi le plus brillant, la couleur du sang frais qui jaillit d'une nouvelle blessure.

«Pourquoi une robe de mariée rouge?» elle demanda Elizabeth avant son départ. «Pour toi, porter du blanc serait une imposture, une moquerie de l'église et une tache sur cette famille. Tout la cour connaît ton comportement obscène avec ce coquin,» vint sa réponse cinglante.

Denys ramassa la robe, l'empila et la jeta dans le feu. Des flammes orange brûlèrent pour l'engloutir. «Contrairement à toi, je n'aurai pas de fils au bout de six mois!»

La main d'Elizabeth s'éloigna et frappa la joue de Denys. Mais ça ne faisait plus mal. Elle allait bientôt se libérer de ses liens avec les Woodvilles pour toujours. Elle comptait les

DIANA RUBINO

minutes jusqu'à ce qu'elle passât pour la dernière fois par les portes du palais, vers son avenir.

«Tu n'as que tes propres enfants pour les maltraiter à partir de ce jour, Tante Bess, puisque je ne serai plus à ta charge. Et tant que tel, je n'obéis plus à tes ordres.» Elle tourna le dos à Elizabeth Woodville pour la dernière fois.

❦

DENYS FERMA LE COUVERCLE DE SA DERNIÈRE MALLE. Pendant que les écuyers la portaient hors de sa chambre, elle jeta un dernier regard à la chambre austère et laissa derrière Elizabeth, sa robe de mariée fumée et ses souvenirs amers.

❦

LE CHÂTEAU MIDDLEHAM SE DRESSAIT AU LOIN ALORS QUE Denys et son cortège traversaient le pont de pierre sur la Rivière Ure. Elle ne l'avait jamais vu auparavant, mais si on lui avait montré cent châteaux, elle saurait que c'était le favori de Richard. Le donjon normand était au centre et s'élevait sur les murs extérieurs. Elle traversa le pont-levis et entra dans la cour bondée à l'extérieur. Un écuyer prit son cheval et un page la conduisit à l'intérieur.

Se promenant dans les chambres privées, elle reconnut les articles que le Roi Edward avait donné à Richard: une chaise en velours, peintures d'Edward III et ses fils, des élégants ensembles de chandeliers dorés sur des lourdes tables taillées.

Ils arrivèrent dans une chambre privée et elle commença à enlever ses gants.

«Dites au duc de Gloucester que Denys Woodville est arrivé et elle demande une audience,» elle commanda le page tout en inspectant la chambre-confortable, mais manquant de

140

style. C'était Anne qui supervisait la décoration des chambres privées.

Sa femme de chambre lui mit un robe en satin pêche agrémenté de damas, elle repoussa ses cheveux et la corona d'une grande coiffure de beffroi, enroulant la traîne de mousseline. Cela lui causait un grand inconfort. Elle l'enleva et le remplaça par un cerceau de velours.

Le page retourna. «Le duc de Gloucester vous attend dans la roseraie, Mademoiselle Woodville.»

La joie fit sauter sa marche pour la première fois depuis des semaines. Oh, revoir son cher ami! Elle suivit le page dans l'escalier extérieur et ils sortirent aux jardins. Richard était assis sur un banc de pierre faisant tourner son chapeau entre ses doigts.

«Richard!» Elle courut. Il sourit, laissant son chapeau sur le banc. Elle sourit et le serra dans ses bras.

«Je suis ravi de te voir, Denys, et je te souhaite le bonheur le plus sincère dans ton prochain mariage.»

Elle s'assit à côté de lui et lissa ses jupes. «Abandonnons les mensonges, Richard. Bess a arrangé mes fiançailles avec lui comme punition.»

«Le mariage avec Valentine est une punition? Le personnage historique tiré de la table ronde du Roi Arthur?» Richard lui donna ce demi-sourire astucieux qui lui manquait tant.

«C'est une punition.» Elle acquiesça.

«Tu l'aimais, Denys.» Richard croisa une jambe sur l'autre et attrapa sa cheville.

«Oui, je l'aimais.» Elle hocha de nouveau la tête.

«Tu l'as décrit jusqu'aux ongles des pieds.» Richard regarda ses ongles bien entretenus.

«Tu as raison.» Elle acquiesça une fois de plus.

«Je pensais que tu arriverais aujourd'hui en robe de mariée comptant les minutes jusqu'à ce qu'il dise «Oui.» Qu'est-ce qui peut causer la perturbation?» Les yeux de Richard la percèrent.

«On ne s'aime pas,» elle dit.

Il semblait surpris que cela pourrait être nécessaire pour le mariage. Bon, c'était nécessaire pour elle. «Valentine est amoureux de toi, comment peux-tu ne pas aimer quelqu'un aussi brûlant et ravi de toi?»

«Brûlant, ravi, amoureux? Ça ce n'est pas de l'amour, Richard. Non, ce n'est pas mon destin. J'ai peur que l'amour d'un mari et ma vraie famille sont perdus pour moi pour toujours. Ce qui me rappelle...» Elle tâtonna sous son corsage. Richard détourna les yeux pendant qu'elle sortait le chapelet et lui montrait la petite image.

«Connais-tu cette femme?» Elle lui montra.

Il étudia le portrait et secoua la tête. «Je n'en ai aucune idée.»

«Je l'ai trouvé dans le Manoir Foxley.» Elle le remit dans son corsage.

«Quand as-tu été là?» il demanda.

Après que tu as quitté la cour. C'était désert, dépouillé de toute propriété sauf ça. Si Foxley est connecté avec ma famille et Bess est maintenant la propriétaire, elle l'a négligé.» Elle tapota l'article caché sous son corsage.

Il jeta un coup d'œil à sa cachette et détourna les yeux. «As-tu demandé là-bas?»

«J'ai demandé à tout le monde qui valait la peine.» Elle poussa un profond soupir. «J'ai été si proche...»

«Bon, maintenant, tu as un mariage pour t'occuper, une nouvelle vie. Je suis sûr que tu seras aussi heureuse qu'Anne et moi. Nous aimons tous les deux visiter nos locataires et nos sujets, nous avons fondé deux universités, nous avons établi la Foire de Middleham, la vie est beaucoup plus calme comme elle n'avait jamais été à la cour. Commencer une nouvelle vie est le meilleur moyen de purger l'ancienne.»

«Je suis contente pour toi en fait.» Elle lui fit un sourire sincère. «Je te félicite pour ton choix judicieux de partenaire.»

Richard polit sa bague saphir sur son pourpoint. «Je suis béni. Et tu seras bénie aussi quand tu et Valentine vous deviendrez mari et femme. Il est noble et très apprécié de ses lieux. Je ne parle pas seulement de la loyauté des sujets envers leur seigneur. Il a fait tourner la tête à des nombreuses femmes nobles depuis son arrivée, et j'ose dire qu'elles continueront à tourner la tête si tu ne lui revendiques pas.»

«Donc il est un voyou ici, comme il l'était à la cour?»

«Non, impossible.» Il nia avec sa tête. «Je le tiens trop occupé pour qu'il ait le temps de flirter. En outre, depuis qu'il a appris son engagement envers toi, il a décoré et prépare sa maison pour sa fiancée. Il a presque détruit Lilleshal et il l'a reconstruit à partir de zéro!»

«Il a fait ça maintenant?» Son cœur s'adoucit pensant à Valentine atteignant de tels extrêmes en raison de son arrivée. «Ça sonne comme une simple ostentation pour moi.» Peu importe à quel point elle essayait, elle ne pouvait pas forcer son ton ¬ou son cœur¬ à être favorable.

«Tu ne connais pas certainement Valentine comme moi.» Le regard de Richard s'intensifia. «Tu ne fais pas confiance à mon jugement?»

«Bien sûr que oui. Tu connais peut-être Valentine, mais l'as-tu déjà épousé?» Elle savait qu'il aimait ces questions rhétoriques; ils lui donnaient l'opportunité de retourner une blague.

«Pense juste à nous comme une grande famille une fois de plus. Sans les Woodvilles. Qu'est-ce que ni va pas avec ça?» Il étendit ses doigts.

Un sourire échappa à sa tristesse.

«Il y aura des après-midis partagés, il y aura des enfants...»

Elle roula les yeux. «Oh, maintenant tu t'anticipes vraiment!»

«Pas vraiment.» Ses lèvres s'entrouvrirent en un sourire chaleureux. «Pas autant que tu le penses.»

«Richard, tu veux dire...»

«Oui.» Il carra ses épaules. «Je vais être père.»

«Avec-Avec Anne?» elle bégaya, l'idée lui était incompréhensible. Anne était si jeune.

Ses yeux s'illuminèrent d'un regard plein de tumulte. «Bon, avec qui d'autre?»

«Mais cela semble si soudain, c'est tout,» vint sa réponse rapide.

«La vie est soudaine, ma chérie. Et de temps en temps, il faut l'atteindre pour qu'elle ne nous dépasse pas. Ton futur mari arrivera bientôt et je suppose que tu veux te préparer. Je te souhaite une bonne journée pour le moment et je te verrai ce soir dans la grande salle.» Il se leva et lui fit une petite révérence.

Elle resta dans le jardin jusqu'à ce que le soleil disparaisse sur les vallées lointaines. Elle avait besoin d'être seule, pour réfléchir, pour faire exactement ce que Richard avait dit pour rattraper des événements changeants qui la dépassèrent à une vitesse vertigineuse. Mais elle ne laisserait pas les événements aléatoires régir son destin. Les événements n'avaient pas le cœur battant, ils n'avaient pas de sang, ils n'avaient pas de vie, ils n'avaient aucun esprit. Et putain si de tels événements domineraient son destin.

À la fin, elle triompherait. C'était juste le chemin à cette fin. Il serait plein de barrières, routes cahoteuses et ruisseaux pleins de boue.

Oui, tout le monde pouvait deviner qu'elle avait conjuré son gentilhomme légendaire. Mais une partie de ce fantasme était de tomber amoureuse de lui, et ce n'était pas arrivé. Elle serait toujours en arrière-plan dans sa vie, derrière son conseil, ses devoirs, ses aspirations à la grandeur.

❧❦❧

«ÇA PORTE MALHEUR VOIR LE MARIÉ AVANT LE MARIAGE, donc je ne le ferai pas.» Elle s'assit sur le lit et tira la courte-pointe jusqu'à son cou. La lumière du soleil faible jetait des ombres pâles partout dans la chambre. Une douce pluie coulait à travers les fenêtres, le temps dehors était si sombre comme elle se sentait à l'intérieur.

«Mais le mariage est dans dix jours,» insista Mary, sa femme de chambre.

«Ça ne fait rien, je le verrai plus que je ne veux une fois que nous serons mariés. Je ne vois aucune raison de lui faire face maintenant.» Elle dit au revoir à Mary et se leva pour la première fois depuis son arrivée. Ses membres lui faisaient mal, ses paupières étaient lourdes en raison d'un rêve perturbé. Comment elle souhaitait seulement dormir la prochaine décennie et se réveiller pour trouver sa famille aimante. Pour l'instant, elle avait besoin de suivre sa routine.

❧❦❧

«ÇA PORTE MALHEUR POUR LA MARIÉE VOIR LE MARIÉ AVANT le mariage!» c'était tout qu'elle pouvait dire à quiconque qui demandait pourquoi elle ne rejoignait pas le duc et la duchesse de Gloucester dans la grande salle ou pourquoi elle ne voyait pas les mimes, pourquoi elle ne jouait pas aux échecs, aux cartes, ou aux dés.

Pendant la journée, pendant que Valentine vaquait à ses occupations en tant que gouverneur du Yorkshire ou assistait aux réunions du conseil, elle s'échapperait du château et chevaucherait Chera à travers la campagne luxuriante. Mais le soir elle passait son temps à lire, à pincer son luth...

...et à penser à la fin de cette étape de sa vie et à la prochaine sur le point de commencer.

❦

Elle répondit à un coup à la porte, en attente du tailleur d'Anne, Henry Ive.

Valentine se tenait là, sa présence était si écrasante que sa respiration s'arrêta.

Elle ne se souvenait pas de lui si haut, habillé comme un noble avec un pourpoint en velours de mûrier, une couleur de la Maison de York. Les manches en satin coulaient en plis, atteignant presque le sol. Des bagues de pierres précieuses colorées scintillaient sur ses doigts. Une plume jaillit du bord roulé de sa casquette de velours, parsemée de bijoux. Avant d'en boire un autre pouce, elle se déplaça pour fermer la porte.

«Je n'ai rien à dire.»

Ses efforts furent inutiles; elle n'était pas rivale pour sa force. Il poussa la porte, entra dans la chambre et ferma la porte, laissant le monde dehors.

Il enleva sa casquette. «Je me fiche des superstitions idiotes. Je dois expliquer ce que je n'ai pas pu quand ces brutes m'ont fait sortir de force.»

«Je doute que je te crois,» elle exprima ses vrais sentiments.

«Écoute moi et tu sauras, c'est la vérité.» Ses yeux la transpercèrent comme des poignards. Elle ne laisserait pas son cœur devenir aéré comme un nuage à nouveau. Mais il était encore là, si proche, si imposant, sans lâcher prise.

«Très bien. Tu as trois minutes.»

Il redressa son tabard. «Je suis entré dans les chambres d'Elizabeth quand la cour n'était pas là. Une femme de ménage m'attrapa et, oh, peu importe ce qui c'est passé alors. Il suffit de mentionner que c'était angoissant.»

«Plus angoissant que de presque brûler à mort et de tomber d'une fenêtre au troisième étage?» Sa voix resta calme, mais con cœur battait comme les sabots de Chera en plein galop.

«Non, ma chérie. Je n'oublierai jamais à quel point je me suis inquiété à toi. Mais je résolus le mystérieux code de fichier d'Elizabeth et je trouvai une lettre. Écrite par la comtesse de Somerset le lundi suivant la Fête de Saint-Martin, 1457, on mentionnait le «bébé» plusieurs fois. La Fête de Saint-Martin est en Novembre. Je t'ai parlé de la comtesse ce jour-là quand on nous a interrompus.»

«Il pue la conspiration avec Bess. Sauf si tu peux me convaincre du contraire.» Elle croisa les bras sur sa poitrine.

«Parce que je veux que tu saches qui tu es. Et maintenant que je vais être ton mari, je peux aider encore plus.» Ses yeux implorants la fondaient presque. L'instinct lui disait qu'il disait la vérité. «Je crois en ta recherche, Denys.»

«Je trouverai ma vraie famille toute seule, sans ton aide. Si je dois t'épouser, qu'il en soit ainsi. De nombreux mariages sont arrangés. Mais c'est là que mon devoir envers toi se termine. Pour l'instant, je ne dépends de personne et je ne veux pas te voir de dos ou de devant jusqu'à notre mariage. Bonjour.» Elle se força à détourner le regard de ces yeux qui demandaient quelque chose qu'elle ne comprenait pas ou qu'elle ne pouvait pas donner.

«N'as-tu rien d'autre à dire étant si proche le jour que nous nous unirons pour toujours?» Il se rapprocha d'elle.

Elle secoua la tête. «Mon mariage avec toi est une punition.»

«Peux-tu ne penser qu'à toi? Tout ce que tu vois existe pour ta propre convenance?» il aiguillonna. «Ils sont obligés à le faire. Je ne connais personne qui apprécie particulièrement ta compagnie.»

«Alors pourquoi es-tu ici?» Elle demanda.

«Pour te dire que les informations que je t'ai données n'étaient pas destinées à t'envoyer à ta mort. Pour te faire savoir que j'ai aidé dans ta recherche et je suis vraiment désolé que cela ne t'ait pas conduit vers ta famille. Pour te dire que je souhaite seulement ton bonheur et je veux le partager en tant que ton mari. Bien que mes premiers efforts aient conduit à la tragédie, j'ai encore plus de raisons de gagner ta confiance. Et pour demander, si je peux être si audacieux, que tu acceptes notre mariage dans l'espoir que nous trouverons une vie heureuse pleine de sens.» Il s'arrêta et sourit. «Les cloches des enfers, Denys, aussi excité que je suis de t'épouser, je suis aussi surpris que toi. Le mariage était la dernière chose dans mon esprit.» Il toucha ses lèvres dans un baiser fugace.

Elle s'approcha et avec un mouvement rapide, il la prit dans ses bras et baissa ses lèvres à l'auteur des siennes avec un baiser chaleureux qui rendait son corps raide et faible en même temps.

Sa bouche consuma la sienne avec une exigeante mais patiente passion. Sa faible tentative de le repousser s'évanouit dans l'obscurité qui les enveloppa quand le dernier des roseaux brillants se noya dans leur supports. Comme ses bras commençaient à passer autour de son cou, il la repoussa et l'étudia dans la pénombre qui venait par la fenêtre.

«Cela signifia plus pour moi que le titre, des nouvelles terres, et la vie qu'ils me donnent ici dans le Yorkshire. Je te reverrai à l'autel le jour de notre mariage.» Il remit la casquette sur sa tête, se retourna et disparut dans le noir.

«Au revoir, Valentine.» Sa voix tressaillait, mais elle garda la sévérité qu'elle voulait transmettre. En sécurité à huis clos, hors de sa vue, elle laissa un sourire enrouler ses lèvres.

Son cœur lui disait qu'il était sincère. Juste au moment où son cœur lui disait qu'elle avait une famille qui l'attendait.

Tôt le lendemain matin, un coup timide à la porte lui assura que ce n'était pas le marié rayonnant de l'autre côté.

C'était Anne Neville, sa silhouette élancée rapetissée par l'orné plateau d'argent qu'elle tenait, plein de choses à manger, un verre et une serviette en lin blanc.

«Bonjour, Denys. Les serviteurs pensent que tu es malade, alors je t'apporte des bonbons pour te remonter le moral.» Elle entra dans la chambre et plaça le plateau sur le lit, elle se retourna et prit les mains de Denys.

«Merci beaucoup, Anne. Très attentionné de ta part.» Elle prit un bonbon et enfonça ses dents dedans, le savourant.

«Je suis ravie de ton engagement envers Valentine. Il est un gentilhomme exemplaire, l'un de Richard et de mes conseillers les plus fiables. Le pays du nord est bien mieux avec lui ici.» Elle prit un bonbon pour elle-même mais elle le grignota juste.

Denys essuya ses mains sur sa serviette et se concentra sur la taille d'Anne, plat comme le jour où elles se sont rencontrées. Mais elle vit dans les yeux d'Anne un miroir de son même futur.

«Es-tu enceinte, Anne?»

«Oui, je suspecte que cela fait trois mois.» Elle sourit. «Richard veut tellement un enfant.»

Elle fit un signe de tête à Anne et répondit d'un ton chaleureux. «Je te souhaite le meilleur.»

Anne souleva le menton de Denys avec son index, la forçant à regarder ces jeunes yeux bruns, rondes de préoccupation. «Es-tu sûre de te sentir bien? Je peux appeler le docteur. Est-ce un problème digestif? Fièvre intermittente? Indigestion?» Sa voix était si affectueuse. Denys commença à souhaiter avoir une sœur comme Anne. Cher Dieu, peut-être qu'elle l'avait!

«Je vais bien, Anne.» Sa voix se stabilisa et elle se trouva désespérée de partager ses sentiments. «J'ai cru une fois que

Valentine Starbury était tout ce que j'ai toujours voulu, mais il est tellement ambitieux, si effronté, si sûr qu'il peut conquérir n'importe quel ennemi d'une seule main. Maintenant je dois l'épouser. Oh, ça provoque en moi des humeurs si diverses! J'aspire à ça une minute et panique la suivante. Aucun de ces sentiments n'est de l'amour. Donc Bess est celle qui rit le dernier. C'est le plus irritant.»

Anne s'assit sur le lit, pâle comme le jour dehors, sa peau brillait avec cette transparence d'albâtre de l'enfance. «À peine. Il y a des punitions bien pires à t'infliger. Elle aurait pu déterrer un vieux obscène ridé avec un ventre. Je pense qu'elle te fait une grande faveur. Il est consacré au royaume et à nos sujets. Il sera également un mari dévoué. Quant à ses ambitions, que son père soit mort au combat le rend encore plus déterminé pour continuer son travail.»

«Mais il ne s'arrêtera pas jusqu'à atteindre la position la plus élevée du royaume. Dévoué? Il me semble qu'il a soif de pouvoir.» Elle détestait nourrir ces doutes, mais elle ne pouvait pas s'en empêcher. «C'est si dur de lui faire confiance.»

Anne secoua la tête. «Richard lui fait confiance avec sa vie. Tu ne doutes sûrement pas du jugement de caractère de Richard.»

Denys ne pouvait pas honnêtement admettre que choix d'une femme de Richard était un mauvais jugement, mais les hommes ne se jugeaient pas eux-mêmes de la même manière. «Mais j'ai peur de lui, Anne. J'ai peur *pour* lui aussi. Il se nourrit de ruse et de stratagèmes. Il se fera sûrement tuer. C'est comme s'il le cherchait.»

«Ah, il est un homme. Donne-lui une opportunité.» La voix d'Anne planait sur le point de plaider. «Il pense le meilleur de toi.» Elle continua. «Il n'a rien épargné en préparant Lilleshal, avec les marbres, les tapisseries et les meubles les plus exquis...»

«Il aime son luxe.» Denys haussa les épaules.

«Oh, mais ce n'est pas tout,» Anne continua. «Ce n'est pas seulement la maison. C'est la façon dont il parle de toi à la maison, et ses yeux s'illuminent. C'est toi dont il parle sans cesse. Même avant l'engagement, il parlait sans arrêt de toi.»

L'esprit de Denys s'éclaircit pour la première fois depuis son arrivée, vif de curiosité. «Qu'est-ce qu'il dit de moi?»

Anne rit et mit sa main sur sa taille. «Oh, il est amoureux comme n'importe quel homme que j'ai jamais vu. Il parle très bien de ta détermination à retrouver tes parents, par exemple.»

«Alors il t'a dit que j'avais été adoptée par... elle.» La mention du nom de Woodville le dégoûtait comme une sangsue sur sa peau.

«Non, Richard m'a dit d'abord, mais seulement parce qu'il te considère comme une famille. Ça te dérange?» Anne lui demanda. «Je ne le dirai jamais à personne.»

«Non, quel est le problème avec toi en sachant? Bien sûr, j'essaierai de tirer le meilleur de lui, puis qu'il sera mon... mari.» Sa voix se cassa depuis qu'elle s'étouffa presque avec le mot. «Mais même toi dois avoir discerné ce zèle en lui, la façon dont il parle de Richard lui octroyant haut rangs, son noble chemin déjà tracé- j'ai tellement peur de l'entendre parler comme ça. La prochaine étape est la trahison- lis ton histoire, Anne. Il n'a créé aucun précédent.»

«Valentine se consacre à fond à ses activités ici. Ni lui ni Richard veulent retourner à la cour, el le Roi Edward a de nombreuses années pour régner avant de remettre le trône à son fils.»

«Ce qui me rend heureuse, puisque la cour est le dernier endroit où je veux retourner. Oh, être hors de là, c'est comme être libérée des donjons de la Tour. Je ne peux pas te dire de que ça fait d'être libre, juste pour ce temps tristement court.»

«Alors, pourquoi es-tu séquestrée dans ces pièces sombres,

quand tu devrais être dehors?» Anne fit un geste vers la fenêtre à une bande de soleil qui poignait derrière un nuage blanc bleuâtre. «Le soleil peut être caché, mais il fait chaud, et l'herbe est couverte de rosée. Ce matin j'ai vu Valentine courir pieds nus à travers la roseraie comme un poulain. Il profite certainement de ce que la vie donne.» Anne se leva et l'éclat cuivré de sa robe se fit écho de la joie dans ses yeux. «S'il te plaît mange et rejoins moi pour errer dans les landes.»

Anne sourit si sincèrement qui éleva le cœur de Denys. «Très bien.» L'arôme fraîchement sorti du four des bonbons tira des grognements de faim de son ventre vide. «Je descends bientôt.»

«Chera sera bridée et sellée d'ici-là. Tra-la!» Elle quitta la chambre dans un flottement de satin et d'eau de rose.

Denys profita d'un moment luxueux, puis elle mordit les cinq bonbons, appréciant la solitude qui l'avait emprisonnée auparavant.

❦

ELLE REFUSA LA COUTURIÈRE D'ANNE. ELLE NE VOULAIT PAS de nouvelle robe de mariée. Elle regretta de ne rien avoir de débraillé et de sombre, parce qu'elle ne ressentait pas la joie qu'une mariée devrait.

La veille du mariage, Anne vint dans ses chambres avec une robe en satin blanc exquise bordée de perles, les jupes incrustées de pierres précieuses colorées en motifs de diamants, les manches brodées de roses dorées. Le voile, tout aussi splendide, mousse avec yards de dentelle et une bague en perles en forme de cœur.

«Anne, cette robe est exquise! Où l'as-tu obtenu?»

«C'était la robe de mariée de ma mère. Elle et ma sœur se sont mariées dans cette robe. Parce que mon propre mariage- comme tu sais, était tellement pressé, je n'ai pas eu le temps de le chercher chez moi. Je veux que tu portes cette robe. Comme Valentine et Richard sont comme des frères, tu seras ma sœur.»

Les larmes jaillirent des yeux de Denys alors qu'Anne étendait la robe et le voile sur le lit. «Merci beaucoup, Anne. Je ne sais quoi dire.»

«Ne dis rien.» Elle lissa le tissu. «Donne juste une chance à Valentine. Laisse que nos enfants vieillissent ensemble.»

Denys enroula ses bras autour d'Anne et la sera dans ses bras. Elle sentit le léger gonflement de la taille d'Anne entre eux et à ce moment elle sut ce que ça ferait porter un enfant dans son ventre.

À TRAVERS LA BRUME DE SON VOILE, ELLE VIT L'HOMME QUI en quelques minutes serait son mari, une vision de grandeur dans son pourpoint cramoisie. Elle glissa dans l'allée comme si une force invisible l'attirait vers lui. La chapelle brillait de bougies recouvrant l'autel. Le soleil coulait à travers le vitrail, jetant motifs de couleurs roses et verts douces sur les dalles de pierres sous ses pieds.

Elle lui rejoignit à l'autel el il prononça ses vœux comme s'il priait, son regard sincère fixé sur le sien, sa voix sombre et profonde ayant une signification. Elle se força à détourner le regard, si pénétrant, tellement sérieux, qui la brûlait à l'âme. Même si elle nourrissait encore de sérieux doutes sur cet homme, elle regarda la façon dont il lui parlait avec des yeux passionnés. Il enleva le voile et elle sentit le tremblement de ses lèvres pendant qu'il l'embrassait. Quand ses yeux se rencontrèrent pour la première fois en tant que mari et femme, elle le vit lutter pour retenir un sourire.

«Si gentil à toi de venir à mon mariage,» il marmonna du côté de sa bouche.

LE MARÉCHAL ACCOMPAGNA LE COUPLE À LA GRANDE SALLE
à Middleham au son de trompettes et clarions ornés des
armoiries de Valentine. Ils s'assirent à côté de Richard et
Anne sur l'estrade. La salle était remplie de notables des
comtés environnants, Messieurs les Maires, Conseillers, juges,
évêques et leurs cortèges respectifs.

Elle garda son esprit sur le somptueux banquet de mariage
et la variété des jongleurs, mimes, bouffons et ménestrels,
parce qu'elle savait que sa vie ne serait pas la même après la
grande salle était balayée.

Après la grâce, une procession de serveurs entra dans la
grande salle avec des plateaux-repas, el les majordomes
servirent du vin et de la bière. Ensuite un autre plat arriva:
cygnes et paons rôtis aux plumes, têtes de sanglier, porcelets,
cocottes, alouettes, lapins rôtis, rennes, tout assaisonné et
chevronné au poivre, clous de girofle, macis et autres épices
rares.

Après la fête, Richard et Anne leur souhaitèrent bonne
chance lors de leur voyage au manoir de Valentine à Lilleshal,
deux milles sur la route.

«Souviens-toi de ce que je t'ai dit,» Anne lui chuchota à
son oreille.

Elle hocha la tête, se tournant vers Richard. Il la serra
dans ses bras et lui dit au revoir. «Il prendra soin de toi le
mieux possible. Sous mes ordres.» Le soupçon d'un sourire
plissa sa joue.

Comment elle aurait souhaité qu'ils soient jeunes et libres
de nouveau, galopant sur les landes à califourchon sur leurs
montures, cheveux lâches au vent. À quelle vitesse tout avait
changé.

Hochant la tête vers lui et Anne, elle traversa le pont-levis
avec son nouveau mari-un gentilhomme charmant, mais un

conspirateur ambitieux. Un noble riche, mais un homme d'État travailleur. Il aimait les plaisirs de la vie, mais il contempla aussi la tragédie dans son propre passé. Les gentilshommes des légendes n'avaient pas peur, ils n'avaient aucun problème, ils ne souffrirent aucune douleur.

Valentine était devenu le troisième homme le plus puissant du royaume sans essayer d'usurper le trône ou espionner ses compagnons. Elle devait le respecter pour ça.

Mais où allait l'amour?

Chapitre Six

LE DOMAINE LILLESHAL était niché dans une vallée à côté d'un ruisseau où flottaient des cygnes. Terres agricoles et chalets entouraient le manoir. Une allée de gravier à maillons de chaîne conduisait à ses trois entrées frontales. Des jardins luxuriants couvraient la cour extérieure.

Denys était impressionnée par sa grandeur. Elle reflétait pleinement la pompe majestueuse de Valentine et son amour de la splendeur. Brillant dans le grès rouge, une tour ronde à chaque coin s'élevait en protection galante contre les ennemis. Les vitres en forme de losange brillaient à la lueur des torches. La porte d'entrée était une forteresse en soi; le pont-levis fermé rehaussait la ligne ininterrompue de la fortification.

Un cortège de serveurs s'inclina et fit une révérence en guise de salutation quand les mariés traversèrent le pont-levis et la porte d'entrée. Un garde sortit de la salle des gardes, souleva la porte et les laissa passer. Une jeune fille se précipita dans le pavillon intérieur transportant des seaux remplis de lait; un garçon d'écurie portait un palefroi. Deux palefreniers se précipitèrent pour aider Denys à descendre du cheval. Un huissier les conduisit ainsi que leurs serviteurs dans un escalier extérieur jusqu'au premier étage. Des tapis et des lustres en bronze ornaient les somptueux couloirs. Les sols brillaient, semés de roseaux. Les vitraux de chaque fenêtre cintrée accueillirent dieux et déesses de la légende.

Exquis comme c'était, elle réprima un frisson devant cette petite version de la cour. C'était juste ce dont elle avait envie d'échapper.

Je ne me sentirai jamais chez moi ici, elle pensa, avec rien à attendre, son cœur lourd.

«Maintenant tu es la maîtresse du manoir, Lady Starbury.» Valentine étendit son bras. «Laisse-moi te montrer tes chambres.»

Elle lia son bras avec le sien et ils montèrent les escaliers. Au fond du couloir, il ouvrit une porte pour lui montrer ses nouvelles chambres. Elle regarda par la porte. Plus jolies qu'autre chose qu'elle aurait eu étant en charge d'Elizabeth Woodville, c'était clair qu'il avait commandé pour les décorer au goût d'une femme: les rideaux de lit et des fenêtres distillaient de la dentelle rose et lilas. Le doux parfum de violette flottait des roseaux sur le sol. Très féminin, mais pas ce qu'elle aurait choisi.

Sa chambre et ses vêtements ne furent jamais luxueux pour les standards royaux. Mais maintenant, mariée avec le conseiller le plus proche du Seigneur du Nord, elle jura d'en profiter.

«Je suis consciente que maintenant nous sommes mari et femme, Valentine. Pour les lois qui me lient à toi, tu as le droit à mon lit, mais pas mon cœur.»

Ses yeux lancèrent des étincelles bleues alors qu'il la regardait. Elle espérait qu'il se rapprocherait d'elle, la jetterait sur le lit et réclamerait les droits d'un homme marié.

Mais il ne se déplaça vers elle ni révéla non plus aucune trace de désir.

«Attendais-tu à nous battre? Bon, je suis désolé de t'avoir déçu, mais je ne veux pas piller l'honneur que tu gardes si bravement. Je ne me suis imposé jamais à une femme et je ne le ferai jamais. Tu es aussi libre que tu le souhaites de chercher ta famille, rejoindre moi lors de voyages officiels, ou rester ici et faire pousser les lis. C'est ta décision. Alors, si tout est à ton goût, chère femme, je me retire dans mes chambres.»

Il tourna les talons et s'éloigna.

«Valentine!» Elle appela sans réfléchir, plus par surprise qu'autre chose.

Il se retourna pour lui faire face, avec les yeux brillants à la lumière des torches.

«Je... veux juste te dire bonne nuit. C'était une belle journée, non?»

«En fait c'était. Le temps était splendide et les cuisiniers étaient en pleine forme. Maintenant bonne nuit à toi.» Bougeant une jambe en haut, il ferma la porte avec son pied.

Elle ne savait pas s'il fallait rire de soulagement ou pleurer de rage. Tant de sentiments dérangeants convergeaient vers elle, aucun ne se démarquait. Ella craignait toujours que son gouvernorat du Yorkshire nourrît une faim dangereuse de plus de pouvoir.

Mais son départ soudain et énergique de ses chambres la troublait. *Il reviendra,* elle s'assura.

Elle était maintenant une femme mariée, avec position, estime, cette ferme exquise. Mais elle aurait aimé que l'Oncle Ned soit là pour l'assurer que les avantages étaient réels.

Elle commença à faire des plans: deux visites aux pauvres par semaine, deux femmes pour coudre des manteaux pour les pauvres, augmenter le rendement des légumes du jardin pour aider à les nourrir, une compagnie de musiciens pour les divertir. Le futur qui se profilait devant elle n'avait pas l'air si triste après tout.

Elle déballa sa malle et trouva ses vêtements de nuit préférés-une chemise de nuit en lin bleu clair, usée aux coudes, mais la dernière trace de ses années au Château Howard, la seule fois de sa vie où elle se sentit aimée.

Se débarrassant de sa robe de mariée, la laissant au milieu de la chambre pour être ramassée par une femme de chambre, elle glissa la chemise de nuit sur sa tête et elle inhala profondément son parfum familier.

Elle monta sur le grand lit vide. Le lit de plumes l'enveloppa, et il lui semblait le lit le plus confortable de tous. Elle couvrit sa tête avec la couverture et elle essaya de laisser son passé derrière, sa nouvelle vie commencerait à l'aube.

❁

LES DEVOIRS DE VALENTINE EN TANT QUE GOUVERNEUR l'emportaient dans toute la région, aux réunions du conseil de Richard au Château Pomfret, aux villes et villages pour visiter les locataires, évaluer leurs efforts et résoudre les différends. Par conséquent, il la laissait seule pendant des semaines.

Sa première priorité était d'aider les habitants plus pauvres. Cela la faisait sortir, la faisait se sentir aimée et elle souriait à travers les larmes voyant leurs visages quand elle et son guide entrèrent dans un village pauvre, distribuant des cadeaux de nourriture et des carrés de linge doux, une luxe précieux en soi, mais enroulé autour des pièces, un cadeau du ciel. Le dialecte avait l'air bizarre, mais elle pouvait encore comprendre les remerciements sincères qu'on lui hurlait, leur ange à cheval.

Elle s'occupait aussi de superviser la maison, dirigeant le

maréchal pendant qu'il ventilait la salle, changeait les roseaux, nettoyait et frappait les rideaux. Elle aidait le majordome à ranger et inventorier les fournitures: Elle s'asseyait avec le contrôleur et équilibrait le grand livre. Elle aidait même à préparer les repas, surprenant le personnel de cuisine, du majordome aux aides. Elle aimait essayer des variantes sur les recettes et mélanger différentes types d'herbes, remplaçant l'ail par la menthe ou le persil par la cannelle. Ses «lamproies en galytine» (galetyn (aussi: galentyn, galytyn, galyntyne, galy- tyne: Une sauce pour les viandes, généralement à base de jus de viande épaissi avec de la chapelure), une assiette de fruits de mer grillés à base de gingembre en poudre, raisins secs et pain, devinrent sa spécialité. Ils cultivaient des pois, des hari- cots, des choux, de pommes et des poires à la ferme, et son vaste potager ajouta plusieurs nouvelles épices et herbes.

Elle embaucha des musiciens résidents, forma des quar- tets, et arrangea ses morceaux préférés pour des chanteurs de tous les rangs pour harmoniser. Elle fit apporter un orgue et elle le jouait plusieurs heures par jour. La musique atténuait sa solitude.

Elle passait des heures étudiant la généalogie envoyée par les gouverneurs des comptés environnants et maires des villes de Wiltshire, sans vraiment savoir ce qu'elle cherchait. Elle n'avait pas de noms ni aucun endroit pour commencer. Elle commença à attendre l'arrivée à la maison de Valentine.

Attendant avec impatience son retour d'York un après- midi, elle monta Chera et parcourut quelques kilomètres dans cette direction. L'air glacé remplissait ses poumons d'une fraî- cheur revigorante alors qu'elle s'enfonçait profondément dans sa cape d'hermine. Les restes de la neige depuis la dernière veille saupoudraient la terre avec une couverture bleu-blanc brillant. Le froid transformait son haleine en cristaux de glace sous le soleil penchant.

De fins flots de fumée s'envolaient dans le ciel depuis les cabanes du village. Tout était en silence, sauf l'écho des sabots de Chera sur le sol. Elle arrêta le palefroi et, du haut de la colline, elle fit courir ses yeux sur Lilleshal et son manoir. Le sol de grès brillait et le ruisseau vacillait dans les faibles rayons du soleil. Les lumières scintillaient dans les fenêtres alors que les ombres environnantes s'allongeaient, jetant une lueur sur le sol. Comme elle tirait les rênes de Chera et galopait de retour, une explosion de chaleur jaillit en elle. Elle avait hâte de se blottir devant un feu dans le salon d'hiver, ses doigts enroulés autour d'une coupe d'hydromel. L'idée de partager l'après-midi avec Valentine lui donna une rafale d'avant-goût obsédant.

Elle dîna avec le personnel dans la grande salle, regardant par la fenêtre toutes les quelques minutes à la recherche de toute signe de lui. Quand il arriva finalement après minuit, elle était au lit, mais elle sauta et courut pour le saluer. Un courant froid parfumé à la fraîcheur de l'air libre se précipita vers elle quand il passa. Elle eut le plaisir de regarder les muscles sous son pourpoint.

«Valentine! Bienvenu à la maison!» Sa voix retentit dans le couloir.

Il se retourna, une question dans ses yeux, comme s'il était surpris de découvrir qu'elle vivait ici; ils s'étaient vu si peu depuis le mariage. Au début c'était un soulagement; elle avait prévu l'autosuffisance en tant que maîtresse de son manoir. Mais maintenant elle savait à quel point une maison pleine de serviteurs obéissants pouvait être vide

«Qu'est-ce que te réveille en ce moment?» Il ne fit aucun mouvement vers elle. «Je pensais que mes pieds étaient légers, ou tu te réveilles facilement? Je peux déménager aux écuries si tu as besoin de solitude totale.» La torche derrière lui jetait un halo autour de sa tête.

«Sans blague. C'est horrible d'être seule.» Elle s'approcha de lui et s'arrêta à bout de bras.

«Je pensais que tu serais complètement absorbée pour découvrir chaque recoin dans l'endroit, sur la pointe des pieds dans le passage souterrain secret, explorant les gardes-manger-traînant en général.

«Flâner peut être ton style, mais ce n'est pas à moi.» Elle croisa les bras sur sa poitrine.

«Ne soyez pas si sûre, madame. Toi et moi sommes plus semblables que tu veux voir. Quand on veut quelque chose, et je ne parle pas de biens meubles, je veux dire ce que nous ne pouvons pas toucher, comme la vérité, on s'arrête devant rien pour y parvenir. Tu devrais traîner ici. Et, si tu es fatiguée de la maison, visite les anciennes églises, les ruines romaines, les mégalithes des druides. York est pleine des vestiges des Vikings. Le cimetière de Sainte Alkelda au pied du Château Middleham est riche en pierres tombales anciennes et l'église est tout aussi intéressante. Avec ton imagination tu peux voir des mondes passés et te transporter dans les jours des rituels païens...» Il s'approcha et elle fit un autre pas en avant. Maintenant ils étaient à distance pour pouvoir s'embrasser. «... quand on sacrifiait des vierges aux dieux. Si tu vivais à cette époque, tu ne vivrais pas longtemps.»

«Oh, merde!» Elle leva les mains. «Tu es mordant. Aucune consolation du tout.»

Il enleva sa cape et la mit sur son bras. «As-tu quitté un matelas en plumes chaud pour entrer dans un couloir chaud à la recherche de consolation? Quelle consolation t'attend ici?»

«La consolation de la société humaine. Mais il semble que je me trompe. Je n'en trouve pas.» Son meilleur jugement lui disait de retourner et partir à pas furieux à ses chambres, mais elle ne pouvait pas détourner le regard de ses cheveux ébouriffés, son visage rouge d'effort. Même s'il était froid pour le voyage à travers la nuit glacée, il libérait des vagues de chaleur. Elle avait envie de sentir ses bras autour d'elle, le serrer dans ses bras, presser sa joue contre sa poitrine et éveiller son désir en lui.

«Si je me souviens bien, chère épouse, tu m'as viré il y a longtemps à la porte de ta chambre, et tu as appelé le garde du palais pour me traîner. Tu as été tellement concentrée sur la recherche de ta famille, que tu évites mon aide. Es-tu concentrée sur moi maintenant, parce que tu n'as toujours pas trouvé tes proches?»

«Cela n'a rien à voir avec ma recherche. Je n'ai pas de compagnie, c'est tout. Je ne suis toujours pas habitué à cet environnement. Et étudier attentivement la généalogie qui ne mène nulle part ne fait qu'augmenter ma désolation. Je me sens moins aimée que jamais.» Sa voix se cassa dans un sanglot désespéré. Des larmes piquantes jaillirent de ses yeux. Mais il ne fit un autre pas vers elle. «Je voulais juste te souhaiter la bienvenue à la maison.»

Il enleva ses chaussures et la regarda. «Oui, j'avoue que c'était un salut cordial et je suis reconnaissant, mais je suis fatigué et j'ai faim. Alors reviens à ton rêve chaleureux pendant que je savoure un repas, un bain chaud et mon lit.

«Oh, laisse-moi le faire!» Elle emmêla ses doigts autour des siens et le froid de sa main s'infiltra en elle. «Laisse-moi préparer ton bain.»

Il s'éloigna. «Mon serviteur répond à mes besoins. Aucune dame ne fait un travail aussi servile.»

«Mais tu es mon mari et... nous l'apprécierions tous les deux...» Elle n'avait pas besoin de forcer la conviction dans son ton.

«Pas les ordres du roi je suis ton mari. Certainement pas par la volonté de ton cœur. J'ai vu assez d'amour pour savoir quand c'est vrai. Cela n'est certainement pas. Je ne forcerai pas le sujet, je ne vais pas non plus traîner en attendant que ton cœur s'ouvre à moi. Maintenant je sais que tu ne pensais qu'à fuir d'Elizabeth Woodville et trouver ta famille, pas à m'aimer. Donc, je ne ferai pas de compromis ou ne te déshonorerai pas. Contrairement à ce que tu penses, je suis un gentleman, et je le serai toujours. Maintenant je me retire dans mes chambres... seul. Je te souhaite une bonne nuit.» Il s'inclina, il tourna sur un talon, et il disparut dans le noir, laissant ses chaussures à un domestique pour s'occuper d'eux. La fermeture de la porte de sa chambre n'était pas bruyante, mais un geste en effet.

Elle resta longtemps dans l'ombre froid, folle de rage, paralysée par la douleur, et apprenant à quel point l'honneur peut être froid comme partenaire de lit.

⚜

DENYS ÉTAIT ASSISE DANS LA SALLE PRIVÉE PENDANT QUE les serveurs apportaient le dîner: cochon de lait rôti, grue et alouette.

Valentine revint du règlement d'un différend parmi ses locataires à la frontière écossaise. «Tristes nouvelles. Anne donna naissance à un enfant mort.»

«Quand?» Denys abandonna sa broderie pendant qu'il regardait le feu aux yeux tristes, les lèvres tirées dans un froncement de sourcils.

«Mardi dernier. Une fille si délicate est Annie. Je doute qu'elle lui donne jamais des enfants. Elle est trop fragile.» Son regard était fixé sur le feu. Ella compara la silhouette mince d'Anne avec sa propre constitution robuste, et elle remercia la nature pour lui avoir donné une constitution robuste. Elle pourrait porter un enfant facilement. Ses lèvres permettraient le passage à l'accouchement et son cœur battait assez fort pour deux.

Elle souffrit d'un coup de douleur pour Richard et Anne, pleurant le bébé innocent qui n'avait jamais respiré.

«J'espère avoir mes propres enfants un jour,» elle pensa à haute voix.

«Moi aussi,» il répéta, et à travers la vaste étendue de la salle privée ses yeux se rencontrèrent. Ils s'assirent et dînèrent en silence.

Le lendemain matin, Denys chevaucha Chera et elle parcourut les quelques kilomètres sur la route à Middleham.

Même si elle était clouée au lit et pouvait à peine tenir la tête haute, les yeux d'Anne s'illuminèrent quand Denys entra dans la chambre. Ses cheveux tombèrent emmêlés autour de ses épaules affaissées.

Denys arrangea doucement les oreillers autour d'elle. «Je te vois bien, Anne, vu ton malheur. Je suis tellement désolée que Valentine. Je me suis arrêtée à la chapelle et j'ai dit une prière pour l'âme du cher bébé.»

«Merci, Denys.» Sa voix était nerveuse. «Je vais essayer de nouveau. J'ai hâte de donner un fils à Richard. Même une fille, il dit, ça suffira, tant que nous sommes tous les deux en bonne santé.»

«C'est gentil de lui.» Elle détourna les yeux, éclatant pour cracher une sévère réprimande, pour lui interdire d'essayer d'avoir plus d'enfants, parce que ça la tuerait sûrement.

«Et toi, Denys?» Anne baissa la tête. «Attends-toi déjà un enfant?»

«Non, en aucune façon.» Ça ne la dérangeait pas de parler de son mariage non consommé. «Mais je prie que ça arrive bientôt.»

Anne demanda Denys sur la recherche de sa famille, et Denys libéra sa frustration, reconnaissante d'avoir quelqu'un pour l'écouter.

Quand, à la fin de la visite, Anne souhaita Denys bonne

chance, elle lui donna un rouleau de parchemin dans lequel sa propre généalogie était imprimée. «Peut-être il y a quelque chose là-bas, un nom peut éveiller un souvenir. Ces choses arrivent. Les noms et les lieux du passé apparaissent de nulle part, des coins sombres de notre esprit. Quel délice si nous étions liées, toi et moi!»

Denys hocha la tête avec un enthousiasme simulé. «Merci de ta générosité. C'est un document si précieux.» Mais elle doutait de tout lien avec les Nevilles.

Richard n'était toujours pas revenu, mais elle n'attendit pas. Elle était venue voir Anne, après tout, et les devoirs de Valentine l'amenaient si souvent à la compagnie de Richard, qu'elle se sentait toujours connectée à lui.

DENYS REVINT À LILLESHAL ET SA DEMOISELLE D'HONNEUR lui enleva sa cape.

«Alors, comment va Anne?» Valentine demanda.

«Elle a l'air douloureusement émaciée, mais son moral est bon.» Ils allèrent à la salle privée, elle courut vers le foyer brûlant, elle souleva ses jupes et elle laissa la chaleur décongeler ses jambes glacées. «Elle m'a donné sa généalogie pour suivre, elle m'a dit d'approfondir ma mémoire et peut-être qu'on nom ou un lieu fera surface.»

«C'était plus que gentil, avec tout ce qu'elle a en tête.» Il se tenait à ses côtés.

«Oui, c'était.» Elle enleva ses chaussures et s'assit sur le tapis de tapisserie, étirant les jambes pour que le feu réchauffât ses pieds.

«As-tu vu Richard?» il demanda.

«Il n'était pas dans la résidence.» Elle se frotta les mains devant les flammes.

«Où était le plus grand guerrier du royaume? Dans une

joute avec le dieu Mars, peut-être?» Son commentaire la prit par surprise. Elle se tourna pour le regarder, mais il tourna le dos.

Il traversa la salle privée et regarda par la fenêtre, appuyé sur le cadre, tambourinant agité avec les doigts. «Valentine, Y a-t-il quelque chose qui cloche entre toi et Richard?»

«Non, rien du tout. Je pratique mon talent avec l'épée jusqu'à ce que je puisse à peine bouger mon bras, et ma main est gelée dans la position autour de la poignée d'une épée imaginaire.» Il se retourna et s'approcha d'elle, debout entre elle et le feu. «Je vais le défier à nouveau, et je fois je gagnerai.» Son ton avec un ton si véhément, son cœur sauta.

«Ce n'est pas nécessaire, Valentine. Il a gagné si facilement juste parce que tu étais déjà blessé.»

«Mais il m'a quand même dépassé.» La vengeance brutale glissait derrière ces mots.

«Et quoi?» Elle essaya de le minimiser. «Il ne pourrait jamais gagner le cœur des serviteurs ici comme toi. C'est ta force, et la guerre est la sienne. Tu n'as rien à prouver à lui ni à toi-même.»

«Je n'ai pas besoin de lui prouver quoi que ce soit. Je dois te le prouver!» Il lui fit face et ses yeux se rencontrèrent. «Alors peut-être que je vais ciseler un cran sur cette pierre que tu appelles cœur.»

«Tu n'as pas besoin de me prouver quoi que ce soit non plus.» S'étant suffisamment réchauffée, elle s'éloigna du feu.

«Il faut plus qu'une langue mielleuse pour être un homme,» il argumenta. «Il faut du courage pour risquer la vie pour tes convictions.»

«Tu es complètement un homme. Je n'ai jamais douté de ça.» Elle s'approcha de lui.

«Ce n'est pas le fait que j'ai perdu une joute qui me fait mal. C'est le fait que j'ai perdu contre toi. Alors je vais lui faire face encore et encore et gagner. J'affronterai toute l'armée française si je dois. Tout ce qu'il faut pour faire mes preuves devant toi, alors tu me supplieras de t'aimer!» Ses mains la tinrent par les épaules. Ses lèvres se touchèrent presque.

«Les conquêtes ne me feront pas t'aimer.» Elle ne tenta pas de se déchaîner.

«Alors quoi? Je ne le saurai jamais?» Ses yeux crachèrent des morceaux de glace bleue et ses sourcils se froncèrent en une ligne raide.

«L'amour n'est jamais forcé. Tu ne peux même pas forcer ta propre famille à t'aimer. Personne ne pouvait faire que ma mère m'aimât assez pour me garder. Ça vient naturellement, pas comme une médaille du courage. Conquérir un cœur n'est pas comme conquérir une armée. C'est beaucoup plus difficile.» Ses bras encerclèrent sa taille. Son pouls s'accéléra.

«Quand la reine m'ordonna de t'épouser,» Il parla comme s'il racontait une histoire, «je dansai et je tombai de joie. Je pensai, «Aha! Je l'ai conquise maintenant!» parce que c'était la seule chose que je pouvais avoir que personne d'autre ne pouvait. Le roi a sa cour, Richard a son pays du nord, mais j'allais avoir Denys Woodville, la seule femme que j'ai jamais voulu. Et maintenant tu es ma femme et je ne t'ai toujours pas.» Il fit une pause, la relâcha.

Une étrange envie de le réconforter l'envahit. «Je ne suis pas un drapeau ou une bannière pour que tu puisses défilera avec moi. Me conquérir, ce n'est pas comme gagner une bataille.»

«Si c'est une bataille, je perds tout.» Il parlait comme pour lui-même comme il s'éloignait et s'enfonçait dans la chaise près du feu.

Son cœur l'accompagna d'une douloureuse compassion; derrière sa sécurité, il était aussi perdu qu'elle. Maintenant elle comprenait ce que Richard voulait dire ce jour-là. Valentine se cachait derrière un rideau de sa propre angoisse.

«Ne pense pas en termes de bataille. Je suis ici maintenant, et tu ne me perdras pas de cette façon,» elle l'assura.

«Je ne peux pas perdre ce que je n'ai pas gagné.» Il s'inclina et regarda attentivement les flammes.

«Tu es un noble avec un titre et des terres. Tu as ça. Je ne sais même pas qui je suis. Pense à ça.» Elle éleva la voix. «Tu as épousé une bâtarde, élevée par la famille la plus détestée du royaume, mariée à un homme qui ne me touche pas.» Elle balaya la pièce du regard pour voir s'il y avait des serveurs autour.

Il se leva et la regarda. Des larmes refoulées brillaient dans ses yeux. «Tu sais qui tu es. Peu importe qui étaient tes parents. Tu es la duchesse de Norwich, ma femme. Je veux que tu sois fière de moi, que tu m'admires, que tu me respectes. Je veux une femme qui m'aime pour moi, pas une victime involontaire d'une reine folle.»

«Je vais t'aimer. Je suis presque là. Sois juste patient.» Elle sentit la tension attacher leurs âmes comme une corde, défiant l'un d'entre eux pour la couper. Elle se retourna et dans un murmure de jupons de velours et de satin, elle quitta la pièce.

Il la regarda fixement, se forçant à rester immobile. Oh, cette cadence en marchant, le balancement délicat de ses hanches, le ressort à chaque pas maintenant dans une telle harmonie avec ses propres rythmes corporels. Cependant chaque jour qui passait apportait une affliction croissante, maintenant il approchait de la douleur physique.

Il respirait profondément son odeur jusqu'à ce qu'il s'effaça dans les plis des rideaux. Il savait ce que c'était ce qui l'empêchait de l'aimer de toute son âme. Jusqu'à ce qu'elle découvrît qui était-elle elle ne pourrait pas aimer personne complètement. Il devait lui montrer d'une manière ou d'une autre qu'il ne l'abandonnerait pas comme ses parents l'avaient fait.

DIANA RUBINO

«Dieu Jésus,» il regretta, ses cris mourant au-delà du toit des chevrons. Donne-moi une chance de lui sauver la vie, donne-moi la chance de *trouver* sa vie, puis enfin elle m'aimera!»

⚜

ISOLÉE DANS SA CHAMBRE, DENYS DÉROULA LE PARCHEMIN de généalogie d'Anne. Elle descendait de John of Gaunt, un fils d'Edward III. Anne et Richard, comme la plupart des nobles nés dans le royaume, étaient les descendants d'Edward III. Denys savoura une vague d'émotion. *Puis-je trouver ma relation quelque part dans ce document?* Elle se demanda. *Mon nom appartient-il vraiment à ce parchemin? Je suis une descendante de Gaunt d'une de ses trois maîtresses?* Elle se demanda.

Elle enroula de nouveau le parchemin, répétant les noms des nobles morts depuis longtemps: «Beaufort, Beauchamp, Neville, Stafford.» Elle connaissait ces noms depuis l'enfance.

Vérifiant son journal, elle réfléchit à chaque mention d'un visiteur ou d'un garçon étant nommé gentilhomme. Elle relut ses notes sur le débile mental Roi Henry VI, sur ses batailles malheureuses, ses triomphes et échecs, et sa femme dominante, Marguerite d'Anjou.

Si elle était en charge du Roi Henry quand elle était bébé, ses parents vivants pourraient se souvenir d'elle.

Peut-être que le Roi Henry l'avait engendrée lui-même et, entrant et sortant de l'incontinence mentale, il ne l'avait pas reconnue! Elle pourrait être une princesse de plein droit, une princesse anonyme d'un roi mort, mais toujours d'héritage royale!

Elle commença à concevoir des fantasmes de la vie si le Roi Henry l'aurait reconnue, à quel point son éducation aurait été différente. Elle n'aurait pas souffert de dénigrement public, de colère-d'Elizabeth Woodville.

Mais alors elle serait Lancastrienne, une ennemie mortelle de Richard et sa famille.

Voulait-elle savoir? Oui, plus que jamais! Même si elle était Lancastrienne par naissance, maintenant ça n'avait pas d'importance.

Trop excitée pour dormir, elle déterra le document original qu'elle avait obtenu à la cour et traça la branche à laquelle le Roi Henry VI appartenait.

Il avait deux demi-frères Gallois, Edmund et Jasper Tudor. Hélas, Edmund était mort depuis plus de vingt ans. Jasper pourrait peut-être la mener au succès, sauf une exception-il était marié avec Catherine Woodville.

La cousine d'Elizabeth.

Elle faisait confiance aux parents d'Elizabeth pas plus qu'elle ne faisait confiance à la Jument de Grey. Mais c'était un risque qu'elle devait prendre.

Maintenant comment trouver Catherine Woodville et un guide Gallois?

Une seule personne pourrait l'aider, et elle lui ferait confiance pour sa vie.

Le Roi Edward-Oncle Ned.

Elle écrivit une lettre pour lui et la finit avec son nom taché de larmes. Ces jours-ci elle ne pouvait pas penser à Oncle Ned sans pleurer. Comme elle aspirait à son étreinte chaleureuse, ses clins d'œil de sécurité. Elle savait qu'il l'accompagnerait au Pays de Galles lui-même s'il avait le temps. Elle relut la lettre à haute voix, comme s'il était assis devant elle. «Oh, Oncle Ned,» elle soupira, fermant les yeux, son rire franc résonnant dans son esprit.

Sa réponse vint si vite, elle savait qu'il aurait dû utiliser une chaîne de messagers pour l'atteindre, comme il le faisait en temps de guerre, pour communiquer des messages urgents. Il ne fournit seulement la localisation de Catherine Woodville et Jasper Tudor, un manoir appelé Tallylyn, il offrit un guide

Gallois, qui arriverait avant la fin de semaine! Il finit sa note, «Tu es pour toujours ma petite fille Denys, affectueusement, Oncle Ned.»

Elle rit et pleura en même temps, elle plia la lettre avec amour et elle embrassa son sceau royal.

Avec son cœur battant d'émotion, elle écrivit à Catherine et Jasper Tudor qu'elle se rendrait au Pays de Galles et voulait leur rendre visite. Elle ne mentionna pas la vraie raison; elle ne prendrait pas de risques.

VALENTINE INSPECTAIT LES MAISONS DES LOCATAIRES LE jour où son guide arriva. Owen Gwynne chevauchait en tête du trio que l'Oncle Ned avait envoyé pour la guider et la protéger. Denys aima Owen immédiatement. Avec les cheveux plus blancs que la neige qui saupoudrait le sol, et les joues d'un rouge brique rougeâtre, c'était l'homme le plus bavard qu'elle avait connu. Même pendant que Denys aidait les cuisiniers à emballer des fournitures pour le voyage, Owen remplissait ses oreilles avec des histoires de jours passés, la lutte civile sous le Roi Henry VI, à la suite des actions de Marguerite d'Anjou. Trop impatiente de se lancer dans son voyage pour attendre le retour de Valentine, elle lui laissa un mot pour lui dire qu'elle était partie au Pays de Galles sous le guide du roi.

Les autres hommes du cortège étaient jeunes; Bruce était si calme et mélancolique comme Owen était bavard. Quelque chose dans les manières et le comportement de Bruce lui rappelait l'Oncle Ned, avec l'allure d'un vrai gentilhomme, droit et haut sur sa selle, armes qui brandiraient l'épée la plus lourde. Peter, un Irlandais aux taches de rousseur et un marin frustré, voulait traverser terres au sud du continent, une idée captivante pour Denys. Même si c'était seulement connu qu'il y avait un désert aride dans l'hémisphère sud, elle admirait sa curiosité, un trait qu'elle partageait fièrement. Avec la vantardise habituelle des marins Irlandais qui considéraient leur talent dans la mer supérieur à l'Anglais, il raconta ses croyances: «La terre est aussi à notre ouest. Les Vikings et les Scandinaves ont à peine gratté les côtés de l'Islande, Groenland, Vinlande (c'était le nom donné par les Vikings au territoire qui est actuellement connu comme l'Île de Terre-Neuve et aux zones côtières trouvées autour du Golfe de San Lorenzo dans ce qui est connu aujourd'hui comme Nouveau-Brunswick et Nouvelle-Écosse, au Canada d'aujourd'hui), et l'expédition d'Erik le Rouge à travers le Canal Danois. Oh, avoir voyagé avec Erik le Rouge!»

En ce jour clair et sans nuages, elle chevaucha Chera et se dirigea vers l'ouest avec ses trois guides. L'air frais lui pinçait le visage, le paysage net et clair. Des arbres couverts de neige encadraient la majesté des tours des églises qui montaient dans le ciel poussiéreux. Le soleil de midi jetait un éclair blanc sur la neige vierge, intacte même par les empreintes de pas plus petites des moineaux. Au loin, taches vertes velours cédaient la place au brun, regardant à travers le verre blanc brillant sur les collines comme des étoiles tombées.

Ils atteignirent la périphérie du Yorkshire sur routes verglacées. Au crépuscule, la neige fraîchement tombée rendit la route presque impraticable. Elle envisagea de rentrer, mais elle avait confiance que le temps s'améliorerait. Les congères ne s'interposeraient pas entre elle et son destin.

Ils passèrent la première nuit avec un des agriculteurs locataires de Valentine et se gavèrent à l'aube avec des œufs, du lard, et du lait. Puisque le temps ne permettrait pas manger en plein air en route, leur prochain repas ne serait pas avant cet après-midi.

Peu de temps après le lever du soleil, ils traversèrent des champs ouverts, un bosquet d'arbres à un kilomètre. La terre vierge et blanche brillait au soleil. Des taches blanches parsemaient les collines lointaines. La neige qui tombait enterrait la bruyère et les fougères. Son ventre grognait de faim. Autant qu'elle appréciait la conversation et le comportement d'Owen, elle souhaitait que Chera ait des ailes pour survoler les collines et la cime des arbres jusqu'au Pays de Galles. Mais comme ils marchaient douloureusement, les flocons blancs se dissolvaient en gouttes glacées sur son visage. Elle désirait un feu et une cruche chaude. Mais pendant qu'ils continuaient à marcher, ils bavardaient, rendant le vent violent supportable.

Les flocons cédèrent la place à un vent fort. Des explosions de blancheur aveuglante piquaient sa chair, l'engourdissant de froid. Elle essaya de bouger ses doigts raides sans lâcher les rênes de Chera. En quelques minutes elle perdit de vue la monture d'Owen à côté d'elle.

«Owen!» Elle tendit le bras mais elle attrapa l'air.

«Ici même, fille des neiges.» Il l'approcha et le bout de ses doigts effleura les siens.

«Reste à mes côtés, je deviens aveugle!» La neige couvrait la crinière de Chera et le cheval éternua plusieurs fois en succession rapide. Denys perdit Owen encore, mais elle savait que lui et les autres roulaient à quelques pas de là. Il avait montré être un chercheur de chemin expert. Il ne les laisserait pas se perdre.

Bruce et Peter chantaient une mélodie à boire, mais elle ne fit pas attention tandis que des rafales de vent la tourmentaient. Avec sa faim vorace et son besoin désespéré d'un lit chaud, elle accepterait même une simple couchette de paille.

Alors qu'ils atteignaient la route abandonnée qui serpentait à travers la forêt, la neige les enveloppa. En quelque sorte Chera descendit la route enneigée. Les pattes du cheval s'enfonçaient dans les profondeurs à chaque pas. L'obscurité commença à tomber. L'instinct l'avertit qu'ils ne pouvaient pas sortir de ces bois avant l'aube. Les arbres nus fournissaient une faible couverture, sans maison en vue. La neige aveuglante tombait sur ses yeux. Elle entendait les hommes, mais elle ne pouvait pas les voir.

Dans l'obscurité, Owen l'approcha, une lanterne vacillante et sifflante devant lui. Elle arrêta Chera. Les chevaux formèrent un cercle lâche, leurs bouffées de souffle fournissaient le seul reste de chaleur.

«Nous devons faire une pause,» Owen dit. «On ne peut pas aller plus loin, pas avant l'aube. Je perds mes repères. Toutes les routes se ressemblent dans la neige et dans le noir.»

«Mais où allons-nous dormir?» elle supplia.

«Dormir?» Owen brava. «On ne devrait pas dormir. Celui qui dort ici ne se réveille jamais.»

«Tu ne peux pas étendre des couvertures sur le sol pour que nous puissions nous reposer?» elle proposa.

«Chère fille, la neige est jusqu'aux genoux. Une couverture gèlera jusqu'à ce qu'elle devienne une couche de glace. La neige est trop profonde pour se coucher. Et il y a des meutes de loups affamés autour. Non, nous devons bouger pour garder nos liquides fonctionnels. Nous avons du vin et d'autres aliments. Nous ne mourrons pas de faim. Nous chanterons et on racontera des histoires. Ne vous inquiétez pas, ma chérie, la nuit passera bientôt.»

Elle avait envie de desseller et tamponner ses pieds sur le sol gelé. Mais la neige l'avalerait.

«On ne peut pas faire un abri avec les branches des arbres?» Désespérée d'idées, elle prendrait n'importe quel confort et abri misérables dans cette misère des éléments.

Les hommes rirent. «Aucun de nous n'a d'hache,» Peter dit. «Ce serait difficile, à moins que, Mademoiselle Denys, vous pouvez ronger le bois comme un castor et construire un barrage contre les inondations quand tout cela fond.»

«Assez de bavardages,» Owen déclara. «Nous devons garder ces bêtes en mouvement. Allons en cercle, chantant

«Journée de Chasse» pendant que nous le faisons. À ce moment-là presque quinze minutes auront passé. Nous nous reposerons à intervalles de quinze minutes jusqu'à l'aube, puis nous reprendrons notre voyage.»

«Ce sera la nuit la plus longue de ma vie,» Denys se plaignit dans le sens général de la lanterne, puisque lui et sa monture étaient à nouveau invisibles.

«Ce sera la dernière si nous ne le faisons pas,» était sa sombre réponse, alors que le début de la chanson martelait ses oreilles dans une forte dissonance.

«Quel plaisir, quand le soleil brille intensément,

Partir tôt le matin

Avec des chasseurs et des chiens acérés comme mes compagnons

Chassant le cerf entre les feuilles de la forêt... »

La neige se calma. Owen et les autres sortirent des bouteilles et commencèrent à boire. Ils partagèrent leur nourriture; Peter lui donna un délicieux pain de blé entier et, après une tranche, son estomac grogna pour plus. Ils mangèrent de pommes et des poires, ils se régalèrent de poulet et ils consommèrent assez pour garder la faim à distance, puisqu'ils ne pouvaient pas tenir le froid à distance.

Après un autre tour de chansons et de blagues irrévérencieuses, s'excusant, elle commença à profiter du moment, et elle se concentra à la fin de son voyage. Alors elle-si Dieu le voulait-trouverait sa place dans la vie.

La noirceur devint gris pâle alors que le soleil se leva derrière eux.

Complètement calmes, ayant parlé et chanté, ils continuèrent leur chemin. Combien elle avait envie de dormir. Une couchette n'avait pas d'importance, un sol en pierre d'un donjon serait un confort. Elle caressa le cou de Chera et elle murmura des encourageants mots d'affection à l'animal fatigué.

La neige soufflée par le vent se réunit avec force de nouveau quand le premier signe de lumière du jour sortit à travers les branches éparses chargées de neige.

Owen les rassembla pour organiser la prochaine étape de leur voyage.

«Nous continuerons jusqu'à ce que nous voyions un endroit sûr pour nous arrêter, n'importe où, tout ce qui offre un abri.» Elle pouvait dire qu'il avait forcé un ton joyeux. «À mon avis, nous sommes environ à dix miles de Macclesfield, une ville de bonnes proportions. Quand on l'atteint, nous devions sérieusement envisager de rester jusqu'à ce que cette tempête se calme.»

Denys accepta de tout cœur, son corps était si congelé, elle força presque son imagination à le sentir. Quelques instants d'attention intense lui permirent d'évoquer la chaleur d'un feu rugissant, respirer l'arôme fumé des bûches crépitantes.

Le chant commença une fois de plus, sans enthousiasme cette fois. Elle fredonna, sans savoir les paroles, mais c'était son dernier refuge contre la peur, parce qu'ils avaient voyagé toute la journée et une fois de plus le soleil commençait à incliner les ombres du crépuscule sur eux. Elle éteignit leurs voix fatiguées et el commença à chanter des hymnes.

«OWEN, OÙ SOMMES-NOUS? IL N'Y A PAS EU DE MAISON EN vue. Es-tu sûr que nous ne sommes pas tournés vers le nord vers les extrémités de l'Ecosse?» elle supplia, ses lèvres gelées d'engourdissement, pouvant à peine prononcer un mot. Elle mit la main sur son nez et ses lèvres mais elle ne réussit pas à les réchauffer. Ses doigts engourdis pouvaient à peine tenir les rênes. Complètement épuisée, elle restait en blanc pendant quelques secondes et elle sauterait éveillée avec la démarche instable du cheval. Entrer et sortir de la conscience la faisait confondre. Elle criait, ses yeux follement attentifs mais sans rien voir.

Owen avança peu à peu, il tendit la main et attrapa son épaule. «Ça va, ma fille?» Sa voix était chaleureuse et réconfortante, mais elle n'avait pas la force pour se retourner et luis faire face.

«Oui, je pense que oui,» elle murmura.

«Bon. Parce que nous approchons d'une montée ici, et j'espère que ton cheval ait la force de l'escalader. Si elle ne devienne pas rigide, elle en sortira avec les pattes postérieures les plus fortes du royaume.»

«Où sommes-nous?» Sa voix croassa de fatigue.

«Si je suis bien orienté, c'est la Forêt de Todburn.» Owen appela par-dessus son épaule. De l'autre côté se trouve Macclesfield. Nous nous arrêterons là.»

«Combien de temps?» Elle se noya dans le désespoir.

«Le reste d'aujourd'hui et une partie de demain, j'estime.» Il lui tendit une bouteille et elle tâtonna pour la prendre, essayant de la prendre avec ses doigts raides, mais elle glissa au sol, avalée dans la mer profonde de neige.

«J'ai une autre, mais si vous ne pouvez pas la prendre, je peux essayer de tendre la main et me rapprocher de vos lèvres, ma fille.»

«Ça n'a pas d'importance,» elle murmura, avec les lèvres gercées et sèches. Ses dents claquaient alors elle doutait qu'elle pourrait boire dans une bouteille.

Le groupe fatigué marchait péniblement dans un désert d'arbres. Des branches mortes grattaient ses joues en se frayant un chemin, la route maintenant était enterrée. Elle n'avait pas la force pour se pencher pour les éviter.

Quelque chose dans le chaos de ses pensées aléatoires lui disait de prier. À ce point elle avait déjà perdu tout sentiment, son engourdissement absolu préfigurait le sommeil profond qu'elle savait sur le point d'entrer. Mais elle n'avait plus peur. Elle accueillait la mort comme un passage chaleureux dans un monde de confort et de lumière. À travers ses lèvres raides elle articula une prière apprise étant une petite fille: «Sauve-moi et défends-moi de tout mal et de mon mauvais ennemi et de tout danger, présent, passé et à venir. Elle demanda pitié pour son âme, pleine de tristesse pensant qu'elle ne verrait plus Valentine. Elle imagina son visage, hanté par l'inquiétude, et elle regretta de ne pas lui avoir dit où elle allait. Oh, si seulement elle n'était pas si têtue, refusant son aide, le blâmant pour la tragédie de Witherham et soupçonnant qu'il conspirait avec Elizabeth. «S'il te plaît, Valentine,» elle supplia, souhaitant être capable de mettre ses mains ensemble pour prier, mais elles se sentaient glacées autour des rênes de Chera, «S'il de plaît, pardonne-moi. Si j'avais seulement une chance de plus, je serais la meilleure femme qu'un homme puisse avoir.» Elle pleura, pas pour sa prochaine mort, mais pour lui, comment elle l'avait quitté si grossièrement. «Je me ferais pardonner.» Elle essaya d'arrêter les larmes avant que, lors de la congélation, lui fermeront les yeux.

Dans son étourdissement confus, la colère éclata et donna à son corps fatigué une marge de vigueur. Non! Elle refusait de mourir sans le revoir; il avait besoin d'elle! La mort prématurée n'était pas dans ses plans; elle ne pouvait pas mourir, elle ne mourrait pas avant d'accomplir son destin ici sur terre.

Elle força ses doigts faibles à bouger, la peau si tendue qu'elle avait peur qu'elle craque, mais elle commença lentement. En peu de temps, ils étaient partiellement mobiles. Elle appela Owen pour demander la bouteille. Après avoir tâtonné dans sa sacoche, il sortit une et se pencha pour le lui donner.

Elle se rapprocha, elle enleva son gant, elle la saisit à main nue et elle la porta à ses lèvres. Le liquide apaisant glissa dans sa gorge et lui redonna vie. Elle se lécha les lèvres. Elles se réchauffèrent, avec un picotement en reprenant conscience d'elles. «Je peux sentir mes lèvres, je peux parler! Je suis venu à mes sens!»

Owen hocha la tête. «C'est une bonne nouvelle, parce que je vois un abri là-bas.»

Abri. Le mot lui donna le même confort comme les mots «lit de plumes» dans des circonstances normales. Son cœur sauta et une vague d'excitation déchira sa lassitude en lambeaux.

«Où?» Elle plissa les yeux à la neige qui tombait.

Owen tourna à droite et elle suivit. La neige n'était pas si profonde ici dans l'épaisseur de la forêt, et Chera suivit facilement les traces du cheval d'Owen. À travers un enchevêtrement d'écorce et des branches elle pouvait distinguer une masse d'arbres tombés quelques mètres de haut, se cambrant au-dessus du sol comme une grotte en bois. C'était superficiel, c'était petit, mais cela servait à couvrir, et fournirait un abri rare mais très réel de la dureté qui tourmentait son esprit, épuisait sa force, vidait sa vie.

«Oh, doux Jésus!» Les larmes jaillirent dans ses yeux, ces cils encore chargés de morceaux de glace.

Owen et les autres dessellèrent. Bruce l'aida à descendre de Chera, ses jambes étaient si raides, ses pieds si engourdis, elle ne pouvait pas sentir le sol quand il la libéra. Elle utilisa toute sa force pour attraper le devant de sa cape pour éviter de glisser au sol.

«Elle est épuisée,» une voix lointaine dit. «Mettez des couvertures là-bas et laissez-le se reposer.»

Une paire de mains glissaient sous son dos et derrière ses genoux. Sa tête pendait sur le côté pendant que quelqu'un l'emmenait à l'abri, l'enveloppait dans les couvertures et la couchait sur le sol sous les branches tissées.

La chaleur qu'elle avait souhaitée si désespérément était

comme l'étreinte du soleil. Était-ce la mort? C'être comme ça, elle l'accueillait, parce qu'elle était en paix.

❧

LES CRIS LA RÉVEILLÈRENT D'UN SOMMEIL PROFOND. ALORS qu'elle ouvrait les yeux, des taches de paillettes brillaient à travers le tissage de branches au-dessus de sa tête.

La conscience revint dans des motifs fragmentés et céda la place à une véritable terreur. Des silhouettes sombres se déchiraient, jurant, grognant, crachant! Sales et en lambeaux, ils faisaient tomber des coups impitoyables sur ses hommes. Deux autres sautèrent de la forêt, armés avec des arcs longs. Elle haleta d'horreur quand une pluie noire de flèches passa bourdonnant. Owen serra sa poitrine alors qu'une flèche le transperçait. Il cria d'agonie et il s'effondra au sol dans la neige trempée de sang.

Un sauvage se dirigea vers elle, il déchira sa cape et il 'écrasa de son poids. Sa puanteur la faisait vomir. Elle cria et le frappa avec ses poings, mais il clairement appréciait le combat. Il remonta ses jupes jusqu'à ses cuisses. Le froid brut lui démangea la peau. Il grogna comme un animal, son souffle étouffant son visage avec des explosions fétides. Elle se força à fermer les yeux et serra les dents. *Oh, Dieu, s'il te plaît Dieu, que ce cauchemar se termine.*

Comme elle haletait pour l'air, son corps raidit et tomba sur elle. Elle se battit pour s'échapper du poids de son corps. Une paire de bras puissants l'enlevèrent d'elle et Peter roula le corps sans vie au sol. Il retira un poignard, ruisselant de sang, du dos de l'assaillant et la rapprocha de lui. «Tout va bien, mon amour, je l'ai tué.» Ses larmes de peur le piquèrent à vif. Elle tremblait comme les branches cassantes autour d'elle.

Regardant leur compagnon clochard comme un tas sans vie sur le sol, la bande de voleurs rassembla tous les chevaux.

Chera se dressa sur ses pattes de derrière en signe de protes-
tation quand l'un d'eux tira fort sur ses rênes et la repoussa.
Trop étourdie pour bouger, elle s'assit jusqu'à ce que le silence
total régna.

Bruce s'approcha et lui frotta les mains entre les siennes.
«Nous sommes en sécurité, ils sont partis,» il lui assura. «Ils
obtinrent ce qu'ils voulaient.»

«Owen!» Elle rampa hors de l'abri. Peter la suivit alors
qu'elle se rapprochait d'Owen allongé dans la neige, respirant
avec des halètements douloureux. Elle s'agenouilla à côté de
lui, la neige sanglante trempant ses vêtements et lui piquant la
peau. Elle enleva soigneusement la flèche de la poitrine
d'Owen alors que plus de sang jaillissait de la plaie. Une flaque
rouge foncé s'étala sur sa cape.

«Owen.... » elle murmura. Il ouvrit les yeux, les mettant en
blanc, sa respiration rauque et vide.

Bruce et Peter emmenèrent Owen à l'abri et elle revint en
rampant derrière eux.

«Mettez sa tête sur mes genoux.» Les branches s'enfonçaient douloureusement dans son crâne. Ils placèrent sa tête
sur ses genoux et elle la berça.

«Nous devrions essayer d'obtenir de l'aide,» Peter dit
comme ils quittaient l'abri à genoux.

«Comment?» Elle leva les yeux vers lui. «Ils ont pris nos
chevaux... tout!»

«Il ne neige plus et la journée est lumineuse et claire. On
peut avancer à pied.»

«Nous nous séparerons.» Bruce plissa les yeux au soleil
pour s'orienter. «Si je me dirige vers le nord-ouest et Peter
sud-ouest, l'un de nous devrait obtenir de l'aide. Peter et moi
nous rencontrerons ici.»

«Vous nos laisserez ici?» elle hurla de consternation.

«Vous devriez rester avec Owen. Ne vous inquiétez pas.
Nous reviendrons vous chercher. Si Peter et moi nous y allons

tous les deux, ça doublera nos chances de trouver de l'aide. Avez-vous une meilleure idée?»

«Non.» Elle secoua la tête, incapable de comprendre sa triste situation, et encore moins rêver d'une meilleure façon.

«Excellent. Si Dieu le veut, l'un de nous sera bientôt de retour. Allons-y, Peter.»

Ils se séparèrent après quelques pas et elle berça doucement la tête d'Owen. «Ils reviendront bientôt avec de l'aide. Nous sortirons de ça, et nous irons bien...»

Il commença à bouger tandis que ses yeux étaient au niveau de son visage. Un soupçon de sourire brisa la pâleur. Il prit plusieurs respirations difficiles. «Je vais mourir, ma fille, je respire pour la dernière fois.»

«Non, ce n'est pas comme ça!» Elle refusait de le croire. «Ils sont allés demander de l'aide.»

«Écoutez. Ne parlez pas, écoutez seulement.» Il haleta à nouveau et cracha. «Je peux vous dire maintenant, car dans quelques instants je serai parti, alors ça n'a pas d'importance. Je connais ta recherche pour trouver ta famille. Je sais parce que la reine apprit sur nous, les guides, et elle m'ordonna de vous tromper lors du voyage au Pays de Galles et de m'assurer que vous ne découvrissiez rien. J'avais peur pour ma vie si je ne lui obéissais pas, mais maintenant ma vie se termine, donc ça n'a pas d'importance. »

Sa respiration s'arrêta. Son cœur semblait s'arrêter. «Comment pourrait-elle... »

«Écoutez!» Il essaya d'élever la voix. «Après avoir être au service du roi Henry VI, je suis revenu vers lui après de nombreuses années pour aider avec les questions de trésorerie. C'était pendant ce séjour, à l'église, que je vis un homme lui donner un bébé-oh, elle ne devrait avoir plus de six, sept mois d'âge. «Prenez bien soin d'elle,» l'homme dit. «Elle pourrait être utile un jour.» C'est tout ce dont je me souviens qu'il dit. Le Roi Henry prit le bébé et la regarda. Avec un visage sans expression, il ne savait pas quoi faire d'elle. Puis il simplement remit le bébé à la nourrice qui partit rapidement.» Il s'arrêta pour respirer, se retourna et toussa du sang sur le sol.

«Oh, Jésus!» elle haleta. «Quand est-ce arrivé? Connais-tu l'année?»

«En quelle année... » Une série soupirs suivit après qu'il secouât la tête. «J'avais quarante ans, ou j'avais... Je devais avoir quarante ans, ça devait être alors... » Sa voix devint faible. Elle se pencha pour l'entendre. Je suis né en quatorze dix-sept alors ça devait être quatorze... oh, cinquante-sept?»

«L'année de ma naissance!» Son cœur sauta. «Owen... Qui était cet homme qui donna le bébé au Roi Henry?»

«Son nom était... » Il succomba à une quinte de toux et il secoua la tête d'un côté à l'autre. Le sang coulait à travers ses dents serrées. Elle porta une de ses jupes à sa bouche pour la nettoyer. «John,» Il s'éclaircit la gorge, avec son souffle moins profond. Pour un moment, il s'arrêta. Puis sa respiration s'agita à nouveau et sa poitrine se souleva alors qu'il luttait pour respirer.

«John?» Elle lui supplia des yeux, fixant les yeux qui ne la regardaient plus et maintenant étaient fixés dans le ciel, «John qui?»

«John... » sortit dans un murmure. Il toussa, s'étouffa et respira pour la dernière fois. Ses yeux s'écarquillèrent, puis les paupières glissèrent sur eux pour la dernière fois. Ses traits se détendirent et s'installèrent dans une immobilité éternelle. Plus d'air ou de sang ne s'échappa de ses lèvres.

Mais au milieu de cette tragédie, elle fut encouragée par le fait qu'Elizabeth savait qu'elle était sur la bonne voie. S'il n'y avait rien là-bas, il n'y aurait rien pour la tromper.

Tout ce qu'Elizabeth avait à cacher, se cachait au Pays de Galles.

Elle baissa la tête sur la forme sans vie d'Owen et pria pour son âme.

La lumière du jour se fana. Elle dit une prière pour l'âme d'Owen et s'accroupit à côté de son corps, quittant la conscience et entrant à nouveau dans les ténèbres.

John, John... John qui ?

Chapitre Sept

LE GOÛT SUCRÉ du vin la réchauffa tandis qu'un étreinte la réconforta. Elle se pencha en avant dans des plis de velours. C'était Valentine, elle le savait. Son cœur éclata de gratitude. Enfermée dans sa chaleur, elle se sentit aimée pour la première fois de sa vie.

Elle bougea ses mains et ses pieds, elle souleva un genou, puis l'autre, avec prudence, craignant qu'il y ait des os cassés. «Oh, cher Dieu, je peux bouger!» Elle remua ses orteils, profitant du mouvement, la capacité de contrôler son corps. «C'est paradisiaque!»

À travers le rideau de ses cils, le velours bleu paraissait nager devant sa vue, l'éclat de la topaze qui résonnait dans la douce lueur des bougies. Des épaules robustes soutenaient une tête de cheveux blond foncé qui reflétait la luminosité de chaque bougie tout en émettant une lueur qui lui était propre.

Mais ce n'était pas Valentine. «Richard! Quoi... Où suis-je?»

«Tu es à la maison du compte de Nottingham. Le compte t'a amené ici dans une litière. Il habite près de l'abri où ils t'ont trouvé. Tu es à quelques kilomètres de Kettlewell, où j'étais en visite officielle quand il m'a convoqué.»

«Qu'est-il arrivé à Bruce et Peter?» Elle chercha dans ses yeux, implorant silencieusement de bonnes nouvelles.

«Bruce demanda de l'aide et il nous ramena vers toi.» Il lui tendit le verre et elle prit une autre gorgée. «Les deux vont bien.»

«Oh, grâce à Dieu... » Elle poussa un soupir de soulagement. Avec son prochain souffle, l'horreur se dépêcha à retourner, la tourmentant avec ses détails effrayants -l'attaque du clochard, s'accrocher à Owen, bercer sa tête, le nom «John» sur ses lèvres alors qu'il expirait, le nom de famille allant dans l'au-delà avec lui. «Owen... »

«Owen est mort de sa blessure,» Richard lui dit. «Tu étais demi-congelée et sur le point de mourir. Tu aurais péri s'ils ne t'avaient pas trouvée.»

«Il est mort dans mes bras. Oh, pauvre Owen.» Ses yeux se remplirent de larmes. «As-tu convoqué Valentine?»

Il prit le verre et rangea les oreillers derrière sa tête. «Il est en route.»

Alors qu'elle buvait plus de vin, il lui donna une tranche de pain beurré. «Oh, Richard, j'avais très froid, je ne pouvais pas bouger, j'étais sûre que je mourrais.»

«N'y pense pas, ma chérie. Tu es chaude, tu es en sécurité, et tu ne repartiras pas avant le dégel printanier.» Sa voix semblait venir de loin.

Chaque bouchée de pain lui donna plus de force. Elle concevait maintenant des pensées plus banales. «Je me demande si Valentine se soucia pour moi.»

«Ne sois pas bête, bien sûr il se soucia,» Richard la réprimanda. «Il ne pouvait ni dormir ni manger.»

«Il ne se soucia jamais avant.» Elle secoua la tête. «Tu n'as aucune idée à quoi ressemble notre mariage. Il est si distant, si froid.»

«Il n'est probablement pas habitué à la vie conjugale et il n'a toujours pas trouvé son chemin en tant que mari. Ce n'est pas sa nature d'être froid. Je sais qu'il ressent beaucoup plus de ce qu'il permet de voir,» il l'assura.

Elle aurait ri si elle avait la force. «Au contraire, il m'évite. Au début c'était un soulagement, parce que je me méfiais de lui. Puis son comportement a décliné dans une froide séparation.»

«Lui en as-tu parlé?»

«Oui, et il ne me touchera pas tant qu'il ne sera pas sûr que je l'aime et je vais vers lui volontiers en tant qu'épouse. Je me soucie beaucoup de lui. Mais il refuse de posséder mon corps sans posséder mon cœur. Mais comment puis-je aimer un homme qui ne me prend pas dans ses bras et qui ne me traite pas comme sa femme? On tourne comme ça en rond, j'ai peur que nous nous contournions pour toujours au lieu de... se réunir.» Elle espérait avoir parlé assez délicatement pour ne pas le déranger.

«Denys, les hommes ont des impulsions que les femmes, dans leur cercles de famille stables et tâches bien définies, ne peuvent pas comprendre. Nous nous battons, frère contre frère, pour réclamer ce que nous ressentons légitimement notre, si oui ou non. Valentine souhaite être aimé. Ton corps ne signifie rien pour lui sans ton cœur. Il peut jouer avec n'importe quelle pute qu'il aime. Mais pour gagner le cœur d'une jeune fille, c'est une question complètement différente. Ce prix que tous les hommes convoitent. Il veut ton cœur, Denys. Alors et alors seulement il te donnera tout ce qu'il a.»

«Parfois je ne sais pas si je peux. Je voudrais me sentir différemment. Je suis éveillée dans mon lit comme lui dans le sien et je souhaite tellement qu'il vienne à moi. J'essaye d'aller vers lui mais je recule toujours.» Elle prit une gorgée de vin.

«Les cœurs sont des vases à remplir,» Richard dit. «Ils ont une immense capacité. Le vrai amour ne peut pas être précipité. Ça ne t'inonde pas après un rendez-vous dans la chambre. Ça devrait venir progressivement. Je ne parle pas de luxure, qui peut te consumer comme une pluie de braises. Les deux doivent permettre le temps nécessaire. Mais quand ça arrive, tu sauras. Et ça vaut le coup d'attendre. Il te verra très différemment maintenant, parce qu'il t'a presque perdu.»

«Oh, comment j'ai prié, quand se pensais que nous péririons tous, j'ai supplié pour une seconde chance!» Elle ferma les yeux.

«Maintenant tu l'as. Et aussi Val.» Ses yeux se rencontrèrent et même si elle pouvait encore voir une lueur, ça contenait un reste de jeunesse perdue. *Je ressemble à ça aussi?* Elle se demanda. «Comment as-tu appris toute cette sagesse, Richard?»

«Juste vivant, ma chérie. Valentine a vu une tragédie et toi aussi. Tous les deux vous avez perdu vos parents, tous les deux vous vous croyez abandonnés. Tous les deux vous vous contenez, mais pour différentes raisons. Tu apprendras à quel point il tient à toi, mais tu dois le montrer que *tu* tiens à lui. Et ça prend du temps, pas des mots.» Il lui prit la main, la réchauffant entre ses paumes. «Il devrait être ici d'une minute à l'autre.» Richard regarda à travers la pièce. «Quand il arrive, je partirai.»

Elle lui fit un sourire chaleureux. «Richard, je crois que maintenant je suis plus proche que jamais de trouver mes vraies origines!»

Ses yeux s'illuminèrent. «Dis-moi s'il te plaît.»

Elle se lécha les lèvres. «Après la fuite des voleurs, je tint la tête d'Owen Gwynne sur mes genoux pendant qu'il disait ses derniers mots. En 1457, il vit un homme qu'il connaissait, remettre un bébé au Roi Henry VI. Le nom de l'homme était John. Et le bébé était une fille.»

«John qui?» Richard demanda. «Connaissait-il le nom de famille?»

Elle secoua la tête. «John était le dernier mot qu'il dit. Il prit son dernier souffle, il roula les yeux et les ferma pour toujours.»

«Les cloches des enfers, Denys, sais-tu combien d'hommes dans ce royaume s'appellent John?» Richard croisa les mains, ses anneaux tintant ensemble. «Tu pourrais rendre visite à tous les hommes nommés John et ne pas trouver le bon dans cinq vies. Il est probablement mort depuis longtemps.»

«Mais tu peux le découvrir, tu peux accéder à tous les registres de la cour,» elle supplia.

«Ai-je rencontré beaucoup de John? Veux-tu que j'appelle chacun d'eux?» Le doute assombrit ses yeux.

«Au contraire, seulement ceux qui sont assez vieux pour avoir donné une fille au Roi Henry,» elle dit.

«Je vais méditer dessus.» Il toucha son menton avec ses doigts. «Les choses ont parfois d'étranges façons d'avancer, même dans les rêves.»

La porte de la chambre s'ouvrit et Valentine entra. L'ombre d'une barbe de trois jours parsemait son menton, rendant ses lignes lisses rugueuses. Il semblait être torturé par un démon implacable. Elle avait que c'était à cause d'elle. Un coup de culpabilité lui transperça le cœur.

«Valentine!» Elle tendit la main et il s'arrêta pour lui prendre la main, comme s'il avait peur de la toucher. «Je suis tellement désolée pour tout ce que je t'ai causé! Mais je suis bien, je peux presque être debout.»

«Ne fais pas ça. Je suis heureux de te porter.» Il parlait comme si elle était un soldat blessé au combat. Il regarda Richard. «Elle nous a fait un peu peur.» Elle pouvait sentir qu'il avait du mal à contenir un frémissement dans sa voix.

Richard se leva et il redressa son pardessus. «Je partirai comme promis. Denys, je t'aiderai dans ta recherche du mieux que je peux. Mais tu as survécu au feu at aux voleurs en une seule vie. Les miracles ne se produisent pas en plus de trois. Ne sois pas gourmande.»

«Oh, Richard, je sais que tu vas déterrer quelque chose!» elle lui cria dessus.

«John,» il murmura à voix basse, secouant la tête en sortant. «Qui résout ce mystère mérite être un gentilhomme.»

Valentine s'assit sur le bord du lit et brossa les cheveux de son front. Les inquiétudes lui plissaient ses traits. «Comment te sens-tu?» Son ton lui donna une étincelle d'espoir.

«Je me sens bien, un peu faible. Peut-être que je te dirai tout plus tard. Si tu veux l'entendre.»

Sa main tremblait. Elle lui regarda dans ses yeux e il détourna les yeux pendant un moment gênant. «Raconte juste ce que tu veux. C'était une expérience terrible. J'ai prié chaque seconde et grâce à Dieu, tu vas bien.»

«Richard dit que tu tenais à moi.» Elle fit une pause. «Le faisais-tu, Valentine?»

Son regard balaya son visage, puis se mit au niveau des yeux. «Que penses-tu? Quand cette tempête éclata, je sortis avec tous les serveurs de la maison, je sellai tous les chevaux de l'écurie, et ceux qui n'avaient pas de chevaux allaient à pied. Puis j'appelai Richard et il sella ses selles. Ils étaient encore à la traîne quand se suis parti pour venir ici.»

Elle essaya de s'asseoir debout. «Tout le monde va bien?»

«Tout le monde est revenu relativement indemne sauf Kevin, le garçon d'écurie.» Il parlait lentement, son ton plein de remords. On ne sait pas ce qu'il est devenu. Un équipe de recherche le cherche toujours.»

«Oh, chérie, le pauvre garçon.» Elle frémit de honte. «Oh, toute la misère causée par mon expédition imprudente... »

«Nous fîmes un cercle de cinq miles autour du terrain, et les messagers de Nottingham m'interceptèrent. Je me précipitai pour venir ici.» Ses yeux se remplirent de larmes. «Oh, pourquoi ne suis-je pas celui qui t'a sauvé?»

Elle le prit dans ses bras pour le réconforter.

«Femme têtue, têtue! Aller à de tels extrêmes, tenter deux fois aux doigts gourmands de la mort juste pour chercher la vérité. Je suis fier de toi et je te secouerais en même temps!» Il se pencha pour la serrer dans ses bras et la tenait avec tant de soin et tendresse qu'elle pensait qu'il ne montrerait jamais.

«Ce n'est pas de la bravoure, Valentine. C'est la foi aveugle. Je sais qu'à la fin, je les trouverai. Je dois le croire.»

«Tu vois, je t'ai dit que nous nous ressemblons plus que tu ne voudrais l'admettre.» Il s'écarta et serra ses mains.

Elle sourit alors que ce que Richard lui avait dit faisait écho dans son esprit. Autant qu'elle n'aimait pas l'ambition et une persévérance sans faille de Valentine, ils partageaient ces traits.

Elle attendrait qu'ils rentrassent à la maison, et échangeassent ses vœux une fois de plus-non seulement avec des mots, mais avec des cœurs et des corps, se réunissant vraiment en tant que mari et femme.

«Je n'irai plus nulle part sans toi ou sans te dire avant... en personne,» elle promit. «Mais cela n'est pas important, parce que j'approche la fin de ma recherche!»

«Comment?» Ses yeux brillèrent.

«Quand mon guide, Owen, était mourant, il prononça le nom de «John» avec son dernier souffle. Owen était au service du Roi Henry quand j'étais bébé.»

«John? Comment cela peut-il aider?» Il lui donna le même regard confus que Richard avait.

«Je ne m'arrêterai pas tant que je n'aurai pas découvert le même John qui était au service du Roi Henry,» elle déclara.

«Il y a des centaines de Johns de ce temps.» Il écarta ses doigts. «La moitié d'entre eux sont morts probablement.»

«Quelqu'un doit savoir. Je suis proche. Je peux le sentir dans mes os. As-tu déjà eu ce sentiment?» Elle fixa son regard au niveau du sien.

«Oui, souvent.» Il hocha la tête. «Mais j'ai aussi eu tort assez souvent.»

«Tout ce que j'ai à faire est de trouver le bon John et je suis en route pour retrouver ma famille. Ma vraie famille!» Elle serra les poings et leva la tête vers le ciel.

Valentine demanda. «Toi et Richard, avez-vous eu une bonne visite?»

Elle acquiesça. «Oui, c'était très courte, mais agréable.»

«Est-ce qu'il vous a dit qu'Anne est de nouveau enceinte?» Il lui donna un sourire impatient.

«Non. Pourquoi ne me l'a-t-il pas dit?» Elle roula les yeux. «Oh, ce fou.»

«Ils t'on juste sauvée de t'avoir gelée à mort. Peut-être qu'il lui a semblé que c'était un mauvais moment pour partager ses propres nouvelles. Sa préoccupation était toi.»

«Mais Anne est si fragile. Comment pourrait-il?» Une teinte d'agacement pressa ses lèvres l'une contre l'autre.

«Je suis sûr qu'elle avait une opinion sur la question.» Son sourire s'élargit.

«Mais pourquoi ne me l'a-t-il pas dit? Comment pourrait-il omettre une telle chose? Je l'avertirais des dangers.» Elle dit une prière silencieuse pour Anne. Elle ne voulait pas que la chère fille meure. «À quel point avait-il besoin d'un fils pour mettre sa femme en danger?» Elle ne pourrait jamais voir Valentine la forçant à avoir des enfants si elle était si faible.

À LA MAISON LE SOIR SUIVANT, IL REFUSA DE S'ÉLOIGNER d'elle. Il fit envoyer le dîner dans sa chambre et ils dînèrent ensemble. Il n'avait pas fait autant d'attention depuis qu'il était libre et indépendant.

Elle lui laissa voir le médaillon et l'image de la fille qu'elle avait trouvée au Manoir Foxley, mais il ne semblait pas la reconnaître.

«Nous les trouverons.» Il le lui redonna. «Puis-je montrer cela aux autres seigneurs à Yorkshire? On ne sait jamais.»

Elle entrelaça ses doigts autour de son bien précieux. «Je ne veux pas le perdre de vue. C'est le seul lien avec mes origines.» Mais elle le lui redonna. «Oui, prends-le, Valentine. J'ai confiance en toi. En plus, je l'ai montré à tout le monde auquel je pourrais penser.»

Il le prit, le porta à ses lèvres et l'embrassa. «Je te promets que je le protégerai de ma vie.»

❧

L'APPEL AU COMBAT DE RICHARD ARRIVA LE LENDEMAIN matin. Avec le Roi Edward sur le point d'envahir France, Richard avait besoin de 120 hommes d'armes et 1000 archers. Alors que l'armée augmentait avec les hommes recrutés, Valentine convoqua à tous les locataires et leurs armes. Le directeur des armes de Richard arriva à Lilleshal avec une pile de bannières et de badges montrant l'emblème de Richard, le sanglier blanc, pour que chaque soldat le portât.

«Dois-tu partir si tôt?» Denys supplia alors qu'il raillait son contingent sur le terrain au milieu d'un groupe d'armures en plaques brillantes, plumes fluides, et bannières colorées. Il y avait tellement de choses qu'elle ne lui avait pas dit...

«Oui, je dois le faire. Le Roi Edward est déjà à Calais et il faut traverser le Canal. Charles le Hardi compte sur nous.» Comme un sourire se répandait sur son visage, elle savait qu'elle ne pouvait plus retenir son gentilhomme. Il pourrait déplacer des montagnes pour courir après les couleurs du roi.

Comme il l'attirait vers lui et l'embrassait au revoir, sabots solides, armures résonnantes et cris de soldats anxieux les entouraient. «Reste bien pour moi, et si tu commences une autre recherche de ta lignée, fais-le par messager!»

«S'il te plaît reviens sain et sauf,» elle supplia.

«Si Dieu le veut.» Il regarda le ciel. «Certaines choses ne dépendent pas de nous. Elles dépendent de Lui.»

Son écuyer lui tendit son casque. Il le glissa sur sa tête, il ferma la visière, et levant un gantelet en guise d'adieu, il partit.

Elle tomba à genoux. «Je t'aime,» elle chuchota, comme il disparaissait sur la route sinueuse, guidant ses hommes aux rivages lointains de France. «Pourquoi voulez-vous la France?» elle demanda derrière lui, seule sauf pour le chant des oiseaux nichés dans les arbres qui bordaient la route. «La France est si belle qu'il vaut la peine de mourir?»

Elle ne reçut qu'une lettre de lui ce mois, sur le point de quitter la France pour Péronne avec le roi et son armée. La vieille griffe de la peur saisit son cœur. Oh, pourquoi doit-il combattre dans chaque bataille de chaque guerre? Elle continua à lire: «*Les Français ne se battront pas beaucoup; le souvenir de leur défaite à Agincourt est encore frais dans leur esprit.*» À la fin, il écrivit, «*S'il te plaît reste bien pour moi. J'ai besoin de toi.*» Il la signa, «*Ton mari bien-aimé.*»

Elle pressa la lettre contre son cœur et elle pria pour son retour rapide et sûr.

Ses deux recherches avaient fini dans la tragédie, ayant Elizabeth l'intention de la contrecarrer. Mais, cher Dieu, pourquoi? Elle devait avoir une raison en dehors de la cruauté. La reine avait toujours des raisons. Le nom «John» qu'Owen expira avec son dernier souffle contenait l'indice final. «Mais lequel? Oh, lequel?» Ella frappa un poing sur son bureau de désespoir.

ELLE RÉPÉTA SA DÉCLARATION D'AMOUR POUR VALENTINE, excitée à l'idée de le rejoindre après un si longe période frustrante. Il lui manquait terriblement et elle se demanda si elle lui manquait tellement.

Le martèlement des sabots sous la fenêtre l'inonda de soulagement. Elle vola dans les escaliers pour saluer à son mari à son retour de France.

Il se tint à l'entrée des écuries, remettant les rênes de sa monture à un valet, tournant le dos. Retenant son souffle, elle attendit qu'il lui fît face.

Son sourire triomphant la réchauffa plus que le soleil alors qu'ils s'étreignaient. Elle fondit presque à son contact, même si des couches de vêtements et de fourrures les séparaient.

Elle caressa ces bras puissants qui brandissaient haches et épées de combat, abattaient les soldats des armées ennemies. «Tu es si froid, cher mari. Entre et réchauffe-toi au coin du feu. Je t'ai fait lamproie en galytyne. Je dirai au maréchal de mettre notre table avec la meilleure assiette. Les cuisiniers cuisirent des belles pommes dans des délicieuses tartes. Donc je veux tout entendre sur ton triomphe.»

«Délicieux,» il prononça, il se retourna et se dirigea péniblement vers la maison. «Mais avant tout, je dois prendre un bain.»

Elle lui donna des ordres au maréchal, au majordome et aux gardiens du garde-manger pour le dîner. Lui donnant le temps de se baigner, elle monta dans sa chambre. Elle n'avait pas mis les pieds dans cette somptueuse chambre avant. De la soie rouge ornait les murs. Des feuilles dorées bordaient le plafond rouge. Les rideaux de lit combinaient avec les rideaux de velours rouge avec des fils d'or. Le

couvre-lit rouge brillait en tourbillons brodés en or, le tapis délicatement tissé avec un design exquis. Il était assis près de la cheminée avec une robe en satin noir, frottant ses tempes.

«Oh, laisse-moi s'il te plaît. Je suis bonne avec les maux de tête.» Elle s'agenouilla devant lui, elle enleva ses mains et lui caressa la tête dans un mouvement circulaire.

«Je pense que je suis mort et je suis allé au paradis.» Sa voix fatiguée atteignait à peine ses oreilles. «Ce sont tes doigts ou les ailes d'un ange?»

Un sourire de joie se répandit sur ses lèvres alors qu'il ouvrit les yeux. «Je vois le visage d'un ange devant moi.»

Elle étudia ses traits forts, l'arc déterminé de son front, les lèvres expressives. Et ces yeux -même si cela le dérageait de l'admettre, ses yeux étaient les plus beaux quand il était inquiet.

Elle l'accompagna au lit, le coucha et se glissa à côté de lui. «Valentine, faire face à la mort nous fait voir les choses de façon très différente.»

«Tu n'as pas besoin de me dire, chérie.» Il bâilla et ferma les yeux.

Elle mit une main sur son cœur. «Quand je mourais, j'ai prié, pas pour avoir une seconde chance dans la vie, mais une occasion de te dire... » Elle hésita et brossa une mèche de cheveux de son visage.

«Me dire quoi?» Son cœur ralentit régulièrement. Ses muscles se détendirent.

«J'étais aussi inquiète pour toi au combat que tu étais pour moi gelant dans les bois. Je sais que tu n'avais pas douté de ma capacité à prendre soin de moi.»

«Le plus dur des hommes survit à peine à ta terrible expérience. Je vais au combat bien préparé. Alors qu'est-ce que tu veux me dire?» il demanda.

«Que je ne regrettais pas la fin de ma propre vie, mais je regrettais de t'avoir quitté. Sans t'avoir dit... » murmura-t-elle alors qu'il plantait des baisers de plumes sur son cou.

Elle frémit de joie au contact de son mari pour la première fois.

«Me dire quoi? Que tu apprends à tolérer ma présence impolie?» il demanda.

«Peut-être.»

«Peux-tu supporter mes tendances grossières?» Il lui mordit l'oreille.

«Je ne le fais pas?»

«Commences-tu à apprécier ma compagnie?» Son sourire brillait dans la lumière nacrée de la lune pendant qu'elle le combinait avec le sien. «Je suis connu pour ça de temps en temps.»

«Peut-être que tu tombes amoureuse de moi?» Sa bouche descendit sur la sienne. Il passa un doigt dans son cou et sur chaque sein à travers de sa camisole de satin avec des mouvements circulaires lents.

Elle soupira sous son contact. Les flammes dansantes brûlaient au fond d'elle.

«Dis-moi ce qu'il y a dans ton cœur, Denys.»

Elle glissa sa main dans la robe et caressa sa poitrine, son souffle correspondant au sien avec une ferveur grandissante.

Il passa la camisole sur sa tête et souleva la jupe à sa taille. Elle glissa hors de ses sous-vêtements.

«Dis-moi de quoi as-tu peur, et Dieu sait que tu l'as dit assez souvent dans ta tête... oh, dis-moi!» il ordonna entre deux baisers tandis que son corps recouvrait le sien. Ses jambes se séparèrent et s'enroulèrent autour de sa taille. «Je vois ce que tu veux dire, alors dis-moi! Dis-moi que tu es amoureuse de moi!»

Ses hanches commencèrent un mouvement circulaire primitif comme de leur plein gré. Il se déplaça pour entrer en elle et elle poussa en avant pour le rencontrer, pour l'emmener au fond de son âme.

«Je suis amoureuse de toi, Valentine, oh, je suis si amoureuse de toi!» Après une douleur lancinante, une galaxie d'étoiles explosa dans tout son corps. Ils hurlèrent à l'unisson, leurs corps glissant dans leur sueur mélangée, brillant dans la lune pâle.

À MIDI ILS SE LEVÈRENT ET ILS S'HABILLÈRENT. LE PETIT déjeuner, laissé à la porte par son écuyer, resta intact. Pendant que Valentine glissait des anneaux sur ses doigts, il lui parla de la bataille. «Nous étions à Agincourt, sur le même champ où l'histoire se passa, quand Edward fit au Roi Louis une offre de paix,» il expliqua. «Tout le monde était en faveur, et Louis accepta. Il a non seulement accepté, mais il payera Edward cinquante mil écus par an. Il paya aussi une fortune en rançon pour Marguerite d'Anjou. Elle retournera dans son lieu de naissance et y passera le reste de ses jours. Cependant, il y avait une personne contre ce traité avec la France. Il refusa de signer.»

«Qui?» elle demanda.

«Cet ennemi né des Français.» Il sourit. «Notre duc de Gloucester.»

Ses yeux devinrent plus grands. «Richard s'opposa au traité du roi? Comment le prit Edward?»

«Avec son bon caractère habituel, alors qu'il présentait Richard une autre concession de propriétés.» Il haussa les épaules dans son pourpoint.

«Je suis étonnée.» Elle cligna les yeux, secouant la tête. «Richard n'a jamais été en désaccord avec Edward sur quoi que ce soit.»

«Richard prend ses propres décisions, et il ne voit pas tout de la même manière qu'Edward le fait. Rappelles-toi, il presque gouverne le nord. Edward lui transforme en roi ici.» Il passa un peigne dans ses cheveux.

«Je me demande si cela l'incline à devenir roi... » Elle n'osa pas achever sa pensée. C'était équivalent à une trahison.

❧

Dans les terres concédées par le roi à Wetherby près de York, Valentine commença à construire un nouveau manoir somptueux, Denysbury, ce que voulait dire «Le Château de Denys». Elle ne calcula pas sa splendeur jusqu'à ce qu'elle était assisse avec l'administrateur et les auditeurs pour compter le trésor. Des milliers de livres pour transporter trois cent mille briques à Wetherby, une légion de maçons de la Flandre pour les mettre, une équipe de constructeurs pour concevoir la maison principale et les dépendances, dans la tradition de Palais de Westminster, avec marbre de Florence, des vitraux de Venise, et tapisseries d'Arras. Écuries, jardins, et une chapelle pour entourer la résidence. Tout comme Valentine, ce serait un exemple royal de noblesse.

«Nous n'avons pas besoin de ça!» Elle avertit alors qu'ils dînaient dans la salle privée. Elle leva son verre pour prendre une gorgée de vin et un collier de rubis étincelant glissa à ses lèvres. Il se tenait derrière d'elle pour l'attacher autour de son cou.

«Ce n'est pas nécessaire, je n'ai pas besoin de gemmes coulant de mon cou.» Elle caressa le rubis en forme de larmes qui se trouvait entre ses seins. «J'adore, mais ce n'est pas nécessaire.» Elle lui fit un grand sourire.

«Au contraire, ce n'est pas nécessaire. C'est ça la beauté.»

Chapitre Huit

«C'EST UN PETIT ANGE.» Valentine et Denys se penchèrent sur le berceau pour contempler le nouveau fils de Richard et Anne, Edward.

Un pincement au désir assombrit les yeux de Valentine, mais nulle part cela égala le vide dans le cœur de Denys. Oh, comment elle souhaitait avoir son propre enfant. Elle prit un moment pour prier pour ce miracle.

Anne, souffrant d'une lente récupération après l'accouchement, gisait prostrée dans son lit. Denys visita ses chambres, la trouva endormie et recula.

Cela libéra Richard, Valentine et Denys pour la première fois depuis que Valentine découvrit qui était «l'horrible vache» de Richard.

«Allons chercher du vin et du fromage et asseyons-nous sous les étoiles,» proposa Valentine en joignant les bras aux deux. «On peut bavarder tout la nuit.»

Mais Richard semblait inquiet-son attitude voûtée d'antan rappelait bien plus que le bavardage. «Une question sérieuse vient d'attirer mon attention et je ne suis pas de bonne compagnie ce soir.»

Ils marchèrent dans le couloir et entrèrent dans la salle privée de Richard. Il s'assit sur une chaise près de la fenêtre et ils s'assirent de chaque côté de lui. «Qu'est-ce qui ne va pas, Richard?» Denys demanda. «Tu peux nous dire.»

Il regarda chacun d'eux. «George».

Valentine et Denys échangèrent des regards inquiets, sachant que ce nom signifiait crise.

«Qu'a-t-il fait maintenant?» Valentine croisa les mains sur ses genoux.

«En premier lieu, sa femme meurt de la tuberculose. Mais Anne ne doit pas savoir, elle est déjà assez délicate. Si elle savait que sa sœur donnera bientôt son dernier souffle, elle périrait. Il continua à regarder par la fenêtre.

«Oh, je suis désolée, Richard.» Denys savait que la vie d'Isabel était pleine de misère, depuis son mariage avec George poussée par son père jusqu'à la naissance de son enfant Edward, marqué comme «distrait».

«Le Duc de Bourgogne est mort, laissant sa fille Mary derrière. Comme la Bourgogne est notre principale alliée, Edward convoqua un Grand Conseil d'où je suis revenu hier. George était présent.» Richard fronça les sourcils à la mention du nom de son frère. «George imagine dans son esprit rusé qu'avant qu'Isabel ne soit froide dans sa tombe, il épousera Mary de Bourgogne pour garder la Bourgogne sur l'orbite Anglaise. Il ne prétend pas cacher son intention d'utiliser ce mariage pour usurper à nouveau le trône d'Edward.»

«Et Mary de Bourgogne?» Denys demanda.

«Mary ne veut pas en faire partie. Elle a besoin d'un prince, pas d'un duc gourmand. George en était assez bouleversé. Maintenant, pour comble, Bess Woodville, bien sûr, exige que Mary épouse son frère Anthony. Une autre chance pour les Woodvilles d'avancer.» Il siffla entre ses dents. «George est irascible. Il courut à travers le palais, en hurlant et en criant, en refusant de manger et de boire, en accusant Bess d'essayer de l'empoisonner. Il est devenu une vraie chèvre. Edward est à la limite de sa patience avec eux tous.» Il secoua la tête. «Je pus voir dans ses yeux son désir d'échapper à tout, recommencer et être quelqu'un d'autre. Depuis son couronnement, je pense qu'Edward souhaite qu'il soit né commun, sans les dangers de la royauté.»

«Puis George est de retour à sa place,» Denys conclut. «Jusqu'à la prochaine fois.»

«Je doute qu'il y ait une prochaine fois.» Une étrange expression de peur assombrit les yeux de Richard. Il a aggravé les choses, bien pire. Il rassembla une foule, il passa l'information qu'Edward pratique les arts surnaturels et il empoisonne ses sujets, et il balbutia qu`'il était un bâtard. Si cela ne suffisait pas, il accusa l'ancien serviteur d'Isabel d'empoisonner son fils. Le serviteur fut amené devant un juge et il fut pendu.»

Elle serra sa poitrine, s'étouffant presque.

«George tissa toutes ces fausses accusations pour suggérer qu'elle était complice des Woodvilles,» il continua. «Pour se venger, Bess commença à distraire Edward avec des histoires sur George, le vilain malin qu'il est, comptant les nombreuses fois qu'il essaya d'usurper le trône. Lors de mon dernier après-midi là-bas, dans la table haute, Bess déclara que ses fils par Edward ne monteront jamais sur le trône à moins que George ne soit parti.»

«Comment se termina cela?» Denys demanda. «Edward ne laisserait sûrement pas son frère souffrir, pas pour le bien des Woodvilles.»

Valentine était assis en écoutant tout ça, sans rien dire. Il jouait avec ses bagues, les yeux fixés sur le sol.

«Bess insista pour que George soit arrêté et détenu dans la Tour. Si elle réussit, ses jours sont comptés.» La voix de Richard s'éteignit comme il baissait la tête.

Denys haleta et les yeux de Valentine s'écarquillèrent alors qu'il se penchait en avant.

«J'ai supplié à Edward d'y réfléchir sérieusement.» Richard se mordit la lèvre. «Mais autant que ça lui fait mal de le dire, il est du côté de sa femme. Oh, cette sorcière!» Il frappa ses cuisses avec les poings fermés.

«Maintenant les fils de Bess sont un pas de plus vers le trône.» La voix de Valentine bourdonna, dépourvue de sentiment.

Richard s'assit et lança à Valentine un regard significatif. «Comme moi.»

◈

AU MOMENT OÙ ILS ATTEIGNIRENT LA MAISON ET ILS entrèrent, Denys saisit le bras de Valentine. «Tout cela est terrifiant.» Sa voix vacilla.

Il enleva rapidement sa cape et enleva le pourpoint et ses chaussures alors qu'ils se dirigeaient vers les escaliers.

«Ne t'inquiète pas, Richard sait ce qu'il y a de mieux pour le royaume. Bess les rend tous fous. Tu devrais savoir mieux que quiconque, ayant été élevée par cette sorcière. Richard déteste les Woodvilles autant que toi, et avec raison. Ils font de la vie de sa famille un enfer.»

«Quelque chose me dit que Edward n'es pas le seul à vouloir George à l'écart.» Elle prit ses jupes et le suivit.

«Je l'admets, il est si populaire comme un bubon sous l'aisselle.» Il la guida vers leurs chambres.

«Valentine, as-tu remarqué à quel point Richard prend tout avec calme?» Elle lui rattrapa et ils marchèrent côté à côté.

«Quand l'as-tu vu avec une autre apparence que calme?» Il la regarda.

«Tu sais que la fin de George rapprocherait un peu plus la succession de Richard.»

«Au moins Bess ne serait plus reine.» Il lui fit un demi-sourire.

«Sans blague, Valentine. Le royaume est plein de prétendants.» Elle frémit, sachant très bien à quel point la cour pourrait être perfide.

«Le plus grand prétendant de tous est Henry Tudor, et il est en exil en France. Il lève *sa* tête laide quand sa mère corrompt des espions, mais ne t'inquiète pas ta jolie tête à ce sujet. Margaret Beaufort habite à Hawarden à la frontière galloise et elle sait que c'est mieux que sa dernière aventure d'espionnage soit la dernière, ou elle ira aussi à la Tour. La couronne est sûre sur la tête ferme d'Edward.» Ils arrivèrent à la porte de la chambre.

«Et j'espère que ça restera comme ça.» Elle lui fit face et elle posa la tête sur sa poitrine. «Je ne veux plus parler des affaires de la cour. Sais-tu quelle nuit est cette nuit?» Elle lui regarda et passa le bout de ses doigts sur sa mâchoire.

«Cette nuit?» Il secoua la tête. «À part c'est la nuit où nos serviteurs sont libres?»

Elle le conduisit dans la chambre. «Cette nuit est notre sixième mois d'anniversaire, et je veux les affaires de la cour hors de notre lit.»

⁂

ELLE SE BAIGNA CALMEMENT DANS LA BAIGNOIRE rembourrée, l'eau chaude parfumée à l'huile de lavande. Tandis que le doux parfum la calmait, ses rêves restèrent en Valentine et ce qu'elle avait prévu cet après-midi. Elle l'imagina au lit, avec les muscles détendus, respirant facilement, avec un visage paisible et détendu. Elle s'excita à l'idée de se glisser sous les couvertures, le narguant de se réveiller, ses lèvres chaudes s'entrouvrant sous les siennes... oh, elle voulait partager son rire et ses problèmes, lui assurer qu'il n'avait rien à lui prouver, était roi ou roturier. Elle le voulait à ses côtés quand elle retrouvât sa famille, partager sa joie, sa douleur. Elle savoura ce sentiment chaud mais effrayant. Son cœur battait avec une cadence discordante. Elle avait creusé profondément sous ses regards et elle avait trouvé l'homme gentil et attentionné qui l'inondait de chaleur chaque fois qu'elle pensait à lui.

Son propre gentilhomme des légendes. Son propre Galahad.

Elle se leva de la baignoire et s'enveloppa dans la serviette. «Je suis profondément amoureuse de toi, Valentine!» Elle chanta doucement. Peu importe s'il écoutait car dans quelques instants, elle lui montrerait.

Tout était calme quand elle entra dans sa chambre. Elle déroula la serviette et mit une chemise de nuit en satin, brossa les cheveux jusqu'à ce qu'ils brillèrent, mit huile de lavande sur le cou, à l'intérieur de ses genoux, coudes et cuisses, et s'enfuit dans ses chambres. Elle ouvrit la porte de sa chambre intérieure et entra sur la pointe des pieds. La pièce brillait à la lumière de la cheminée. Elle s'arrêta un instant, regardant sa poitrine monter et descendre pendant qu'il dormait.

Elle se coucha à côté de lui et commença à lisser le tapis de boucles de sa poitrine, glissa sa main plus bas et gratta légèrement l'intérieur des cuisses avec la pointe de ses ongles. Il était nu sous les couvertures. Il bougea avec un gémissement endormi, réveillant un battement brûlant à travers elle, envoyant un fan urgent de flammes à travers ses entrailles. Elle enleva sa chemise de nuit et la jeta à travers la pièce. Il sourit d'un air endormi et se tourna vers elle. Avec un doux gémissement, il tendit les bras et l'attira dans sa chaleur.

Dans les rayons de soulagement apaisant, il serra ses

mains et ils retinrent leur souffle. Ils restèrent en silence, le feu mourant se transformant en un lit orange de braises. La torche dans le couloir jetait une lumière sombre, se mêlant à l'aube du matin à travers les rideaux. Ils parlèrent de sa famille, comment il souhaitait que son père pouvait voir sa belle femme, et les espoirs des deux qu'elle trouve sa propre famille.

«Tu peux voyager au bout du monde pour les trouver, tant que tu rentres chez moi. Je t'aime,» il chuchota.

«Oh, Valentine, entendre ça compte tellement pour moi!» Elle posa sa tête sur la poitrine.

«As-tu froid?» Il glissa son bras autour de son cou, caressant ses cheveux. Son souffle chaud lui donna la chair de poule à la surface de sa peau.

«Plus maintenant,» elle répondit, sa voix à peine un chuchotement, parce qu'il allumait un feu en elle chaque fois qu'il la touchait comme ça.

⚜

UNE SEMAINE APRÈS, UN MESSAGER ARRIVA AVEC LA bannière de Richard et un mot de lui. George avait été condamné et exécuté. «Ma seule consolation est que George est parti comme il l'aurait souhaité,» Richard écrivit. «Noyé dans un tonneau de vin de Malvoisie.»

«Il est parti avec un sourire, Denys,» Valentine l'assura, sa voix sèche et lourde de défaite.

Ils allèrent à sa chapelle à prier pour l'âme de George. Elle ferma les yeux et imagina son sourire rusé.

George, qui avait tant voulu le trône, commit subversion pour s'en emparer.

George, qui trahit ses propres frères.

George, dont l'ambition l'envoya dans la tombe.

Cela mettait Richard un pas de plus vers le trône-avec

Valentine prêt à atteindre le sommet de sa puissance.

Elle frémit. «Qui sera le prochain?»

Il l'attira vers lui. «Oh, allons-y, Denys. Pourquoi penser que quelqu'un d'autre est condamné juste parce que le roi a mis fin aux singeries de George?»

Ce n'était pas une consolation. Un étrange présage la fit trembler. Ce royaume était destiné à la tragédie.

L'exécution de George n'était que le début.

Chapitre Neuf

AᴠEC LES MAINS JOINTES, Valentine et Denys se promenaient dans le parc du Château Middleham en ce deuxième mardi ensoleillé après Pâques. Jonquilles et jacinthes lumineuses annonçaient le printemps, l'air doux aux primevères, fleurs de Mai, fleurs de pommier, cerisier et poirier du verger. Un ciel bleu sans fin sillonné par des rubans de nuages. Le royaume se délectait du festival de deux jours d'Hocktide (Hocktide est un terme très ancien pour indiquer lundi et mardi dans la deuxième semaine après Pâques. C'était un festival médiéval Anglais. Le mardi et le lundi qui le précédait étaient les Hock-days.) Les locataires de Valentine et Richard visitaient Middleham chargés d'œufs, et leurs seigneurs leur servaient un banquet. Ils jouissaient des tournois, des joutes, tir à l'arc, spectacles de marionnettes, et les jongleurs jouaient des mélodies joyeuses. Des tentes à rayures surmontées de drapeaux agitant les entouraient.

Un halètement collectif perça comme un couteau à travers de la musique et le rire. Un messager à cheval qui portait la bannière royale partit au galop. Il y eut du silence autour. Les têtes s'inclinèrent. Les dames pleurèrent.

Denys courut vers Richard et Valentine debout sur le pont-levis. Valentine, avec son visage blanc de surprise, étreignit Richard qui pleurait.

«Qu'est-il arrivé?» Elle passa un bras autour des épaules de Richard. «Que se passe-t-il?»

Richard se détacha et couvrit ses yeux comme pour se protéger d´un mal de tête sévère.

«Le roi est mort.» La voix de Valentine tremblait de douleur. Richard se retourna et s'agenouilla au bord du pont.

Non. Pas l'Oncle Ned! Son protecteur, son allié, la chose la plus proche d'un père qu'elle ait jamais eu. La nouvelle l'étourdit la laissant immobile. «Oh, Richard, je suis vraiment désolée. Nous l'aimions tous tellement.» *Le royaume sans l'Oncle Ned. Oh, Dieu nous sauve tous.*

Richard se leva, s'excusa et traversa le pont vers la cour intérieure.

Valentine s'agenouilla sur le sol et récupéra un message qui s'était échappé des mains de Richard. «C'est de la part de Lord Hastings, ennemi à vie des Woodvilles. «Le roi a laissé tout sous votre protection, des biens, héritier, royaume,»» il lut pour elle. «Sécurisez la personne de notre souverain Lord Edward V et venez à Londres.»

«Mais Edward est juste un enfant!» Elle recula d'incrédulité.

«Je suis sûr que Richard a quelque chose en tête.» Il parla en relisant la note.

«Mais il ne pensera pas clairement!» Elle regarda dans le fossé. La lumière du soleil brillait sur l'eau, frappant le mur du château.

«L'un de nous le fera.» Il la quitta pour atteindre Richard.

Encore étourdie, elle pria. Le peur la hantait à travers sa douleur. «Oh, Dieu,» elle supplia, «s'il te plaît prends soin de ces hommes.»

Des scènes de l'Oncle Ned vinrent à son esprit sans aucun

motif ni dessin-ses joues au creux de ses mains chaudes-dans une armure étincelante à califourchon de son cheval de guerre, lui jetant un baiser. Oh, ce qu'elle avait perdu, ce que le royaume avait perdu! Cher, aimé oncle. Le roi qu'on avait appelé le Garçon en Or.

«Que Dieu nous aide.»

Le soleil glissa dans le ciel, étirant les ombres. Un vent doux jouait à travers les feuilles. Le temps et la nature suivirent leur marche. Le royaume continuait aussi.

Maintenant il appartenait au ciel, et elle lui pria. «Oncle, s'il te plaît guide-les, permets-les de ne pas tomber entre les mains de l'ennemi.» Alors qu'elle levait son visage vers le ciel, l'Oncle Ned la chauffait d'en haut.

❦

«Je ne veux toujours pas accepter qu'il soit parti, Valentine.» Après que le château soit devenu calme pour la nuit, Denys ferma la porte de leur salle privée et elle se retourna pour faire face à son mari. «Qu'arrivera-t-il au royaume maintenant?»

«Je t'ai lu le message.» Il frappa ses pieds, ses mots coulaient comme un torrent, le ton impatient. «Ils ont besoin de Richard à Londres immédiatement. Le Parlement l'a nommé Lord Protector. Jusqu'à ce qu'il y arrive, nous n'avons pas de roi. C'est extrêmement dangereux. Le Prince Edward est le fils d'Elizabeth Woodville, tu sais ce qui va se passer quand les Woodvilles influencent l'enfant.»

Elle s'assit à côté de lui. «Le Prince Edward a sûrement des conseillers. Ils ne la laisseraient pas s'approcher de la salle du conseil, n'est-ce pas?»

«Ca dépend de qui dépasse en numéro à qui.» Il la prit dans ses bras. «Richard veut que je parte à Londres avec lui. Je dois partir demain matin.»

Elle s'éloigna. «Pourquoi?»

«Comme son principal conseiller. Il connaît ses défauts et m'a demandé de l'aide.» Valentine lui fit un sourire maladroit. «Ne t'inquiète pas, chérie. Mes talents complètent les siens. Fais quelques vêtements et suis-moi dans quelques jours.»

Elle frémit. «J'ai peur, Valentine,» elle admit.

«Aie confiance en moi. Oh, mon père serait si fier. Je vais enfin superviser quelque chose de plus grand que le Yorkshire.» Sa voix avait un léger tremblement.

Elle ne dit rien d'autre à ce sujet et lui laissa seul en se souvenant de son père.

VALENTINE PARTIT AVEC UN ENTOURAGE DE SES SERVITEURS et de ses partisans et de Richard pour rejoindre le Prince Edward à Stony Stratford sur le chemin de Londres. Denys retira des chemises de nuit, blouses, jupes et lingerie de son placard et les mit dans des malles. Mais elle s'arrêtait à chaque instant comme si elle entendait la terrible nouvelle pour la première fois. L'Oncle Ned était parti. L'Angleterre n'avait pas du roi. Elle s'arrêta pour regarder le mur et les larmes coulèrent. Les éclats d'action-le départ de Valentine, Richard rassemblant un conseil-faisaient de tout un rêve-un cauchemar déchirant.

Elle pria une fois de plus à l'Oncle Ned.

ELLE ARRIVA À LONDRES PENDANT QUE LES SERVITEURS préparaient la Maison Burleigh, leur maison de ville de Chelsea. Planifiant de rendre visite aux enfants à St. Giles, elle s'arrêta au marché pour acheter une variété de bonbons et de galettes, elle alla à l'Orphelinat Totten seule pour la première fois.

«Notre ange est revenu! Raconte-nous une histoire!» Les enfants vinrent vers elle, débordants d'émotion. Elle sourit dans leurs yeux illuminés.

Elle s'assit sur une boîte en bois et distribua des bonbons et des tartes. Ils dévorèrent les friandises et attendirent à son histoire. «Je vous ai parlé du Roi Arthur, la Reine Guenièvre, et Merlin. Ils ont vécu il y a longtemps. Maintenant, un roi plus spécial appartient à notre histoire. Je ne vous raconterai une légende cette fois. Aujourd'hui mon histoire est réelle, de mes propres bons souvenirs. C'est un guerrier courageux et intrépide, mon défunt oncle, le Roi Edward IV.» Sans l'avoir jamais vu pendant qu'il vivait, ils s'assirent absorbés comme si elle parlait du légendaire Roi Arthur.

Mais pour Denys, il serait toujours l'Oncle Ned.

L'APRÈS-MIDI SUIVANT, DENYS COURUT DANS LE COULOIR DE la Tour Blanche de la Tour de Londres vers la salle du conseil. On venait de terminer une réunion; les membres du conseil et les évêques se réunirent autour de Richard hors de la salle. Le frère d'Elizabeth Woodville Lionel, comme membre du conseil et Évêque de Salisbury, réclama l'attention de Richard. Edward Woodville, commandant de la flotte Woodville, couda son chemin vers Richard. Une série de gardes, nobles avec livrée et flatteurs étaient proches.

Elle s'approcha de Richard et quand il termina sa discussion avec le groupe autour de lui, elle toucha son épaule. «Je dois te voir maintenant.»

Il se retourna pour lui faire face, les yeux maussades et inquiets, son front ridé, comme chassant les restes d'un cauchemar. Son costume noir de deuil assombrissait ses yeux, éteignait sa peau et jetait une humeur sombre sur tout son être. Il ne voulait pas être ici; elle le savait.

Un garde ferma la porte intérieure de la salle du conseil, les laissant seuls. Des livres, des papiers et des cornes d'encre gisaient éparpillés sur la table, mappae cloué aux murs. Un objet en contraste brillant avec la dureté de la salle attira son attention. Elle ne put pas arrêter le halètement qui s'échappa de ses lèvres. Sur un oreiller dans une splendeur majestueuse sur un buffet était la couronne d'Angleterre.

«Richard, c'est quoi ça?» Elle fit un geste autour de la salle. «Où est Bess? Où est le Prince Edward?»

«Mon neveu le prince est isolé dans la Tour du Jardin et Bess Woodville est encore plus sécurisée... ou nous devrions dire que le royaume est plus sécurisé. Elle est dans le sanctuaire dans les quartiers de l'Abbé à Westminster avec ses autres enfants. Mais pas sans avant se faire Reine Régente.» Sa voix devint amère comme si son nom lui laissait un goût amer dans sa bouche.

Sa voix tomba. «Bess s'est fait Reine Régente?»

«Oui, mais elle pourrait être appelée Reine du Nil, pour tout ce qui compte.» Il s'enfonça dans la chaise en bois poli que l'Oncle Ned avait utilisé comme roi. La chaise semblait avaler Richard.

Elle prit la chaise à côté de lui. «Richard, j'ai peur pour toi et mon mari. Tous ces conseillers qui crient pour toi et Valentine, certains te poussent à prendre le trône, d'autres soutiennent les Woodvilles. La loyauté ne veut rien dire pour ces hommes. Ils se retourneront contre toi sous tes yeux.» Sa voix se brisa avec un sanglot. «Regarde l'histoire. Le dernier roi Richard, un enfant-roi, fit assassiner son oncle quand il devint majeur. Le Lord Protector du Roi Henry VI enfant fut assassiné. Le pire de tout, les deux étaient ducs de Gloucester! Ne laisse pas ça arriver pour la troisième fois. Mets le Prince Edward sur son trône et retourne dans le Yorkshire.»

Il coupa la main dans les airs. «Arrête de babiller avec des superstitions, tu parles comme ce putain de diseuse de bonne aventure qui Bess a embauché pour préparer des potions d'amour pour ses vilaines sœurs. On ne vit pas l'histoire. Nous sommes ici et maintenant. Alors tu n'oublies pas quele Prince Edward est à moitié Woodville?» La voix de Richard baissa, teintée de résignation. «Je n'ose pas retourner dans le York-shire laissant Bess Woodville dominer ce garçon. Nos vies et nos terres sont en danger.»

Alors qu'elle se souvenait de Valentine en disant ces mêmes mots, ses entrailles tremblèrent de peur. «La cour était pleine des Woodvilles tout au long du règne de l'Oncle Ned, ils avaient leur flotte chargée de vérole à la place, Bess était aussi ingénieuse que jamais, et il s'occupa de tout. Tu peux certainement les tenir à distance.»

Il secoua la tête. «Ce n'est pas si simple. Personne ne sait comment ils le feront s'incliner et ils influenceront un enfant de douze ans. Tu vois que les Woodvilles constituent une grande partie du conseil? Sans parler des évêques. Le clergé a été pro-Woodville depuis Henry VI.»

«Et combien de contrôle ils ont vraiment en ce moment?» Elle craignait la réponse.

«En premier lieu, leur petite marine, crée, comme ils le prétendent, pour nous protéger des pirates Françaises, croît. Edward Woodville rassemble plus de navires pendant que nous parlons.» Il donna un rire moqueur. «Oh, et tu devrais l'entendre défendre son cul en conseil. Quel tas de choses stupides. «Nous devons protéger notre royaume des envahis-seurs, protéger les villes côtières et le transport maritime!»» Il imita la voix filiforme d'Edward Woodville. «Il me prend pour un idiot? Je sais très bien qu'il remplit ces bateaux avec ses propres hommes. Quelle blague, ils pensent qu'ils sont des marins maintenant.»

«Qu'est-ce qu'Anne dit de tout ça?»

«Ce n'est pas à elle de dire quoi que ce soit,» Richard dit, avec un ton sévère.

«As-tu pensé à son inquiétude pour ton destin? Comment elle doit vouloir que tu sois à la maison?» Sa voix gagnait le volume alors que l'irritation serrait sa poitrine.

«Elle est sur son chemin ici pendant que nous parlons. C'est une bénédiction qu'elle se taise à ce sujet. Si elle bavardait en dehors de tous vous, elle me confondrait à l'infini.»

«Je t'en prie, Richard,» elle supplia. «Supervise la trahison des Woodvilles et la flotte des Woodvilles depuis le nord.»

Il fit un poing et frappa le bras de la chaise, sa bague frappant le bois. «Je suis ici parce que mon frère me voulait ici. Je respecte son souhait. Je l'ai servi dans la vie et je le sers toujours dans la mort. Il me fit Lord Protector de son royaume, sur papier gravé avec le sceau royal, mais dans nos moments de conversation privée, il parla avec le cœur. Il me dit ce qu'il voulait.»

«Il n'avait aucune idée qu'il mourrait si soudainement,» elle argumenta. «Personne n'avait idée.»

«Il ne voulait pas que le royaume tombe entre les mains des Woodvilles. Il avait de sérieuses réserves à l'égard de que ses fils pourraient régner avec justice tandis que Bess et sa famille vivaient encore.» Il regarda la couronne à travers la chambre. Ses yeux restèrent sur elle plus longtemps qu'elle ne le pensait.

«Quand le Prince Edward est couronné, ton protectorat se termine,» elle lui dit ce qu'elle était sûr qu'il savait déjà.

«Nous verrons,» il dit d'une manière curieuse. «Et bien que les alliés des Woodvilles sont rares et espacés, ils sont formidables. Tu sais ce que Margaret Beaufort a fait?»

Elle secoua la tête.

«Elle a payé quelqu'un pour voler le Grand Sceau pour Bess, avec n'importe quoi d'autre qu'ils pourraient voler du palais, dont la moitié du trésor royal.» Il la regarda avec un

visage de soif de pouvoir aux yeux sauvages. Margaret Beaufort a une revendication lointaine au trône. Elle peut essayer
de l'obtenir pour elle-même ou pour son fils Henry Tudor.
Elle convoite le trône autant que Bess, peut-être plus.»

«Tu veux dire qu'elle peut financer une autre armée pour
que Henry Tudor essaye d'usurper le trône une fois de plus?
Pendant que tout cela arrive?» L'idée même lui semblait folle.

«Je ne sais pas si c'est Heny Tudor ou juste un autre moche
du lot Lancastrien. Mais tout l'enfer peut se déchaîner et bien
plus vite si je trotte au Yorkshire.» Il laissa tomber sa tête
dans ses mains et se frotta les tempes.

Elle vit sa situation difficile, les décisions douloureuses
qu'il devrait prendre, à quelle vitesse le temps s'écoulait. Il
n'était plus le seigneur de ses campagnes du Nord, Richard
portait maintenant la charge de tout le royaume sur ses
épaules. Et on le voyait.

Elle se retourna pour regarder par la fenêtre, vers la rivière
qui coulait avec barges et navires commerciaux, plus loin sur
la lande, jusqu'à Battersea et les collines de Surrey bleu-vert
au-delà. Des nuages menaçants les recouvraient. Elle se sentit
piégée entre des éléments inconnus, à la merci de n'importe
quelle direction où cette tempête soufflât.

«Fais un pas à la fois. Ne parle pas encore des trônes et des
prétendants,» Richard ajouta. «Il est trop tôt pour savoir. Je
suis ici, ça c'est ce qui est important, et je reste.»

«Et tout ira par toi-même?» Elle se retourna pour lui faire
face. «Tu n'as pas de contrôle sur la vie que tu crois.»

«Les choses peuvent ne pas fonctionner comme je le
souhaite, mais je vais essayer cependant.» Son air de défaite
redoutée le confirmait.

Nos parties sont fusionnées du jour où nous sommes nés.
C'est dans les étoiles, depuis l'aube des temps l'homme l'a su.
C'est la façon dont nous nous intégrons dans l'ordre divin. Ce
qui nous est destiné arrive que nous le voulions ou non. Je suis

convoqué ici pour une raison. C'est mon destin surnaturel d'être ici maintenant, et je ne contesterai pas ce destin.»

«Je ne crois pas aux étoiles ou à l'astrologie,» elle répondit. «Je crois au libre arbitre et je l'utilise. Je prends les décisions, je ne suis pas gouvernée par les destins ou fantasmes babyloniens. Tu n'es pas entre d'autres mains que les tiennes.» Elle savait très bien que Richard pouvait contrôler facilement sa propre vie.

«Assez de choses ont mal tourné dans ma vie, les choses échappent à tout contrôle.» Il se retourna pour regarder par la fenêtre.

«Avec tout le respect, les choses tournent mal seulement quand tu le permets,» elle transmit la froide vérité telle qu'elle la voyait.

«Oh, vraiment? Alors tu voulais Bess au-dessus de toi? Et tu n'étais pas délibérément contre Valentine Starbury? Et j'ai laissé mon père mourir?» Il se retourna pour lui faire face. «Au contraire, remercie les foutus Lancastriens pour ça!»

«Nous allons tous mourir, Richard. Ça fait partie du cycle. Nous allons au paradis à la fin, peu importe le chemin qui nous y mène. Certains d'entre nous perdent leurs parents, certains d'entre nous survivent à nos frères et à nos enfants.»

Il acquiesça solennellement alors que ses mains tremblaient. Oh, comment elle souhaitait pouvoir échapper à cette terrible situation!

«N'essaye-je pas de faire ce qui est juste pour ce royaume?» il supplia. «Je comprends tes peurs, je sais que tu as une peur mortelle. Mais je ne peux pas me le permettre. Je ne peux pas m'enfuir. Je ne peux pas avoir peur. Je dois écraser les Woodvilles et contrecarrer tous les rebelles, soit Margaret Beaufort ou son enfant au visage de variole.» Il se leva et lissa son pourpoint. «Je dois partir, j'ai du travail à faire.»

Elle se leva et se retourna pour partir. «Très bien, mais sois prudent. Regarde-les tous.»

«Ils sont assez occupés à se regarder.» Son ami d'enfance, maintenant l'homme le plus puissant du royaume, quitta la chambre.

✦

Sir Valentine, habillé comme la royauté, frappa à la porte d'entrée de la Maison Burleigh. L'huissier lui laissa entrer alors que Denys courut vers lui et tomba dans ses bras. «Oh, je suis si contente de te voir, mon chéri!» Ils partagèrent un baiser affectueux et se dirigèrent vers la salle privée.

Pendant qu'ils s'asseyaient pour dîner le serveur servit du vin et son hydromel aux bleuets préféré. «Qu'est-ce qui s'est passé au Conseil? Comment est Richard?» Elle prit un gorgée d'hydromel et en savoura la douceur.

«Le parlement lui proclama Lord Protector du royaume, selon le testament d'Edward.» Il but son vin.

«Et toi?» Elle déplia sa serviette et la posa sur ses genoux.

«Il m'a nommé son principal conseiller pour le moment.» Il but son vin.

«Pour le moment? Le seul rang au-dessus de ça est roi.» Un serveur apporta du pain et des tourbillons de beurre.

Il dit au revoir au serveur qui flottait et beurra son pain. «Tout cela arrive assez vite. Ne précipite pas les choses, s'il te plaît.» Il prit un morceau de pain.

«Mais tu apprécies toute l'intrigue, n'est-ce pas?» elle poussa, même si elle savait que l'énorme responsabilité on lui avait imposée était évident et remplaçait son insensibilité de jeunesse sans restrictions.

Il glissa la chaise en arrière et il alla à la fenêtre ouverte. Il bloqua toute la lumière sauf la luminosité autour de sa silhouette.

Elle se retourna pour lui faire face. «C'était ce que je craignais, depuis que Richard reçut la nouvelle de la mort de l'Oncle Ned et t'emmena à la cour avec lui. Nous ne reverrons jamais notre chère maison.» Des larmes de nostalgie lui montèrent aux yeux pendant qu'elle imaginait son beau jardin, ces landes violettes. Londres n'avait rien de tout ça. Londres n'apportait que des souvenirs amers de la méchanceté de la cour, des poignardés dans le dos et des assoiffés de pouvoir. Maintenant ils étaient aussi pris dedans.

«Cesse tout peur, Denys.» Il l'approcha et posa ses mains sur ses épaules. «Réfléchis à propos du bien. Avec Richard comme Lord Protector, nous sommes courtisans royaux et nous pouvons avoir n'importe quel château, n'importe quel manoir, n'importe quelle terre que nous voulons. Nous avons un cortège dépassé seulement par les membres de la royauté. Nous pouvons assister à des banquets et des fêtes de la cour. Toi et moi à la table haute au lieu des Woodvilles. Je serai celui qui traversera la ville au son des clairons et des trompettes.» Il ferma les yeux et montra un sourire rêveur. Des soies, hermine y zibeline, tissus d'or et d'argent, des bijoux étincelants sur tes doigts et autour de ton magnifique cou.»

Il l'approcha mais elle lui repoussa et cacha son visage derrière son verre. «Je ne veux rien de ça. Je veux retourner dans le Yorkshire, à notre maison, le seul royaume que j'aime. Je ne veux pas le Palais de Westminster et tout son attrait et son éclat. Je me fiche des bijoux, des banquets et des attributs de la royauté. Ou je devrais dire des «pièges»?»

«Bien, c'est ce que je veux.» Il mit son pouce sur sa poitrine. «Depuis que j'avais neuf ans quand j'ai perdu mon père, j'avais envie de vivre la vie qu'il n'a jamais vécue, atteindre cela pour qu'il avait lutté mais jamais vécu pour le voir. C'est maintenant la chance de le rendre fier de moi... » Il fit une pause, puis dit d'un ton sombre, «et te rendre fière de moi.»

Les serveurs apportèrent leur premier cours, bols de lamproies en galytine. Valentine s'assit en face d'elle.

«Je suis déjà fière de toi!» elle affirma. «Je suis fier que tu diriges le Yorshire.»

«Je dois faire ça, Denys. Tout comme tu dois trouver ta famille. Je ne serai jamais roi, donc c'est la chance de grandir. C'est ma recherche.»

«Ça me fait tellement peur.» Elle pouvait à peine parler, sa bouche sèche de peur. «Nous avons déjà les Lancastriens comme ennemis. Henry Tudor lutte pour la couronne et sa mère espionne dans la cour. Les Woodvilles ont soif de pouvoir comme toujours. Maintenant Richard monte sur le trône avec toi à ses côtés. Pourquoi il ne pouvait pas nous laisser à Yorkshire?»

«Il a besoin de moi,» était sa réponse simple, sans trace de vanité.

«Je le sais trop bien.» Elle mit la cuillère dans son bol mais elle avait peu d'appétit.

«Les derniers mots que mon père me dit furent «Redonne ce que tu as reçu au royaume, quelque chose de noble.»» Il parlait comme s'il s'adressait à Dieu, sur un ton qu'elle n'avait jamais entendu auparavant, envoyant un frisson dans sa colonne vertébrale. «C'est maintenant ma chance.» Il prit sa cuillère et la fit tourner dans son bol.

«Valentine, je sais que tu veux lui rendre hommage. Mais tu le fais déjà si bien. Je suppose qu'il ne voulait pas dire que tu sois un martyr ou un saint.»

«Au contraire, bien que la sainteté soit bien. Les saints sont les leaders les plus aimés. Nous les mortels les avons adorés à travers l'histoire. Mais ce sont des maris méchants. Et des amoureux ennuyeux, datés et sans vie.» Le dernier rayon de lumière s'estompa lorsqu'un écuyer entra pour allumer un feu dans la cheminée. «Ils sont humbles... » La cuillère de Valentine tinta contre le bol. « ... et monastiques.»

Elle posa sa serviette, se leva, fit le tour de la table et s'assit sur ses genoux.

«Ça sortira bien, je le promets.» Ses mains commencèrent à délier son corsage. «Tu n'as rien à craindre, je prendrai toujours soin de toi.»

Et oh, comment elle voulait croire qu'aucun d'entre eux ne ferait de mal. Même comme ça, le moindre désaccord entre Valentine et Richard pourrait les détruire tous. Ils avaient tellement d'ennemis. Tout le royaume en dépendait.

Les serveurs apportèrent le dîner sur des plateaux en argent, détournant les yeux du couple étreignant inconscient de leur nourriture. «Laissez-le,» Valentine indiqua et se tourna vers elle. «Mon amour, je te donnerai une vie digne d'une reine.» Ils se levèrent et il la conduisit au siège rembourré de la fenêtre qui donnait sur le jardin. Les rayons de soleil qui s'estompaient décrivaient les pétales, assombrissaient les feuilles vertes et le bouleau argenté, et projetaient des tons orange brûlé dans les murs.

«Ne parle plus des affaires de la cour cette nuit. Parle-moi de l'amour.» Elle chercha ses lèvres avec les siennes. Ses mains montèrent dans ses bras.

Ses yeux l'immobilisèrent comme jamais auparavant, étreignant son âme. «Tu es la femme que j'aime. S'il te plaît ne me quitte jamais. Je ne pourrais pas survivre seul. Mon instinct animal prendrait le dessus sur moi. Parce que c'est comme ça que les hommes sont. Des animaux. Bêtes qui se battent, s'empiffrent, qui crachent. J'ai besoin de toi pour me garder apprivoisé.»

«Faire l'amour t'apprivoise? Tu deviens un homme plus sauvage que je peux imaginer au combat.» Elle lui caressa la joue.

«Je me conforme simplement à mes devoirs de mariage,» il déclara avec un visage impassible.

«Je n'ai jamais été instruite dans ces devoirs, mon seigneur. Même pas par Bess Woodville.» Elle roula sur lui.

«Tu as un merveilleux talent naturel pour cela.»

LE LENDEMAIN MATIN, UN ÉCUYER LIVRA À VALENTINE UN mot de la cloîtrée Elizabeth Woodville pour fêter les 16 ans de sa fille. La note mentionnait de souhait de la fille de voir aussi Denys. Il sourit quand une idée lui vint à l'esprit. Il réveilla Denys et lui parla du message.

«Je n'irai pas.» Elle se blottit sous la couette. «Je n'ai rien à dire à Elizabeth Woodville. Nous nous dîmes nos derniers mots quand elle me vira.»

«Ça te dérange si je vais?» Il étendit ses cheveux sur l'oreiller.

«Pourquoi te soucies-tu de sa fille?» Elle ouvrit un œil et le regarda. «Et pourquoi voir Bess? Tu n'as pas vu assez de sa cruauté et de sa tromperie? Elle veut quelque chose, Valentine, elle ne nous demanderait d'y aller simplement parce qu'elle aime notre compagnie.»

«La jeune Elizabeth n'est qu'une fille, un ourson impuissant pris dans une piège à ours. Ça lui ferait beaucoup de bien d'avoir de la compagnie. Mais, oui, tu partages exactement mes sentiments. Elle n'est pas la seule à vouloir quelque chose. Je veux quelque chose de la reine, et j'ai l'intention de l'obtenir.» Il embrassa Denys sur la joue et se tourna pour partir.

«Attends!» Elle tendit la main sous sa couette et attrapa sa robe. «Que vas-tu faire?»

«Je vais battre ce vieille salope à son propre jeu.» Avec un sourire narquois il quitta la chambre.

Denys ne put pas se rendormir. Elle tourna en rond, avec son estomac bougeant de peur qu'il soit à la recherche d'ennuis. Elle appela sa demoiselle d'honneur pour lui apporter le petit déjeuner et remplir un bain. Elle le convaincrait de revenir dans le Yorkshire avec elle, mais cette fois elle le

DIANA RUBINO

toucherait pour les besoins de ses propres sujets au lieu des tumultes de cette cour divisée.

❦

«Votre Altesse, nous sommes honorés d'être invités à venir ici. Mais Denys ne se sent pas bien.» Valentine s'inclina devant la reine pour la dot déposée, méditant dans un nid de coussins comme une poule d'âge moyen. «Ça fait longtemps. J'espère que nous pouvons pardonner les combats passés.»

«Prendre ma nièce de mes mains largement compense tout combat que nous avons eu, Valentine.» Elle l'examina avec ses yeux. «Beaucoup de choses se sont passées depuis.» Des mèches de cheveux gris s'échappaient de sa coiffure et flottaient autour de sa tête comme des fils dans une toile d'araignée.

La jeune Elizabeth apparut et Valentine s'inclina devant elle. «Lady Elizabeth, vous êtes ravissante. Eh bien, vous devenez plus belle à chaque anniversaire, et j'oserais dire qu'après seize autres vous serez deux fois plus belle que maintenant.»

La silhouette de la jeune Elizabeth était mince, pas de bosses, quelques courbes. Elle ressemblait à un garçon, à l'exception des cheveux blonds ondulés qui lui tombaient dans le dos, son geste de moue agacé la seule caractéristique que Valentine avait trouvé attrayante.

Avec un rire joyeux elle s'assit sur un tabouret en bois et déplia ses jupes autour d'elle.

Les autres enfants d'Elizabeth Woodville étaient présents avec ses flatteurs restants. Ils regardaient Valentine avec suspicion, sachant qu'il était l'ami le plus proche de Richard.

Pendant le modeste repas de ragoût de chevreuil, Valentine remarqua que la jeune Elizabeth le regardait dans les yeux et faisait la moue quand il la regardait. Après qu'un serveur solitaire débarrassa la table, Elizabeth Woodville l'emmena à une chambre à l'extérieur.

«Valentine,» elle utilisa un ton qui avait été entendu pour la dernière fois pour tromper son mari pour piller le trésor pour un autre coffre plein de peaux de zibeline. Le duc de Gloucester a promis une alliance avec mon fils et comme vous le savez, a fixé la date de couronnement pour le 23 mai.»

«C'est comme ça, Votre Altesse.» Valentine procéda avec prudence, parce qu'il refusait de divulguer les détails discutés avec Richard dans la salle du conseil.

«Mon propre conseil a commandé que la date du couronnement de mon fils soit le 4 mai,» elle déclara, l'immobilisant avec ses yeux.

«Votre conseil?» Valentine cligna les yeux, étonné. Il n'y avait pas un vrai conseil jusqu'à ce que Richard convoquât un au nom d'Edward V. Son conseil n'était pas seulement illégal, c'était un produit de son imagination.

«Mon fils sera un roi extraordinaire, tout comme mon Garçon en Or, n'est-ce pas?» elle lui fit un sourire méchant.

«Oh, il a hérité la bienveillance du Roi Edward, son charme courtois et sa capacité à séduire les gens. J'ai vu le Prince Edward avec ses nombreux admirateurs.» Il acquiesça.

«Traits qui manquent à Gloucester.» Elle pinça les lèvres, exposant des plis profonds. Elle refusait de se référer à Richard comme Lord Protector ou même duc, dénigrant ouvertement ses titres.

«Il est Lord Protector,» Valentine le dit pour elle.

«Non pas pour longtemps. Quand mon fils est couronné, il n'est rien de plus qu'un autre soldat.»

«Les talents du duc de Gloucester sont plus dans la direction de son armée sur le champ de bataille, Votre Altesse,» il la corrigea.

Elle s'éclaircit la gorge. «Avec les Lancastriens sur nos

talons, nous avons besoin de tous les soldats que nous pouvons rassembler.»

«Et tous nos généraux,» il ajouta.

Ignorant ça, elle continua, «Comme mère d'Edward, j'exercerai un pouvoir énorme quand mon fils soit roi. Je serai à ses côtés pour garantir que chaque décision soit dans le meilleur intérêt du royaume.»

Dans l'intérêt avide des Woodvilles, vous voulez dire, il mourait d'envie de dire, mais il se tout et la laissa bavarder. Il brûlait de curiosité-*qu'est-ce qu'elle veut de moi?*

«Je décernerai des titres aux sujets royaux de mon choix, avec consentement du roi, bien sûr. Edward vous admire comme le meilleur gentilhomme. Il était toujours excité avec vos joutes et votre pratique avec la quintaine, comme tous mes petits enfants, mais Edward a toujours été le plus impressionné,» elle le complimenta.

«Pourquoi, c'est un gros compliment, Votre Altesse,» il répondit avec toute sincérité.

«Vous appréciez votre position de gouverneur du York-shire, n'est-ce pas?» elle pressa.

«Oui, Votre Altesse, beaucoup. J'ai conquis le cœur de plusieurs de nos sujets,» il se vanta, sachant qu'Elizabeth utilisait la flatterie comme appât pour attraper les gens.

«Mais c'est peu de récompense pour un grand gentilhomme. Pensez à la gloire qu'un parent du roi reçoit.»

«Parent?» il répéta, confus.

«Denys est ma nièce. Vous faites partie de la famille royale du couronnement de mon fils. Pensez aux richesses que nous pouvons accorder. Après tout, seulement la moitié du trésor est actuellement en notre possession. Nous devons encore obtenir l'autre moitié.»

Ses intentions étaient maintenant claires-enfoncer un coin entre lui et Richard. « Ce «nous» m'inclut, Votre Altesse?»

«Une question simple, Valentine. Qu'est-ce que vous

préférez, être trésorier de la chambre royale ou gouverneur du Yorkshire?» Des yeux d'acier se fixèrent sur lui et il retourna le regard intense avec le sien. Il sourit pour remercier son offre, mais à l'intérieur il bouillait. L'impudence d'elle, penser qu'il pourrait être acheté, qu'il trahirait son ami de toujours pour mettre son enfant de douze ans dans le trône!

Elle n'avait clairement aucune idée de la façon dont les gens du nord le respectaient lui et Richard. Elle ne s'était jamais aventurée au nord de Warwick.

La même vieille Elizabeth Woodville, pensant à acheter à qui elle voulait, si ce n'était pas avec de l'argent, avec des faveurs. Mais cette fois ce qu'elle avait prévu lui retournerai la morsure dans le cul osseux-et ce serait une bonne bouchée.

«Alors, Votre Altesse, vous me demandez de récupérer l'autre moitié du trésor royal, et en retour vous me ferez trésorier de la chambre royale parmi d'autres bénédictions?»

«Pour l'instant,» elle n'haussa qu'une épaule. «Vous pouvez frapper votre beau visage sur une pièce de monnaie. Pensez juste à ça-votre propre image tintant dans les poches et les sacs à main partout en Angleterre.»

«Pourquoi, je suis étonné Votre Altesse. Être choisi pour un poste aussi digne... juste à côté du roi.» Il força un ton flatteur comme il rétrécissait intérieurement de dégoût.

«Le couronnement d'Edward marque une nouvelle étape dans notre histoire, un nouveau départ. En tant que tel, je vais recommencer ma vie avec ma famille avec moi dans ma vieillesse, je veux enterrer des souvenirs douloureux et réparer tout ce que j'ai fait de mal. Qui inclut ma chère nièce Denys. Tout ce que je demande c'est que vous m'aidiez à réaliser cette amitié.»

Il en avait assez entendu. Son cœur battait fort quand il vit l'opportunité parfaite pour sa propre tactique. Mais il fallait l'exprimer en des termes qu'elle comprenait. Avidité et intérêt personnel. Les appels du cœur tomberaient dans l'oreille d'un sourd. Il devait beaucoup faire semblant. Sans aucune hésitation, il mit son propre marqueur. «Votre Altesse, je suis honoré d'avoir l'opportunité de servir Edward en tant que roi et être membre de la famille royale dans une telle capacité exaltée. Mais je vois une mouche dans la pommade. Je dois demander une faveur pour moi.»

«Et quelle est?» Elle leva un sourcil épilé.

«Je dois connaître la ligne de descente de Denys. Comme son mari, j'ai le droit de savoir à qui vous m'avez enchaîné. Si elle est la fille bâtarde d'un désir sexuel malheureux, je ne peux jamais appartenir à la famille royale. Je dois savoir qui elle est vraiment avant que je puisse servir Edward.» Oh, comment ces mensonges nécessaires lui faisaient mal au cœur.

«Je ne sais rien de sa famille.» pendant qu'Elizabeth parlait, il remarqua son menton enfoncé, sa beauté décolorée.

«Alors dites-moi qui vous l'a donnée. Ce n'est qu'alors que je pourrai être sûr de ma part dans votre proposition.» Il garda sa voix calme.

«Donc cela dépend de votre connaissance de sa famille?» Elle secoua la tête comme un oiseau de proie.

«Seulement avec des informations véridiques de Votre Altesse. Il est juste,» il continua à négocier. «Comment puis-je peser la valeur de ce mariage forcé pour moi?»

«Vous ne le considérerez pas autrement ? Bien que je vous donne la position la plus élevée dans la cour?» Elle mit un poing sur sa hanche.

Il rit presque. Elle n'avait pas de cour dont en parler. Et si ses efforts et ceux de Richard se réalisaient, elle ne remettrait plus jamais les pieds dans la cour. Elle ne savait toujours pas qu'il était le conseiller le plus proche de Richard. Tout se passa si soudainement.

«Non, Votre Altesse.» Il coupa l'air avec ses mains. «Je ne peux pas considérer votre proposition jusqu'à ce que vous révéliez qui vous l'a donnée. Je dois être sûr de son appartenance à la royauté.

Elle gloussa et claqua et suça ses dents restantes. «Je ne peux pas vous dire parce que moi-même je ne sais pas,» elle répondit finalement, son ton vaincu.

Valentine la regarda dans les yeux. Elle détourna les yeux et tordit ses perles.

«Votre Altesse, vous avez des informations et je sais que vous les avez. Pas besoin de tricher et de traîner les pieds. C'est dans notre intérêt commun être sûr de sa famille. Alors seulement puis-je faire tout ce qui est en mon pouvoir pour assurer le trône d'Edward.»

«Vous vous conformez bien,» Elizabeth admit avec admiration à contrecœur. «Peut-être que j'ai mieux épousé ma nièce que je ne le pensais.»

«Votre Altesse, nous sommes trop vieux pour le secret et les mensonges.»

«Dites ça à votre ami Gloucester,» elle répondit.

«On parle de Denys, Votre Altesse.» Il revint au point.

«Ah, oui, Denys. La seule personne du royaume avec des problèmes. Denys, qui fait tourner le monde pour les sacrifices, cependant elle est si triste parce qu'elle ne connaît aucun parent. La pauvre petite. Pourquoi ne pas piller à nouveau mes malles et voir quoi d'autre vous pouvez trouver?» Il y avait une lueur méchante dans ses yeux.

«Puis-je? Oh, merci! Dites-moi où elles sont, je vais commencer par la malle Numéro Un.» Valentine se pencha en avant dans une fausse révérence.

Elle leva le bras, avec la paume ouverte, comme pour le gifler. «Je savais que c'était vous, sale morpion.» Elle sourit vraiment. «Mais il y n'avait pas d'offre royale sur la table alors, donc comment ma nièce vous a-t-elle fait faire?» Le sourire sous ses lèvres n'atteignait pas ses yeux froids et durs.

La panique claustrophobe d'un piège arrêta le souffle de

Valentine. En espérant qu'elle ne remarquerait pas son hésitation momentanée, il rassembla ses esprits et reprit sa joute
verbale. «C'était mon propre travail. J'avais besoin de savoir si
ça valait la peine de courtiser Denys et quelles terres et
domaines pourraient devenir les miens.»

Elle hésita en pesant sa réponse et finalement acquiesça.

Il cachait son sourire satisfait derrière sa main. Ah oui,
elle ne voyait aucune culpabilité dans l'intérêt personnel et la
cupidité.

«Oh, très bien.» Elle agita sa main en l'air. J'approuve votre
détermination, comme la mienne.» Elle adoucit sa voix, mais
ça irritait toujours ses nerfs. «Il ne suffit pas que vos enfants
sachent qu'*ils* appartiennent à la famille royale, acceptés par
moi, la reine?»

«J'ai le droit de savoir qui est Denys, et être sûr de notre
accord,» il dit sans ambages.

Une étincelle éclaira ses yeux gris orageux. «Visitez
l'Évêque Stillington. Il a toutes sortes d'informations. C'est
tout ce que je peux vous dire. Et pour cela vous devriez être
reconnaissant,» elle gazouilla, éminemment satisfaite d'elle-
même. Il habite au pied du Pont de Londres sur Thames
Street. Vous pouvez utiliser ma barge. Mais vous devez
attendre à demain. On fait des réparations.»

«Merci, Votre Altesse. Je vais le chercher immédiatement.
Mais je ne peux pas utiliser la barge royale. Ce ne serait pas
correct, on n'a pas encore prouvé mon appartenance à la
famille royale. Cependant, j'apprécie votre offre. Et je
souhaite au Roi Edward V longue vie!» Il baissa les yeux et
quitta la pièce se penchant, se tournant rapidement pour
qu'elle ne vît pas son large sourire. «J'ai attrapé la vieille
salope maintenant,» il murmura, en sautant dans le couloir.

Comme une vipère, l'instinct de conservation d'Elizabeth
était enroulé et prêt à frapper. Il l'avait impressionnée avec
ses paroles mais quelque chose n'allait pas. L'air mielleux

quand il mentionna le nom de Denys démentit son jeu. Cette bâtarde ingrate ne saura jamais qui elle est,» elle proclama. «Elle est sur le point d'être veuve. C'est la dernière fois que quelqu'un verra la main droite de Gloucester, Valentine Starbury. Il pense qu'il est si intelligent. Mais personne ne trahit la Reine Elizabeth d'Angleterre.» Elle récupéra plusieurs pièces d'or du trou creusé dans le mur pour le trésor royal volé. Elle convoqua sa demoiselle d'honneur. «Tends la main. Prends ça.» Elle laissa tomber les pièces dans la paume de la jeune fille émerveillée avec des tintements délicats. «Cours voir mon batelier, donne lui ça.» Elle donna à la femme de chambre cinq pièces de plus. «Montre-lui Valentine Starbury et dis-le de couler la barge qu'il prend pour traverser la Tamise... laisse-le faire un trou assez petit pour qu'il coule à mi-chemin de la rivière jusqu'au Pont de Londres.»

Elizabeth se frotta les mains de joie. Le désordonné vieil Évêque Stillington pouvait à peine entendre, et encore moins savoir qui avait donné naissance à qui. Mais ça n'avait pas d'importance. Valentine ne parviendrait jamais à la maison du fou. Il paierait son faux contrat avec un Woodville-avec sa vie.

VALENTINE SE TENAIT SUR LA RIVE DU FLEUVE AVEC LA foule en attente e barges pour les faire descendre ou traverser la rivière. L'immense Pont de Londres traversait la Tamise, la voie navigable principale de Londres. Il servait également de rue, coincé avec des magasins et des maisons bondées. D'où il était, il ne pouvait pas voir les têtes bouillies des traîtres clouées au sommet du pont, mais il savait que Richard abolirait cette triste tradition quand il deviendrait roi.

Il s'approcha de la barge la plus proche et il enleva son chapeau vers le batelier. «Pourquoi tant de foules ici?»

«La marée descendante, mon seigneur. Les courants sont

trop forts pour traverser. Revenez dans un moment et je vous emmènerai.» Les plus petits navires se balançaient alors que le courant tournait autour les piliers du pont.

Valentine le remercia et prit une pause dans une taverne au bord de la rivière jusqu'à ce que la marée se calme.

Après une heure, il quitta la taverne, rempli de savoureux pain de viande et bière.

Il revint avec le batelier qui l'attendait, qui l'aida à aborder. «À la maison de l'Évêque Stillington au pied du Pont de Londres.» Les muscles bombés du batelier se tendirent comme il plongeait la barge dans l'eau et la lançait.

Valentine s'allongea pour profiter du voyage.

Après quelques minutes il semblait que la rivière s'était levée; il l'attribua à la marée haute. Mais ensuite il se souvint que la marée venait de s'éteindre. La marée ne pouvait pas monter si vite. Sentant l'humidité sur les semelles de ses chaussures, il les trouva trempées. La mousse trempée à l'intérieur s'épaississait autour de ses pieds comme de la boue. «Hey!» il signala au batelier. Valentine se leva alors que l'eau montait par le côté bâbord, derrière le siège du batelier.

Le trou dans le fond de la barge s'ouvrit. L'eau jaillissante inonda la barge. Il perdit de vue le batelier. Des tourbillons d'eau traînaient son corps vers le bas. La barge se balançait et tremblait comme une bouée lancée par une tempête. Valentine s'accrocha au côté. Les vagues battaient son visage comme des poings vicieux de colère. Il regarda impuissant pendant que le batelier se jetait par-dessus bord, hurlant alors qu'il coulait sous le tumulte tourbillonnant.

La barge bougeait follement, prise dans le courant qui essayait de le jeter dans les profondeurs de l'eau. La barge tourna et s'écrasa contre les pieux du pont. La force du choc le jeta face contre terre sur le plancher de la barge. Essoufflé, il chercha aveuglément quelque chose à quoi s'accrocher. Un autre jet d'eau mousseaux traversa l'énorme coque de la barge.

La barge commença à se retourner, glissant la proue d'abord dans la rivière. Il sauta sur ses pieds, le parapet en pierre du pont à quelques pas. Si seulement il pouvait l'atteindre...

La barge monta et sauta, se brisant contre les pilotis avec de violentes poussées. À travers les yeux brumeux il vit quelqu'un au sommet du parapet s'approcher de lui.

Il se lança par le côté de la barge qui coulait et nagea pour sa vie, ses muscles s'efforçant pour combattre le puissant courant. Ses pieds battaient comme les nageoires d'une queue de vairon s'échappant des dents d'un brochet. Avec sa dernière trace de souffle, il atteignit le parapet et la silhouette brumeuse essayant de l'atteindre.

Il sauta vers des bras ouverts, sa poitrine battant contre la poitrine de l'homme, mais la force du courant l'emporta, hors de portée de son sauveur.

Avalant de l'air précieux, il s'accrocha au parapet, à la pierre non polie, ses doigts sur le point de se casser. Il sentit un tiraillement sur ses bras quand les mains tombaient pour une secousse plus désespérée vers un endroit sûr. Tombant contra son saveur, Valentine s'étouffa, crachant de l'eau. Deux hommes laissèrent tomber une corde du pont-levis et tomba entre eux. Ils enroulèrent la corde autour de la taille de Valentine alors que les fragments flottants de la barge tourbillonnaient sous ses jambes pendantes. Ils mirent Valentine en sécurité en haut du pont-levis et le couchèrent. Quelqu'un lui jeta une couverture dessus. Complètement épuisé, il perdit conscience du monde.

⌘

IL OUVRIT LES YEUX SUR UN ENCHEVÊTREMENT DE CHEVEUX blancs et yeux flétris plein d'inquiétude. «Qu... qu'est-il arrivé?» Avec sa voix noyée dans le liquide, il cracha de l'eau. Le vieil homme devant lui étendit un chiffon.

«Tu as failli te noyer, garçon. Mes médecins t'ont ausculté, ils ont déclaré que tu as récupéré. Je garderai les derniers rites pour une pauvre âme peut-être pas si chanceuse.»

«Qui... qui êtes-vous?» il s'éclaircit la gorge.

«Pourquoi, je suis l'Évêque Stillington. Ta barge coula juste derrière ma maison.»

«Votre Excellence,» il babilla des mots et de l'eau tous ensemble.

«C'est comme ça, lâche-le.» Il frappa Valentine dans le dos. «La prochaine fois, crache sur ces chiffons sur le sol. Maintenant reste au lit et ne dis pas un autre mot jusqu'à ce que ta voix se sèche.»

«Dites-lui à Denys... » Une vague de fatigue l'envahit et il retomba dans l'inconscience.

Pouvant s'asseoir le lendemain, il supplia l'évêque d'envoyer une lettre à sa femme. «Dites-lui que j'ai survécu à une barge coulée, qu'elle ne s'inquiète pas, mais dites-lui de venir s'il lui plaît à la seconde où elle finit de lire ceci!»

LE MESSAGER ARRIVA APRÈS LE DÉPART DE DENYS LE lendemain matin pour apporter de la nourriture aux pauvres de Whitechapel et raconter de nouveau l'histoire du Roi Edward. Elle supposa que Valentine était resté debout toute la nuit avec Richard en train de faire des plans.

APRÈS QUATRE TRANCHES DE JAMBON, TROIS ŒUFS DURS, deux tranches de pain au beurre et une pinte e bière, Valentine reprit des forces dans son corps battu. Maintenant il devait rencontrer Son Excellence et discuter ce qui l'avait amené ici. Il regarda par la fenêtre de la chambre à l'Évêque

Stillington dans son jardin clos, cueillant une poire d'une branche. Il la mordit, la cracha et jeta la partie non consommée au sol. Un terrier courut après elle.

Valentine ouvrit la fenêtre. «Votre Excellence, nous pouvons parler?» il appela l'évêque. Stillington regarda autour de lui comme s'il ne pouvait pas comprendre d'où venait la voix. Il se gratta la tête, haussa les épaules, et cueillit une autre poire.

«Ici!»

Stillington leva les yeux, il vit Valentine et il entra à l'intérieur. Quand il entra dans la chambre et s'approcha du lit, Valentine le vit clairement pour la première fois. Des yeux bleus confiants le regardèrent par derrière le film de cataractes. Il ressemblait à un bouc timide sur le point de s'accoupler pour la première fois. «Je veux vous remercier d'avoir pris soin de moi. Je suis le duc de Norwich, le proche conseiller de notre Lord Protector.»

Stillington hocha la tête, mais Valentine n'était pas sûr qu'il avait entendu parler du Lord Protector ou même qu'il savait qui il était.

«Le duc de Gloucester est le Lord Protector,» Valentine éclaircit.

«Bon sang! Je sais. Penses-tu que je vis au bout du monde ici, mon garçon?» Il rit sous cape, sa voix mêlée de joie. «Tu t'es sauvé de justesse, tu as de la chance de t'entendre si bien avec l'eau. L'autre pauvre diable a péri.»

«Je suis profondément reconnaissant, Votre Excellence, et je ferai tout ce qui est en mon pouvoir pour vous remercier.» Il serra les mains de l'évêque.

«Apprends-moi à nager comme toi, garçon.» il donna à Valentine un sourire édenté.

Valentine rit. «Votre Excellence, je vous ai cherché et je venais ici. Ma femme Denys cherche sa famille et j'espère que vous avez une idée de qui l'a engendrée. Elle fut donnée aux

Woodvilles dans l'enfance. La Reine Elizabeth l'a élevée comme nièce.»

«Woodvilles? Elizabeth?» Il renifla. «Cette canaille, je serai heureux si on la remette à sa place.»

Valentine cligna les yeux, sans être sûr d'avoir bien entendu. «Est-elle consciente de votre mépris, Votre Excellence? Elle m'a envoyé ici.»

Elle est inconsciente de tout mépris, elle pense que tout le monde, du haut jusqu'en bas, devraient embrasser son cul. Je ne sais rien de la famille de ta femme.» Il secoua la tête. «J'avais quelques registres de naissance et des choses comme ça. J'en ai utilisé pour allumer le feu pour garder mes os au chaud. J'ai un coffre plein de rouleaux de brevets et des choses comme ça. Tu peux le vérifier, quand tu te sens bien.»

«Pouvez-vous me les apporter?» Le cœur de Valentine s'accélérera. «J'ai besoin de quelque chose à faire pendant que je retrouve ma vigueur.»

DENYS SE PRÉCIPITA DANS LA MAISON DE L'ÉVÊQUE. «VA-T-il bien, Votre Excellence?» Elle regarda par-dessus son épaule pour son mari. «Pourquoi est-il ici?»

«Il cherche ta famille.» L'Évêque Stillington nettoya une poire.

Elle haleta.

«Il a survécu à un accident. Sa barge a coulée et a presque absorbée toute la Tamise.» L'évêque fit un geste de vagues avec ses mains.

«Oh, Jésus!» Son cœur s'accélérera. «Où est-il?»

«Il dort comme un bébé.» Il mit un doigt sur ses lèvres. «Shhh. Laisse-lui tranquille.»

«Laissez-moi le voir, s'il vous plaît!» Elle sauta dans les

escaliers de deux en deux et elle regarda dans la pièce sombre dans laquelle il dormait. Elle s'approcha du lit.

«Mon chéri,» elle chuchota. «Guéris bientôt maintenant. Je te visiterai tous les jours jusqu'à ce que tu récupères et j'attendrai quand tu rentres à la maison.»

Il bougea et ouvrit les yeux. Ils s'illuminèrent quand il la vit.

«Chéri, comment te sens-tu?» Elle se pencha et le serra dans ses bras.

«Un peu idiot, comme si j'avais trop bu.» Ses mots arrivèrent lents et hésitants. «Je ne me souviens pas m'être cogné la tête mais il y a un nœud de la taille de mon poing dans mon cerveau.»

«Est-ce qu'un médecin t'a vu?» Elle lissa les cheveux de son front.

«Oui, l'évêque convoqua le sien. Il dit que je devais me reposer quelques jours.» Il regarda autour de lui. «Est-ce que quelques jour se sont écoulés déjà?»

«Non, c'était seulement hier. Comment es-tu arrivé ici? L'évêque a dit que tu cherchais ma famille.»

«Bess m'a dit de venir ici,» il dit. «C'était pendant qu'on traversait la rivière quand la barge a coulé. La barge avait un trou dans la coque.»

Elle recula comme si elle avait été piquée. «Pourquoi tu lui as parlé de moi?»

«Je suis allé la faire céder et pour qu'elle me dise qui t'avait donnée à elle. Ça allait être une surprise pour toi.» Une quinte de toux interrompit ses mots.

«Valentine, je ne t'ai pas dit encore et encore, elle essaye le moyen le plus terrible de me le cacher! Ça ne m'étonnerait pas si elle avait délibérément fait le trou dans la coque de cette barge. S'il te plaît, Valentine, elle est impitoyable, reste loin d'elle.»

«Je sais. Et elle sait que je sais. Je ne suis pas allé la voir comme un jeune homme inexpérimenté en supposant qu'elle révélerait volontiers ta filiation. Exactement comme je pensais, elle a offert des pots-de-vin, trésorier de la chambre royale, une grosse somme, et mon portrait frappé sur une pièce de monnaie si j'obtenais le reste du trésor royal pour elle et rejoignais la faction des Woodvilles. J'ai refusé jusqu'à ce qu'elle me fournisse quelque chose d'abord. Je lui ai dit que je rejoindrais Edward, lui assurerait le trône, serais fidèle comme roi, et lui donnerai le trésor royal seulement si elle m'informait ce qu'elle cache de toi. Elle me conduisit à l'évêque, mais malheureusement il a brûlé les registres de naissance. Elle a bien pu avoir coulé la barge, mais elle n'a pu pas me couler. Je suis un excellent nageur, contrairement au pauvre batelier qui fut capturé au tourbillon et mourut. Ça requit de tous mes efforts pour me sauver.»

«Une autre mort! N'a-t-elle aucun cœur, même pas de pierre?» Denys serra les poings et donna des coups de pied. «Reste loin d'elle, Valentine, s'il te plaît.»

«Tu vois maintenant pourquoi Richard ne veut qu'aucun de ses fils soit roi?» il demanda.

«Tant qu'elle vit, je suis d'accord.» Elle acquiesça.

Elle berça sa tête dans ses bras jusqu'à ce qu'il s'endorme, puis elle sortit de la maison de l'évêque avec la promesse de revenir après les vêpres.

L'ÉVÊQUE STILLINGTON ENTRA DANS LA CHAMBRE DE Valentine cette nuit-là portant un petit coffre en bois. Valentine ouvrit le couvercle usé pour révéler des liasses de papiers déchirés et jaunis. Son esprit coula. Qu'est-ce qui pourrait être important ici? Mais avec rien d'autre à faire, et sans force pour le voyage à la maison, il commença à les ranger.

Il examina chaque document sans intérêt. Enfin ses yeux

fatigués s'illuminèrent devant les noms Edward Plantagenet et Lady Eleanor Butler. Il ne pouvait pas croire ce qu'il lisait. Son cœur commença à battre fort. Il le lut de nouveau sous un examen attentif, pour vérifier que ce n'était pas un rêve.

La vieille Bess l'avait référé ici pour garder son secret, sans savoir qu'un plus gros était à cet endroit.

Il frappa le sol, convoquant à un serviteur pour chercher l'évêque.

L'évêque, haletant et respirant bruyamment, entra dans la chambre.

«Votre Excellence, vous devez voir cela!» Il agita le document en l'air.

Stillington l'arracha des mains de Valentine, le tint avec le bras tendu et secoua la tête comme un coq en regardant de haut en bas. «Ah, les rouleaux de brevets depuis quand le Roi Edward n'était qu'un garçon. Cela change certainement les choses. J'ai oublié que je l'avais.»

Stillington lut un extrait à haute voix et Valentine s'assit sur le lit, hors d'haleine comme quand ses sauveteurs le sortirent de la Tamise.

«C'est l'engagement d'Edward Plantagenet avec Lady Eleanor Butler, avant qu'il se mariât avec Elizabeth Woodville. Ils échangèrent leurs vœux juste sous mon nez, en fait ils le firent. Lady Butler était veuve, plutôt jeune, en fait, au moment. Oui, garçon, le bon Roi Edward n'était absolument pas légalement marié à cette vieille mégère Woodville. Il avait déjà une femme. Son prince putatif n'est pas plus apte à être roi que mon terrier faisant son saut à quatre pattes dans le jardin.»

«Mais c'est incroyable.» Valentine regarda le document avec étonnement. «Pourquoi cela jamais... »

«Oh, sa grâce me paya pour mon silence pendant qu'il vivait. Et donc j'ai oublié toute sa vie. La vieillesse a emporté la plupart de ma mémoire et maintenant je ne suis qu'un vieil homme qui brûle tout ce que je peux collectionner pour garder au chaud. C'est un miracle que ce papier survit. Il a environ vingt ans, je devrais dire.»

«Vous avez dit que vous avez promis au Roi Edward que vous n'en parleriez pendant sa vie,» Valentine dit. «Mais maintenant que la vie l'a abandonné... »

«Si cela est rendu public, ça change le cours de l'histoire, garçon. Nous conduisons la couronne d'Angleterre de nos propres mains.» Il étendit ses mains, osseuses et légèrement tremblantes. «Bon, peut-être pas avec mes mains...»

«Mais vous ne voyez pas ce que les Woodvilles ont causé dans ce royaume? Nous sommes au bord de la guerre!» Valentine secoua son poing.

«Oh, tu n'as pas besoin de me dire.» Sa langue jouait avec une dent inférieure lâche. «Je verrais cette vieille mégère et son fils bâtard traverser la Porte des Traîtres avant tout le monde dans ce royaume.»

Valentine interrompit. «Alors vous êtes d'accord que le Lord Protector doit savoir cela.»

«Oui, il saura quoi faire. Heh, heh. Ce sera bien comme la couronne sur sa tête. Oui, je vais vous accompagner voir le Lord Protector mais pas avant de guérir.»

«Je suis guéri!» Valentine lutta pour s'asseoir.

Stillington abaissa Valentine sur les oreillers. «Guéri? Mes testicules! Reste au lit encore. Tu te lèves et tu commences à agir comme un imbécile, tu seras ici sur ton dos comme une nuisance.»

Sans prêter attention, Valentine sauta du lit. «Non, nous devons y aller maintenant!» Une vague de vertiges l'assomma et il tomba au sol.

Deux serviteurs le prirent et le couchèrent sur le lit, ils mirent un chiffon froid sur sa tête et le recouvrirent de couvertures, parce qu'il avait commencé à trembler.

Il se réveilla le lendemain matin avec un regain de force

après le petit déjeuner avec plus de bacon, des œufs, pain de blé entier frais et bière. Valentine garda le précieux document dans le portefeuille que Stillington lui avait donné. Entièrement habillé du tabard, la cape et les bas qui n'étaient pas de sa taille mais ils étaient élégants que l'évêque lui avait fourni, il trouva Son Excellence dans la salle privée rompant son jeûne.

«Qu'est-ce que tu fais debout... ?» Il se leva et essaya de l'expulser. «Retourne te coucher, garçon!»

«Je suis en forme, Votre Excellence, nous devons apporter ce document au Lord Protector immédiatement! Sauf que nous n'irons pas en barge si ça ne vous dérange pas.» Ils quittèrent la maison et ils montèrent deux palefrois de Stillington.

Valentine tira les rênes. «À la Tour de Londres!» La feuille de parchemin montait et tombait sous son manteau à chaque battement de son cœur martelant.

Chapitre Dix

᪥

DENYS ENTRA dans la Grande Porte Nord de la magnifique Abbaye de Westminster.

Dès sa première visite à l'âge de quatre ans, le sanctuaire brillant l'enchantait. Les arcs ouverts de la Grand Porte Nord s'élevaient haut, flanqués de piliers en pierre, battus par l'âge dans une beauté rustique. La faible lumière débordait à travers des rangées de fenêtres voûtées de chaque côté de La Nef, caressant chaque coin et pli de chaque tombe sculptée. Les creux dans les trous finement conçus permettaient des fragments rayonnants se montrer dans l'ombre dans une lueur immortelle.

Elle leva les yeux au dôme du ventilateur du plafond voûté. Ses pieds murmuraient sur des dalles de pierre lisses gravées avec des noms et des vies des morts depuis longtemps dont les os reposaient dans les voûtes ci-dessous-des rois, des reines, et les nourrissons royales emportés avec leurs premiers souffles. Les sculptures anciennes dansaient dans le temps avec le battement de cœur des esprits flottant. Chapelles ramifiées de La Nef, honorées de la même beauté obsédante. L'éclat de bougies scintillantes jetait des mouvements fantomatiques dans les sculptures ombragées. Entre les piliers vertigineux, les murs avaient des images sculptées des immortels, les yeux fixant l'éternité. Des figures de marbre reposaient sur le dos les mains jointes vers le ciel sur de splendides tombes, des prières en latin ciselées dans leurs cercueils de marbre. Les vitraux brillaient dans des tons de rubis, de saphir et d'émeraude.

Elle se sentait si petite dans ces anciens murs qui consa-crèrent ses débuts et ceux de ses compatriotes. Cependant, elle savoura la joie de vivre enfermée dans des siècles de mort. Elle inhala l'immobilité moisie de l'âge. L'air reposait paisible-ment, l'entourant d'une piété ancienne. Reprenant son souffle, elle goûta sa force invisible mais puissante et sa grande proximité. Elle erra dans ces tombes élaborées, pour lire sur les vies laissées derrière. Ses doigts glissèrent sur le marbre froid.

Voulant être seule et tranquille dans sa dévotion, elle alla à la chapelle la plus isolée de l'Abbaye, St. Paul. Cachée dans un coin, ça contenait un autel et un confessionnal. La lumière dorée brillait d'une seule bougie à l'intérieur. Montant ses deux marches de pierre usées, elle regarda à travers les pics qui couronnaient la porte voûtée. Elle s'agenouilla devant l'autel, baissa la tête et joignit les mains.

Elle rendit ses dévotions plus privées dans le silence écra-sant de cette chapelle. Pendant qu'elle priait, une légère traînée sur les pavés la mit mal à l'aise-rayures de souris ou empreintes de pas humaines? Des voix silencieuses conspira-tionnistes remplirent l'air et devinrent plus fortes quand plusieurs personnages vêtus de tuniques entrèrent dans la chapelle.

Elle se retourna et regarda vers la porte. John Alcock, Évêque de Worcester et président du Conseil était là. Elle ne pouvait pas prier pendant qu'il était là. Un autre homme vint en vue-Edward Woodville, un parvenu arrogant encore plus détesté que sa sœur.

Ils entrèrent dans la chapelle et se rassemblèrent à l'autel. Ils ne la virent pas, mais ils se retournèrent et attendirent tandis que d'autres arrivaient. Woodville était en train d'éclore un complot. Ils n'étaient pas ici pour échanger des histoires de bière.

Elle entra dans le confessionnal sur la pointe des pieds et ferma la porte. L'air dans l'espace clos l'étouffait. Les voix se rapprochèrent et s'éclaircirent. Elle retint son souffle. Les pieds grattaient le sol de pierre tandis que le riche tissu bruissait. Ses yeux s'adaptèrent à l'obscurité. Elle plissa les yeux à travers la grille vers les personnages qu'entouraient à Edward Woodville. Ils utilisaient l'aube et la cape, les vêtements ecclésiastiques des évêques. Il s'inclina devant chacun −son frère Lionel, Évêque de Salisbury; John Morton, Évêque de Ely; Thomas Rotherham, Archevêque de York; John Russell, Évêque de Lincoln et Gardien du Sceau Privé; y Edward Story, Évêque de Chichester-caque évêque du conseil.

Pendant que Woodville commençait à parler, elle ne pouvait pas croire ce qu'elle entendait.

ॐ

«Où est le Lord Protector?» Valentine demanda à un garde alors que lui et l'Évêque Stillington atteignaient la Tour Blanche.

«Dans ses chambres privées, mon seigneur.» Un page les emmena au dernier étage. Ils arrivèrent à la salle d'audience de Richard et Valentine frappa à la porte. «Son Altesse, c'est moi, Valentine, avec un visiteur de bonne estime.»

Richard apparut pieds nus, avec sa chemise froissée, ses doigts et son cou dépourvus de bijoux, ses cheveux ébouriffés.

Valentine rétrécit, en supposant qu'il avait interrompu

quelque chose d'intime. «Oh, désolé Richard. Est-ce que je t'ai sorti du lit?»

Les yeux de Richard s'écarquillèrent. «Non, d'aucune manière. Ça va? Denys m'a parlé de ton terrible accident. Je suis allé chez Son Excellence te voir quand j'ai découvert, mais tu étais profondément endormi. Veuille entrer.»

Profondément ému par l'inquiétude de Richard, Valentine lui donna un câlin rapide. «Je vais bien, je me sens aussi fort qu'un bœuf. Mais il faut te parler. C'est très important.»

«Très bien. Entres et faites comme chez vous.» Richard regarda Stillingon et ils échangèrent des hochements de tête courtois. Richard passa une main sur ses yeux et ouvrit la porte. Ils le suivirent á la salle de retraite du roi, où on pouvait encore voir étrangement les effets personnels d'Edward-une lame de rasoir ici, un bassin d'argent là-bas, comme s'il revenait d'une minute à l'autre. Un élément éclipsait tous les autres-sur un coussin en soie violet, en attente de son prochain utilisateur, on voyait la couronne d'Angleterre. Le fait de la voir abasourdit Valentine, parce qu'il savait maintenant qui serait l'utilisateur.

«Richard, on a des nouvelles qui changent tout!» Valentine enleva le document de sous sa cape et fit une présentation formelle. «Votre Excellence, je vous présente Richard Plantagenet, duc de Gloucester et notre Lord Protector.»

Valentine remarqua le sourire satisfait de Richard. L'évêque s'inclina alors que Richard dépliait le parchemin.

Ses yeux bougeaient d'un côté à l'autre, grossissant à chaque fois qu'ils parcouraient le parchemin. Quand il atteignit la fin, il regarda Valentine, vigilant comme toujours, secouant la tête. Sa langue jaillit pour humidifier ses lèvres. Valentine remplit une chope de bière sur la table à côté de lui et la remit entre les mains de Richard.

Richard prit une gorgée. «Est-ce légal? Richard avait un précédent contrat avec une autre femme quand il s'est marié avec Elizabeth Woodville?» il adressa la question à Stilligton, qui cueillait des raisins d'un bol doré.

«Devant Dieu et l'homme... diable, ces raisins ont des grosses graines!» Stillington les cracha par la fenêtre.

«Edward Plantagenet... et Lady Eleanor Butler, fille du compte de Shrewsbury... » Pendant que Richard relisait le document, sa tête bougeait d'un côté à l'autre en même temps que ces yeux.

«Richard s'est marié avec Elizabeth Woodville précipitamment, n'est-ce pas?» Valentine demanda.

«C'était un secret! Il ne dit à personne pendant deux ans.» Richard se pencha en avant et serra les épaules de Valentine, comme pour le réveiller d'un rêve, et leur montrer à tous les deux que c'était réel. «Val, sais-tu ce que ça veut dire? Mon chemin vers le trône est clair. Le Prince Edward est illégitime!»

«C'est comme ça, mon ami et roi.» Valentine rayonnait pour son cher ami et pour Denys. Il savait dans son cœur que son père les louait du ciel.

Richard ferma les yeux, hochant la tête, comme si tout cela était commandé. «Dieu m'a choisi pour être roi.»

«Alors comment ça se sent, Roi Richard?» Valentine était sous le choc, étourdi de savoir qu'ils venaient de commencer une nouvelle vie abondante.

«Ça se sent comme... ça se sent comme... » Richard plia le document et le pressa entre ses paumes.

Valentine leva Richard, le serra dans ses bras, le berça d'un côté à l'autre. «Cela devrait ressembler à une émeute absorbée de l'extase la plus folle de faire l'amour que tu n'as jamais imaginé, même dans tes fantasmes les plus pervers et obscènes!»

L'évêque, à l'écart, acquiesça en complet accord. Richard se libéra de l'étreinte et tapota Valentine sur le bras. Essayant de cacher un sourire, il se tourna vers la fenêtre et vit son royaume.

❧❧❧

ILS LE LAISSÈRENT FINALEMENT SEUL. L'ÉVÊQUE Stillington prit une minute pour quitter la chambre avec une révérence.

Valentine regarda la Tour comme si c'était la première fois, des sols étincelants aux plafonds sculptés ornés de feuilles d'or. Ils passèrent par les chambres privées, les murs revêtus avec des peintures des rois passés, un défilé en succession constante au fil des siècles. En passant les portes vers la Tour Verte, l'air portait l'odeur du chèvrefeuille. Valentine se retourna et regarda les quatre flèches au sommet de l'énorme Tour Blanche, il s'approcha des portes et regarda sur la rivière aux collines brumeuses de Surrey au-delà. Tous les exquis palais, châteaux, abbayes du royaume et les vieux souvenirs qu'ils gardaient, et chaque pouce de terre verdoyante sous ses pieds-était maintenant une grande partie de sa vie.

«Je l'ai fait, Père, j'ai tout fait pour toi! Maintenant es-tu fier de moi?» il supplia les cieux, pas pour obtenir une réponse, parce que dans son cœur il savait... son père souriait.

Une douleur inconfortable lui tira le cœur et il l'obligea à fuir. Denys apprendrait à tout apprécier comme lui. Il savait que son amour surmonterait ses peurs. Il connaissait les obstacles-des ennemis redoutables guettaient dans l'ombre, les mêmes ennemis qui tuèrent son père. Mais tout ce que Denys avait à faire était de s'installer. Si Dieu répondît ses prières et elle retrouvât sa famille, tout le royaume serait couché à ses pieds.

En sortant de la porte principale de la Tour, un grand poids s'enleva de son âme. Étant déjà un avec sa femme bien-aimée, maintenant il était un avec son royaume.

Il quitta Stillington et visita le meilleur bijoutier de Londres pour lui offrir une autre création somptueuse.

❧

«Je voulais une réunion privée, Vos Excellences,» la voix d'Edward Woodville résonnait, elle n'était plus basse. «Dans le conseil de Gloucester il y en a beaucoup qui hésitent à rejoindre notre cause. Nous devons résister à la protection de Gloucester et amener le jeune Edward sous notre domaine. Trop de membres du conseil hésitent à placer un enfant de douze ans dans le trône. Pourquoi, je ne sais pas. Regardez ses conseillers! Les Woodvilles exercent leur pouvoir avec assurance, si je peux le dire moi-même. Notre conseil a besoin d'administrer l'éducation de notre seigneur Edward V, et le protéger des éléments opposés dans le gouvernement, c'est-à-dire, le Cochon Blanc et ses sbires.»

«Le clergé vous soutiendra toujours,» Rotherdam parla, «spécialement depuis que le vieux Roi Henry fut renversé et assassiné sans pitié par les mains des Plantagenet. Mon seigneur, ça confond les évêques au conseil pourquoi les Woodvilles ont mauvaise réputation quand ce sont les Plantagenets ceux qui ont usurpé le trône et ils cherchaient à le refaire.» Une série de jacassement fit écho et s'éteignit.

«Précisément. À cette fin, il faut avancer vite, tuer le Cochon, et couronner mon neveu dimanche prochain.» Personne ne s'opposa. Woodville s'éclaircit la gorge et continua. «Mon frère Anthony et moi nous sommes des enfants dévoués de notre Sainte Église, pour les malheurs subis par notre famille, pas moins aux mains du fou Clarence, un Plantagenet commodément dans une tombe digne aux mains de sa propre famille. Je me consacre à la cause de Dieu-je porte un cilice pendant que je parle-Je prie humblement vos excellences de soutenir le nouveau roi d'Angleterre, notre seigneur Edward V.»

«Vive le roi!» un des évêques tonna.

«Est-ce que nous avons la loyauté du clergé?» Woodville demanda.

«Oui, nous soutiendrons le roi Edward de toute façon que nous pouvons,» Story parla, «mais exécuter Gloucester? Capturez-le vivant. Vous aurez peut-être besoin d'un pion plus tard, sûrement. Je n'ai jamais pu voir l'intérêt de tuer... »

«À ce sujet,» Woodville interrompit, «J'en discuterai avec la Reine Régente et mon frère Anthony. Mais il faut l'attraper. C'est incontournable à ce stade. Comme pour le tuer... » Il fit une pause. «Maintenant que je le considère, c'est se mettre à son niveau.»

«En tout cas, mon seigneur, je parle pour tout l'église à ce sujet nous préférons de loin une régence des Woodvilles sur Gloucester et ses cohortes impies.» Alcock parla à nouveau. «Avez-vous entendu les blasphèmes que font les laïcs depuis que le Garçon en Or Edward IV usurpa le trône? Divers religieux accusés de faux crimes, enfermés dans les prisons et leurs biens personnels pillés alors qu'ils languissent dans des cellules sales. Le Garçon en Or ne leva pas le petit doigt, il tourna son joli visage dans l'autre sens. Maintenant son frère aspire au pouvoir, et seul Lucifer connaît ses intentions. C'est sûr de supposer que le même sang maudit des Plantagenet coule dans ses veines. Le jeune Edward doit être couronné immédiatement.»

«Nous procédons avec un plan, Votre Excellence,» Woodville répondit avec enthousiasme. «Et très pressés, car plus le Cochon ait le pouvoir, c'est plus dangereux pour nos partisans. Je partagerais notre plan pour reprendre la régence, conçu hier par moi-même, la Reine Régente, son fils le marquis, mon frère Anthony, et Lionel... » Le silence suivit comme il s'inclinait devant l'Évêque de Salisbury. «Nous allons assiéger toute l'Angleterre.»

Silence. Conjectures. Denys pouvait presque voir leurs pupilles se dilater.

«J'ai renfoncé la flotte des Woodvilles avec encore divers navires, en utilisant la partie du trésor royal que nous avons récupéré. Nous avons loué deux navires Génois, caraques Espagnoles, actuellement les plus grands de la flotte-les caraques sont les bateaux à voile les plus grands d'Europe. Maintenant ils sont ancrés dans les plaines, entre Goodwin Sands et la côte est de Kent. Je suis fier de dire, en tant que commandant, notre flotte est sur la voie du succès!»

«Bonne nouvelle en effet, mon seigneur. Vous êtes un bon amiral. Si les voiles de quelqu'un sont pleines de vent, ce sont les vôtres,» était la réponse d'Alcock à cela. Les autres évêques acquiescèrent et marmonnèrent en accord.

Woodville répondit avec un assez drôle «hrrrumph» et continua. «Les deux Génois loués sont neutres et ne souhaitent offenser personne, mais je soupçonne leurs raisons. L'un de ses capitaines est un marin nommé Colomb. Je pense qu'il demandera l'aide des coffres royaux pour financer des futures expéditions.»

«Demander un tel sacrifice à la couronne,» Alcock se tourna vers les autres et ils hochèrent la tête.

«Les autres navires sont en toute sécurité en orbite des Woodvilles,» il les informa. «Nous avons lancé en silence des caravelles à Calais pour sauvegarder le port. Nous en enverrons plus sur la Tamise pour arrêter de trader là-bas et envoyer le Cochon dans la rivière. Certaines se dirigeront vers le nord sur le chemin de Scarborough, et d'autres au Pays de Galles. Nous pouvons même déplacer Henry Tudor si nous avons besoin du sang Lancastrien pour montrer au Cochon que nous sommes sérieux. Mais je me précipite beaucoup.»

«Vous, Edward?» Salisburdy dit sur un ton exagéré.

«Notre objectif est d'écraser le Cochon et ses sbires. Une fois que nous contrôlons le commerce, nous l'aurons entre nos mains. Une flotte de caraques Espagnoles ne peut pas nous arrêter,» Woodville déclara.

«Avez-vous des finances suffisantes?» Alcock demanda, «Est-ce que nous le clergé devons soutenir notre foi avec le l'or?»

«Er, j'allais en venir à ça, Votre Excellence. Nous avons la moitié du trésor royal sur l'un de ces bateaux, et bientôt l'autre moitié viendra. Je ferai appel à l'église seulement si Le Cochon n'est pas si facile de sacrifier comme nous prévoyons. Ce dont nous avons besoin pour l'instant c'est votre fidélité-et votre silence.»

«Vous avez les deux,» était sa réponse respectueuse.

Le cœur de Denys courut quand cette conversation lui coupa le souffle.

Quand ils partirent, elle courut hors de la chapelle, par l'allée ouest dans l'ombre des tombes et elle fuit l'Abbaye par la Grande Porte Ouest. Elle monta sur son palefroi et galopa jusqu'à la Tour aussi vite que ses pattes l'amenèrent.

❦

Pendant que Valentine quittait The Crown and Cushion après un gâteau et une bière, Denys courait sur la route vers la Tour, ses cheveux flottant derrière elle. En le voyant, elle ralentit le palefroi au trot et s'arrêta. Il prit la route pour la rencontrer.

«Valentine!» Elle tendit la main pour le serrer dans ses bras et glissa presque. «Je suis venu te voir ce matin et je t'ai regardé dormir pendant des heures, oh, chéri... »

«Je vais bien, Denys, vraiment. Nous en reparlerons plus tard. Mais pourquoi une telle précipitation? Je n'aime pas ton apparence-ton visage tout rouge et tes yeux si troublés.» Une coiffe jaillissait d'un sac qui pendait de sa selle.

«Je dois trouver Richard sans tarder. Suis-moi!» Sa main glissa de la sienne alors qu'elle poussait le palefroi.

Il savait qu'elle ne cherchait pas Richard pour une partie d'échecs. Il obéit et la suivit.

☙❧

Il la rejoignit à l'entrée de la Tour Blanche. Il mit pied à terre et jeta les rênes à un palefrenier.

«Denys!» Il attrapa son coude alors qu'elle courait dans le couloir devant les gardes, qui échangèrent des regards amusants.

«Valentine, c'est une question de vie ou de mort pour tous nous!» Elle haleta comme il la suivit sur ses talons. Ils arrivèrent à la porte de la salle d'audience de Richard. Elle dit au revoir aux gardes, entra dans ses chambres privées et fit irruption sans appeler. Il se tenait près de la fenêtre, avec un pied posé sur le siège, étudiant un document. Il avait mis un pourpoint, un collier Yorkiste doré, bagues et chaussures.

Et quelque chose de plus. La couronne.

«Richard!» En entendant son nom, il enleva la couronne et la plaça sur un coussin. Il se retourna alors que Denys courait vers lui. «Edward Woodville essaie de te capturer et de te exécuter et utiliser sa flotte pour fermer les ports et prendre Calais!» Haletante, elle prit une inspiration. «Il a le soutien de tous les évêques du conseil! Oh, Richard... » Elle lutta pour garder son sang-froid.

«Exécuter Richard?» Valentine secoua la tête d'incrédulité. «Ils ne peuvent pas le comprendre si vite!»

«Comprendre quoi?» Denys se tourna vers lui.

«Que le mariage entre le Roi Edward et Elizabeth Woodville est nul. Le Prince Edward est un bâtard et Richard est notre roi, de nom et de droite,» Valentine dit avec enthousiasme.

Engourdie de surprise, elle haleta.

«Pourquoi si vite, Val? Je ne suis pas encore roi. Nous n'avons même pas fixé de date de couronnement.» Richard plia le document et se tourna vers Denys, fixant ses yeux sur elle. «Comment exactement ont-ils l'intention de me prendre?»

«Pouvons-nous nous échapper dans le Yorkshire ce soir ou est-ce trop tard?» elle demanda. «A-t-il déjà lancé des bateaux? Es-tu proclamé roi publiquement?»

«Merde, Denys, arrête de poser des questions et réponds moi!» Richard tonna. Ses yeux en feu, il fit un pas en avant et la pièce tomba dans un silence de mort.

Denys inclina la tête en signe d'obéissance. «Je l'ai entendu en confession.»

Le visage de Richard montrait de la confusion mais il lui fit signe de continuer.

«Ils ont ancré dans les Plaines, entre Goodwin Sands et la côte est de Kent. Et ils ont deux galions Génois neutres. Ils ont l'intention de prendre Calais, dévaler la Tamise, prendre le contrôle de tous les ports d'ici à Scarborough-et t'exécuter!» Cette fois elle ne put pas retenir ses larmes.

Le Richard toujours composé ramassa une tasse et la jeta par terre. «C'est la dernière chose qui me manquait!» Il prit une profonde inspiration. «J'attraperai chacun de ses vers salopards pour ça! Les cadavres des Woodvilles couvriront le fond du Canal quand j'aurai fini!»

«Richard, attends.» Valentine prit la manche de Richard.

Richard se libéra de sa main comme si c'était duvet. «Oh, merde! J'ai déjà attendu trop longtemps.» Il commença à arpenter la pièce et Valentine le suivit. Les voir lui donnait le vertige.

«Écoute un instant, Richard.» Valentine bloqua son

chemin. «Pendre tout le clan Woodville et leurs marins, couler leurs navires ne te rendra pas bienveillant comme ces londoniens veulent. Plutôt, propose à tous les soldats et marins d'abandonner leur flotte en échange d'un pardon royal. Pour le moment, le pardon est plus efficace que couper les têtes ou couler les navires. Un acte aussi vertueux sera loué par tous et on gagnera de nombreux sujets fidèles et dévoués. Personne ne veut pas se battre contre le meilleur général de la terre. Pense à quel point c'est noble et juste, et l'admiration qui suivra. Tu seras adoré ici autant que maintenant dans le nord.»

Richard arrêta de tourner et s'assit sur le siège de la fenêtre. «Admiration, tu dis?» Il fit tournoyer sa bague rubis autour de son index. «Imagine ça un instant, je dénonce Edward Woodville en tant qu'ennemi de l'État en ce moment et je mettrai un prix sur sa sale tête.»

«C'est assez juste, mais qu'en est-il de ma proposition?» Valentine s'assit à côté de lui.

«Très bien, mais comment pouvons-nous leur dire qu'ils sont pardonnés? Envoyant un message dans les becs des mouettes?» Ses lèvres firent un ricanement.

Valentine toucha son menton avec un doigt. «Il y a un moyen. Nous devons nous approcher suffisamment des navires des Woodvilles pour faire passer le message de notre offre de pardon.»

«Nous?» Richard haussa les sourcils.

«Convoque les âmes les plus courageuses que tu puisses rassembler, donne-les des bateaux pour ramer à leur flotte et crier qu'ils seront pardonnés s'ils déposent les armes et se dispersent. Simple, Richard. Ça n'a jamais été aussi simple.» Valentine se leva et redressa ses bas.

«Oui, je pourrais utiliser plus de partisans. Ça sera une grande humiliation pour les Woodvilles, aussi. Plus simple que de les rassembler tous pour le bourreau. Trop compliqué, ça, j'oserais dire.» Richard fronça les sourcils malicieusement.

«Pour cette aventure délicate et audacieuse, tu as besoin d'hommes bruyants avec... en bronze.» Valentine prit sa virilité dans sa main en coupe et fit un geste, puis se souvenant que sa femme était présente, juste fit semblant de gratter. « ... er... avec courage.»

Richard laissa un sourire jouer sur ses lèvres. «Ne me laisse pas interrompre ton courage. Ta Délicatesse.»

Valentine haussa ses épaules et rit.

Denys ne put pas tenir sa langue. «Valentine, c'est dangereux. Ce n'est pas vraiment une bataille, c'est une pacification, mais souviens-toi avec qui tu as affaire.»

«Ne t'inquiète pas, ma chérie,» il l'assura. «Nous avons le formidable soutien de quelques précieux lions de mer. Cet aventurier du Portugal, Richard, quel est son nom?»

«Edward Brampton?»

«Oui.» Il acquiesça. «Un commandant en second très approprié. Je ferai la première approche des bateaux Génois. As-tu dit qu'ils étaient neutres, ma chérie?» Il se tourna vers Denys.

«Oui, Edward Woodville dit ça. Ils sont aussi de loin les deux navires les plus grands de la flotte.»

«Magnifique!» Il se frotta les mains. Je vais commencer par là. Quelques verres de vin Toscan et ils nous serviront les Woodvilles sur un plateau d'argent.»

«La vérité de Dieu, Val, tu ne t'arrêtes jamais de penser à la nourriture et aux boissons?» Richard répondit et les deux quittèrent la chambre.

«Attendez!» Denys cria derrière eux. «Qu'en est de ce mariage nul... »

«Pas maintenant!» Richard cria par-dessus son épaule. «Nous parlerons après les vêpres. En attendant, pas un mot.»

Trop secouée pour penser, elle retourna lentement à l'Abbaye de Westminster, loin du tumulte, les courtisans qui s'heurtaient et leurs corps en sueur. Cette fois elle s'arrêta dans l'ancienne chapelle d'Edward le Confesseur. Des piliers sculptés gris-jaune étaient rassemblés en arcades autour de lui, décorant les tombes des rois passés et leurs reines. Au centre Edward le Confesseur, qui régna jusqu'à sa mort en 1066, reposa. Elle s'agenouilla près de sa tombe, ses voûtes basses coupées dans un bloc de pierre sculpté orné, son Latin ciselé usé par le temps. Elle pria pour l'homme sur le point d'être roi-et pour son meilleur ami et conseiller.

❦

Après les vêpres, se dirigea vers le Kent. Denys attendit que les fidèles quittent la chapelle, puis elle alla rejoindre Richard.

«Il ira bien,» c'était la première chose qu'il dit.

Elle glissa sur son banc. «Oh, je prie pour qu'il en soit ainsi. Il n'est jamais parti au combat sans toi.»

«C'est loin du combat, Denys. Ce qu'il porte est une branche d'olivier, pas une épée. Une transaction. Dans laquelle il est meilleur et je suis pire. À part ces vieux lions de mer que j'ai choisis pour l'accompagner, personne n'est plus apte à négocier avec les Génois.» Il glissa son Livre d'Heures dans son sac de velours.

«Malgré tout, avec tout ce qui arrive...»

Il interrompit, «Un jour nous pourrons nous battre à nouveau, et même nous battre dans des champs séparés... mais du même côté, bien sûr.» Son ton de voix lui dit qu'il faisait totalement confiance à Valentine. «Alors, comment se passe le mariage? As-tu repris les qualités douces de Valentine? Nous savons tous qu'il les a. Valentine est un homme gentil et attentionné qui aspire à plaire.»

«Oui, il est très attentif ces derniers temps.» Elle sourit secrètement en se rappelant son contact.

«Bien sûr. Je savais qu'il serait.» Richard hocha la tête

comme s'il voyait exactement que voulait-elle dire.

«Mais tu avais raison. Le besoin de se prouver le consomme parfois.» Une vague de tendresse et d'affection pour son mari réchauffa son cœur. «Mais c'est son côté le plus délicat, Richard. On peut le blesser facilement.»

«J'espère que cela ne le détruira pas. En tant que sa femme, tu dois l'aider. Nous les hommes ne pouvons pas toujours être forts. Tu dois t'assurer que sa faiblesse ne nuit pas à lui ou à votre mariage.»

«Comment puis-je s'il n'admet jamais ces faiblesses?» Elle croisa ses chevilles.

«Lui aimant, ma chérie. Juste lui aimant, comme j'ai dit avant, pas lui disant simplement, *montre-lui*.» Il acquiesça résolument. Partagez-vous des moments privilégiés? Dans les nuits froides et sombres quand les courants d'air sifflent dans la maison, est-ce qu'il te tient au chaud? Est-ce qu'il te réconforte quand tu te sens malade, ou il t'offre de la compassion, ou il estime la façon dont tu gères la maison? Est-il attentif à toi? Alors fais de même pour lui. Il brille plus que le soleil quand il te regarde. Il a tout risqué pour t'aider à retrouver ta famille. Il est éternellement reconnaissant d'avoir eu la chance de te conquérir.»

Son regard se tourna vers son âme alors qu'elle réfléchissait sur ses mots. «Il me regarde comme aucun homme avant-ses yeux s'illuminent comme des phares.»

«Je sais combien tu l'aimes, et ça n'a pas pris longtemps du tout,» il disait la vérité.

Denys aurait caché la vérité à toute autre personne, mais pas à Richard. «Oh, à quel point tu as raison, tu m'as montré mes vrais sentiments. Je l'aime de tout mon cœur. Mais nous sommes passés de la noblesse du Yorkshire à ceci... » Elle agita une main vers le palais, «...avec toi pratiquement sur le trône et Valentine dirigeant le royaume à tes côtés.»

«Il n'y a rien à craindre.» Les doigts de Richard tambourinèrent sur son Livre d'Heures.

«Tout cela est arrivé si vite, comme si la foudre frappe et nous jette tous ici, et maintenant nous nous asseyons dans le palais, bientôt tu seras à la place de l'Oncle Ned sur le trône.» La chair de poule lui piquait les bras. Elle la chassa avec ses mains.

«Tu te sens frappé par la foudre, j'ai l'impression d'être ici en un clin d'œil, c'est arrivé si vite.» Il secoua la tête.

«Mais ce mariage nul de l'Oncle Ned et Bess. C'est le plus impressionnant. Physiquement j'ai hésité et je suis tombé quand je l'ai entendu,» elle admit. «Comment diable le saviez-vous?»

Il expliqua la découverte du document par Valentine et les révélations de l'Évêque Stillingon, la merveille brute avec laquelle il l'avait lu dans les Rouleaux de Brevets.

C'était trop pour elle après tout ce qui s'était passé dans les dernières semaines. Avec le cœur accéléré, la gorge sèche, elle chercha ses yeux, secs et pensifs. «J'ai peur de demander mais j'ai besoin de la vérité. Veux-tu être roi?»

Son regard ne quitta pas le sien. Elle détecta la trace d'un sourire. «Dieu le veut ainsi, il semble.»

Elle recula comme si elle était frappée. «J'ai besoin de prendre un jour-non, une heure à la fois. Tout ce que j'espère c'est le retour en toute sécurité de Valentine et un récit de son triomphe. Mais il y reviendra... à tout ce tumulte. L'angoisse me frappe plus fort car elle passe devant mes yeux. La salle du conseil peut être plus dangereuse qu'un champ de bataille. Même quand ils sont divisés entre clergé et anti-Woodvilles.»

«C'est pourquoi nous travaillons jour et nuit pour apporter un semblant d'ordre, remettre le Parlement au travail et chasser les Woodvilles une fois pour toutes. Après mon couronnement, nous nous installerons dans une vie régulière et paisible sous mon règne.»

«Mais il reste quelques mois.» Elle serra ses bras pour éviter un frisson soudain.

Il détourna les yeux. «Le six Juillet, en fait.»

Cette nouvelle la surprit. «Si vite?»

«Le plus tôt sera le mieux,» il dit, une nuance d'agacement dans son ton, pour le fait qu'elle ait osé l'interroger. Cependant le sourire continuait à jouer sur ses lèvres. «Oh, tu l'expliques clairement!» Il roula les yeux dramatiquement. «Je sais exactement ce que je fais. J'ai une demande pour toi comme sujet le plus fidèle-mon sujet féminin le plus fidèle, c'est-à-dire.» Il se pencha en arrière et croisa les jambes.

«De quoi s'agit-elle? Je ferai n'importe quoi si je peux mieux te servir.»

«Sois une femme obéissante et sers ton mari. Laisse-nous les affaires de l'Etat. Tu penses que j'ai des problèmes, attend juste qu'Elizabeth Woodville découvre qu'elle a un nid plein de descendants illégitimes.» Il essaya de réprimer un rire et échoua.

Elle rit, doucement au début, puis elle le rejoignit dans un éclat de rire soudain quand les deux voix retentirent à travers la chapelle dans l'ombre.

Oh, comme c'était bon de relâcher toute cette tension accumulée. «À quand remonte la dernière fois que tu as vraiment ri comme ça?» Elle s'essuya les yeux avec le bout de la manche.

«La dernière fois que j'ai vu Bess, quand elle ne prit pas note de la dernière marche et elle tomba sur le cul.»

«Elle le mérite!» Ils partagèrent un autre rire, mais elle mit rapidement un doigt sur ses lèvres. «Shhh! La chapelle n'est pas un endroit pour s'amuser.»

Son expression redevint sérieuse, avec ses lèvres serrées. «N'aie pas peur. Quand toute la poussière retombe et nous sommes en sécurité dans nos lieux établis, le rire coulera librement.»

«Je prie pour que ce soit comme ça.» Elle mit ses mains ensemble.

«Seulement n'arrête pas de penser à Valentine. Une prière ou deux pour lui ne fera pas mal,» il suggéra.

«Oh, il croit qu'il n'a pas besoin de prières. Il trompa les bras de la mort l'autre jour, et s'éloigna de son étreinte comme si rien.» Sa voix tremblait en se souvenant.

«Maintenant, ce n'est pas un trait digne?» il aiguillonna.

«Mais tu l'as envoyé sur cette nouvelle mission avant qu'il puisse le goûter. Attend juste qu'il revienne,» elle avertit. «Il n'arrêtera pas de parler de son triomphe sur les Génois et les Woodvilles.»

«Valentine croit que sa plus grande victoire fut gagner ton cœur.» Ses mots et son ton sonnaient vrais. «C'est calme sans lui,» il admit. «J'espère que les marins Génois apprécient ce que je leur ai envoyé.»

Une pensée curieuse surgit et elle décida une fois pour toutes l'enlever de sa poitrine. «Richard, y-a-t-il des filles sur ces bateaux?»

«Je ne crois pas. S'il y avait, je suis sûr qu'elles seraient déjà assez nerveuses.»

ELLE COMPTA LES JOURS JUSQU'AU RETOUR DE VALENTINE. Au milieu de la neuvième nuit, elle entendit la cadence familière de ses pas dans les escaliers et elle sorti du lit pour le rencontrer.

«Valentine, mon amour, Dieu merci tu es à la maison! Ça va?» Elle passa ses mains sur son corps, à la recherche d'un pansement ou d'une plaie.

«Non, tout s'est bien passée.» Cela sonna si stoïque, c'était presque comme Richard.

«Embrassons-nous. J'ai attendu si longtemps... » Leurs

bras enroulés l'un autour de l'autre, ils partagèrent un baiser profond.

Il la conduisit aux escaliers, enleva son pourpoint et le jeta par-dessus la balustrade.

«Maintenant dis-moi comment ça s'est passé!» Elle le prit par le bras en montant les escaliers.

«Deux des vieux lions de mer de Richard, John Wellis et Thomas Grey, prirent le contrôle des fortifications à Portsmouth. Ils fournirent notre petite marina. Richard envoya Lord Cobham avec une petite force maritime à Denysr et Sandwich pour maintenir les ports, en cas d'attaque des Woodvilles. Edward Brampton et moi nous allâmes dans les Collines, où était leur flotte. Brampton et moi nous naviguâmes vers le grand tacon Génois et je les saluai en disant que nous vînmes en paix-et nous avions faim. Ils nous invitèrent à bord, je pense qu'ils avaient hâte de partager un bon festin. Nous prévoyons de nous rapprocher de l'heure à laquelle la plupart des gens terminent leur dîner, alors que leurs estomacs étaient pleins, et son esprit émoussé. Le nom du capitaine est Colomb. C'est un expéditionnaire Génois. Il avait une jolie commune.»

«Colomb-le nom semble familier,» elle se souvint alors qu'ils atteignaient le haut des escaliers. «Je l'ai déjà entendu. Oui, bien sûr! Il vint à Londres. George organisa un banquet en son honneur... c'est-à-dire, ce que George fit passer pour un banquet. La consommation était du type liquide. La fête ne m'intéressait pas assez pour rester à sa rencontre. J'étais pressé d'aller trouver la Comtesse de Somerset ce jour-là et je n'avais pas envie de rester à l'une des soirées ivres de George.»

«Oui, Colomb le mentionna,» Valentine dit. «Les hostilités Françaises interrompirent son premier voyage en Angleterre, alors il alla au Portugal. Plus tard il vista Bristol et Londres sur le chemin de l'Hibernie (L'Hibernie est le nom Latin de l'île d'Irlande) et Islande mais il ne put pas avoir d'audience avec le Roi Edward. Il a des croyances très provocantes sur le monde. Il fut très cordial un après-midi de vin et de congrès, parlant librement des stratagèmes des Woodvilles au fil des ans, les raisons d'Edward Woodville pour avoir la flotte, son intention de saisir Richard... » Il s'arrêta pour bâiller. «J'expliquai comment, s'ils arrachent la couronne d'Angleterre, Dieu seul sait comment le commerce serait affecté. Il accepta et cassa l'arrière de la flotte. Le reste le suivit à Londres et abandonnèrent devant nous au remblai de Westminster. Edward Woodville, comme le lâche qu'il est, s'enfuit en France pour attendre avec Henry Tudor. Nous ne reverrons plus aucun de leurs peaux.» Ils arrivèrent dans sa chambre et il s'écarta pour qu'elle entrât.

«Valentine, ta action sera comptée encore et encore dans les années à venir!»

Il enleva ses chaussures. «Le vivre est beaucoup plus excitant que le dire.»

«As-tu informé le conseil de ton succès?» Elle demanda alors qu'ils se blottissaient ensemble dans le lit.

«Non, je suis venu directement ici, je n'ai même pas arrête à la Tour. J'ai laissé ça à Brampton et Cobham. En quelque sorte je pense qu'ils ne perdront pas de temps pour informer le roi de leur grand succès.»

«Roi?»

«Pourquoi, Richard bien sûr.» Il fit un geste dans cette direction.

«Valentine, j'étais dans un tourment d'inquiétude à chaque minute. Il y a eu plus que je ne peux supporter! Une série d'arrestations et exécutions, deux des frères de Bess décapités pour trahison, et les enfants de l'Oncle Ned et Bess proclamés bâtards à cause de son engagement avec Eleanor Butler.»

Il soupira et enroula un bras autour de ses épaules. «Ce sont des temps de grand tumulte. Je n'ai jamais promis un transfert de pouvoir fluide et facile. Servons le royaume du mieux que nous pouvons.»

«J'essaie. Tu n'as pas idée.» Elle commença à déboutonner sa chemise. «Je sais que ce fut ta première bataille sans Richard,» elle dit comme il embrassait son cou. Il rassembla ses cheveux en mèches. «J'avais désespérément peur que tu ne puisses pas te passer de lui, mais j'ai prié que tu le ferais, et tu l'as fait. Je suis si fière de toi.»

Leurs bouches verrouillées alors que leurs bras s'enroulaient l'un autour de l'autre. Elle s'éloigna. «Tu dis une fois que la femme d'un noble ne fait jamais des tâches tellement humbles comme lui baigner. Bon, tu n'es pas n'importe quel noble. Tu es un brave soldat, le plus courageux de notre royaume. Est-ce une tâche humble si nous nous baignons l'un à l'autre?»

«Cela semble encore plus amusant que d'écraser les Woodvilles.» Il la laissa enlever sa tunique et ses bas.

«Nous utiliserons ma baignoire.» Elle lui leva. «C'est plus grand que la tienne.»

Le feu brûlait dans la cheminée de sa chambre pendant qu'une femme de chambre préparait un bain à son ordre, remplissant la baignoire avec des seaux d'eau chaude qu'elle parfuma à l'huile de lavande. Elle ferma la porte et enleva sa camisole, sa jupe et son jupon. Valentine enleva ses sous-vêtements, plongea dans l'eau parfumée et s'étira. Il posa sa tête sur le bord de la baignoire.

Elle s'installa à côté de lui et lissa les cheveux de son front. L'eau chaude les embrassa. Comme c'était bon être si proche de lui.

«Aime moi, aime moi ici, Valentine!» Elle enroula ses jambes autour de sa taille alors que la passion les consommait, leurs âmes en cadence avec l'univers d'extase qui les unissait.

Puis ils se couchèrent au lit, bras et jambes entrelacés pendant qu'elle s'endormait.

Chapitre Onze

LE COURONNEMENT FUT le plus magnifique de l'histoire du royaume. Denys, ravie d'en faire partie, rayonnait de fierté des réalisations de Valentine, mais le doute la tourmentait quand il accepta volontiers sa position comme Chancelier d'Angleterre.

Le roi et la noblesse traversèrent les rues de Londres jusqu'au couronnement avec une magnificence inégalée entre magnats, prélats, gentilshommes et domestiques. La foule applaudit tout au long du parcours de la Tour à Westminster. Richard, quittant enfin le deuil de son frère, avait l'air vraiment royal enveloppé dans une tunique de velours violet avec garniture d'hermine sur un pourpoint de tissu d'or. Les pages l'entouraient, enveloppés dans des tuniques blanches. Anne, faible et fragile, était dans une litière richement décorée, servie par des dames vêtues de satin cramoisi et bleu à cheval.

La procession se dirigea à l'Abbaye de Westmister sur un drap rouge étendu. Denys marchait dans son état seule derrière la sœur de Richard, pendant que Valentine, comme premier officier du couronnement, suivait le roi, avec l'honneur de porter sa traîne. Pour Denys, il était le plus resplendissant de tous, sa tunique de velours bleu brillant avec des fils d'or qui brillaient au soleil.

Un prêtre portait une grande croix dirigeant la procession d'abbés et évêques. Les principaux magnats les suivirent, portant des épées et massues. Le duc de Westminster portait le sceptre. Le duc de Windson portait la couronne avec bijoux sur un coussin violet royal. Les évêques flanquaient Richard de chaque côté, portant un drap d'État sur sa tête. Une compagnie de comptes et barons précédait les seigneurs portant les cérémonies de la reine. Denys les suivait, dirigeant une autre rangée de nobles dames, gentilshommes et écuyers.

Le cortège traversa La Nef avec l'explosion d'une chanson. Le roi et la reine s'approchèrent de l'autel. Tandis que les refrains obsédants de l'orgue à tuyaux résonnaient à travers l'Abbaye, le Cardinal Bourchier les oignit du chrême sacré et mit les couronnes sur leurs têtes. Après la Messe Solennelle, la procession sortit en ligne sur le drap rouge au milieu des sons de trompettes et clairon.

Au banquet du couronnement dans le salon de Westminster, Richard s'assit au centre de la table haute, avec Anne á sa gauche. «Vive le Roi Richard!» résonna dans tout le salon.

Au crépuscule, les assistants entrèrent avec des torches enflammées. Conduisant le cortège de sujets, Denys s'approcha à l'estrade royale. Elle s'inclina dans une révérence, serra la main de Richard, et embrassa l'anneau de couronnement. Seulement à ce moment-là cela la frappa de toutes ces forces -l'anneau n'était plus celui de l'Oncle Ned. Ç'appartenait au Roi Richard.

«Que Dieu vous bénisse, votre altesse.» Elle regarda dans ses yeux. Ils n'étaient pas si brillants comme les bijoux de sa couronne, mais il donna son premier sourire en tant que roi.

Languissant dans un sanctuaire, avec ses fils enlevés dans la Tour, Elizabeth Woodville savait qu'elle avait tout perdu dans deux mois courts. Sa flotte avait également échoué. «Sale Valentine Starbury!» elle cracha. Comment avait-il survécu à cette barge coulée? Elle pourrait se donner une fessée pour l'avoir envoyé à Stillington! «On, quelle erreur de le mettre sur la route de ma chute,» elle gémit, contemplant tristement une peinture de ses deux fils, Edward et Richard, sachant qu'elle ne les reverrait jamais. «Inutiles pour moi maintenant!» elle critiqua, sans s'excuser pour son caractère égocentrique.

❧

Avec la désignation de Valentine comme Chancelier vint une rente de cent mil livres, en plus des châteaux à Stokesay et Rockingham.

Tandis que la lune poudrait son lit avec des rayons pâles traversant la fenêtre ouverte de sa chambre, elle prit une profonde inspiration pour se détendre-mais elle ne put pas. «Oh, Valentine, je ne m'habituerai jamais à tout ça.»

«Le trône est en sécurité, et Elizabeth Woodville est séquestrée. Henry Tudor est plus une menace qu'elle ne le sera jamais.» Le mépris donna à sa voix un ton amer.

«Il se cache en France,» elle répondit. «Et il n'a pas été sur le sol Anglais depuis des années.»

«Nous devons toujours nous protéger de ses espions et de ses partisans.» Il sentit son inconfort et frotta ses muscles du cou. «Sa mère a été envoyée pour livrer à l'Évêque Rotherham un gros colis, et nous doutons que ce soit un don à l'église.»

«Est-ce que vous arrêterez Tudor et vous lui garderez en prison? Ou allez-vous le combattre à nouveau?» De vieilles peurs la saisirent, fermes comme une fièvre persistante.

«Non, Richard n'est pas comme Edward. Il aime laisser les

choses telles qu'elles sont. Ce n'est pas son style d'attaquer en premier.»

Denys ne put pas s'empêcher de penser que son mari était comme ça. «S'il te plaît ne provoque rien, Valentine. Je ne pourrais pas supporter de te perdre au combat.»

«Es-tu tellement amoureuse de moi que tu ne peux pas supporter de te séparer de moi?» il plaisanta alors que sa main glissait pour frotter ses épaules.

«Tu le sais bien. Je déteste aussi les batailles et je souhaite que tout le monde ait la paix.» Elle commença à se détendre en recevant son contact.

Ses doigts tracèrent la courbure de son corps. «Nous sommes des hommes. Nous ne pouvons pas nous empêcher de nous battre. Tout comme nous ne pouvons pas nous empêcher d'aimer.» Il se faufila hors du lit, mit une autre bûche sur la flamme mourante el revint vers elle. «Maintenant, de quoi parlions-nous?» Son visage brillait à la lumière du feu mourant.

Son malaise se dissipa quand cette sensation de nuit brûlante la saisit. Elle se blottit contre lui. «Se battre, aimer... quelque chose comme ça.»

Il s'appuya sur un coude et tira une mèche de cheveux de sa joue. «L'amour et la guerre... à quel point ces deux passions sont-elles similaires.»

AU DOMAINE ANCESTRAL DE VALENTINE DU MANOIR Fiddleford, Denys passait des heures dans les jardins plantant des roses, fleurs de lys, violettes, toutes les fleurs qu'elle aimait. Ses délicieux arômes flottaient dans la maison avec les boutures qu'elle apportait chaque jour. C'était presque aussi paisible que son sanctuaire du Yorkshire, mais l'agitation de Londres le remplit de vie et d'enthousiasme. S'adaptant à la ville, elle commença à profiter des rues étroites et sinueuses, les vendeurs criant les vertus de leurs produits, la foule se précipitant pour effectuer les tâches que la vie exigeait, l'essaim de commerce le long de la Tamise. De temps en temps, elle marchait seule à travers les rues poussiéreuses, comme un sujet commun, se mêlant à la multitude de capes aux couleurs vives et les joues roses des enfants. Elle est ses guides visitaient des zones pauvres et distribuaient du pain, des viandes, et fruits de son jardin. Ça la récompensait et l'attristait en même temps.

Serait-elle l'une d'entre eux si Elizabeth ne l'avait pas prise? La fille débraillée qui dévorait le gâteau aux fraises et léchait ses doigts sales pourrait-elle être sa propre sœur?

Elle ne cessait jamais de se demander.

Maintenant que Richard était roi, elle avait besoin de prendre rendez-vous pour une audience. Comment elle ratait la liberté de passer les gardes dans chacune des chambres extérieures, et puis passer à sa chambre de retraite.

Il était devenu inaccessible. Mais aujourd'hui, elle le voyait seul, sans entourage flottant.

Deux gardes l'emmenèrent à la salle d'audience de la Tour Blanche où il était assis à signer des documents. La couronne reposait sur un coussin à portée de main. Il leva les yeux et commença à sourire, mais ne finit pas de le faire. Alors qu'il se levait pour la saluer, elle se pencha. Mais elle parla comme une vieille amie. «Oh, Richard, tu as l'air si royal, mais tellement fatigué. Tous les problèmes te viennent-ils?»

«Ils m'ont attrapé, ils m'ont surpassé, et ils m'ont laissé dans la poussière.» Avec sa réponse fatiguée, il s'installa dans la chaise et reposa sa tête dans ses mains. «Un si immense fardeau d'obligations, juste accablant. Parfois j'ai du mal à croire que je suis ici. J'espère qu'Edward franchit la porte et me jette dehors.» Il reprit sa position droite.

«Je comprends totalement, Richard. Une partie de moi refuse de croire que l'Oncle Ned est parti. Je le vois encore quand je ferme les yeux, je sens toujours ses mains autour des miennes, j'entends son rire.» Arrêterait-elle jamais de pleurer pour l'Oncle Ned ou est-ce qu'elle arrêterait de le manquer? «Mais tu le gères remarquablement bien. J'espère que tu te sentiras bientôt à l'aise et tu t'adapteras à être roi comme dans n'importe quelle autre position.»

«Des manières royales?» Il renifla. «Il faudra des années avant que je me sente à l'aise. Il y a tellement à faire.»

«Valentine aime chaque minute, tout comme je le craignais,» elle murmura.

Ses yeux devinrent perçants, restaurant un rayon de confiance. «Mon Chancelier est plus populaire que moi,» il dit sans une trace d'indignation.

«Je me suis rendu compte.» Elle acquiesça. «J'aimerais pouvoir l'arrêter parfois.»

«C'est ton devoir en tant qu'épouse de vider sa vigueur quand il a trop de courage.» Richard baissa la tête et tapota la table avec ses doigts. Ses anneaux brillaient au soleil versant dans la chambre.

«Ça lui donne juste plus de force,» elle répondit avec un sourire.

«Trouve la potion de sorcière d'Elizabeth Woodville. Je suis sûre qu'elle peut faire un lot pour le stimuler ou calmer à ton guise. Les potions de cette sorcière ont aidé à tuer mes deux frères.» Son ton dégoulinait d'amertume.

«Richard, s'il te plaît. Laisse Bess dans le passé. N'y pense plus. Elle ne peut plus nous faire de mal. Ça doit l'irriter de dépit le fait que tu es roi. Pense juste à sa fureur cachée dans sa chambre spartiate, les Woodvilles expulsés du palais comme s'ils avaient la peste. Ses tentatives de nous tuer ont tous échoué. Le royaume est à toi. Tu dois porter sa charge, mais tu devrais aussi en profiter. C'est magnifique voir les tournois royaux, les fêtes et les banquets que Bess m'interdit.»

Il brandit le dernier document qu'il avait signé et étudia le sceau royal. «Magnifique, n'est-ce pas?»

Elle prit une profonde inspiration et redressa les épaules. «Richard, je suis ici pas seulement pour une audience, mais demander une faveur.»

Il remit le document sur la pile. «De quoi as-tu besoin, une augmentation du salaire de Val, un château au bord de la mer, peut-être?»

«Au contraire, tu es de plus en plus libéral pour nous. J'ai juste besoin d'une petite faveur de ta part. Aide-moi à trouver l'homme qui m'a emmené du Roi Henry quand j'étais un bébé.»

Il acquiesça. «Ah, oui, le mystérieux John. Je veux aider, mais ne peux pas m'en occuper tout de suite.»

«Je comprends que tu ne peux pas aller suivre le royaume pour lui. Si seulement tu pouvais me trouver une liste des courtisans du Roi Henry, je peux continuer la recherche moi-même.»

Il leva la main. «Tu ne feras une autre recherche hivernale. Pas de voyage entre Novembre et Mai. C'est une commande, dit par ton roi.»

«Je t'écoute et je t'obéis, mon souverain.» S'adresser à son ami d'enfance de cette façon lui donna une étrange peur. «Mais avec l'été sur nous, il n'y a aucune difficulté pour voyager. Bess est impuissant. J'espère qu'il n'y aura plus de mésaventures.»

«Je vais aider comme je peux, maintenant je dois vraiment reprendre les affaires du royaume. Donne Val mes bénédictions et dis-lui que je vais le voir quand le Parlement se réunisse.» Il se tourna vers une autre pile de documents.

Elle se leva pour partir. «Comment va la reine? Je n'ai pas revu Anne depuis le couronnement.»

«Elle n'est pas en bonne santé.» Ses yeux s'assombrirent comme toujours à la mention des absences grandissantes d'Anne aux réunions de la cour.

«Je suis vraiment désolée, Richard.» Son cœur faisait mal pour les deux. «S'il te plaît, s'il y a quelque chose que je peux faire... »

«Continue juste d'être gentille avec elle comme tu l'as toujours fait. Elle a besoin de tout l'amour et ses soins que nous pouvons donner.» Il baissa le regard et la voix.

«C'est le moins que je puisse faire.» Elle s'inclina et ils se séparèrent.

❧

La cour brillait d'une plus grande splendeur que celle du défunt Roi Edward. Des mimes, des jongleurs, des acrobates et des bouffons jouaient tous les soirs, des ménestrels jouaient de la musique joyeuse dans la galerie, les courtisans étaient dédiés à la danse, à jouer aux dés et aux dames.

Valentine et Denys brillaient de toute la splendeur en raison de leur nouvelle situation. Ils s'habillaient dans des vêtements plus extravagants que jamais, ses pourpoints et pardessus du velours le plus riche, ses tuniques de satin ou de tissu Hollandais fin, sa tête toujours couronnée d'une casquette de velours brillant avec des fleurs de lys dorées ou percée de pierres précieuses. Les assistants la couvraient de robes de velours doublées de tissu satiné ou doré, aux poils d'hermine ou de zibeline, brillant avec des tourbillons et motifs dorés, cloutées avec des bijoux. Ses manches en satin coulaient au sol en couches, avec des anneaux à chaque doigt.

La Reine Anne, malade et alitée, ne pouvait pas être présente beaucoup. Denys aurait aimé pouvoir encourager

Richard comme il était assis à côté de sa place vide à la table haute, mais une étincelle illuminait toujours ses yeux quand son cher fils Edward sautait dans ses bras.

En voyage à Cambridge, Denys et Valentine apprirent une tragédie. Leur petit avait disparu dans son sommeil. Le roi et la reine, submergés par la douleur, coururent à Middleham pour les funérailles d'Edward.

L'inévitable murmure se répandit dans la cour: qui Richard nommerait-il comme héritier du trône?

«Sois reconnaissant que nous n'ayons pas ces tribulations, Valentine,» Denys dit en se reposant sur le lit.

«Le fardeau plus lourd d'un roi c'est choisir un héritier convenable, sans d'enfants légitimes.» Valentine glissa la couverture autour de ses épaules pendant que les flammes dans la cheminée mouraient dans des braises orange incandescentes.

«Qui devrait être l'héritier?» Elle réchauffa ses mains dans le creux de son coude.

«Le Décret de Prescription et de Confiscation prévient la succession du fils de George,» Valentine répondit. «Peut-être le fils de sa sœur Jack de la Pole. Il est le neveu aîné sans défaut, et si Dieu veut, il sera majeur quand son heure viendra.»

Denys sourit, bien que la douleur persistante pour l'exécution de George pesait toujours sur son cœur. «Comme George serait heureux voyant son fils monter sur le trône. Et Richard aimait George tellement.»

«Il fera son choix bientôt.» Le ton de Valentine avait un soupçon d'appréhension. «Il n'y a pas de pénurie de rois aspirants plus éloignés. Margaret Beaufort fera sûrement une réclamation si la succession n'est pas certaine.»

«Ce serait un grand exploit, il n'y a pas de précédent d'une monarque féminine. Et la mère d'Henry Tudor, parmi tous les gens. Est-elle une menace?» Denys demanda.

«Pas tellement elle. Elle est subtile et elle reste à l'écart, finançant tranquillement les invasions de son fils. Elle-même ne cherche pas la gloire, seulement pour lui.» Valentine pressa l'oreiller sous la tête.

Denys blottir à côté de lui. «Je n'ai jamais vu Margaret Beaufort.»

«Elle maintient un havre de paix au Pays de Galles. Bien à l'écart.» Il l'assura.

«Valentine, l'Angleterre aura un jour une reine née pour le trône?» Elle s'était interrogée à ce sujet depuis l'enfance.

Il acquiesça. «Oui, une dame chanceuse naîtra pour régner. Hélas, pas dans notre vie.»

«Peut-être dans la vie de nos enfants,» elle réfléchit.

Il se retourna pour lui faire face. «Parlant d'enfants... »

Il la prit dans ses bras une fois de plus.

Chapitre Douze

✿❦✿

«Nous avons reçu une lettre intéressante aujourd'hui.» Valentine était assis en face de Denys dans la salle privée tandis que son Assistant glissait des chaussons de satin aux pieds de son maître.

Prenant son ton sérieux de la pire des manières, Denys mit ses mains à sa ceinture avant qu'ils ne puissent trembler. Elle savait comment Valentine taquinait le danger le plus menaçant‑il prospérait dans l'adversité, d'autant plus de montrer son courage en le surmontant. «Oh, no, que se passe‑t‑il maintenant?»

Son sourire la soulagea. «Au contraire, ce sont de bonnes nouvelles, ce capitaine Génois de la flotte des Woodvilles. Christophe Colomb.»

«Oui.» Elle acquiesça. «Avec qui tu as fait partir la flotte.»

«Oui. Il a répété ses idées sur le monde que nous ne connaissons pas, et Richard l'a pris pour ce que ça vaut.» Un majordome apporta un plateau chargé de fromage et de raisins, et un autre serveur plaça des verres d'hydromel sur la table.

«Qu'est-ce que ça veut dire?» Elle prit le verre le plus proche.

«Un leurre si tu veux, pour avoir une audience. Il dit qu'il peut aller à l'Est naviguant vers l'ouest. Et il veut expliquer à la cour comment il va faire.» Il prit son verre y et il but un coup.

«Pourquoi, j'ai déjà entendu ça. Les marins Irlandais pensent qu'il y a des terres à l'ouest. Peter, le marin, en a parlé lors de notre malheureux voyage au Pays de Galles. Il répétait des légendes de tels voyages.» Elle cueillit des raisins du plateau.

«Richard a accordé une audience à Colomb, pas seulement curieux de savoir ce qu'il y a à l'ouest, mais par grâce royale, et pour sa participation à la dispersion de la flotte des Wood-villes.» Il fit courir son doigt le long du bord du verre. «Et si nos hypothèses sont correctes, Colomb attiendra nos côtes immédiatement. Mais Richard n'est pas stupide. Bien sûr nous discernons la raison fondamentale de sa visite.»

«Bien sûr!» Elle prit un cube de fromage et le grignota. «Il veut découvrir les limites inconnues de la Mer Océan immense et orageux, pour réclamer de nouvelles terres loin-taines pleines de curiosités au-delà de nos imaginations les plus folles.»

«Nous pensons à une raison plus banale.» Il la regarda. «Richesses. Et pour obtenir des richesses, il a besoin d'un patron.» Il attrapa une poignée de cubes de fromage. «Un avec de vastes fonds à sa disposition.»

«Vous devez estimer la connaissance de la mer de l'homme, sans parler de sa valeur, sa profonde conviction en ce que les autres n'oseraient pas croire. Tu ne voudrais pas que ton héritage vécût à travers les siècles?» elle défia.

Valentine lui jeta un regard fier. «Je suis Chancelier d'An-gleterre, on se souviendra de moi pour toujours.»

«Tu peux être un prince parmi les hommes pour tes locataires et un dieu pour les serviteurs qui dépendent de toi pour leur subsistance, mais aux yeux du destin, nous ne sommes que des grains de poussière sur une petite île. Considère ce qui va arriver. Ton service au royaume pâlira contre Colomb s'il réussit. Son nom serait loué par le monde entier, pas seulement par l'Angleterre.» Elle attrapa des raisins, se pencha et mit un dans sa bouche.

«Oh, toi et tes chimères!» Il fronça les sourcils en mâchant. «Nous souffrons suffisamment de conflits préservant cette terre de l'invasion et de la ruine sans nous soucier de ce qu'il y a au-delà de la Mer Océan. S'il y a de nouvelles terres là-bas, tu ne penses pas qu'une expédition intrépide les aurait trouvées? En plus, Marco Polo a déjà trouvé l'Est. Nous savons bien où il se trouve et comment y arriver.»

«Pas par mer, cher mari.» Elle secoua la tête. «Un itinéraire possible par la mer invite beaucoup à la réflexion. Écoute attentivement l'homme quand il exprime son opinion. Je le ferai certainement. Nous sommes peut-être sur le point d'embarquer à un tournant. Et j'aimerais beaucoup le savoir de première main. Cette fois je vais rencontrer le Génois qui pourrait toucher les coins les plus loin de notre monde. Je n'ai jamais pensé qu'il était un marin aussi digne avec des idées aussi avancées. George le décrivit comme un marin impatient de se gaver de vin jusqu'à ce qu'il tombe sur son cul, titubant à son prochain festin.»

Valentine se leva et l'aida à se relever. Il se rassit sur sa chaise et la mit sur ses genoux. «C'où vient ce désir insatiable de sphères de gaze que nous ne pouvons pas voir, entendre ou toucher?»

«Je ne sais pas. Peut-être ma mère. Si tel est le cas, je ne le saurai peut-être jamais.» Elle s'assit sur ses genoux elle posa sa tête sur son épaule.

«J'oserais dire que toi et Colomb vous discuterez pendant des heures sur des infinis «presque», «ce qui aurait pu être» et «peut-être»». Il lui donna son verre. «Tiens, prends une gorgée.»

Elle prit une gorgée et lui redonna le verre. «Valentine, enlève tes chaînes, regarde au-delà de la côte de Cornouailles et imagine ce qu'il y a de l'autre côté de la Mer Océan. Personne ne connaissait le Groenland jusqu'aux Scandinaves allèrent voir qu'y avait-il. Peut-être que le marin Génois est plus perspicace que tu ne le penses. Cela ne lui est pas venu sur un coup de tête. Tu sais à quel point les marins Génois sont fermes. Ils sont des chercheurs de chemin dans l'océan et des astronomes. Je vais le recevoir ici, dans cette même maison, si la cour ne le considère pas d'un grand intérêt.»

«Chasse tes terres mystiques lointaines, ma chère.» Il vida son verre. «Quant au roi et moi, nous avons un royaume à gérer de proportions minuscules quand tu réfléchis à ce qu'il peut y avoir bien au-delà de nos côtes, mais pour nous, le monde entier pèse sur nos épaules.»

⚜

DES CONSEILLERS, DES NOBLES ET DES FLATTEURS CURIEUX remplirent la chambre extérieure royale, réclament entrevoir ce marin dont sa conjecture poignante enflammait tous les fantasmes. Mais Valentine n'était pas parmi eux. Le nouveau président du Conseil du Nord était occupé à mettre la touche finale à sa création.

Denys arriva une heure plus tôt. Elle sentait déjà l'empathie dans son cœur, dont sa poursuite à vie reflétait la sienne. Il cherchait aussi quelque chose d'inconnu, peut-être même inaccessible, mais personne n'osait le décourager. Elle ne manquerait pas de le rencontrer cette fois. Elle espérait le faire asseoir dans l'intimité de la chambre intérieure, loin de la foule pressante, sonder les profondeurs de son âme et savoir quelles forces lui conduisaient au-delà des terreurs des hommes mineurs.

Elle voulait lui offrir des bénédictions et lui encourager à ne jamais abandonner face à l'adversité.

Ses yeux balayèrent la chambre. Il y avait des conseillers fatigués en groupes, leurs visages décharnés et tendus. Les pages grouillaient portant des plateaux chargés de verres et de cruches. Les voix heurtaient comme un groupe de violes sans réglage. Puis, á travers une foule qui se séparait, elle distingua une tête de cheveux brun foncé et une paire d'yeux bleus pointus. Ses mains coupaient l'air dans une exhibition de gestes expressifs pendant qu'il parlait. Il était en contraste vigoureux avec les pâles Anglais autour de lui. Un homme à la peau olive à côté de lui traduisait ses mots à l'Anglais.

Il détourna les yeux, mais ses yeux restèrent fixés sur lui. Il regarda à nouveau et cette fois il fixa son attention dans sa direction. Ils échangèrent des sourires. Elle donna un coup de coude entre la foule et pendant une pause dans la conversation, elle se présenta. «Christophe Colomb, c'est un plaisir de vous connaître. Je suis Denys, Duchesse de Norwich.» Colomb lui prit la main et l'embrassa. Elle se pencha alors que son interprète traduisait.

Il transmit le fait que Colomb reconnaissait qu'il apprenait toujours l'Anglais. Richard lui avait déjà demandé s'il parlait Français, mais son Français, aussi, vacillait. Donc il devait parler par l'interprète. «Silvio Lentus,» il se présenta avec un arc profond. «Lentus veut dire lentement,» il expliqua. «Et quel meilleur nom pour un interprète?» Colomb fit un large geste, levant les mains dans un mouvement qu'elle trouvait agréablement charmant. Ses mains, si habiles à accompagner les nuances de son expression, n'avaient pas besoin de bagues pour briller.

Il se tenait debout, ses traits roux étincelants avec la rugosité des mers qu'il avait traversées. Son nez en forme de bec abritait une légère dispersion de taches de rousseur. Ses yeux perçants reflétaient sa propre passion pour la vérité. Comme la langue mélodieuse coulait de ses lèvres, elle regardait avec étonnement. Cet homme avait visité des lieux dont elle rêvait à peine, et il voulait aller plus loin. Quand Richard conduisit lui et Silvio vers la chambre de réception, elle les suivit de près. «Je ne vais pas le perdre de vue, Richard. Il est obsédé comme moi avec trouver le presque impossible,» elle dit au roi dans un murmure. Richard lui rendit son regard brillant avec un demi-sourire légèrement amusé.

«Parlez-moi de vos voyages, Signor Colomb, parlez-moi des côtes lointaines où vous avez arrêté, et où avez-vous l'intention d'y aller ensuite,» elle jaillit après que les serveurs aient apporté des verres de vin avec assiettes de fromage et de fruits.

Par Silvio, il lui parla des voyages en Irlande et en Islande. Il décrivit son premier long voyage, à l'île de Chios dans la mer Égée. «Le lieu de naissance d'Homère,» il dit. «L'île est à la porte Est, la terre la plus enchantée du monde que nous connaissons.» Il fit un geste avec ses mains pendant qu'il parlait. «Leurs vêtements pleins de couleurs, débordant de soies, perles, des gemmes pour vous mettre l'eau à la bouche. Chios est une île merveilleuse. Son produit principal est le mastic.» Denys fit un clin d'œil à Richard, sachant que ce n'était qu'une abondance de délices inconnus des extrémités du monde.

Colomb fit signe à Silvio et l'interprète se mit à placer divers boîtes de cadeau devant le roi. En le remerciant, Richard ouvrit les boîtes et en sortit des bouteilles délicates dans des tons de bijoux brillant de rouge, violet et vert, décorées à la feuille d'or. Leurs bouchons diffusaient la lumière du soleil passant par la fenêtre et projetaient bandes arc-en-ciel sur la table.

Silvio traduisit les mots de Colomb. «Les récipients en

verre sont Vénitiens, faits par Mastropiero, notre artisan verrier plus célèbre. Ils sont très délicats et mon cadeau pour vous. Ils contiennent du mastic, de l'arbre à mastic. On l'utilise pour faire des parfums, des sucreries, et... » Il fit un geste vers quatre verres couverts remplis de liquide trouble, « ... c'est pour boire à petites gorgées, le sentir sur la langue et le goûter, comme le meilleur vin. Il est cultivé dans toute la Méditerranée mais la croûte de mastic du sud de Chios est facilement distinguable de tout autre, car elle produit les arômes et les saveurs plus aromatiques et parfumés. Les Califes Ottomans consomment de grandes quantités pour leurs... » Silvio hésita alors qu'il cherchait le mot juste. «beaucoup d'épouses.»

Denys sortit le bouchon en verre d'une bouteille et inhala l'étrange élixir. Enivrant en effet, il lui piquait les yeux avec son parfum caustique. Son essence mystique dépassait les huiles de lavande et de rose Anglais, carrément périmés en comparaison.

«De toutes les beautés sensuelles de Chios, les arômes stimulèrent mon imagination,» Colomb dit par Silvio. «Mon sens de l'odorat est le plus fort. Dans la mer, cela m'aide à détecter les vents et les courants, mais Chios m'inspira à aller plus loin. C'est une terre d'enchantement, un éveil de l'esprit.» Pendant qu'il parlait, Richard prit une gorgée de mastic mystique avec un froncement de sourcils qui exprimait son dégoût. Essayant avec difficulté de cacher un sourire, Denys se retourna, elle fixa à nouveau son regard sur Colomb et continua à le bombarder de questions.

Ils apprirent beaucoup dans ces premières heures de leur relation avec l'expéditionnaire, étant le plus important que le roi du Portugal avait refusé de financier son voyage à travers la Mer Océan. Elle sentit que Valentine avait raison et Colomb demanderait le soutien de la couronne Anglaise. Cependant, il n'y eut pas d'offre d'argent par Richard. Denys voulait en savoir beaucoup plus sur les voyages, les terres et les peuples, sans sortir de l'argent. Trop tôt il partit pour une audience avec le récemment crée Bureau de l'Amirauté de Richard (L'Amirauté, connu à l'origine comme le Bureau de l'Amirauté et Affaires de la Marine, était auparavant le ministère responsable de la Marine Royale Britannique. Porté à l'origine par une seule personne, le titre de Lord High Admiral fut depuis le siècle XVIII mis toujours «en commission» et exercé par un Conseil de l'Amirauté, officiellement connu comme The Commissioners for Exercising the Office of Lord High Admiral of the United Kingdom of Great Britain and Northern Ireland (en Français: «Chefs pour l'Exercice des Fonctions du Lord Grand Amiral du Royaume-Uni de Grande-Bretagne et d'Irlande du Nord). La dernière partie du nom officiel variait entre Angleterre, Grande-Bretagne et Royaume-Uni de Grande-Bretagne et d'Irlande du Nord selon la période historique.

En 1964, les fonctions de l'Amirauté furent transférées à un nouveau Conseil de l'Amirauté, qui est un comité du tripartite Conseil de Défense du Royaume-Uni et une partie du Ministère de la Défense. Le nouveau Conseil de l'Amirauté se réunit seulement deux fois par an et la Marine Royale est contrôlé quotidiennement par un Conseil de la Marine. Aujourd'hui c'est habituel que les différentes autorités à la charge de la Marine Royale soient désignées simplement comme «L'Amirauté».

Le titre de Lord Grand Amiral du Royaume-Uni fut exercé par la monarchie Britannique dès 1964 à 2011 et fut donné par la reine Elizabeth II à son mari, le prince Philip d'Edimbourgh, pour ses 90 ans. Il fut dissout en 1964 et est devenu comme Département de la Marine, Ministère de la Défense.).

Denys se pencha en avant pour s'adresser à Richard. «Il est la personne la plus incroyable que j'aie jamais rencontrée.

Il me ressemble tellement en essayant de trouver ce qu'il sait être là-bas, et disposé à surmonter tous les obstacles pour le faire. Oh, quel esprit intrépide!» Elle jeta la tête en arrière et soupira d'émerveillement.

Richard tapota la table avec les doigts. «Pas assez intrépide. Ou était-ce la courtoisie qui l'a empêché de me supplier de piller le trésor?» il haussa un sourcil alors que les rides d'expression plissaient sa joue.

«Ce fut votre première rencontre, Richard. Il a respecté la coutume. Il attend peut-être ton offre. Considéreras-toi que la couronne accorde de l'argent pour son expédition?» *Dis ou je t'en supplie,* elle supplia silencieusement.

«Denys, si j'étais juste un riche noble avec le temps entre mes mains, sans l'affliction de mon immense fardeau de dépenses, je risquerais de l'argent sur les chances que son odyssée augmente mon capital. Mais mes fardeaux ici dans mon propre royaume sont à la frontière de l'insupportable. Je n'ai pas le temps ni le désir d'offrir une assistance ou un soutien.» Ajustant sa cape, Richard commença à se lever. Elle se pencha sur la table et l'assit en arrière.

«Oh, Richard, reste avec moi encore quelques instants et expérimente quelque chose qui n'est pas de cette terre!» Elle lui tendit une des délicates bouteilles et il détourna les yeux, attisant sa main en l'air. «Sens cette ambroisie. C'est quelque chose d'un rêve!»

«C'est plus come du Houndsditch (Houndsditch est une rue qui traverse une partie des salles de Portsoken et Bishopgate Without de la Ville de Londres; zones qui font également partie de l'East End. La route suit la ligne du bord extérieur du fossé qui courait autrefois à l'extérieur du mur de Londres. La route Houndsditch tire son nom de la section entre le fossé entre Bishopgate et Aldgate. Le nom peut provenir du déversement généralisé de déchets dans ce tronçon de fossé; concernant le déversement de chiens morts, ou la collecte des déchets par les chiens sauvages.). Il plissa le nez. «Ça pue.» Il pressa ses mains sur la table, se leva et se dirigea vers la porte.

Elle tira une mèche de ses cheveux et le jeta par-dessus son épaule. «Toi et la partialité de ton patronage. Signor Colomb éclate de confiance et de la connaissance pour la soutenir! Peut-être le roi du Portugal a perdu la chance de sa vie. Envisage de faire partie de ce rêve.»

«Je ne peux pas chasser les rêves maintenant.» Il s'approcha de la porte et un page le suivit. «Si je me reposais sur une pile d'oreillers en soie comme un calife Ottoman, étant ma décision la plus urgente sur quelle concubine tomber ensuite, peut-être que je pourrais. Mais si ce que se trouve au-delà de la Mer Océan est quelque chose comme cette potion... ugh!» Il montra les bouteilles de mastic. «C'est pire que tout ce que l'alchimie de Bess Woodville ait préparé... Je vais rester avec mon simple hypocras (boisson médicinale ancienne de vin mélangé avec du sucre et épices qui fut populaire en Europe), merci.»

«Ensuite il est refusé par un autre monarque?» Elle baissa la tête désespérément.

«Il a mes prières les plus sincères, mais je ne peux pas les soutenir avec de l'or. Je ne peux pas commencer à l'équiper de navires. Je dois construire la flotte d'Angleterre.» Le page lui ouvrit la porte.

«Oh, j'aimerais vraiment pouvoir l'aider. Ces terres au-delà de la Mer Océan doivent être réclamées.» Elle se leva et courut vers lui, déterminée à ne pas abandonner.

«Et la terre au-delà de cette chambre droit être gouvernée. Alors je retourne travailler.» Il sortit de la porte, avec la cape derrière lui.

Elle se rassit et réfléchit un moment, buvant la merveilleuse ambroisie portée à ses lèvres de si loin.

⚜

Pendant le séjour de Colomb à la cour, Richard l'assit gracieusement sur l'estrade à côté de lui, il organisa de grands tours dans le palais et l'Abbaye de Westminster, et l'emmena à la chasse avec des faucons dans la forêt. D'autres étaient moins gentils, en particulier les sceptiques qui lui qualifièrent de clochard fou trop extravagant pour leur sensibilité pratique. Valentine renouvela son amitié avec Colomb assez cordialement, mais lui et ses collègues conseillers ne purent résister à une blague ou deux. «Ne bois pas ce pinard de Chios, Richard,» Valentine avertit le roi un après-midi tandis que les mimes et les jongleurs divertissaient la cour. «En Anglais, le mastic est un assouplissant de la poignée.» Richard cacha son sourire derrière son verre et jeta un coup d'œil de côté à Colomb qui applaudissait au son de la musique.

⚜

«J'ai demandé à Christophe de nous rendre visite,» Denys dit Valentine vers la fin du séjour du Génois. «Nous allons regarder la carte du monde ensemble et j'ai l'intention de chanter pour lui.»

«Cela lui renverra à travers l'océan plus vite que la flotte Woodville s'est dispersée,» Valentine plaisanta, sans lever les yeux de sa pile de papiers.

«Je ne suis pas d'humeur faible d'esprit, Valentine.» Elle mit ses poings sur ses hanches. «Je suis sérieuse.»

«Trop sérieuse.» Il posa sa plume, tendit la main et la prit dans ses bras. «Essayer de trouver ta famille est une entreprise assez élevée. Maintenant tu veux aider à revendiquer des terres inconnues à travers la Mer Océan!»

«Doux Jésus, Valentine, je n'ai pas l'intention de l'accompagner. J'aime écouter ses idées et croyances. Elles me confondent et pourtant elles m'inspirent aussi.» Elle baissa sa voix. «Sa ruse marine correspond presque à l'élégance spirituelle du Chancelier d'Angleterre.» Elle traça sa mâchoire avec ses doigts. Alors que ses lèvres descendaient sur les siennes, elle fit taire tout moins l'aura capiteuse de l'homme qu'elle aimait.

Leur huissier entra et s'annonça en s'éclaircissant la gorge. Denys et Valentine se séparèrent. «Signori Christophe Colomb et Silvio Lentus attendent dehors, mon seigneur et dame.»

Colomb donna à chacun un pendentif en or de la ville d'Elmina où il avait voyagé un an auparavant. Il promit de lui monter Elmina sur la carte du monde comme elle touchait son cadeau délicat en forme de croix avec des bords arrondis. Une étincelle de curiosité illumina les yeux de Valentine quand Colomb y fit allusion qu'on pourrait obtenir plus d'or là-bas, mais elle lança à son mari un regard d'avertissement, parce qu'elle n'avait aucune intention d'exploiter les talents et la bravoure de Colomb pour obtenir plus de richesse.

Après un repas de sanglier rôti, cygne rôti aux plumes et sa propre création, lamproies en galytyne, Denys et Valentine conduisirent leurs invités dans la salle privée. Colomb apporta sa carte et la déroula sur son bureau. Ils fixèrent les coins avec des cruches.

«Je pensais que vous disiez que le monde était rond,» Valentine plaisanta, mais elle lui ignora, trop fascinée avec les côtes irrégulières. Colomb leur montra Angleterre et où étaient Cipango (Cipango ou Zipango est l'ancien nom donné par les Européens et les Chinois au Japon à la fin du Moyen Âge et pendant l'Âge Moderne. Le terme vient du nom original du Japon, passé par son adaptation au Chinois Mandarin ancien. Au siècle XIII, le marchand Vénitien Marco Polo fut l'un des premiers Européens à parcourir toute la route de la soie, jusqu'à l'actuelle Chine. Les souvenirs de ses voyages ont été compilés dans le livre Il Milione («Le million») ou Livre des Merveilles où ils sont décrits les singularités des divers territoires et villes qu'il a visité. Bien que Marco Polo ne soit passé au-delà de la Chine, il y a dans le livre diverses références sur l'île de Cipango. Selon Marco Polo, Cipango était une très grande île qui était dans la mer de Chine, à 1500 miles de la côte et qui était habité par indigènes blancs et idolâtres, qui n'étaient pas sous le joug d'aucun monarque étranger. Dans le Libre des Merveilles on souligne la richesse incalculable qui possédait ce territoire, car le seigneur de l'île lui-même avait un grand palais entièrement recouvert d'or. Même les planchers de tel palais étaient aussi faits avec de l'or plus épais que deux doigts. Sur cette île aussi on pouvait trouver des pierres précieuses et perles roses, qui étaient aussi ou plus précieuses que les perles blanches. Cependant, toutes ces richesses n'étaient pas exploitées par aucun marchand étranger. Autour de Cipango il y avait nombreuses îles, environ 7500, selon le calcul des navigateurs qui connaissaient la région. Certaines d'entre elles étaient habitées et toutes possédaient des arbres d'épices et beaucoup d'or, cependant, son emplacement était si éloigné que quelques rares navigateurs allaient vers elles. Le voyage de Canton aux dites îles exigeait un an de navigation des pilotes, car les vents pour aller là étaient favorables pendant l'hiver, tandis que pour retourner ils devaient attendre l'arrivée des vents d'été.

Continuant avec l'histoire de Marco Polo, le grand khan de l'empire Mongol, Kublai, tenté par la grande richesse de Cipango envoya, dans l'année 1269, une flotte avec l'objectif d'envahir l'île. Quand les troupes Mongoles commençaient juste l'occupation du territoire, une grosse tempête heurta les navires ancrés sur la côte, raison pour laquelle de nombreux soldats décidèrent de se réfugier dans les navires et s'échapper avant que la flotte soit totalement détruite. De ce retrait, quelque 30000 hommes firent naufrage sur une petite île voisine, et quelques autres réussirent à revenir à la côte de Chine. Conscient de cette situation, le seigneur de Cipango envoya une flotte à cette île pour liquider les survivants; cependant, quand les troupes Cipanaises débarquèrent et entrèrent sur le territoire à la recherche des Mongols, ils profitèrent pour arracher les navires qu'ils avaient laissé sans défense et avec eux aller sur l'île principale. Une fois là-bas, ils élevèrent la bannière du seigneur de l'île et par conséquent ils réussirent à entrer pacifiquement dans la ville capitale, laquelle ils réussirent à prendre sans problème, car les hommes qu'ils y trouvèrent n'étaient que des personnes âgées. À la découverte de la manœuvre des hommes du Grand Khan, le seigneur de Cipango assiégea la ville pendant sept mois, à la suite de quoi les Mongols se rendirent en échange de leur vie épargnée, terminant là-bas la campagne du Grand Khan contre l'île de Cipango. L'un des premiers sages qui attribua de l'importance aux témoignages de Marco Polo, fut le mathématicien, astronome, cosmographe et médecin Florentin Paolo dal Pozzo Toscanelli, qui était extrêmement intéressé à déterminer la distance qu'il y avait entre les côtes d'Asie et d'Europe, considérant qu'Amérique n'existait pas encore pour les Européens. La sphéricité de la Terre et la possibilité inquiétante de faire un voyage en mer de l'Europe à l'Extrême Orient avait été déjà posée au siècle IV avant JC par le philosophe et scientifique Grec Aristote. À la demande du Roi Alphonse V du Portugal, Toscanelli exprima sa conviction que le moyen plus direct d'atteindre Cathay et Cipango était de naviguer directement vers l'Ouest, au lieu de contourner les côtes de l'Afrique, comme les Portugais faisaient sans guère de succès. Christophe Colomb eut accès à une copie de cette lettre, ce qui lui donna plus d'informations sur la géographie supposée de la Terre. Basé sur les longueurs de Marco Polo, Toscanelli situait la côte Est de l'Asie environ 30° plus à Est que le géographe Gréco-Égyptien Claude Ptolémée, donc, la distance entre le Portugal et la Chine devait être 5000 miles environ, ou 3500 miles jusqu'à Cipango, cela sans tenir compte de l'île mythique d'Antilia, soi-disant située à mi-chemin et qui pourrait être utilisée comme une pause pour les voyageurs. Colomb, cependant, confondant le mile Arabe avec l'Italien, calcula les degrés qui séparaient les deux côtes comme si elles étaient à un quart de la distance réelle, ce que lui fit supposer depuis les Îles Canaires à Cipango il ne devait exister qu'environ 4450 kilomètres, alors qu'en fait il y a environ 19600 kilomètres.

Cette théorie, ajoutée à diverses indications qui auraient confirmé l'existence d'une terre à l'Ouest, convainquirent Colomb de présenter son projet, initialement au roi du Portugal et puis aux rois de Castille. Les deux couronnes rejetèrent la demande de Colomb, cependant, quand il se préparait à partir en France, ses alliés réussirent à renverser la décision des rois Espagnols, qui enfin approuvèrent l'entreprise. L'expédition dirigée par Christophe Colomb quitta la ville de Palos de la Frontera le 3 août 1492 et arriva aux Bahamas le 12 Octobre de cette même année. Une fois là-bas Colomb décida explorer la région, en supposant qu'il était au milieu de l'archipel Asiatique décrit par Marco Polo. Guidé par cette même idée Colomb appelle Indiens les autochtones Américains, nom incorrect actuellement conservé. Les autochtones informèrent aux Européens sur l'existence d'une grande île laquelle ils appelaient Colba (Cuba) qu'au début Colomb identifia comme Cipango. L'expédition arriva à Cuba le 28 Octobre, l'île fut baptisée par les Européens avec le nom de Juana, en honneur de la fille des rois Catholiques et là-bas Colomb affirma qu'il était seulement à dix jours de voyage de Cathay (Chine). Cependant, ne trouvant pas de richesse ou civilisation sophistiquée, l'amiral pensa que Cuba faisait en fait partie du continent et que Cipango devait être au Sud-Est. La découverte de Cuba sera suivie par la découverte de l'île L'Espagnole, où les Européens ne trouvèrent pas non plus les richesses incalculables mentionnées par Marco Polo.

Pendant que Colomb continuait à chercher une terre à l'Est que les autochtones de L'Espagnole appelaient Cibao et d'où ils obtenaient prétendument grandes quantités d'or, il y eut un accident où le navire Santa Maria s'échoua, dont les restes furent utilisés pour construire la première colonie Européenne d'Amérique: le Fort de Noël. Ce fait détermina la fin de l'exploration et le début du voyage de retour à la ville de Palos, qui se produisit entre le 4 Janvier et le 15 Mars 1493. Après de succès de cette entreprise, les rois Catholiques confirmèrent tous les privilèges accordés à Colomb selon les Capitulations de Santa Fe.

Lors du deuxième voyage de Colomb l'exploration des îles des Caraïbes s'approfondit, tandis qu'au troisième voyage, après ne pas avoir trouvé de richesse significative lors de voyages précédents, la recherche d'un terrain solide fut priorisée. Dit objectif se remplit partiellement, mais pas avec l'arrivée en Extrême Orient, mais avec la découverte de la côte Vénézuélienne actuelle en Amérique du Sud.

Le dernière et quatrième voyage de Colomb (1502-1504) se produite peu de temps avant sa mort, déjà largement privé de ses titres et privilèges. À ce moment-là les Portugais avaient atteint arriver en Inde côtoyant l'Afrique et ils allaient explorer les terres situées dans l'Atlantique Sud, se démarquant la découverte de l'île initialement baptisée de la Vera Cruz (aujourd'hui le Brésil), qui était vraiment une partie du continent Sud-Américain. L'objectif premier de ce voyage de Colomb serait de naviguer vers le Sud-Ouest aux îles d'épices (Indonésie) et pour cela l'expédition contourna sans succès toute la côte du Honduras, Nicaragua, Costa Rica et Panama à la recherche d'un détroit inexistant qu'ils ne trouvèrent jamais.

En 1504, une lettre d'Amerigo Vespucci à Lorenzo de Medici dans laquelle il racontait ses voyages le long de la côte Sud-Américaine à bord des navires Portugais et dans laquelle il exprima sa conviction de qu'entre l'Europe et l'Asie il y avait un nouveau continent (Nouveau Monde) devint publique. Christophe Colomb mourut en 1506 et un an plus tard, le cosmographe Allemand Martin Waldeseemüller édita un planisphère appelé Universalis Cosmographia, y comprenant le nouveau continent et proposant le nom d'Amérique, car Amerigo Vespucci avait été celui qui l'avait reconnu en tant que tel.

Le premier contact direct entre le Japon (Cipango) et Europe arrive finalement en 1542, quand un naufrage provoque que trois marins Portugais débarquassent dans les îles Japonaises. Un an après l'arrivée d'un navire Portugais à la baie de Tanegashima a lieu. De cette première rencontre entre le Japon et l'Ouest se démarque la découverte de l'arquebuse par les Japonais, arme à feu importante qui joua un rôle crucial dans les campagnes expansionnistes de l'Europe. Dans cette première étape de contact la action des missions évangélisatrices envoyés par Espagne et Portugal a aussi une grande importance) et Cathay (Cathay est le nom donné dans les histoires de Marco Polo à la région Asiatique qui incluait les territoires situés dans les bassins fluviaux de Yang-Tsé et Jaune, actuellement, partie de la Chine. Le nom dérive des khitan ou kitan, un groupe qui dominait la Chine du Nord pendant le temps où, selon son histoire, Polo aurait visité le pays. Il est actuellement considéré comme nom archaïque et littéraire de la Chine) dans l'Est. L'immensité de la Mer Océan la fascinait. Il devait y avoir plus dans le monde de ce qu'ils savaient!

«J'essaye de trouver ce qui est à l'Ouest.» Il hocha la tête pendant que Silvio parlait, la conviction éclairant les yeux bleus perçants du marin.

«Je vous crois que le monde est rond, alors il y a sûrement un autre côté de la Mer Océan,» Silvio lui transmit dans sa propre langue.

«Et qui l'habite, s'il y a quelqu'un?» il demanda, mais elle ne pouvait pas se hasarder à deviner.

Il expliqua comment il utilisait les étoiles pour trouver son chemin. Cela intéressa Valentine et conduit à une discussion sur l'astronomie. Ils partagèrent des histoires de la carte du monde qu'ils avaient vu avec une terre plane bordée de dragons, des marins avalés par ce que Colon appelait «les abysses», que la plupart des gens croyait qui était au bord de la terre. Mais il leur assura qu'il partageait les convictions des savants érudits à Florence que l'Asie est ce qu'il y a de l'autre côté de la Mer Océan.

Denys conduisit Colomb et Silvio pour se promener dans son jardin. Elle cueillit une pomme de l'un des arbres dont elle s'occupait avec amour et lui montra.

«Ce sont délicieuses, domina (Madame en Latin), elles méritent d'être cultivées à Chios!» Il mâcha avec délice. «Toutes les pommes d'Angleterre sont-elles si juteuses et sucrées?»

«Il existe différents types. Certaines sont amères.» Elle cueillit une autre et prit une bouchée. «Mais celles-ci grandissent sous mes soins affectueux. Je chante à mes arbres.» Souriant à son expression étonnée quand Silvio lui transmit ses mots, elle expliqua. «Je pense que les plantes prospèrent avec soin tout comme les humains. Elles, aussi, ont soif d'attention et de compagnie. Tout comme des gens, elles ont besoin de louanges. Donc chaque jour je leur chante, je danse parmi elles, je caresse ses feuilles et je leur dis à quel point elles sont belles. En été je leur dis, «Vous produirez des fruits sucrés abondants», et au moment de la récolte, je loue leur abondance. Ce verger et mes jardins sont ma fierté et ma joie.» Elle fit un geste vers les arbres et les plantes. Je cultive beaucoup d'herbes et de légumes. Mon jardin dans ma maison au Nord c'est aussi long, mais hélas, nous y sommes si rarement, puisque Valentine doit être à côté du roi. Mais ce verger est ma petite parcelle du Yorkshire ici à Londres.» Ils erraient entre les rangs de pommiers, poiriers et pruniers à travers le verger clos qui descendait à la rivière.

Elle remplit deux paniers de fruits pour qu'ils les ramenassent chez eux.

«On mangera celles-ci si vite que je reviendrai avec les paniers vides!» Silvio traduisit pour Colomb.

«Revenez quand vous voulez, Christophe,» elle invita alors qu'ils regardaient la rivière. «Même après avoir revendiqué des terres à l'autre bout du monde pleines de délicieuses nouvelles spécialités, vous pouvez toujours vous servir de mes pommes du pays.»

Avant de partir, il prit la main de Denys et lui donna un baiser galant. «Bonum nocte, domina (Bonne nuit, Madame en Latin).» Il prit sa joue.

«Quand retournerez-vous en Angleterre?» elle demanda. Valentine avait déjà dit au revoir et était retourné au travail.

«Je ne sais pas, mais j'espère bientôt,» il dit à travers Silvio. «Le Roi Richard et son conseil ne croient pas beaucoup à mon expédition.»

«Oh, ce n'est pas comme ça, Christophe,» elle lui assura. «Nous vous soutenons tous beaucoup. Mais nous sommes aussi en danger, nous faisons face à la menace d'une invasion et rebelles agités. L'esprit et le trésor du Roi Richard sont submergés. Mais je crois en vous. Je n'ai pas de trésor royal pour débourser, mais vous avez nos prières et notre foi, surtout les miennes. Parce que moi, aussi, je cherche à travers la douleur et la frustration.»

«Votre bonne volonté est profondément gratifiante, Lady

Denys, mais j'ai besoin d'argent. C'est pourquoi je me suis tourné vers la couronne du Portugal, et maintenant je suis venu ici. Mais je ne faiblirai pas. Même si le voyage pour trouver un parrainage est plus long que le voyage pour lequel je le recherche.»

«Je sais que vous ne faiblirez jamais. Je le vois dans vos yeux,» elle parla de son cœur. «Je peux voir à travers votre âme, une âme inquiète et curieuse qui désire ce que vous ne pouvez pas voir facilement. On l'appelle foi, et il faut être audacieux et courageux au-delà de l'endurance humaine pour la posséder.»

«Et comment pouvez-vous savoir tout cela, de nos quelques courtes réunions?» Il étendit ses mains, clairement curieux.

«Parce que je suis sur ma propre recherche, Christophe. Je cherche aussi un monde. Ce n'est pas de l'ampleur du monde que vous cherchez. C'est mon propre monde familial.» Elle pressa ses paumes contre sa poitrine.

Silvio traduisit ses mots et Colomb, avec ces gestes vigoureux de la main, l'incita avec impatience pour qu'elle continuât à parler. «Vous voyez, je ne sais pas qui je suis. J'ai été adoptée bébé et je veux retrouver ma vraie famille. Je n'ai pas l'intention d'abandonner jusqu'à ce que je les trouve. Comme vous, je pense qu'ils m'attendent là-bas, comme vos terres au-delà de la Mer Océan. Nos recherches sont similaires en ce sens.»

Alors qu'il la regardait dans les yeux, elle sentit à quel point ils se comprenaient malgré l'absence d'une langue commune. «J'aimerais pouvoir les trouver pour vous, chère dame,» il dit.

«De la même manière que j'aimerais pouvoir vous aider. Mais pour l'instant, tout ce que nous pouvons échanger ce sont des prières. Il y a d'autres têtes couronnées,» elle l'encouragea. «Richard n'est pas le seul. Et bien que j'aie une recherche personnelle, je suis également captivée par vos réalisations passées et ce que vous prévoyez d'accomplir dans le futur. Je ne vous oublierai jamais et votre rêve. S'il le faut, cherchez le parrainage de toutes les couronnes du Christianisme pour entreprendre votre voyage vers l'Ouest. N'abandonnez jamais.»

«Merci. Nous nous séparons en bateau Français (jeu de mots entre French ship=bateau Français et friendship=amitié),» Silvio dit pendant que Colomb lui baisait la main. Elle regarda l'interprète.

«Français? Depuis combien de temps les Français sont-ils impliqués?» Sa voix hésita avec suspicion. Après tout ce qu'ils avaient fait pour lui, courtisait-il les Français?

«Non, non, pas les Français! Bateau Français, bateau Français... » Silvio corrigea, secouant la tête, agitant les mains.

«Oh, amitié!» Elle rit quand les hommes hochèrent la tête et puis secoua la tête avec étonnement. «À quel point nous pouvons nous mal comprendre? Alors où allez-vous maintenant?» Ils rentrèrent dans la salle privée et Silvio rassembla ses cartes.

«De retour au Portugal et mon jeune fils.»

«Vous n'avez pas de femme?» elle demanda, par curiosité en espérant qu'il ne l'interprétât pas comme ne autre chose.

«J'avais, mais Felipa, elle est morte.» La voix de Silvio avait une note de tristesse pendant qu'il traduisait.

«Je suis désolée.» Elle se rétrécit face à l'inconfort d'exprimer ses regrets par l'intermédiaire d'un interprète.

«Mais elle m'a laissé un cadeau des plus précieux, mon Diego. Il n'a que cinq ans, mais quand il est plus âgé, il voyagera avec moi.»

«Oh, c'est merveilleux! Père et fils, découvrant de nouveaux mondes ensemble! Oh, vous ferez l'histoire, Christophe. S'il vous plaît restez en contact,» elle demanda.

Cela lui fit sourire. «Je ferai ça, domina,» il répondit dans un Anglais hésitant.

Après qu'ils se soient séparés, elle s'appuya contre la porte et elle regarda la torche sur le mur, inondée d'émerveillement.

Elle sauta en arrière avec un sursaut, parce que Valentine était à la porte. Ses vêtements maintenant plus magnifiques qu'en tant que gouverneur: pourpoint violet décoré de sable; pendentif en or suspendu à une chaîne scintillante; le sanglier blanc ornant sa poitrine. Une ceinture ornée de bijoux retenait sa taille.

Elle s'approcha de lui. «Combien de temps es-tu resté là? Tu es si silencieux, si furtif.»

«J'ai appris ce besoin à la cour de France. Mais, hélas, je ne peux toujours pas égaler l'allure royale et exclusive du Roi Louis. Je ne suis pas non plus un découvreur Génois avec des objectifs fantastiques qui peuvent changer le cours de l'histoire... l'histoire du monde, à ça.» Dans sa voix il y avait un ton léger, si loin de son tourment dans le passé quand il n'avait pas toujours pas gagné son cœur. Mais elle détecta quelque chose d'enfoui profondément dans ses mots que l'éclat de ses yeux ne pouvait cacher.

Elle enroula ses bras autour de son mari et le serra fort dans ses bras. Ses cheveux touchèrent sa joue. «Colomb ne s'approche pas. Avec tout son style et sens de l'aventure, il est juste un autre homme comparé à toi. Tu ne devrais jamais t'inquiéter que mon cœur appartient à personne d'autre qu'à toi.»

«De quoi avez-vous parlé vous deux... er, trois?» Ils se séparèrent et se dirigèrent vers leurs chaises près du foyer.

«J'ai trouvé que mon cœur et mes sentiments sont similaires aux siens.» Ils s'assirent l'un à côté de l'autre. Il veut commencer une recherche, mais il rencontre des frustrations sans fin, comme moi cherchant ma famille. C'est pourquoi que je défends sa cause. Nous recherchons tous les deux ce que nous savons être là-bas, mais nous devons encore trouver notre chemin. Pour lui ce sont des étoiles, des courants et des vents. Pour moi c'est plus caché. Je conduis mon bateau dans des souvenirs flous et des noms morts depuis longtemps. J'aurais aimé que tu le soutiennes davantage.»

«Denys, personne ne te soutient plus que moi dans ta recherche.» Il prit sa main. «Tu sais ce que j'ai déjà fait et je continuerai à le faire. Mais le royaume est un grand poids à porter. Terres inconnues à l'Ouest, ou n'importe où il veuille voyager, nous ne pouvons pas le financer maintenant. J'espère que tu le comprends.»

«Bien sûr je comprends. Mais nous sommes également fermes dans nos recherches. Je sais à quel point c'est vital pour lui.»

«Ne te laisse pas séduire par un langage fleuri, les gestes exagérés de la main ou la vigueur excessive. Je suis fatigué de juste l'entendre!» Il étouffa un bâillement.

«Nous sommes des découvreurs partageant les mêmes idées essayant de façonner nos destins, rien de plus,» elle corrigea.

«Je peux moi-même être une sorte de découvreur, domina.» Il se leva et la leva. Ses lèvres descendirent sur les siennes et la traînèrent à un océan d'extase si immense que même Christophe Colomb ne pourrait jamais le traverser.

❧

Quand elle entra dans la salle privée le lendemain matin, elle jeta un coup d'œil au coffre en chêne qui contenait sa généalogie et autres documents importants. Elle ne l'avait pas ouvert depuis avant la tragédie dans la forêt, mais derrière la porte vitrée ses papiers étaient dispersés comme si quelqu'un aurait fouillé dedans. Elle ouvrit la porte et examina les papiers. Puis elle vit ce qui n'allait pas: la généalogie qu'elle avait obtenue à la cour, les tables d'Anne Neville, les tables des comptés environnants-tout avait disparu.

❧

AVANT QUE LA COUR PARTÎT EN VOYAGE, RICHARD LUI envoya une liste de Johns nommés dans les archives de la cour du Roi Henry.

John Grantham, le majordome principal du Roi Henry, était maintenant au service d'une famille noble à Windsor. John Lyghtefote de Maidstone était le coiffeur du Roi Henry VI. Elle alla le voir et laissa John Grantham pour Valentine.

Montée sur son palefroi et avec un cortège de serviteurs, elle voyagea à Maidstone. Le soleil baignait le blé doré et le seigle se balançant dans les champs. Malgré le confort chaleureux des rayons, le vol violent de ses rouleaux généalogiques la rongeait comme une plaie acharnée: Qui les avait volés? Elizabeth n'avait pas été la voleuse, séquestrée du monde extérieur. Elizabeth avait-elle envoyé le voleur pour l'empêcher de chercher? Cette pensée stimulait Denys à regarder par-dessus de son épaule toutes les quelques minutes, bien que ses guides l'entouraient, avec leurs mains sur les poignées de leurs poignards.

En entrant dans Maidstone, elle demanda à un marchand où elle pouvait trouver John Lygthefote. Elle lui indiqua un magasin au bord de la place du marché à côté d'un étal de boucher.

Comme toujours, la foule se sépara quand son cortège chevaucha dans les rues étroites. Les vendeurs ambulants cessèrent de crier leurs marchandises, les roues hurlantes s'arrêtèrent, et les voix se réduisirent au silence voyant les magnifiques couleurs de Valentine qui couvraient leurs montures.

Elle se présenta devant l'ancien et faible John Lyghtefote,

DIANA RUBINO

s'expliqua et lui montra le petit portrait de la femme dans le médaillon.

Pendant qu'il secouait la tête, ses épaules s'affaissèrent. «Désolé, madame. Je n'étais pas celui qui livra le bébé au roi. Le Prince de Galles fut né là-bas, mais nous savions tous ça, parce que les cris de l'accouchement de la Reine Margaret furent entendus aux confins de l'Écosse.»

«S'il vous plaît, mon seigneur!» elle lui aiguillonna. «Vous souvenez-vous d'autres Johns qui ont servi avec vous?»

Ses yeux erraient alors qu'il caressait son menton. «Oh, John Grantham était là et quelques autres, morts depuis longtemps.»

Elle demanda leurs noms de toute façon.

Il réfléchit un instant et leva l'index. «Un autre John me vient à l'esprit, son nom de famille était Butts. Il habite près de Smithfield, il était le trésorier du Roi Henry. Je n'ai jamais oublié le nom, parce qu'il avait toujours une cuve (butt) de malvoisie à portée de main.»

«Butts. Je m'en souviendrai aussi. Merci beaucoup, mon seigneur.» Aveuglée par des larmes de frustration, elle rentra à la maison pour attendre Valentine.

Il rentra à la maison la nuit suivante et la prit dans ses bras. Par le regard dans ses yeux, elle sut que sa visite à John Grantham n'avait pas porté plus de fruits que son expédition.

Le barrage éclata et elle libéra toute la douleur dans son cœur qu'elle avait gardé à l'intérieur pendant ses derniers quelques mois. «Oh, Valentine, je ne saurai jamais qui je suis, ça devient de plus en plus insupportable chaque jour.»

«Nous les trouverons, Denys, vivants ou morts, nous les

trouverons. Nous avons d'autres noms ici. Tout n'est pas perdu.» Il la serra plus fort dans ses bras.

Comment peut Bess être si cruelle de me cacher ça?» Elle essuya ses larmes avec son poing.

«Je pense honnêtement qu'elle ne sait pas.» Il secoua la tête.

Denys prit une profonde inspiration et sentit un poids se lever de ses épaules. «Je ne peux pas m'empêcher d'être d'accord sur ce point. Personne ne peut être aussi impitoyable, même elle. Je dois lui donner le bénéfice du doute. Je ne peux pas imaginer mon destin si elle ne m'avait pas pris-J'aurais été une fille sans abri demandant de l'aumône à St. Giles. Quelle ironie-maintenant elle est pratiquement sans abri.

VALENTINE RÉORGANISA SON PROGRAMME, ET DEUX JOURS plus tard ils se rendirent à Smithfield pour trouver John Butts. «Celle de trésorier est une position élevée,» Valentine assura pendant qu'ils sortaient des portes de la ville et trottaient sur la route cahoteuse. «Il devrait savoir, il doit savoir... »

Le prêtre de Smithfield les guida vers la cabine avec structure en bois de John Butts perchée au bord de sa ferme. Valentine et Denys arrivèrent alors que l'obscurité tombait. Il n'y avait pas de lumière de bougie clignotant dans aucune des fenêtres.

Valentine l'aida à descendre et ils accrochèrent leurs chevaux aux poteaux près de la porte d'entrée.

«Regarde. La porte est entrouverte.» Il appela sans réponse.

«Est-ce qu'il y a quelqu'un à la maison?» Toujours pas de réponse. Denys grimaça à cette invasion chez un inconnu quand ils franchirent le seuil et entrèrent dans la cabine sombre. Leurs pieds glissèrent sur les roseaux usés du sol.

Valentine tâtonna son chemin le long du mur, il trouva une torche et l'alluma. La torche prit vie.

«Salut?» Valentine se dirigea vers l'échelle et leva les yeux. Mais le silence les entourait. Elle le suivit dans le couloir vers une salle privée.

«Il n'y a personne à la maison, Valentine, partons et... » Alors qu'elle se retournait pour quitter la salle privée, elle jeta la tête en arrière comme si elle avait été frappée. Elle poussa un cri déchirant d'horreur.

Valentine courut à ses côtés. Elle s'accrocha à lui, tremblant. Un cadavre allongé sur le sol plein de roseaux brûlés, les traits noircis au-delà de toute reconnaissance.

Valentine approcha la forme sans vie. «Ce n'était pas un accident.»

«Oh, le pauvre homme!» Elle recula, incapable de respirer. «Il faut chercher l'huissier!»

Ils coururent vers la cabine la plus proche pour sonner l'alarme. Des villageois endormis conduisirent Valentine et Denys à la maison de l'huissier. Qui assassinerait un villageois? Et pourquoi?

QUAND ILS RENTRÈRENT À LA MAISON, VALENTINE convoqua leurs serviteurs pour une inquisition sur le coffre de chêne violé. Tous nièrent avoir vu un inconnu entrer dans la maison.

«Quelqu'un frustre tous mes efforts et je ne pense pas que ce soit Bess,» Denys conclut après que le personnel soit autorisé à partir. «C'est un meurtre sans cœur, une bonne vie honnête prise sans aucune raison plus que me tenir à distance.»

«N'aie pas peur.» Il la serra dans ses bras et lui caressa les cheveux. «Je ne laisserai jamais personne te blesser. Je mettrai deux autres gardes à la porte jour et nuit. Ne voyage pas sans deux autres gardes armés. Même pas au marché. Tu ne devrais pas être seule.»

Elle enveloppa ses bras autour de lui avec plus de force. «Mais qui aurait tant envie de m'éloigner de ma famille?»

«Pourquoi, ça pourrait être... » Il s'arrêta et secoua la tête. «Je ne peux pas penser pourquoi. Mais le secret de ta naissance est vital et mortel pour quiconque.»

❃❉❃

Le coroner détermina que John Butts avait été assassiné au moins avant deux jours que Valentine et Denys ne le trouvent.

«Ce serait le jour où je vis John Lyghtefote, l'homme qui me parla de Butts.» Denys saisit sa manche alors qu'une vague d'horreur la secoua. «Valentine, quelqu'un me suit. Qui que ce soit connaît chacun de nos mouvements!»

Une fois de plus il la serra dans ses bras et essaya de la calmer. Mais à ce stade lui-même était loin de se calmer.

Elle avait l'intention de demander plus d'aide à Richard après l'avoir rejoint dans le voyage. Ils partirent à Windsor pour rencontrer la cour. Gentilshommes en armure à califourchon sur des chevaux stables agglutinés remplissaient la cour extérieure du Château de Windsor, des plumes et des bannières coulant derrière eux. L'un des gentilshommes s'approcha de Valentine et de Denys avec des nouvelles inquiétantes. «Monsieur et Madame, Henry Tudor a envahi de France.»

Elle serra les poings. «Pourquoi n'abandonne-t-il pas?»

«Il ne fait pas le poids pour nous.» Valentine fronça les sourcils comme elle attrapa son bras, argenté scintillant. «Nous serons de retour bientôt, ne t'en fais pas.»

Le Roi Richard dirigeait son armée de 9000 pour combattre son ennemi le plus mortel.

۞

Pendant que les hommes étaient sortis, Denys écrivit sur parchemin les Johns qu'elle n'avait pas encore vus. «John Smith, John Drury, John Freke et John Knolles étaient les derniers. Mais où les trouver?

Elle avait une idée. Pourquoi ne pas demander à Marguerite d'Anjou? Mariée au Roi Henry toutes ces années, elle savait sûrement!

La reine veuve n'avait rien à perdre. En exil en France, elle l'aiderait sûrement à bousiller Bess Woodville.

Denys écrivit en Français à Marguerite, peut-être son dernier espoir.

Elle envoya la lettre par messager et pria pour obtenir de l'aide de Marguerite-une autre âme perdue.

Elle envoya une note à Valentine mais elle doutait qu'il le reçoive. La seule personne en plus de Richard qui avait partagé ses triomphes et ses défaites dévastatrices était Anne Neville.

Accordée une audience avec Anne, elle et sa reine errèrent dans le parc du château avec leurs dames et la garde royale. Les rayons dorés du soleil brillaient dans la Tamise comme des gemmes flottantes. Elles se tinrent sur le pont sur les ruisseaux calmes alors que les cygnes glissaient.

«Anne, j'ai une nouvelle piste. J'aurais dû penser à elle il y a longtemps.» Sa voix tremblait. «Marguerite d'Anjou!» Les yeux d'Anne s'éclairèrent. «Pourquoi, c'est merveilleux. Elle a peut-être vu quand ils t'ont livré au Roi Henry. Elle était sa femme, après tout.»

«Et si elle ne se souvient pas, elle peut encore me dire de

ces hommes appelés John!» Très animée, Denys pouvait à peine contenir son excitation.

«Il est agréable d'entendre ça. J'espère vraiment que ta recherche se terminera bientôt. Comment est la vie avec Valentine? Je me souviens de ton appréhension pour ton mariage.» Anne baissa ses yeux et sa voix.

«Valentine ne quitte jamais mes pensées.» Son estomac se retourna comme d'habitude à l'idée de lui au combat. Elle ne partagea pas ça avec Anne, qu'elle savait qu'elle nourrissait la même peur pour son propre mari dans cette même bataille.

Elle voulait proclamer sa déclaration d'amour pour Valentine, mais Anne était toujours en deuil pour son fils et Denys ne la déragerait plus parlant avec enthousiasme de son bonheur. Mais, elle repensa. *Nous parlons d'Anne, la future sœur qui m'a honoré avec sa propre robe de mariée.*

«Oh, Anne.» Elle sourit. «J'en suis venu à l'aimer si profondément.»

«Vous êtes un si beau couple. Si adaptés l'un à l'autre.» Anne jeta une pierre dans l'eau.

«Penser que Bess nous épousa comme punition.» Denys rit ironiquement. «Un autre fléchette cruelle qui a raté le coup.»

«Ah, oui, il est un bijou rare. Si j'étais toi, je m'habillerais en armure et je le garderais avec la lance levée.»

Ces mots la dérangèrent. Elle s'arrêta et attrapa le bras d'Anne. «Est-il un si mauvais soldat?»

Anne se tourna vers elle. «Oh, au contraire, Richard n'a que des éloges pour le talent de Valentine sur le champ de bataille. Je veux dire son charme, son bon aspect. Je le protégerais jalousement. Regarde les dames dans la cour. Elles soupirent et s'évanouissent presque quand il passe.»

Elle savait qu'il avait été choisi par les femmes dans la cour au retour de France. Filles de toutes formes, âges et tailles se regroupaient autour de lui comme les abeilles autour du miel, mais personne n'osait le regarder en sa presence-elles savaient qu'il était à elle et seulement à elle.

Anne continua. «Richard me dit que pendant la marche ils passent la nuit dans le château du seigneur le plus proche. Valentine est toujours au centre de l'attention... l'attention des dames, c'est-à-dire. C'est quelque chose de sans importance et d'inoffensif, Denys. Ne le prends pas à cœur.» Elle fit une pause. «Il y a une fille dont il faut faire attention... mais pas de manière sérieuse,» elle ajouta à la hâte. «C'est juste une fille avec des rêves de Galahad dans son jeune cœur.»

«Qui?» Le cœur de Denys courut.

«La fille de Bess Woodville Elizabeth. Elle a seize ou dix-sept ans. Elle aime Valentine un peu intensément.» Anne repoussa l'idée en secouant la tête. «Mais ne t'inquiète pas. Comme je dis, c'est le fantasme d'une jeune femme.»

La poitrine de Denys se contracta. Elle regarda ses mains, avec les poings fermés. Elle les ouvrit et étendit ses doigts. «La jeune Elizabeth n'est plus si jeune. Je me demande souvent pourquoi Bess ne l'a pas épousée.» Denys imagina la fille aux cheveux brillants et les yeux comme le ciel de minuit, possédant toute la beauté fanée de Bess. «Elle est peut-être la plus belle des plus jeunes femmes dans la cour.» Elle se tourna vers Anne. «Pourquoi tu ne m'as pas dit avant?» Sa voix se durcit.

Anne posa une main rassurante sur son bras. «Je n'ai pas considéré cela important. Ce n'est toujours pas important. Elle est un faucon libéré d'une cage. Bess l'a récemment remise à Richard. Pense à ce que tu ressentirais s'ils viennent de te libérer du sanctuaire. En outre, elle est principalement à Middleham. Valentine la voit à peine. Non seulement cela, il la remarque juste.»

Elle savait que Valentine détestait refuser quelqu'un, pour toute circonstance. L'Elizabeth immature pourrait prendre sa gentillesse dans le mauvais sens. «Probablement ça ne signifie rien,» elle se força à dire, mais elle se demanda si l'admiratrice de son mari poussait ses fantasmes trop loin...

«Une autre chose, Anne. Un vol. Un voleur m'a cassé le coffre en chêne à la Maison Burleigh et a volé toute la généalogie.»

Anne haleta. «Quelqu'un a-t-il été blessé?»

«Au contraire, pas du tout.» Elle secoua la tête. «Rien d'autre n'a été dérangé. C'était comme si le voleur savait où les trouver.»

«La jeune Elizabeth est-elle allée à la Maison Burleigh?» Anne demanda.

Denys hocha la tête. «Tu as une longueur d'avance. Oui, quelques fois durant les jours fériés et à des occasions comme ça. Mais pourquoi voudrait-elle l'un de ces documents?» Elle secoua la tête avec étonnement.

«Peut-être qu'elle travaille à la demande de sa mère,» Anne aventura.

«Je ne serais pas surprise par elle.» Denys essaya de cacher l'amertume de sa voix. «Je ne serais pas surprise par aucun Woodville. Il y a quelque chose dans ses documents que Bess ne veut pas que je sache. Quelque chose à propos de ma famille.»

Anne se rapprocha. «Tu es une battante. Je sais que tu trouveras ta vraie lignée malgré les obstacles que Bess met sur ton chemin. Les Woodvilles obtiendront ce qu'ils méritent-chacun d'eux.»

«Tu parles comme une vraie reine.» Le cœur de Denys était rempli de fierté pour Anne. «Et merci pour ça. Ça représente beaucoup pour moi de savoir combien tu crois en moi.»

«Ton histoire aura une fin heureuse.» Anne sourit, mais son sourire s'évanouit alors qu'elle parlait à nouveau: «Les maladies à cause de la tuberculose qui m'affaiblissent m'emmèneront dans la tombe plus tôt que tard.»

«N'en parle pas, Anne.» Elles traversèrent le pont

DIANA RUBINO

ensemble se prenant du bras. «Vis pour le moment. Le moment est tout ce que nous avons maintenant.»

⚜

VALENTINE ET SES SERVITEURS MARCHÈRENT EN TRIOMPHE À travers les portes du palais, les bannières ondoyant. Valentine descendit, son écuyer enleva son casque et ses gantelets, et il attrapa sa femme dans une étreinte amoureuse. Avec le relief qu'il avait survécu à la bataille, elle était ravie d'accueillir à nouveau son gentilhomme-comme elle avait toujours rêvé.

Avec Henry Tudor de retour à Bretagne et sa mère dans la Tour pour trahison, la paix régnait une fois de plus sur la terre.

⚜

LA COUR SE RÉUNIT DANS LE CHÂTEAU DE SANDAL DANS LE West Yorkshire. Comme toujours, mimes, jongleurs y bouffons divertissaient les courtisans, se régalaient avec de gourmandise. Au retour de l'armée, Richard fit une autre concession de terre à Valentine et d'autres guerriers courageux. Il donna aussi à Valentine Reggie le bouffon. Le jongleur, chanteur et danseur expert rejoignit le cortège pour garder le moral-Richard anticipait constamment une autre invasion Tudor.

«Sa mère est incarcérée. N'est-elle pas sa seule source de revenus?» Denys demanda à Valentine une nuit alors qu'ils erraient dans les jardins du château.

«Lady Margaret gère très bien la vie de son fils depuis la Tour,» il lui informa. «Elle est mariée avec Thomas Stanley. Il vacille entre deux côtés comme une tortue sur un poteau de clôture. Le côté qui semble plus fort est le côté qu'il rejoint. En outre, Henry réunit une faction propre. Principalement des Gallois. Richard feint l'indifférence, mais au fond je peux dire qu'il est profondément préoccupé.»

«Mais avec des adeptes inconditionnels comme toi, le duc de Buckingham et d'autres, Richard n'a rien à craindre.» Elle mit la main dans le creux de son coude.

«Oh, mais les gens changent, Denys. Lord Stanley pourrait ne pas être seul.»

«Qui d'autre?» elle demanda.

«Je ne m'inquiète pour personne d'autre en ce moment, mais ça arrive. Personne n'est complètement ferme.» Sa voix avait une touche de précaution.

«Pas même toi?»

Il s'arrêta et tourna ses yeux perçants sur elle. «Tu crois que je pourrais me retourner contre Richard et rejoindre Henry Tudor?» Sa voix monta avec colère.

«Bien sûr que non.» Elle secoua la tête. «Ça n'a rien à voir avec des affaires d'État. Je sais que tu ne trahirais jamais Richard; tu l'as prouvé encore et encore.»

«Alors de quoi s'agit-il?» il demanda.

«Le problème est autre chose.» Un lièvre croisa leur chemin. «Il s'agit de la fille de Bess, Elizabeth.»

Son regard erra comme s'il essayait de trouver la jeune Elizabeth. «Oh, elle. Qu'est-ce qui se passe avec elle?» Ils continuèrent à marcher.

«Elle est amoureuse de toi. Tu ne vois pas?» elle aiguillonna.

Un sourire courba ses lèvres et il rit. «Et si c'est le cas? Elle sait que je suis marié avec toi et je ne suis pas disponible.» Il essaya d'enrouler son bras autour d'elle mais elle se détourna.

«Ne l'enhardis pas plus que tu ne l'as déjà, Valentine.»

«L'enhardir? Comment j'ai fait ça? Lui faisant savoir qu'elle est digne, l'invitant à une danse ou deux de temps en temps? Allons donc, Denys, elle est trop immature pour moi.» Il sourit comme s'il se souvenait d'un bon souvenir. «Elle te ressemble quand nous nous sommes rencontrés, essayant d'échapper aux griffes de Bess. Maintenant Bess est séquestrée, Elizabeth est hors de son examen et goûte la vie pour la première fois.»

«Quoi qu'il en soit, je pense qu'elle a peut-être volé ma généalogie,» elle exprima ses soupçons.

Il ralentit son rythme. «Pourquoi diable ferait-elle ça?»

«Pour Bess, bien sûr. Mais je ne serais pas surprise s'il s'agissait aussi de son fantasme avec toi ce qui la conduirait à me détester.»

«Non... elle n'est pas une voleuse. Elle ne sait pas où serait sa loyauté, avec son oncle qu'elle sent usurper le trône de son frère, ou avec les détestés Woodvilles, qui sont presque retournés dans la clandestinité, cependant ils sont sa famille. Mais voleuse? Non, elle est hantée et déchirée. Tu as pu te divorcer des Woodvilles et t'assurer que tu n'en fais pas partie.»

«À quoi ça sert? Je ne sais toujours pas qui je suis.» Cette pensée obsédante fit que ses soupçons sur Elizabeth fût insignifiant en comparaison. «À quoi sert ne pas être une Woodville si je ne sais pas qui je suis?»

«Nous les trouverons, Denys,» il déclara, et cette fois elle ne se détourna pas quand il la serra dans ses bras. «Si c'est mon dernier acte terrestre, je vais m'assurer que tu les trouves.»

«Simplement n'adopte pas la jeune Elizabeth,» elle avertit. «Même pour être poli. Elle le prendra dans le mauvais sens. Je souhaite que Richard l'épouse.»

«Dieu aide le pauvre idiot à rester coincé avec Bess Woodville comme belle-mère.» Leurs sourires jumelés se transformèrent en rire quand il commença à la chatouiller. Elle cria de joie et souleva ses jupes en le fuyant, profitant de la poursuite ainsi que de l'inévitable capture. Ils s'enfoncèrent autour du labyrinthe, s'élancèrent dans les coins arrondis et frôlèrent les plantes grimpantes. Elle arriva à une fin insurmontable et il la prit dans ses bras.

Alors qu'il plantait des baisers dans sur son visage et son cou, elle enroula ses bras autour de sa taille, une partie de lui à la fois que son âme.

Leurs lèvres se rencontrèrent, et sa bouche dévora la sienne. Une vague de désir la traversa pendant qu'elle caressait le doux satin de ses bas. Leur étreinte devint plus forte.

«Pas ici, Valentine! Richard se promène ici tout le temps. Retirons-nous dans notre chambre.» Elle essaya de paraître sévère, mais sa proximité l'enchantait. Elle tremblait avec les sentiers chauds que le bout de ses doigts traçaient sur son visage et son cou.

Richard reculerait rapidement et silencieusement, son visage chaud et rouge, s'il entendait qu'on fait l'amour à moins d'un mile de son audition. Je suis sûr qu'il essaie de ne pas s'écouter.» En riant ensemble, elle regarda les étoiles qui brillaient au-dessus, et elle inhala le parfum des primevères et des fleurs douces.

Il se retirèrent dans leur chambre-aucun signe de Richard arpentant.

Chapitre Treize

Alors que Denys lisait une lettre de Christophe Colomb, Valentine entra dans la salle privée.

«Regarde, Valentine!» Elle la soutint pendant qu'elle prenait une gorgée d'hydromel avec des raisins cueillis sur une grappe sur sa table d'appoint. «Christophe revient juste des Îles Canaries, hors d'Afrique. Oh, les gens là sont si curieux. Il dit qu'ils vivent encore assez primitivement. Ils peignent leur corps, ils n'ont pas de constructeurs de navires, et ils sont complètement en retard dans tout les sens.»

«Qu'a-t-il trouvé d'autre là-bas?» Valentine cueillit des raisins et les mit dans sa bouche.

Elle détecta un ton anxieux jamais montré auparavant quand on parlait du marin inconditionnel. Mais elle connaissait ce ton-aussi démonstratif que lorsqu'il parlait de bataille ou d'affaires d'État.

«Rien qui t'intéresse.» Elle se pencha en avant et plaça un raisin entre ses lèvres. «Des plantes et des fleurs jamais vus auparavant dans nos terres, et des vents chauds qui apportent le climat le plus tempéré.»

«Quelque chose de valeur? L'or, par exemple?» Il s'assit à côté d'elle et rapprocha sa chaise.

Ella posa la lettre et regarda son mari droit dans les yeux. «Je ne suis pas intéressée par l'or. Pourquoi es-tu intéressé?»

Il haussa les épaules. «Seulement par curiosité. Je lui fais confiance pour ne pas s'aventurer dans la vase obscurité et risquer sa vie pour des vents chauds et des boisseaux de mastic.» Il se pencha en arrière et étira ses jambes.

«Sa recherche n'est pas mondaine,» elle se moqua. «Il veut trouver des nouveaux mondes, pas de nouvelles richesses.»

«Au contraire, mais on risque le capital juste pour récolter des dividendes et des résultats. Sa recherche coûtera plusieurs milliers de livres, Denys. Personne ne veut perdre tout ce qu'il investit simplement pour voyager dans l'inconnu.»

«Il ne nous a pas demandé d'investir en lui.» Elle but son hydromel. «Il fit appel à la couronne, mais Richard ne lui souhaita que bonne chance.»

«Il réussira. Les hommes... et les femmes... de ce caractère n'abandonnent pas. Personne ne le sait mieux que moi.» Il lui sourit.

Elle lui sourit en retour. «Toutefois, si je peux t'amener à voir la valeur d'un voyage à travers la Mer Océan pour l'humanité, le peux certainement t'inciter à prendre le reste de la nuit pour nous.»

Il soupira. «Oh, j'aimerais, j'aimerais vraiment, mais le conseil célèbre une session spéciale.»

«Le conseil peut attendre. Ta femme ne peut pas attendre. Maintenant... Le conseil peut-il faire cela?» Elle se glissa sur ses genoux et planta des baisers sur son cou.

«Maintenant, *cette* session a mon intérêt!» Il l'abaissa sur le tapis de tapisserie devant le feu et ils firent l'amour devant les flammes crépitantes.

BIEN QU'IL SOIT INQUIET À CAUSE DU DANGER DE PLUS d'invasions, Richard accueillit Christophe de nouveau. Le Génois apportait un style et une étincelle qui réveillaient la cour élégante mais solennelle de Richard. Christophe apporta des épices de ses voyages en Guinée, des vins du Portugal, d'exquis verre Vénitien et plus de mastic de Chios que Denys aimait tant. En retour, Valentine prit son collier en or scintillant d'autour de son cou et le passa sur la tête de Christophe. Le marin lui remercia en Anglais, et même Richard semblait mieux s'entendre avec le mastic.

VALENTINE ET DENYS ORGANISÈRENT UN BANQUET DANS LA Maison Burleigh, invitant les Officiers de l'Amirauté et des marins Anglais notables. Ils échangèrent des légendes avec Colomb sur les grands marins Nordiques, et ce qui se trouvait au-delà de la Mer Océan. Étalant de nouveau sa carte du monde sur leur table, il leur montra le voyage qu'il proposait faire, en partant des Îles Canaries. Tandis que les invités se réunissaient autour de lui, il traça l'itinéraire avec son doigt et parla pendant que Silvio traduisait. Voici les vents alizés qui soufflent du nord-est à sud-ouest. Ils soufflent à l'envers dans l'hémisphère sud.» Il décrivit les régions tranquilles autour de l'équateur, impressionnant tout le monde par sa connaissance des vents, courants, et étoiles. «J'avoue que je cherche de l'or et des épices, tous les trésors et gourmandises de l'est, mais ce qui me motive le plus c'est la perspective de trouver de nouvelles terres.»

Le lendemain matin tandis que Denys étudiait les comptes des ménages et Valentine remplissait ses fonctions à la cour, son huissier annonça un visiteur.

Son pourpoint et collant rougeâtres mettaient en évidence ses cheveux brun rougeâtre. Le collier que Valentine lui avait offert brillait sur sa poitrine.

«Christophe!» Elle le salua avec un sourire et lui serra les mains.

Il s'inclina, lui rendant son sourire chaleureux.

Elle regarda par-dessus son épaule. «Êtes-vous seul? Où est Silvio?»

«Je suis venu seul,» il dit en Anglais hésitant. «Peut-être pouvons-nous parler Français?»

«*Oui!*» Elle le conduisit à deux chaises dans la salle privée et ils s'assirent côté à côté. «Je pensais que vous ne connaissiez beaucoup le Français.»

«Très peu,» il avoua en Français, indiquant avec le pouce et l'index une petite quantité, mais ça ressemble tellement au Génois, entre les quatre langues, j'espère que nous nous comprendrons.»

«Quatre langues?» Elle s'assit en avant, aux yeux écarquillés.

«Génois, Anglais, Français, et... » Il compta sur ses doigts. «La langue des mains!» Il étendit ses mains, puis il lui demanda de l'emmener faire une autre promenade dans son jardin.

La barrière de la langue n'était pas un problème depuis qu'elle comprenait son Anglais hésitant et il comprenait le Français. Mais ils n'avaient pas besoin de beaucoup parler. Ils marchèrent sous le soleil frais d'automne laissant place à une nouvelle belle journée dans le silence confortable entre eux. Elle lui donna un panier à remplir avec les fruits de ses arbres. Les doux arômes des fruits les entouraient.

À l'approche de la maison, il se tourna vers elle, il mit le panier par terre et s'approcha. Ses yeux faisaient écho au bleu verdâtre profond de la mer, lui disant ce qu'il ne pouvait pas communiquer avec des mots, indépendamment de la douceur de la langue.

«Vous êtes très belle, Denys.» Sa voix grondait avec son Anglais cadencé mais hésitant. «J'aimerais pouvoir vous emmener avec moi en Orient. Je souhaite que vous soyez toujours avec moi.»

«Je comprends et je suis flattée,» elle répondit en Français. «Mais je suis heureuse ici. J'ai un mari que j'aime beaucoup.» Elle soupira. «Je n'irais nulle part tant que je n'aurais pas trouvé ma famille, même si j'étais libre.»

Il acquiesça, lui donnant à ses mais une pression d'amour. «Vous me faites bander.» Il dit cela plus vite que n'importe quel autre mot qu'il aurait dit en Anglais.

Elle s'écarta et tira de son corsage. «Je... je vous demande pardon?»

«Se lever, grimper... » Il étendit ses doigts, avec les paumes vers le haut. «Comment dites-vous... ça me donne un coup de pouce, me fait me lever.»

«Oh, je fais monter votre *esprit*!» Elle poussa un soupir de soulagement alors qu'il hochait la tête. «Nos langues se croisent et s'emmêlent. Quand vous dites une chose, ça peut être très bien vouloir dire quelque chose de si différent!»

Il haussa les épaules. « Qu'est-ce que j'ai dit?»

«Peu importe.» Elle lui tapota le bras.

«Je sais que les mots ont des différent sens. Mais vous le dites en Anglais... qu'est-ce que vous pouvez faire?» Il sourit et caressa sa joue du bout des doigts.

Il reprit le panier de fruits et elle entrelaça son bras avec le sien comme ils quittaient le jardin ensemble.

Revenant à l'intérieur, elle ouvrit son bureau, sortit un sac en velours attaché avec une corde et le mit dans sa main. «Cela vous aidera dans votre recherche. Ce n'est pas une fortune, mais Valentine et moi voulons que vous viviez votre rêve et sachiez que nous contribuons à y parvenir.»

En le remerciant, il le glissa sous sa cape. Il baissa la tête et embrassa sa joue, puis l'autre. «Vous trouverez votre famille. Je souhaite juste être moi. Que Dieu vous bénisse, chère Denys.» Il toucha le bord de son chapeau.

«Bonne chance, Christophe.» Elle lui souffla un bisou comme il s'éloignait pour trouve son monde, et elle revenait au sien.

LE MESSAGE DE MARGUERITE D'ANJOU ARRIVA LE lendemain.

Denys proposa au messager de rester une nuit, un repas copieux et une poignée de pièces d'or. Elle brisa le sceau et ouvrit le message avec des mains tremblantes tandis que Valentine était à ses côtés.

«Elle doit savoir qui m'a donné au Roi Henry. Elle était là, elle doit savoir!» Elle déplia le parchemin.

La calligraphie austère de Marguerite contrastait avec son Français fleuri. Denys lut le message à voix haute. «Plusieurs hommes appelés John furent au service du Roi Henry, mais le plus ancien et le vrai, John Pasteler, fut à son service depuis le début. Son nom de famille voulait dire chef de bonbons, son travail au moment de son service au roi. Je me souviens qu'il portait un bébé et lui donnait au Roi Henry, qui lui donna à un assistant.» Denys était sûre que son cœur s'arrêta. «Cher Dieu, la réponse que je cherchais! Mais il y a autre chose.» Elle continua à lire, «John Smith... » Elle leva les yeux vers Valentine. Il lui dit de continuer à lire.

«Il berça également un bébé dans ses bras peu après -ou était-ce avant? Je ne suis pas sûre. La mémoire s'estompe avec la vieillesse.» Denys haletait. «Il y eut de naissances à la cour dans ces années. Une fille fut née d'une serpillière et d'un des pages du roi, John Norris. La mère de la fille partit, la laissant comme pupille du roi, mais je ne sais pas ce qui lui est arrivé. Un huissier nommé John et sa femme eurent un bébé et je me souviens que le roi le tenait. John et sa femme moururent de fièvre. Je ne connais pas le sort de l'enfant.»

Le message glissa de sa main à la table. «Il y en a telle-ment, je pourrais être l'un d'eux.» La mémoire défectueuse de Marguerite laissa Denys confuse et découragée. «C'est pire que de ne pas savoir, maintenant je ne le saurai jamais.»

Une fois de plus elle devenait cette fille abandonnée.

Il l'embrassa. «Jusqu'à la fin de mes jours, j'essaierai de me souvenir de tous les Johns dont j'ai entendu parler, depuis mes premier souvenirs jusqu'à mes années avec les Plantagenets après la mort de la mère. Nous le trouverons, ma chérie. Je sais que nous le ferons.»

Elle se détendit et respira facilement dans ses bras. «Comment puis-je perdre espoir quand je t'ai?»

LA VEILLE DE NOËL AU PALAIS DE WESTMINSTER, LA grande salle brillait du feu de Noël. Houx, lierre, et laurier ornaient les salles du palais et parfumaient l'air. Londres était baignée de chandelles et recouverte de neige fraîche. Des branches vertes décoraient les portes et églises paroissiales. Les voix de chants de Noël fondaient en harmonie. La grande salle était pleine de mimes, jongleurs, bouffons, bière et vin. La cour de Richard n'était pas aussi lubrique que celle d'Ed-ward, mais Denys tombait sur des partenaires aimants faisant l'amour dans les coins du palais et recoins pendant cette joyeuse saison.

Alors que les courtisans échangeaient des cadeaux, Richard donna à ses conseillers, ses serviteurs et son personnel du vin, épices et pièces de monnaie. Il présenta Denys plusieurs douzaines de ventres d'hermine qu'elle avait loués quand son tailleur était en visite, la fourrure d'hermine moins luxueuse n'était plus à la mode. Il offrit Valentine des blocs de marbre de Carrare pour les foyers de Dovebury. Leur cadeau pour Richard fut une cruche avec des bijoux qu'il baptisa Perkin. Elle pensait que c'était stupide que les hommes «nommassent» leurs cruches, mais à cause de sa surprise quand elle découvrit qu'ils nommaient aussi ses membres privés, nommer une cruche de bière ne semblait pas si étrange. Elle et Valentine passèrent des nombreuses nuits à hurler de rire devinant quel nom les courtisans masculins donnaient aux leurs. Ils convinrent que Richard considérait probablement la pratique obscène comme pure luxure.

«Mais après réflexion,» Valentine dit, «celui de Richard est d'une race si royale, il doit l'appeler Ethelbald.»

Au dîner dans la grande salle, lui et Richard tintèrent leurs cruches. Le roi et son fidèle chancelier trinquèrent à la santé de l'autre, avec les bras sur les épaules de l'autre.

Valentine et Denys venaient de finir de danser, le vin coulait, et elle revint à l'estrade avec lui, resplendissant du malvoisie qu'elle avait bu. Glissant sa main sous la table, elle chuchota, «Comment va Le Grand Canute ce soir?»

LES ESPIONS DE RICHARD SURENT QUE POUR L'ÉTÉ, HENRY Tudor se battrait encore une fois pour l'Angleterre. Denys ne pouvait pas le déranger lui demandant plus d'aide pour trouver le mystérieux «John», le seul lien connu avec sa famille. Elle vit à peine Richard sauf une rare apparition dans la grande salle. Avec Anne malade et se préparant pour une autre bataille avec Henry Tudor, le temps de Richard n'était pas le sien. Quand elle le voyait à la Messe, il s'asseyait seul, avec la tête baissée, sans temps pour saluer avant de se présenter au conseil ou au lit de malade d'Anne.

Comme chancelier, Valentine conspirait jusque tard dans la nuit... Combien de soldats appeler? Comment fortifier la côte? Comment éviter perdre le royaume dans la bataille?

Il écrivit des discours pour livrer à Henry Tudor, rédigea traités et pactes, fit des alliances par mariage, planifia des moyens pour Tudor de rentrer en France. Il dessina des formations de bataille, en utilisant des pièces d'échecs pour les armées adverses. Ça ressemblait à un jeu, dirigeant toutes ces vies et testant la patience de Henry Tudor pour lui surpasser et faire échec et mat.

«Cela ne signifie pas du tout travailler pour toi, n'est-ce pas?» Denys lui demanda un après-midi pendant qu'ils étaient assis dans leur salle d'hiver. «C'est un jeu auquel tu joues.»

Sa tête n'était pas inclinée, il ne fronçait pas les sourcils avec des pensées profondes et obsédantes, il n'y avait pas d'ombres noires autour de ses yeux. Contrairement à Richard, qui portait le fardeau du monde sur ses épaules, Valentine prospérait avec tout ça. Pourtant, il trouvait le temps de monter, danser ou s'asseoir devant le feu avec elle... et lui faire l'amour exquis.

«Que veux-tu dire... un jeu?» Il ne la regardait pas, les yeux fixés sur les rouleaux de noblesse qui soutenaient la couronne.

«Tout ça... » Elle fit un geste vers les rouleaux. «Des alliances, soutien, des plans pour échanger des terres et des territoires, se préparer pour le combat.»

«Nous devons maintenir une défense solide, parce que Tudor a un espion très rusé-sa mère,» il répondit.

Elle cligna les yeux. «Margaret Beaufort est incarcérée.»

«Oui, mais elle est mariée avec Lord Stanley et je ne lui fais pas confiance. Il fit la paix avec Richard acceptant de le soutenir, et Richard lui nomma Connétable d'Angleterre, même si je l'ai déconseillé. Il a changé de camp avant. Il rejoint le côté qui lui semble le mieux à ce moment-là. Richard est simplement trop confiant.»

«J'espère que nous avons entendu des dernières nouvelles de Henry Tudor.» Elle serra les dents de frustration. «Une fois pour toutes je souhaite que vous puissiez l'écraser avec un coup rapide.»

Valentine secoua la tête, souriant. «On a besoin de plus qu'une armée pour abattre un ennemi, ma chérie. La courtoisie est nécessaire. Richard n'a pas l'éloquence de son frère Edward, il a l'armée et l'esprit pour exécuter un stratagème. Purger Tudor de notre monde résout le problème actuel, mais pas pour toujours. Ce serait comme mettre un patch sur un coup de couteau purulent. Après Tudor soit vaincu, quelqu'un d'autre se lèvera à sa place. Nous avons besoin de pactes de paix aussi bien que la guerre, pour garder la paix et arrêter la main des usurpateurs.»

DANS LA NUIT DE L'ÉPIPHANIE, LA GRANDE SALLE BRILLAIT, décore de verts, de rouges et d'or brillants. Les bûches brûlaient dans le foyer, le vin coulait et les et les serveurs apportaient assiette après assiette sur plateaux d'or et d'argent. Mais encore une fois, le siège à côté du roi sur l'estrade était vide, tout comme ses yeux quand Denys le regarda de près. L'invasion imminente était le moindre de ses soucis, car la Reine Anne ne vivrait pas plus longtemps.

Denys aborda Richard quand les serveurs commencèrent à faire la vaisselle. Elle regarda les montagnes de nourriture sur son assiette que son goûteur consommait encore avec bonheur à sa place. «Comment va Anne?»

«Malade. Toutes les festivités l'ont finalement fatiguée.» Il prit une gorgée de vin.

«Tout le monde l'aime tellement. Après le mépris que Bess

forgea, Anne est vraiment une reine bien-aimée.» Son cœur faisait mal pour la pauvre fille-si jeune, trop jeune pour affronter la fin. «Richard, s'il te plaît parle-moi si tu as besoin d'une épaule... quoi qui se soit.»

Ses yeux tristes scrutèrent la grande salle alors que les courtisans dansaient, riaient et se régalaient. «Les médecins me conseillent d'éviter son lit.»

«Pardon?» Elle se pencha pour l'entendre à nouveau; elle n'aurait pas pu entendre correctement.

«Ils m'ordonnent d'éviter son lit. Je n'aurai jamais mon héritier.» Il prit une profonde inspiration et la souffla alors qu'il se passait la main sur ses yeux.

Elle lui serra la main. «Ne dis pas ça. Tu as des héritiers-tes neveux.»

«Je sais et j'aime mes neveux de tout mon cœur. Mais ce sont les enfants d'Edward, pas mes enfants-mon sang et celui d'Anne.» Ses lèvres se resserrèrent en une fine ligne.

Elle savait ce qu'il voulait dire et son cœur éclata de pitié pour lui. Peut-être si les choses avaient été différentes, s'ils avaient suivi l'ordre d'Elizabeth et ils se seraient mariés, il aurait ses héritiers aujourd'hui. Mais elle et Richard ne pourraient jamais s'aimer dans le vrai sens du terme. Cela n'aurait jamais pu arriver. Et elle n'aurait jamais épousé Valentine...

«Est-ce que je peux voir la reine? Je vais chanter pour elle et jouer de mon luth.» Elle repoussa sa chaise et se leva.

«Bien sûr. Elle t'aime comme une sœur.» Ses yeux exprimèrent toute la gratitude qu'il n'avait pas la force pour dire avec des mots.

LES FLAMMES DANS LE FOYER D'ANNE PROJETAIENT DES ombres effrayants et clignotants sur son lit de malade. Denys s'étouffa par l'air vicié. Une bonne se tenait à côté d'Anne, tenant une toile de lin pendant qu'elle toussa.

Alors que Denys s'approchait d'Anne, les souvenirs inondèrent son esprit: la magnifique robe de mariée qu'Anne lui offrit, la gentillesse dont elle avait fait preuve quand tout le monde, y compris Richard, l'avaient écartée. Elle pria pour cette âme courageuse, la reine tellement aimée de ses sujets, réduite à cette figure pitoyable crachant le sang de sa vie.

Elle laissa partir la bonne et prit sa place à côte d'Anne.

Anne ouvrit les yeux, vitreux en raison de l'épuisement. «Quel plaisir de me rendre visite quand tu pourrais profiter des festivités.» Sa voix juste un murmure, il semblait que chaque mot demandait beaucoup d'efforts. Denys ne voulait pas dire à Anne que l'ambiance dans la grande salle était loin d'être festif. «Comment va Richard?»

«Il garde la tête haute, comme toujours, Anne. Il attend beaucoup que tu le rejoignes, comme tout le royaume.» Elle lissa les mèches de cheveux du front d'Anne.

Elle s'éloigna. «Je ne reviendrai jamais. Je m'allonge en attendant que Dieu me prenne.»

Denys prit une main et la réchauffa entre ses paumes. «Ne parle pas ainsi. Tu iras bien, tu has déjà été malade, nous avons tous été malades! Tu vas récupérer. Tu dois le faire. Tu sais combien Richard a besoin de toi.»

Apparemment, Dieu a plus besoin de moi. Richard a son royaume. Je ne suis qu'un être faible et insignifiant.» Ses yeux se fermèrent.

Elle caressa la joue d'Anne. «Personne ne sait mieux que moi combien il t'aime.»

«Il ne l'a montré jamais, Denys. Je vois toi et Valentine ensemble, en riant. Il t'embrasse, il te soulève et te fait tourner... » Elle respira fort. «Richard ne m'a jamais dit qu'il m'aime. Il n'a jamais quitté mon côté sauf pour aller à la bataille ou réunions, mais il ne m'a jamais fait le centre de sa vie, comme il a été le mien.»

«Mais il a été toujours silencieux. Ne pense pas une minute qu'il ne t'aime pas,» elle essaya désespérément de remonter le moral d'Anne.

Anne eut une autre quinte de toux et Denys porta un chiffon propre à ses lèvres. Elle retomba dans les oreillers avec un soupir rauque. «Parle-moi de toi et de Valentine.»

«Pourquoi, tout est bien.»

Elle regarda Denys et sourit faiblement. «Es-tu maintenant sûre de ses intentions envers toi?»

Le cœur de Denys se réchauffa. «Oh, oui, c'était dur de le convaincre de s'ouvrir, mais il l'a fait. Il veut me montrer sa valeur, mais ce n'était vraiment pas nécessaire.»

«Je sais le tourment que Valentine souffre depuis longtemps. Je pense que le besoin que Richard a de Valentine à ses côtés l'a aidé à traverser tout ça.» Sa voix gagna volume, le sourire toujours sur ses lèvres.

«Tourment? Tu veux dire son besoin de montrer sa valeur?»

«Ça en fait partie.» Elle regarda Denys dans les yeux. «Tu sais que le père de Valentine périt au combat. Quand il n'avait que neuf ans, Valentine vit l'indicible, la tête coupée de son père sur le dessus du Bar Micklegate. Il jura de se venger, et quand il était assez âgé, il devint le premier espion du premier général du Roi Edward. Les soldats ennemis l'attrapèrent et le retinrent dans le Château Ludlow, et au moment de son exécution, Richard arriva avec une colonne de soldats et leur obligea de lui libérer. Il se sentit toujours endetté avec Richard pour lui avoir sauvé la vie.»

«Cher Dieu. Est-ce pour ça qu'il veut être à côté de Richard pendant tout ça?» Denys retira avec un doigt la perle d'une larme qui reposait sur sa poitrine.

«Au contraire.» Anne secoua la tête. «Richard sait que sans

Valentine, il ferait une calamité de tout. Les affaires d'État ne sont pas le point fort de Richard, son point fort ce sont les batailles et les guerres.»

«Et Valentine ne se sentira pas un homme complet jusqu'à ce qu'il paie la faveur à Richard,» Denys conclut.

«Si je connais Val, il n'aura jamais l'impression d'avoir payé la faveur à Richard. Toi et lui vous êtes très similaires. Vous deux vous êtes en mission que vous devez accomplir. Mais vous devez savoir qu'avoir l'un l'autre suffit, même si vous n'atteignez jamais vos objectifs.»

Denys poussa un soupir de soulagement. «Merci de me dire ça. Valentine ne le dirait jamais.»

«Au contraire, il ne prétend pas être honorable.» Le sourire d'Anne mourut sur ses lèvres avec une autre quinte de toux. Cette fois elle cracha des gouttes de sang.

«Veux-tu que je chante pour toi, Anne?» La reine hocha la tête et Denys prit son luth du pied du lit. Elle commença à le jouer doucement et à chanter leur chanson préférée, «Quand un Gentilhomme.»

«Quand un gentilhomme gagna ses éperons dans les histoires anciennes,

Il était doux et courageux, il était galant et audacieux ;

Avec un bouclier dans son bras et une lance à la main

Pour Dieu et par courage il traversa le pays.

Je n'ai pas de cheval de guerre, et pas d'épée à mes côtés,

Cependant je monte toujours pour l'aventure et la bataille,

Bien que de retour à la terre des histoires les géants ont fui,

Et les gentilshommes n'existent plus et les dragons sont morts.

Laisse ma foi être mon bouclier et la joie être mon coursier

Contre les dragons de la colère, les gorgones de la cupidité;

Et laisse-moi libérer, avec l'épée de ma jeunesse,
Du château des ténèbres le pouvoir de la vérité.»

Avant qu'elle finît, Anne s'était endormie. Denys glissa hors du lit et sortit de sa chambre sur la pointe des pieds.

Ce fut la dernière fois qu'elle vit Anne vivante. La reine mourut au début du printemps, son corps fragile ne pouvait plus lutter contre la tuberculose qui la prit.

ALORS QUE DENYS S'APPROCHAIT DE LA CHAPELLE d'Edward le Confesseur, Richard se tenait près de la tombe d'Anne. Il caressa son nom gravé dans la pierre et quitta la chapelle. Denys resta à côté de la tombe et pria pour l'âme de la reine, pour le roi, et pour son royaume.

À LA VEILLE DU SOLSTICE D'ÉTÉ, VALENTINE, DENYS ET Richard marchaient dans la forêt royale près du Château de Sandal après un jour de chasse au cerf.

Les aboiements des limiers, brachets (limier de chasse femelle qui chasse l'odeur, obsolète) et lévriers s'évanouirent au loin quand la compagnie de chasse emmena les chiens de retour à leur chenil.

Prise par l'ambiance, Denys souffla de manière ludique son cor de chasse en ivoire. Son doux rugissement résonna à travers les arbres et mourut dans les profondeurs de la forêt.

Le trio se sépara du cortège et s'approcha d'un groupe de souches. Valentine s'assit sur une souche et elle étendit ses jambes sur l'herbe. Richard resta debout.

«Je souhaite que tu t'asseyes, Richard.» Valentine leur offrit des morceaux de pain de son sac. Denys accepta volontiers mais Richard déclina.

«Ce sont ces foutues rumeurs, toutes les rumeurs.» Richard arpentait de larges cercles. «Des rumeurs selon lesquelles j'ai empoisonné ma femme, rumeurs que j'ai fait exécuter George, des rumeurs selon lesquelles j'ai assassiné Edward... doux Jésus!» Aux épaules affaissées, il serra et ouvrit les poings.

«Ne laisse pas les rumeurs te déranger.» Valentine ouvrit sa bouteille de vin. «Certains individus vivent des vies si vides, ils n'ont rien d'autre à vivre que d'agiter leurs langues cruelles. Nous savons que rien de tout cela n'est vrai.»

«C'est Bess Woodville, je le sais,» il parla comme s'il n'avait pas entendu Valentine. «Elle a tout commencé, elle a allumé les flammes de la haine contre moi qui s'est propagé comme une épidémie de peste, mais elle est la source. Même en tant que roi je ne peux pas échapper à sa sorcellerie dégoûtante. Et maintenant ils bavardent que je veux épouser sa fille!» Un rire amer s'échappa de sa gorge. «Je tremperais dans de l'huile bouillante avant d'épouser une de ses filles. Même l'idée de cette sorcière comme belle-mère me rend malade.» Il cracha par terre.

«Bess ne peut nuire à aucun de nous. Il y a de vraies menaces, comme Henry Tudor,» Valentine avertit.

«Henry Tudor n'est rien d'autre qu'une pustule sur mon cul.» Richard fronça les sourcils.

«Je le sais. Mais il est ferme. Il a des espions et des finances. Sa mère a vendu le Château de Maxey à un sale morpion Irlandais pour financer sa dernière invasion. Cependant, je pense que sa prochaine invasion sera la dernière.» La voix de Valentine gronda avec confiance. «Et garde un œil sur Thomas Stanley, bien qu'il soit de notre côté à première vue.»

Richard sourit à moitié. «Val, mon ami, seulement tu ne me trahirais sûrement jamais. Je te fais confiance comme je ne fais confiance comme je ne fais confiance à personne d'autre. Je ne pouvais même pas faire confiance à George.» Il se tourna vers Denys. «Et toi... » Il baissa la tête. «Je t'ai négligé. J'ai promis de t'aider mais c'est tombé au bord du chemin.»

Elle s'approcha de lui. «Non, tu avais beaucoup à supporter... »

«Je tiendrai ma promesse. Je vais creuser et creuser jusqu'à ce que je découvre la réponse que tu cherches.»

«J'ai écrit à Marguerite d'Anjou mais sa réponse m'a laissé plus confuse que jamais.» Elle ferma les yeux et imagina la mer des mots de Marguerite. «Tant d'hommes appelés John, tous me menant nulle part.»

«A-t-elle dit quelque chose d'utile?»

«Il y avait un John avec un bébé au service du Roi Henry, certainement. Et un autre, et un de plus. N'importe lequel d'entre eux pourrait être moi.» Elle regarda les taches de ciel qui poignaient à travers la cime des arbres.

«Je vais voir ce que je peux faire.» Richard prit la bouteille de Valentine, plaça l'ouverture sur ses lèvres et prit une gorgée.

«Elle m'a donné des noms qui ne reviennent à rien.» Denys glissa son pied d'avant en arrière sur le sol.

«Montre-moi son message.» Il rendit la bouteille à Valentine. «Je verrai si ça contient un minimum de sens.»

L'un des pages de Richard entra au galop sur une monture glissante. Il ôta son chapeau et baissa la tête.

«Majesté, le dîner est servi. Votre cour fidèle vous attend.» Il baissa à nouveau la tête et parti au trot.

«Le devoir appelle une fois de plus.» Richard alla au front pendant qu'ils se dirigeaient vers le château. Les courtisans se tenaient autour du banquet. «Voyez comment il est difficile d'être roi? Je dois me battre contre les envahisseurs, gouverner une foule mécontente, et manger même si je n'ai pas un peu faim. Pourquoi diable tuerais-je quelqu'un pour ça?»

༄༅

«Tous les hommes de la chrétienté s'appellent John Smith.» Denys inspectait les factures du ménage pour le mois, mas son esprit n'était pas dans les comptes. «Le nom le plus commun du royaume.»

John Smith était le nom que Valentine se souvenait de sa visite à John Grantham. «Avec seulement John pour nous guider, nous avons assez bien fait.» Valentine but une gorgée de bière de Percival.

«Nous n'avons pas assez fait.» Elle se frotta les yeux fatigués. «Jusqu'à ce que nous le trouvions.»

«Ça peut prendre des années,» il avertit. «On peut changer de direction. John n'est pas le seul moyen d'aller à Rome, tu sais.»

Elle lui regarda et ramena une mèche de cheveux lâches sous la coiffe. «Que suggères-tu? Oh, Valentine, tu n'as aucune idée de ce que c'est d'être un adulte et tu te sens toujours comme une orpheline abandonnée.»

Avec sa cruche sur le chemin de sa bouche, il s'arrêta et la claqua sur la table pendant que leurs yeux se rencontraient. «Tu as tort. Tu oublies que j'ai perdu mes parents à un âge tendre.» Sa voix hésita. «Ce que je donnerais pour les récupérer.» Il vint et lui frotta le cou. «Je veux vraiment aider, et je sais dans mon cœur que nous trouverons ta famille.»

«Mais tu as des crises quand j'y vais seule,» elle répondit.

«Dans des tempêtes de neige aveuglantes sans me dire, oui.» Il acquiesça de tout son cœur.

«La tempête n'avait pas commencé avant mon départ,» elle dit.

«Tu aurais dû revenir. C'était fou de marcher douloureusement dans ces conditions.» Il enfonça ses doigts dans les muscles de son cou.

«Qu'est-ce que tu proposes de faire?» Elle se détendit sous

son toucher. «Si tu penses que ça peut nous conduire à ma famille, peut-être que tu peux supplier Richard de te donner une licence pour venir avec moi. Comment on va procéder?»

«Prêtres.» Ses mains glissèrent sur ses épaules.

«Prêtres?» Ses muscles raidirent. «Cela semble peu probable.»

«Les compagnons préférés du Roi Henry VI étaient prêtres. Le vieux Henry était comme un moine vertueux, il passa plus de temps à prier qu'à gouverner, ce que la Reine Marguerite faisait assez bien. Cherchons les prêtres qui l'accompagnaient. Il est possible que l'un d'eux vous ait baptisée. Dans ce cas, qui sont tes parents doit avoir été enregistré d'une manière ou d'une autre.»

«Très bien, où commençons-nous à chercher des prêtres?» Elle soupira alors que ses doigts travaillaient leur magie.

«Westminster. Certains des prêtres du Roi Henry sont toujours là, et si leurs souvenirs leur font défaut, ils peuvent dire où nous pouvons en trouver d'autres. Si ça ne porte pas de fruit, alors nous essayons les églises dans les murs de la Ville. Il y a Saint Andrew Undershaft, Saint Peter in Cheap, et Saint Paul à Ludgate Hill. Alors on peut s'aventurer plus loin, St. Martin-in-the Fields... »

«Très bien.» Elle se pencha en arrière et prit ses mains. «Je vais commencer par les prêtres de Westminster. Et quand on trouve le prêtre qui m'a baptisée, je veux être de nouveau baptisée.» Elle se retourna pour lui faire face. «Parce que je recommence ma vie.»

Il s'agenouilla et planta des baisers sur son cou. «Je peux voir comment trouver ta famille te fera te sentir comme ça, mais je t'aime peu importe qui tu es.»

LE LENDEMAIN MATIN, DENYS ACCOMPAGNA VALENTINE à la salle du conseil de Richard.

Valentine s'inclina, elle baissa la tête. Toute cette rigueur formelle entre vieux amis fit Richard froncer les sourcils et se moquer, mais Denys voulait avant tout honorer la mémoire de l'Oncle Ned.

«Maintenant que nous avons renoncé aux coutumes pompeuses, asseyez-vous, tous les deux.» Richard désigna deux chaises devant son bureau. Ils s'assirent pendant qu'il redressait une pile de documents. «Qu'est-ce qui vous amène, mes fidèles amis?»

«Denys va tester d'autres souvenirs pour sa quête.» Valentine s'assit et croisa les mains entre ses genoux.

«Les souvenirs de qui?» Richard enleva une bague et la remit.

«Les prêtres qui devinrent amis du Roi Henry pendant son règne,» Valentine répondit.

«Je pense que l'un d'eux a dû me baptiser,» Denys ajouta. «N'est-ce pas une possibilité claire?»

Richard hocha la tête, caressant son menton. «Je suppose.»

Valentine s'éclaircit la gorge. «Si possible, puis-je demander ta permission pour accompagner Denys aux abbayes de grande ampleur du royaume.»

«Oui, comme tu veux,» Richard accepta sans hésitation.

«Tu ne trouves pas aucun problème avec ça, Richard?» Une touche de douleur obscurcit les yeux de Valentine.

«C'est bien! Va!» Richard hocha la main. «J'ai assez de problèmes avec des usurpateurs potentiels et les mères espions sans gagner la réputation d'un tyran. Alors tu as mes meilleurs vœux. Bon voyage et bonne chance. Denys, j'espère qu'ils peuvent aider. Autrement, ne te désespère pas, car nous chercherons une autre voie.»

Denys se leva. «Je vais à Westminster pour voir les prêtres.

Valentine, prends soin de notre roi.» Elle baissa la tête et quitta la chambre. Il lui souffla un bisou.

Valentine se tourna vers Richard. «Avant de commencer à travailler, je dois obtenir un repas pour toi.»

«J'ai envie d'une tarte au gibier avec une chope de bière forte, maintenant que tu le dis,» Richard réfléchit.

«Savourons le premier repas que nous avons eu ensemble depuis des mois.» Il se leva et regarda la porte par laquelle Denys venait de sortir. «Je n'ai jamais rencontré personne d'aussi déterminé comme cette femme que j'ai épousé! Elle n'abandonnera pas tant que la mort ne l'arrêtera pas, même si nécessaire, une dernière audience personnelle avec Dieu pour qu'il lui dise qui elle est.»

«C'est là que nous nous ressemblons, Val, nous trois.» Richard mit ses documents dans un tiroir et le verrouilla avec une clé à sa ceinture. «Nous n'avons jamais peur de mourir pour une cause digne. Je préfèrerais mourir pour une cause digne au lieu de me consommer, comme c'est maintenant le sort de Bess Woodville.»

«Penses-tu toujours qu'elle est une sorcière?» Valentine suivit Richard vers la porte.

«Si elle est une sorcière, ses pouvoirs diminuent,» il répondit par-dessus l'épaule.

«Comme les tiens grandissent, Majesté.» Valentine s'inclina légèrement devant Richard, sans s'incliner autant que la coutume l'exigeait. «Puis-je emmener mon roi dans ma taverne préférée sur le quai, avec un déguisement discret, pour un bon repas?»

«Petits pois à la menthe avec cette tarte et cette bière?» Richard donna Valentine une tape sur les fesses.

«Tes sujets ne doivent pas te voir dans une taverne sur le quai. Un peu de farine pour grisonner tes cheveux, des vêtements en lambeaux et nous allons!» Ils quittèrent la chambre, deux vieux amis affamés et assoiffés.

Alors que Valentine se rendait au lieu de repos du Roi Henry VI de l'Abbaye de Chetsey pour rencontrer les prêtres, Denys fit appel aux prêtres de l'Abbaye de Westminster qui avaient connu le Roi Henry. Plusieurs prêtres partagèrent de bons souvenirs du malheureux roi mais aucun d'eux ne se souvenait d'avoir baptisée une fille pendant ou vers 1457. Ils ne se souvenaient pas non plus d'un John présent à ce moment-là ni connaissaient même pas la femme de son petit portrait.

«Le Roi Henry était pieux, en fait,» se souvenait le Père Carney aux cheveux gris alors qu'ils flânaient à travers les anciens cloîtres. «Il criait «Au diable! Quelle honte!» à toute fille qui montrait ses seins. Quand ils amenèrent Marguerite d'Anjou pour être sa fiancée, c'est *lui* qui rougit, jusqu'à son lit conjugal!» Ses yeux étaient fixés sur des souvenirs lointains. «Son Altesse était confuse, mais il était gentil. Les gens pillèrent ses terres et ses trésors jusqu'à ce que la couronne coula désespérément endettée. Ses propres fonctionnaires nationaux lui volaient sous son nez. Laissant de côté les bons souvenirs du maladroit Roi Henry, le Père Carney ne se souvenait pas d'avoir baptisée une fille cette année.

Mais le Père Welde, malgré l'âge avancé, portait des cheveux noirs de charbon et un corps en forme, et il se souvenait plus que tous les autres réunis. «Un homme donna un bébé au Roi Henry à la Messe dans ses chambres quand le roi était trop malade pour assister à la chapelle.»

«Vous vous souvenez de qui d'autre était là, Père?» Son cœur s'accéléra pendant qu'elle séchait ses paumes humides dans ses jupes.

«C'était le service de Noël, si je me souviens... » Il ferma les yeux, plongé dans ses pensées. «J'étais en charge. Maintenant, laissez-moi voir... » Il tapota ses doigts sur ses dents de devant. «Oh, tous les autres conseillers assistèrent... Buckingham, Northumberland, la Reine Marguerite, le docteur du Roi Henry... »

Elle joignit les mains comme si elle priait. «Je suis née en cinquante-sept. Est-ce que vous pouvez vous souvenir des parents du bébé?»

Il secoua la tête. «Je suis désolé, ma fille, il y avait tellement de monde dans ces chambres ce Noël, et c'était il y a si longtemps.»

Elle mit sa main sur sa manche. «S'il vous plaît, Père, j'ai besoin de savoir. J'aurais pu être ce bébé.»

Il sourit et hocha la tête de manière encourageante. «Je vais m'isoler dans la chapelle et je prierai Dieu pour que je puisse me souvenir. Si c'est le cas, je vais vous rappeler.»

«Oh, merci, Père!» Elle embrassa sa bague comme si c'était le Pape et sortit sur la pointe des pieds pour ne pas interrompre son cheminement de pensée.

Son cœur battait pendant qu'elle sautait sur les carrelages irréguliers de l'Abbaye. Si le serviteur de Dieu ne pouvait pas aider, alors personne ne pourrait.

⁂

REMETTANT LES RÊNES DE SA MONTURE À SON VALET, ELLE marcha de retour à la maison, seule. Inconscient des cris des vendeurs et des chariots bruyants, elle regardait devant, concentrée sur des pensées proches de son cœur. Elle ne revivait pas le désespoir, les harengs rouges. Sa famille était à portée de main. Avaient-ils passé les vingt dernières années à la chercher, se demandant si elle était vivante ou morte?»

Marcher dans le verger lui rappela Christophe. Où était-il maintenant? Était-il aussi proche de son rêve qu'elle du sien?

«Bon après-midi, chère épouse.» Elle se retourna pour voir

Valentine. Elle ouvrit ses bras pour recevoir un câlin comme il se rapprochait, son demi-sourire forcé lui disant tout.

Leur étreinte était brève. «J'ai connu et j'ai parlé avec une dizaine de prêtres qui avaient des bons et pas si bons souvenirs du Roi Henry, mais personne ne connaissait le John qui tenait un bébé en 1457. «Je suis vraiment désolé.» Ses lèvres tremblaient, comme s'il était au bord des larmes.

«Ne sois pas désolé.» Elle prit ses mains.

«As-tu trouvé quelque chose, mon amour?» Son ton s'éclaira alors que ses yeux s'illuminaient. «Veux-tu t'asseoir?» Il signala son banc préféré devant la rivière.

«Je ne peux pas m'asseoir. Le Père Welde donna la Messe dans les chambres du Roi Henry, il vit un bébé et il se souvint de m'avoir baptisée. Je veux dire, si c'était moi,» elle jaillit d'un coup.

«Pas si vite,» la voix de Valentine la rassura en caressant ses bras. «A-t-il dit qui d'autre avait assisté?»

«Tous, le roi, la reine, le docteur du Roi Henry, beaucoup de gens... » Elle haleta et déglutit. «Il a promis d'essayer de se rappeler qui me tenait... er, l'enfant. Il pense qu'il s'en souviendra correctement en pensant et en priant à ce sujet.»

Les yeux de Valentine attirèrent la lueur du soleil couchant derrière eux. Ses anneaux scintillaient alors qu'il lissait son menton, un regard lointain dans ses yeux. Elle n'avait jamais osé l'interrompre pendant qu'il cherchait ce passage parfait dans une missive ou organisait des lignes de bataille.

Après un moment de silence, il se retourna et se dirigea vers la porte. «Ne sers pas le dîner. Je serai dans la chapelle. Cela peut prendre un peu de temps,» il dit par-dessus son épaule.

VALENTINE ENTRA DANS LEUR CHAPELLE SOMBRE ET VIDE. Il allume une seule bougie et s'assit sur son banc. Avec les coudes sur les genoux, la tête dans les mains, il fouilla les confins de ses souvenirs d'enfance.

Alors qu'il fermait les yeux avec une intention sincère, les fragments commencèrent à s'intégrer.

Le Roi Henry ne fut jamais dans son bon esprit, même dans l'enfance. Valentine se souvenait de la mère et des frères de Richard discutant de «la malédiction du Roi Henry» ou «la maladie du Roi Henry» ou «l'incontinence du Roi Henry.» Le roi avait toujours des médecins à ses côtés, l'examinant, vomissant des médicaments, plus extravagants les uns que les autres. Un médecin dont il se souvenait maintenant était aussi prêtre. Les Plantagenets emmenaient Valentine à la cour quand il était un enfant. Le Roi Henry, vieux et malade même à l'époque, s'appuyait toujours sur le bras de son médecin-prêtre. Valentine voyait son visage comme un flou dans un coin brumeux de sa mémoire... Ce prédicateur avait proclamé le titre du Roi Henry au trône il y a toutes ces années. Il ne l'avait jamais quitté. Valentine déduisait maintenant plus clairement le visage de l'homme, parce qu'il l'avait revu récemment...

À la première réunion du conseil privé à laquelle Valentine assista, ce même prédicateur accompagna George à la salle du conseil du Roi Edward. George et le prédicateur firent irruption dans la salle. George babilla sur l'usurpation d'Edward et ce combat conduit à la destruction de George.

Il frappa le banc avec une paume ouverte. «C'est lui! Le Père Goddard! Le Père *John* Goddard.»

Chapitre Quatorze

L E R OI R ICHARD était assis dans la salle privée dans le Château Nottingham absorbé dans une partie d'échecs avec le fils du compte de Devonshire. La porte s'ouvrit et Thomas Stanley fit irruption, une violation flagrante des coutumes. «Votre Altesse!» Les gardes l'attrapèrent par les bras et commencèrent à le tirer.

Richard leva les yeux et agita sa main avec un geste d'adieu pour que les gardes partissent. «Laissez-le, il est le Connétable d'Angleterre, il s'excite facilement.»

Ils se retirèrent s'inclinant, se cognant en chemin.

Rouge et haletant, Stanley se rapprocha de Richard et s'inclina profondément.

«Levez-vous, Stanley.» Richard repoussa sa chaise et se leva. «La vérité de Dieu, que se passe-t-il?»

«Mon souverain, Henry Tudor et deux cents Gallois sous ses couleurs sont à Shrewsbury.» Il avala salive pour respirer. «Sir Gilbert Talbot a déclaré pour lui avec plusieurs centaines de serviteurs prêts.»

Tout ce renforcement de l'armée Tudor fit Richard se demander de quel côté Stanley serait. Mais il le garda pour lui.

Il but sa cruche et nettoya le cercle qu'il avait laissé sur la table. «Très bien alors. À l'aube, nous partons pour une autre bataille avec les Lancastriens, leurs chevaux de guerre, et ce cul de cheval, Harry Tudor.» Il fit un geste de la main décontracté à Stanley. «Vous pouvez partir maintenant.» Il se rassit et étudia l'échiquier, à la stupéfaction de son adversaire.

«Vous ne vous préparerez pas à la hâte, Votre Altesse?» La voix du garçon tremblait.

Il déplaça son évêque de trois cases. «Au contraire, le Gallois Harry peut attendre. Il ne peut plus se battre sans moi maintenant, n'est-ce pas?»

Avalant salive, le jeune homme hocha la tête et fit son mouvement, confondant les pièces d'échecs et mettant Richard en échec avec son propre cavalier par erreur.

Richard répondit avec un sourire. «C'est déjà assez dur de gagner une bataille sans que mes propres cavaliers se retournent contre moi.» Il attrapa la main tremblante du garçon. «Ne t'inquiète pas à cause de Tudor. Quand il s'enfuie de cette bataille, la seule façon de le distinguer de ces vilaines putes Françaises ce sera qu'il portera mon sabre dans l'entrejambe.»

❦

RICHARD ET SES GÉNÉRAUX ARRIVÈRENT À LEICESTER DEUX jours avant la bataille prévue et restèrent au White Boar Inn. Tandis que les palefreniers assemblaient le lit du roi dans la plus grande chambre, Valentine et Richard laissèrent leurs cruches sur la table pour tenir le plan des lignes de bataille.

«Est-ce que tu te souviens du Dr. John Goddard, le prédicateur qui s'occupa du Roi Henry?» Valentine demanda le roi.

Richard sortit des sacs d'argent de son portefeuille et commença à les ranger dans un tiroir sous le lit. «Oui, il accompagnait George le jour où il fit irruption dans le conseil

privé. Je pouvais entendre le sang d'Edward bouillant clairement à travers la chambre.»

«Le même. Denys m'a dit qu'un certain Père Welde était
présent quand un médecin lui présenta un bébé au Roi Henry.
«J'ai le sentiment le plus étrange.» Il faisait les cent pas d'un
côté à l'autre. «Le médecin aurait pu être John Goddard. Sais-
tu où il se trouve?»

Richard hocha la tête. «Oui, il vit à Chelsea, pas loin de
ma maison.»

Les yeux de Valentine s'écarquillèrent. «Tu es sûr? Je ne
veux pas que ses espoirs se cassent à nouveau.»

«Je l'ai vu il y a seulement quelques jours.» Richard s'assit
et commença à polir son casque de guerre.

«Magnifique!» Valentine serra les paumes de ses mains.
«J'enverrai un message à Denys pour qu'elle lui rende visite.
Je ne prendrai pas une minute pour l'écrire. Ça lui donnera
quelque chose à faire pendant que nous sommes au
combat.»

Richard polit son casque. «Ça devrait la garder occupée,
mais il ne faudra plus d'efforts pour repousser Tudor que ceux
qui lui permettront se rendre à Londres. Au moins il ne
neigera pas,» il ajouta.

Valentine prit un parchemin, plume et corne d'encre, et
commença à écrire. «Je veux ça autant qu'elle, qu'elle retrouve
sa famille.»

«Tu veux dire au cas où nous ne gagnerions pas cette
bataille et qu'elle perdrait un mari.» Richard essaya de sourire.

«Je sais que nous vaincrons l'armée Tudor,» Valentine lui
assura. «Mais nous connaissons tous les deux la gravité de ce
défi. Certains de nos adeptes peuvent se retourner contre
nous avec un changement de direction du vent et Thomas
Stanley est le plus volatil de tous. Tu sais à quel point Denys
est désespérée de retrouver sa famille. Elle vit pour ça.»

Richard posa son casque et étendit son chiffon de polissage dessus. «Qui qu'ils soient, s'ils l'aiment à moitié autant que toi, elle sera la plus chanceuse.»

❦

DENYS ENTRA DANS L'ALDGATE DE LONDRES BIEN EN avance sur son cortège, avec la note de Valentine cachée dans son corsage. Alors que les gardes à la porte s'inclinaient et offraient des salutations courtoises, une pensée restait dans son esprit: le Père John Goddard était son dernier espoir.

À Chelsea, elle demanda à un villageois où trouver la résidence de John Goddard. Pendant qu'elle frappait à la porte de sa maison avec une main tremblante, ses palefreniers la rattrapèrent et restèrent au cheval. Elle retint son souffle tandis qu'une jeune femme de chambre ouvrait la porte. «Bonjour. Je suis venu voir le Père Goddard.»

La jeune fille regarda bouche bée la figure royale ornée des plus belle soies. Puis elle regarda par-dessus l'épaule de Denys à son cortège dans leur tenue tout aussi belle. Reculant et frappant à la porte, elle baissa la tête et se précipita à l'intérieur. «Père! Père! La royauté est ici, je ne sais pas si elle est la reine ou la Princesse Elizabeth ou... elle se tient ici à la porte!» Ses cris aigus résonnaient dans la salle étroite. «Mon seigneur! Mon seigneur!»

Denys cacha un sourire dans la paume de sa main quand John Goddard arriva et s'inclina poliment. «S'il vous plaît, Père, je ne suis pas reine ni princesse. Je suis Denys Starbury, Duchesse de Norwich. J'ai des questions sur mon passé.»

«Bien sûr, duchesse, venez à la grande salle.» Il fit entrer Denys dans une pièce avec une simple table, chaises à dossier dur et cheminée. «S'il vous plaît excusez Jane, madame. Nous ne voyons jamais quelqu'un comme votre grâce dans ces régions.»

Valentine avait mentionné les cheveux noirs de charbon

de bois, stature robuste et yeux clairs. Il gardait tout ça, long-temps après avoir assisté le Roi Henry.

Elle sourit. «C'est bien, Père Goddard. J'aurais dû avertir. Mais je suis trop pressée. J'ai désespérément besoin de votre aide.»

«Oh, s'il vous plaît. Si vous le voulez, madame. Demandez ce que vous voulez. Je suis à votre service.» Il lui demanda de s'asseoir mais elle refusa.

«Vous étiez au service du Roi Henry VI comme son docteur, n'est-ce pas, Père?» Elle commença à poser les questions vitales.

Il rougit et attrapa le dossier d'une chaise. «Ah... oui,» il bégaya, «mais c'était il y a tellement de temps, ma loyauté à la Maison de Lancaster finit avec la mort du Roi Henry, ensuite je servis le duc de Clarence... »

«Restez calme, cela n'a rien à voir avec la loyauté,» le ton serein de Denys rassura le docteur, parce qu'il desserra sa poigne blanche dans la chaise. «Il s'agit d'une petite fille, une pupille du Roi Henry. Vous fûtes là lors de son premier Noël en 1457 pendant la messe dans les chambres du roi, est-ce que vous vous souvenez?»

«Cinquante-sept, Noël, ça était... » Avec les yeux fermés, il toucha son front. «Oui!» Il ouvrit les yeux et hocha la tête. «La fille aux cheveux d'argent.»

Cheveux d'argent. Son cœur sauta un battement.

«Comment la fille arriva aux mains du roi? Connaissez-vous sa famille?» elle poussa, tout à la fois.

«Vous ne vous asseyez pas, madame?» Il lui apporta une chaise.

«Je suis trop tendue pour m'asseoir. Continuez s'il vous plaît.» Elle fit un geste avec ses mains.

«Le Roi Henry devint son gardien, après que la jeune mère me la remît. Elle porte du sang royal, mais je ne sais pas quelle épaisseur. Je la baptisai et je la donnai au Roi Henry, lui disant

«Prenez soin d'elle, sire, elle peut être précieuse un jour.» Puis le roi, avec le visage le plus impassible, sans savoir quoi faire, regarda autour de lui, puis il la donna à une nourrice.»

«Le baptême fut enregistré dans les registres paroissiaux de Westminster?» elle demanda.

«Oui.» Il acquiesça. «Mais avec quel nom, je ne sais pas.»

«Woodville?» elle incita. «Elizabeth Woodville m'accueillit après la mort de ma mère. Cette fille pourrait être moi.»

«Oh, j'en doute, fille. C'était probablement le nom de votre père. Mais je n'ai aucun moyen de savoir qui il était.»

«Connaissez-vous le nom de ma mère?» Sa voix se cassa. Maintenant elle pouvait à peine respirer.

«Ma mémoire me trahit.» Il mit la main à ses yeux. «Pour l'amour de Dieu, ¿quel est le nom de la dame? Oh, Jésus, laisse-moi me souvenir!»

«S'il vous plaît,» elle supplia, à bout de souffle.

«Ma mémoire me manque tout comme mes yeux. Comment ma compréhension me trompe. Mais je vais essayer, ma fille. Aucune autre pensée entrera dans ma tête idiote jusqu'à ce que je me souvienne de son nom.»

Oh, laisse-le voir ce visage et se souvenir! Elle sortit le petit médaillon et le soutint devant lui. «Père, est-ce la dame?» Il ouvrit et cligna les yeux, prit le portrait et le soutint plus près, puis plus loin, essayant de le voir clairement. La reconnaissance éclaira ses yeux et il hocha la tête. «Oui, c'est elle, comme si elle était devant moi et respirait. Ce médaillon-elle le portait ce jour-là à la chapelle.»

Denys regarda le médaillon comme si c'était la première fois. Maintenant elle savait avec certitude. Par la grâce de Dieu, les yeux de sa mère la regardaient. «Ma mère.» Elle n'avait jamais dit ces mots dans sa vie.

Elle regarda le Père Goddard. «Vous ne vous souvenez plus de son nom, Père?» Elle entra dans un rayon de soleil qui brillait à travers la fenêtre. «S'il vous plaît, souvenez-vous,» elle supplia et lui tendit la main. «Venez ici à ce rayon de soleil, si chaleureux et lumineux, directement de Dieu. Peut-être que la réponse est ici. Placez-vous ici et écoutez la voix de Dieu.»

Il s'approcha au rayon de soleil et regarda le ciel. Elle s'écarta de son chemin, lui étudiant pendant qu'il se tenait debout dans la lumière qui venait du ciel, l'entourant.

«Laissez-moi penser seul, ma fille,» il parla sans bouger. «Je vous promets qu'à votre retour, Dieu m'aura donné la réponse.»

Elle lui remercia et lui laissa debout au soleil, en attendant... en attendant que sa vie changeât.

LAISSANT SON GROUPE DE VOYAGE DANS SA MAISON DE VILLE à Londres pour eux de se reposer, elle fit un palefrenier seller un nouveau cheval et l'accompagner au Westminster Hall. Le médaillon de sa mère reposait à côté de son cœur. Son rythme cardiaque la gardait alerte. Elle avait déjà répété les mots pour Elizabeth Woodville mille fois.

«DITES À LA REINE QUE SA NIÈCE L'ATTEND DEHORS,» elle dit au page qui ouvrit la porte. Elle imagina Elizabeth en train d'étudier son livre d'heures, en expiation pour la vie.

Elizabeth et ses enfants vivaient séquestrés derrière des portes closes et des gardes armés. Le page conduisit Denys à une antichambre humide. Les plus jeunes filles d'Elizabeth étaient réunies dans un coin en chantant doucement.

Elizabeth apparut, incapable de marcher dans le couloir dans un murmure de satins et de gaze, parce qu'elle portait seulement une simple cape noire, dépourvue de bijoux. Son apparence surprit Denys. Elle recula d'un coup de pitié. Sans colère. Pas de haine. Denys savait que cette femme n'avait plus la capacité de cruauté.

J'ai grandi maintenant; elle ne peut plus m'oppresser.

La porte éclipsait la figure de l'ancienne reine. L'étincelle volontaire dans ses yeux avait été terne à la lassitude d'un étain usé. Son visage était maigre et osseux. La peau lâche pendait de son menton.

Elle courut vers Denys et la serra dans ses bras comme une fille perdue depuis longtemps. «Quelle belle surprise! J'ai été si seule, combien j'aspire à compagnie, et te voilà.»

Denys ne ressentait plus le mépris qui avait rempli son cœur toutes ces années. Elle ne passerait plus jamais cette porte.

Elle chercha dans les yeux d'Elizabeth un soupçon de transparence, mais la femme brisée se vautrait dans la boue de la défaite. Des années de harcèlement et de destruction des victimes avaient finalement fait des ravages. Vide et résignée, le destin de la reine déposée lui avait donné un dernier coup qu'elle n'avait plus la force de résister.

«Tante Bess... » Elle lutta pour stabiliser sa voix. Des années de souvenirs l'inondèrent à la fois. Elle ne savait même plus qui était Elizabeth Woodville. «Je suis vraiment désolé pour mon Oncle Ned. Je l'aimais tellement et il me manque. Une partie de moi est morte avec lui.»

«Je sais combien tu aimais ton oncle. C'est dommage que toi et moi ne pussions jamais partager autant de proximité.» Elle ne montra ni remords ni douleur. Elle semblait dépourvue de tout sentiment.

Tu n'as jamais voulu partager, elle avait envie de dire. *Tu m'as poussé de côté et m'as renvoyé. Tu ne m'as jamais aimé. Maintenant, vingt ans plus tard, c'est dommage?*

Oui, c'est dommage. «Mais regarde comment ça s'est

passé, Tante Bess. J'ai Valentine que j'aime beaucoup et je pense que je suis enceinte de lui.»

«Aurai-je une petite nièce ou un neveu? C'est merveilleux!» Après un bref aperçu de la taille de Denys, Elizabeth mit ses mains ensemble. Pour la première fois, un soupçon de couleur apparut dans ces yeux orageux.

Denys repoussa les larmes de toutes ses forces. Reconnaître l'enfant de Denys comme sa petite nièce ou neveu était aussi loin qu'Elizabeth l'avait atteinte. Mais c'était trop tard. Si elle avait traité Denys comme une nièce au lieu de comme un paria, Denys aurait cru être une Woodville. Mais cette fille de sept ans pour toujours cria *Tante Bess, qui sont mon Seigneur Père et ma mère?* Et maintenant, avec l'aide de Dieu, Denys pourrait enfin lui dire. Maintenant cette fille perdue en elle pourrait se reposer avec joie.

«Je vois que le Prince Richard a rejoint son frère Edward dans la Tour. Je suis contente pour Edward. Il était si seul là-bas,» Denys dit.

«C'était un erreur fatale de le laisser partir avec son frère.» Elizabeth se retourna et regarda ses filles. «Je me méfie de Gloucester.»

Bien sûr, elle ne s'attendait pas à ce qu'Elizabeth se référât à Richard comme roi ou même par titre. «Il n'a également aucune raison de te faire confiance. Tu devrais t'engager dans une trêve.

«Je n'aurai pas de trêve avec Gloucester.» Elle se tourna vers Denys une fois de plus, ses lèvres une fine ligne.

«Les princes iront bien,» Denys disait la vérité.

«Au moins j'ai toujours mes filles.» Elle regarda une fois de plus vers sa plus jeune progéniture.

«Tante Bess, je suis venu te montrer quelque chose.» Denys sortit le chapelet qu'elle gardait sous la camisole et le tendit pour qu'Elizabeth le vît. Alors que le médaillon se balançait d'un côté à l'autre, Denys lui fit signe de le prendre.

Elizabeth prit le médaillon et étudia le portrait, puis elle regarda Denys. «Où est-ce que tu as eu ça?»

«Peu importe où je l'ai eu. Mais n'est-elle pas adorable? Je suis sûre que c'est quelqu'un que tu connais bien. Elle a l'air si royale, comme si elle était née pour le trône.» Elle lui arracha avant qu'Elizabeth ne puisse le saisir plus fort.

«Alors c'est la raison pour laquelle tu es ici. Tu ne me rendrais jamais visite, n'est-ce pas?» Les yeux d'Elizabeth se plissèrent. Maintenant elle était la même qu'avant.

Denys connaissait la réponse à cela. «Éventuellement avec le temps, après que la douleur soit soulagée. Mais ce n'est pas le problème.» Cette question avait la plus grande importance. Elle était plus proche de la vérité que jamais dans sa vie. «Cette dame me ressemble, n'est-ce pas?» Elle n'attendit pas de réponse. «Incroyable. Je peux me voir dans ses yeux.» Ella garda sa voix ferme, bien que les larmes se pressaient pour éclater.

Elizabeth secoua la tête avec un grognement. «Oh, cesse. Maintenant je sais pourquoi Thomas Stanley se lance dans la bataille. Il préférerait voir l'arrière de deux mille chevaux plutôt que ce visage bestial.» Elle déplaça sa main vers le médaillon.

Denys haleta. Thomas Stanley?

Son esprit recula à travers les documents, elle associa les noms et les visages de la cour, elle imagina chaque personne franchissant leur porte.

Thomas Stanley était marié avec Margaret Beaufort!

«Margaret Beaufort est ma mère?» elle souffla dans un murmure angoissé. L'entendre de ses propres lèvres arrêta son cœur.

Les yeux d'Elizabeth arrêtèrent d'errer négligemment et la clouèrent au sol. Deux paires d'yeux face à face, deux ténacités face à face, traînant toujours l'une et l'autre, mais aucune ne succombait à la défaite. Jusqu'à maintenant.

Victoire! Elle avait perdu chaque bataille, mais à la fin elle avait gagné la guerre. Ça avait pris une vie vaincre Elizabeth Woodville. Elle n'avait plus rien à dire à cette femme, maintenant une inconnue à tous points de vue.

Le chapelet tomba au sol. Denys l'attrapa avant que le pied d'Elizabeth ne tombât, avec l'intention de l'écraser. Elle le souleva et le glissa sous son corsage.

«Je sais enfin qui je suis. Au revoir... votre *altesse,*» elle ajouta, délibérément et moqueusement.

«Tu veux dire que tu ne savais pas? Tu... tu m'as trompé?» Elizabeth hurla, comme si quelqu'un pouvait battre la formidable reine d'Angleterre autrefois.

Denys ferma les yeux pour effacer la vue de cette femme de son esprit pour toujours. Sans dire un autre mot, elle se retourna et quitta la pièce.

Margaret Beaufort-l'espionne Lancastrienne qui finançait son fils Henry Tudor contre Richard et fournissait des renseignements à l'ennemi, l'ennemi elle-même-sa propre mère. Emprisonnée à la Tour pour trahison, attendant l'exécution après cette dernière bataille.

«Ma Mère,» elle chuchota.

Denys tourna au coin, quitta les chambres et ferma la porte extérieure derrière elle, laissant de côté son passé. Une fois dehors, elle regarda devant, vers son futur.

À LA PETITE CHAPELLE DE WESTMINSTER, ELLE DEMANDA AU chapelain les registres de naissances de 1457.

Margaret Beaufort avait été mariée trois fois. Était l'un de ces maris son père?

Denys tourna lentement chaque page du livre épais jusqu'à ce qu'elle trouva la feuille avec le titre «1457» avec une écriture ornée. Respirant profondément, forçant ses yeux à s'ouvrir en grand, elle chercha avec son doigt dans la liste des noms...

... et le trouva.

Une fille... et un garçon... des jumeaux... nés le 28 Janvier 1457 dans le mariage de Margaret Beaufort et son mari Edmund Tudor.

«Mon père était Edmund Tudor? Oh, Dieu Jésus,» elle cria. «Oh, no.»

Denys baissa la tête, serra le poing, frappa le livre avec angoisse. Henry Tudor, se battant à ce moment-là pour saisir la couronne de Richard, combattant son bien-aimé Valentine, était son propre frère jumeau.

La famille perdue qu'elle avait désirée était maintenant l'ennemi-les redoutables Lancastriens.

Elle s'enfuit de la chapelle, monta son cheval, et ordonna à son palefrenier. «À la Tour de Londres,» où sa mère languissait, attendant la mort.

⚜

LE GARDE EN POSTE À LA TOUR BLANCHE LA REGARDA AVEC étonnement et confusion. Il était clair qu'elle n'était pas une roturière, mais avec des cheveux emmêlés et une robe boueuse, elle se voyait à peine noble.

«Dites-moi où trouver Lady Margaret Beaufort,» elle demanda.

«La Tour Beauchamp, madame.» Il fit un geste dans cette direction. «Mais pourquoi... »

«Je suis sa fille!» Le dire pour la première fois à cet inconnu semblait ruiner la magie de la révélation. En quelque sorte elle l'avait imaginé différemment. Elle voulait lui dire à Valentine ou l'écrire dans son journal, pas le laisser tomber sur un inconnu.

«Conduisez-moi vers elle, s'il vous plaît,» elle demanda poliment.

Elle lui suivit à travers la cour extérieure, sachant qu'elle pouvait rentre à la maison et modifier le cours de l'histoire, mais elle n'osa pas. Avalant ses appréhensions, elle monta les marches sinueuses de pierre et marcha à grands pas dans le couloir humide. Ils s'arrêtèrent devant une porte en bois.

Maintenant seule cette porte la séparait de sa lignée, son propre sang, le sang Beaufort.

Le garde ouvrit la porte avec une clé en fer et la poussa. Denys prit une profonde inspiration. Il recula.

Une femme était assise dos à Denys devant un petit bureau. Avec sa couchette de paille et la fenêtre ouverte, ça ressemblait à peine à un donjon. Il n'y avait pas de moisissure adhérant aux murs. Aucun rat ne passa en courant. Il n'y avait pas de tas de déchets. Pas de linceul hideux de malheur suspendu dans l'air. Elle ne sentait pas peur, ne ressentait pas la mort imminente.

La femme se retourna et la regarda. Elle vit le même visage du médaillon, mais vieilli. Leurs yeux se rencontrèrent en une reconnaissance instantanée.

Une scène apparut devant elle: une jeune mère remettant son bébé à une femme plus âgée. «Tu dois l'élever comme ta nièce,» elle disait à la femme. Elle a sang royal et c'est la fille de notre ennemi. Ne lui dis jamais qui elle est.»

Denys trembla, son souffle pris dans sa gorge. Elle s'avança dans les bras tendus de sa mère.

«J'ai prié pour que tu viennes, ma fille.» Elle prit Denys dans ses bras. «Après toutes ces années, je peux enfin te serrer dans mes bras. Oh, combien de temps précieux avons-nous perdu.»

«Ma mère,» Denys parla à sa mère pour la première fois. «Je suis ici maintenant, alors ne regardons pas en arrière. Nous recommencerons à partir de ce moment.»

Leurs larmes se mêlèrent, des larmes de sentiments que les mots ne pourraient jamais exprimer, en Anglais, Français ou toute autre langue. Leurs larmes et leurs câlins disaient tout.

Sa peur aux ennemis en guerre et au massacre disparut. Son frère jumeau, son mari et son roi ne se battaient pas à mort pour la couronne d'Angleterre. Devant ce miracle, cela ne pouvait se passer sur un champ de bataille près de Leicester.

«Tu es enceinte.» Sa mère la surprit avec cette observation. Elle tenait le menton de Denys entre ses doigts puissants.

«Comment le sais-tu?»

«Je le vois sur ton visage. Tu brilles.» Elle sourit.

«Oui, je suis enceinte.» Elle mit ses mains sur sa taille. «J'attends ton petit-fils.»

«J'ai prié toute ta vie pour ce moment.» Elle serra les mains de Denys sur la vie qu'elle portait à l'intérieur. «Mais en même temps, j'avais peur que tu me détestasses pour t'avoir abandonnée.»

Denys regarda dans les yeux de sa mère, si similaires aux siens. «Je savais que tu ne m'avais pas abandonnée parce que tu ne m'aimais pas. Je savais qu'autant que je sache, je n'étais pas une Woodville. Maintenant que je sais qui tu es, je sais pourquoi tu m'as donnée. Tu avais peur.»

«Oh, ma fille.» Ses yeux se remplirent de larmes. «Je voulais te protéger si férocement, tu ne le sauras jamais. Je devais faire ce qui était le mieux pour toi.»

«S'il te plaît, commence par le début, ma mère,» elle demanda.

«J'étais pupille du Roi Henry et à mon douzième anniversaire, il me maria à son demi-frère Edmund Tudor. Il était l'héritier du Roi Henry. Avec le droit au trône à travers mes ancêtres, nous régnerions en tant que roi et reine. Il alla se battre dans la bataille de St. Albans. Les Yorkistes l'attra-

pèrent et mourut de peste deux mois après. Je donnai naissance à toi et à ton frère Henry au Château Pembroke six
mois après.» Pendant qu'elle parlait, elle conduisit Denys à la
couchette, puisqu'elle n'avait qu'une seule chaise. Denys
ramassa ses jupes et s'assit en tailleur sur la couverture en crin
de cheval. Elle s'enfonça dans la paille.

Sa mère s'agenouilla à côté d'elle. «Le roi me maria à
Henry Stafford, et nous allâmes vivre dans le Lincolnshire, au
bord des Marais. J'envoyai toi et Henry séparément pour
assurer la plus haute sécurité. Je savais qu'Henry serait plus en
sécurité avec ton oncle Jasper au Pays de Galles, á cause de la
guerre interminable entre Yorkistes et Lancastriens ici en
Angleterre. Je faisais de grands rêves pour Henry. Je le voulais
sur le trône, alors je demandai à ton oncle de le former
comme un guerrier dès qu'il put soulever une épée. Avec son
héritage royal, il mérite le trône, si ce n'est pas pour sang,
pour bataille. Alors je l'aidai à financer ses armées. Mais toi-
ma fille, ma princesse... » Elle hésita. «Je dus faire un bien plus
grand sacrifice pour toi. Je dis au Roi Henry que tu étais
morte, et je te donnai à Elizabeth Woodville. Parce que je
craignis pour ta vie bien plus que pour celui d'Henry. Je
demandai à Elizabeth de changer ton nom et de le garder en
secret.»

Denys se raidit en entendant le nom Woodville. «Pourquoi
tu me donnas à elle?»

«J'avais une bonne raison de te lui donner, et elle avait une
bonne raison de t'accepter. Elle avait un fantasme fou pour
Edward Plantagenet et elle le considérait comme destiné à la
grandeur, peut-être même le trône. Je connaissais assez bien
Edward. Nos familles sont liées et nous passâmes une grande
partie de notre enfance dans le Château Maxey à Northamptonshire. Elizabeth me promit qu'elle te protégerait si je
faisais un couple entre elle et Edward. Mais si Edward ne
tombait pas sous son charme, elle voulait autre chose dans

l'affaire-le manoir et les terres dont j'héritai, le Manoir Foxley.»

«Était-elle toujours si gourmande?» Parler d'elle laissait un goût amer dans la bouche de Denys.

Sa mère nia avec la tête. «Au contraire, pas avant qu'elle sache qu'elle avait le dessus. En ce qui concerne Edward, je lui dis qu'il devrait courtiser Elizabeth. Je me suis toujours moqué de lui pour être un coureur de jupons et lui demandais de prendre une femme. Je lui parlai d'une belle veuve avec un désir ardent de le rencontrer. J'arrangeai pour qu'il la cour-tisât sous un chêne à Grafton. Il est devenu une légende. Les personnes superstitieuses considèrent que c'est de la sorcelle-rie, mais ça arriva vraiment comme ça. Il tomba amoureux d'Elizabeth immédiatement. On croyait qu'elle avait jeté un sort, mais c'était juste une simple attraction. Il était amoureux.»

Denys savait très bien combien l'Oncle Ned était tombé amoureux. «C'était peut-être de la sorcellerie. Il fut toujours sous son charme.»

Sa mère continua. «Ensuite Edward prit le trône, renver-sant le Roi Henry. Comme Lancastrienne dans la ligne pour le trône, tu étais en terrible danger si on connaissait ta revendi-cation. Tout ça alors que j'avais une belle fille que je ne pouvais pas reconnaître. Ça brisait mon cœur en morceaux.»

«C'est la raison pour laquelle Bess ne me dit pas qui j'étais quand l'Oncle Ned devint roi. Pour s'assurer que je ne récla-merais jamais le trône.» La poitrine de Denys se tendit comme elle serrait les poings.

«Bien sûr. Quand elle sut qu'elle allait être reine, elle avait plus de raisons que jamais pour te garder en secret. Moins il y avait de prétendants au trône de son mari, c'était mieux. Si un ennemi sût qui tu étais, ils te mettraient sur le trône et chas-seraient son mari le Roi Edward. Après avoir accouché l'héritier d'Edward, elle savait que quiconque qui pourrait réclamer le trône était une menace pour ses princes.»

«L'Oncle Ned savait-il qui j'étais?»

Elle secoua la tête. «Au contraire. Il croyait que tu étais la nièce d'Elizabeth.»

«Il m'aurait dit la vérité s'il avait su.» Un coup de douleur pour l'Oncle Ned perça son cœur.

«Il l'aurait bien fait, ma chère, sans prendre en compte sa couronne ou sa vie. Il était trop honnête et noble. C'est pourquoi je ne pouvais pas lui dire. C'est une chose d'avoir un fils au milieu de la bataille pour la couronne, mais pas ma fille.»

Agitée, Denys se leva, elle tourna en rond, et s'arrêta à la fenêtre donnant sur la cour extérieure déserte.

Sa mère se leva et se tint à côté d'elle. «Quant à ma vie,» elle dit avec un soupir, «Après la mort de Henry Stafford, j'épousai mon troisième mari, Thomas Stanley. Il hésita entre les Yorkistes et les Lancastriens. Je le convainquis finalement de soutenir mon fils, ce qu'il décida faire dans cette dernière bataille.»

Assimilant ces dures vérités, Denys ferma les yeux et les rouvrit comme si elle se réveillât d'un rêve.

Elles se tinrent côté à côté en silence et s'étreignirent.

«Je sais que tu ne veux pas l'entendre, Denys, ayant été élevée comme Yorkiste, mais ton frère a un droit légitime au trône. Et toi aussi,» sa mère disait la vérité.

«Oh, Jésus, non.» Denys joignit ses mains tremblantes. «Je ne le veux pas! Les deux princes de Bess sont déclarés bâtards. Maintenant la couronne appartient à Richard.»

«Tout cela dépend du dur qu'il lutte pour elle.» Son ton devint catégorique. «Cette fois Henry gagnera.»

«Tu sais que mon mari se bat aux côtés de Richard.» Denys regarda sa mère dans les yeux.

«Je sais, ma chère. Mais si Dieu le veut, il ne périra pas.

Lui et Henry peuvent même devenir amis.» Avec un soupir pensif, elle regarda par la fenêtre.

«Valentine n'est pas ton mari. Sa loyauté est inébranlable.» Denys le voulait plus discuter des affaires de la cour ou des bataille sou des réclamations au trône. Ce moment était trop précieux, ce ne serait plus comme ça-jusqu'à ce qu'elle rencontrât son frère jumeau.

Sa mère changea de sujet pour elle. «J'espère rencontrer ma petite petite-fille.»

La mâchoire de Denys tomba. «Comment sais-tu que ce sera une fille?»

«Veux-tu une fille?»

«Oui.» Elle acquiesça. «J'ai voulu toujours une fille!»

«Alors tu auras une fille.»

⚜

Au crépuscule, Denys quitta sa mère et retourna à Rockingham, leur maison à Leicester. Quand ensuite elle se regarda dans le miroir, une autre personne la regarda. Denys Beaufort Tudor. Avec le droit au trône d'Angleterre.

À ce moment-là, son frère luttait contre son mari et son roi. Mais elle n'avait pas peur d'Henry Tudor et son soutien instable. Elle avait confiance au Roi Richard et son premier général, peu importe qui les trahît.

Mais Henry était son frère, et chaque bataille terminait avec un seul gagnant.

Et un perdant.

«S'il te plaît Dieu,» elle pria, encore étourdie sans pouvoir y croire. «S'il te plaît garde-les tous en sécurité.» Pour une raison étrange, elle se sentait piegée-pas d'endroit où aller.

Chapitre Quinze

V ALENTINE COURAIT VERS LE HAUT, à la tête de ses hommes, avec son visage pâle et sévère. Denys traversait la cour extérieure. Son cœur battait comme s'il allait exploser.

Il mit pied à terre et elle l'étreignit. «Es-tu blessé?»

«Je ne suis pas blessé, mais... » Sa voix se brisa. Il ne pouvait pas la regarder dans les yeux. «Il y a quelque chose que je dois te dire... »

«Qu-qu'est-il arrivé? Qu'est-il arrivé?» elle bégaya, ses pensées fragmentées, son esprit confus par le tourment de l'attente.

Plaçant un doigt sur ses lèvres, il établit finalement un contact visuel. «Denys... » Un sanglot s'échappa de sa gorge. «Richard fut tué au combat.»

Sa respiration s'arrêta. «Q-quoi?» Elle ne pouvait pas avoir bien entendu.

Il fit une pause et prit une profonde inspiration. «Richard est mort. Tudor a gagné.»

«Non, non, Valentine.» Elle secoua la tête, stupéfaite par cette révélation bizarre. Il devait se tromper.

«S'il te plaît, écoute-moi!» Il lui serra les épaules. «Il était si proche de tuer Tudor lui-même quand Thomas Stanley se retourna contre lui.»

«Non,» sortit dans un murmure, sa voix avait disparu.

«Richard prit comme otage le fils de Stanley pour forcer sa fidélité, mais Stanley rejeta l'ordre de Richard de rejoindre la mêlée. Quand Northumberland vit Stanley aller du côté de Tudor, il resta immobile et regarda tout espoir s'estomper.» Il haleta. «Richard avait mis pied à terre et les hommes de Stanley l'entourèrent. Ils lui offrirent un nouveau cheval, mais il refusa, insistant pour continuer la bataille, pour vivre ou mourir en tant que roi.»

Elle s'accrocha à lui, brisée par la douleur. «Oh, cher Dieu... »

«Une fois que l'armée de Stanley s'abattit sur lui, Richard n'eut aucune chance. Avec ses derniers mots, «Trahison! Trahison!» il tomba et ils le vainquirent sans vie.» Valentine éclata en sanglots tremblants. Il se retourna, s'appuya sur son cheval et traîna ses mains sur sa crinière. «Nous l'avons perdu,» il murmura, sa voix faible entrecoupée et nerveuse.

Ses genoux cédèrent, elle se jeta en avant et heurta le sol, savourant la terre.

Il l'aida à se relever et la conduisit au mur de pierre. Le soleil brûlant d'Août la brûlait. Elle ne voulait pas en entendre plus, c'était trop à supporter.

«Thomas Stanley.» S'étreignant, elle tourna en rond. «Le mari de ma mère. «Elle me dit qu'il trahirait Richard pour qu'Henry gagnât.» Si sa mère et Stanley n'avaient pas trahi Richard, il serait encore en vie.

Le poids insupportable de la culpabilité l'écrasait. «J'aurais pu l'empêcher.»

Elle ne pouvait pas dire Valentine. Pas encore.

Tournant toujours en rond, elle serra ses jupes avec les poings serrés. Elle s'arrêta et lui fit face. Leurs yeux se rencontrèrent, assombris de larmes, chacun un flou dans la vision de l'autre. «Où est Richard? Je dois aller le voir.»

«Son corps est dans la chapelle Gray Friars à Leicester à la vue du public. Il sera enterré demain.»

Elle se pencha sur lui. «S'il te plaît emmène-moi là. J'ai besoin de dire au revoir.»

ILS ARRIVÈRENT LONGTEMPS APRÈS QUE LA LUNE SOIT tombée sous l'horizon. Il ouvrit la porte de la chapelle. Les flammes des bougies vacillantes projetaient des ombres effrayants sur les murs.

Ella entra. Valentine la laissa seule et la porte se ferma avec un gémissement. Ses chaussures grattèrent les pavés alors qu'elle faisait des petits pas dans l'allée centrale, avec la peur pour ce qu'elle était sur le point de voir. Devant l'autel il y avait une boîte, il n'y avait pas de cercueil, il n'y avait pas de tissu avec tapisseries d'or, il n'y avait pas de fleurs dispersées. Elle regarda à l'intérieur à une silhouette mince dans les ombres scintillantes, le visage pâle, un morceau de tissu jeté négligemment sur lui. Les blessures coupèrent sa poitrine et ses bras, noircies de sang séché et de poussière, des entailles qui drainèrent le sang de sa vie dans cette bataille finale pour sa couronne. À genoux devant lui, elle enleva sa cape d'équitation et couvrit son corps battu. «Valentine poursuivra ton travail aux mieux de ses capacités,» elle promit. «Henry Tudor peut être mon frère de sang, mais tu seras toujours mon frère dans mon cœur.» Elle embrassa ses doigts et les porta à ses lèvres froides. «Adieu, Roi Richard.» Comme elle se levait, ses jambes tremblaient de s'agenouiller sur le sol de pierre. Elle se retourna et se retira dans l'allée, enveloppé de silence.

Elle trouva Valentine endormi sur un banc de pierre à l'extérieur, leurs montures attachées à un arbre.

Il passa une main sur ses yeux et se leva. «Où est ta cape?»

«Je l'ai couvert avec elle. Veux-tu dire au revoir?» Elle essaya de mouiller ses lèvres, avec la bouche sèche, sa gorge lui grattait.

«J'ai dit au revoir hier. Il sait que je suis ici.» Valentine regarda la chapelle comme s'il voulait que Richard sortît par la porte.

«On dirait qu'il dort.» Elle prit la main de son mari. Cela la consola. Cependant, elle frémit comme si un vent glacé lui glaçait le sang.

«Il dort.» Valentine la conduisit à sa monture. «Enfin, il se reposera un peu.»

Chapitre Seize

ELLE SE RETOURNA, lui ramena au banc, et s'assit. «Ma recherche s'est terminée hier.»

«Cher Dieu… comment?» Avec les yeux écarquillés d'étonnement, les sourcils froncés d'incrédulité, il s'assit à côté d'elle.

Elle prit une profonde inspiration, réprimant un frisson au souvenir de leur rencontre et les faits surprenants qu'elle avait découverts. «J'ai trouvé ma mère.»

Sa bouche s'ouvrit mais il ne parla pas. Son sourire sincère lui brisa le cœur.

«Tu n'aimeras rien.» Elle baissa la tête, incapable de le regarder dans les yeux.

«Comment puis-je ne pas aimer? C'est ce que tu as toujours voulu.» Il tint ses mains femement.

«Pas tout à fait comme ça.» Un flux d'émotions conflictuelles la noyait-tristesse, soulagement, joie, confusion, haine même. «Je garde ça depuis longtemps. Valentine, ma mère est Margaret Beaufort. L'épouse de Tomas Stanley. Henry Tudor est mon frère jumeau.» Ses mots sortirent précipitamment d'un coup.

«Oh, Denys... » Ses yeux avaient l'air douloureux comme s'il contenait les larmes.

«Elle se maria avec Edmund Tudor quand elle avait douze ans. Il était le demi-frère et l'héritier du Roi Henry. Elle me donna par peur pour ma vie, avec ma lignée royale des deux côtés. Elle me donna à Bess dans le cadre d'un accord,» elle répéta l'histoire de sa vie, réduite à quatre phrases courtes. «Je suis la sœur jumelle d'Henry Tudor. Nos respirâmes pour la première fois ensemble.» Sa voix tremblait. «Henry Tudor, l'ennemi mortel qui a usurpé le trône de Richard, avec le financement de ma mère, pendant que mon beau-père dirigeait une armée de traîtres.»

«Mon Dieu, je ne le crois pas... » La réaction de Valentine fut la même que lorsqu'elle se regarda dans le miroir et vit Denys Beaufort Tudor.

Il l'attira vers lui. «Mais maintenant tu sais.»

Son étreinte l'aida à la réconforter. «Toutes ces années de frustration, mépris, tourment, douleur... menant à cette cruelle ironie du destin... oh, pourquoi doit-il se terminer de cette façon?»

«C'est à peine la fin, ma chérie.» Il lui caressa la joue. «C'est un nouveau départ. Tu devais savoir qui tu es et je le voulais autant que toi. Dis-moi, préfères-tu aller dans ta tombe sans le savoir? Voudrais-tu vivre le reste de ta vie comme une âme perdue?»

Elle secoua la tête sans pause. «Au contraire, maintenant je sais qui je suis, et je suis soulagée pour ça.»

«Alors Tudor m'a pardonné parce que je suis ton mari. Il savait depuis le début qu'il était mon beau-frère,» Valentine dit.

«Comment?» Elle recula, hors de son étreinte.

«Ta mère doit lui avoir dit. Il ne me pardonnerait pas pour la bonté de son cœur. J'étais le premier général du roi. Les autres ont fui ou ont été arrêtés.»

Sa respiration se calma finalement. «Je vais rencontrer mon frère et le découvrir.»

«Tu veux que je t'accompagne?» il demanda.

«Au contraire, je dois faire ça moi-même.»

«Je sais que c'est presque impossible.» Ses yeux rencontrèrent les siens. «Mais pardonne-lui comme Richard a pardonné à ses ennemis et tu connaîtras la paix dans ton cœur. Va avec ton frère et laissez votre cœur régner.»

༺༄༻

À LA MAISON, ELLE S'ASSIT POUR ÉCRIRE LA LETTRE LA PLUS difficile de sa vie. Elle commença avec la vérité. *J'ai trouvé notre mère, et maintenant j'aimerais te trouver. Attends-moi demain et ne pense pas à m'éviter.*

Des nouvelles tragiques arrivèrent à Londres deux jours après. Les deux jeunes princes, Edward et Richard, séquestres dans la Tour sous le règne de Richard, avaient disparu sans laisser de trace.

༺༄༻

LE PALAIS DE WESTMINSTER GROUILLAIT DANS LE CHAOS, des écuyers et des hommes d'armes tournant partout, épées sur leurs hanches.

«Je suis ici pour voir Henry Tudor,» elle dit au garde à la porte principale. Elle n'osait pas l'appeler son altesse le roi.

Il la regarda de haut en bas. «Qui le cherche?»

«La duchesse de Norwich.»

Il fit claquer et traîna les pieds, mais avant qu'il dise un autre mot, elle mit le badge de Valentine devant son visage. «Je suis aussi sa sœur.» Il déglutit, fit une révérence, et lui dit de passer avec sa main.

La vue du palais la rendit triste. C'était un endroit

complètement différent. Maintenant c'était triste, les gardes menaçants. Un manteau de rudesse le gavait.

Les deux hommes d'armes la conduisirent à travers les portes. Un page l'emmena à la salle d'audience du roi. Ni l'Oncle Ned ni Richard avaient étés jamais entourés d'une telle suite de gardes armés. De quoi Henry Tudor avait peur?

Jusqu'aujourd'hui, elle avait prévu de s'introduire dans la pièce d'Henry et lui crier dessus pour avoir tué et détrôné son ami bien-aimé. Mais elle avait épuisé toute émotion, les larmes avaient coulé, sa tristesse et sa colère s'étaient épuisées. Elle ne serait impressionnée par aucun mot pour se défendre d'avoir arraché la couronne. Mais il était son frère, et une étrange communion l'alertait, un sentiment qu'elle ne pouvait pas définir.

Les hommes d'armes ouvrirent les portes de la salle d'audience d'Henry et il était là. Il la regarda avec curiosité avec des yeux verts qui reflétaient les siens.

Ses yeux erraient sur ses cheveux clairsemés, copieux sur les côtés mais un petit enchevêtrement de brins sur le dessus, le même ton argenté que le sien. Ses muscles gonflés sous sa robe de velours usé. Elle remarqua une absence de gemmes, or ou autre ornement. Quand son examen rencontra le sien, les mots de Valentine faisaient écho dans son esprit. «Pardonne-lui comme Richard a pardonné à ses ennemis et tu connaîtras la paix dans ton cœur. Va avec ton frère et laissez votre cœur régner.» En ce moment, elle ressentit un lien extrêmement puissant.

Ses yeux trahirent une étincelle de reconnaissance. Les sourcils arqués contenaient ce sentiment de détermination, faisant écho à son désir de vérité et la douleur qu'elle avait endurée pour la retrouver.

«Denys, chère sœur, comme tu es adorable.» Son discours coulait ave l'éloquence Française, mais avec une ténacité Galloise sous-jacente.

«Votre grâce.» *Pourquoi est-ce que je le traite avec révérence?* Elle se demanda, en s'adressant à lui. *C'est une trahison à la mémoire de Richard.* Cependant, il était son frère, sang de son sang. «En privé je t'appellerai Henry.» S'il n'aimait pas ça, elle s'en fichait.

«Comme tu voudras.» Il sourit, montrant une rangée de dents pourries. Comme il baissait la tête, des mèches de cheveux tombèrent hors de leur place.

Il lui tendit les deux mains, tout comme Richard l'avait fait. Elle les prit et s'approcha. Ses bras l'entourèrent maladroitement au début, puis la resserrèrent davantage. Elle posa sa tête sur son épaule, en l'aimant, en le détestant, refusant de le reconnaître comme roi, mais heureuse d'embrasser enfin son frère, même s'il était Henry Tudor.

«Ma première commande en tant que roi fut de commander des raisins, j'avais tellement envie des raisins!» Pendant qu'il riait elle détourna les yeux de ces yeux si semblables aux siens, brillant maintenant avec une étincelle espiègle qu'elle ne pouvait pas voir. Elle voulait crier à cet idiot sans cœur pourquoi sa première commande n'avait pas été de soigner le corps assassiné de Richard avec dignité.

«Est-ce que notre mère t'a jamais parlé de moi?» Elle demanda avec sérénité.

«Au contraire, Denys, jamais.» Il secoua la tête. «Mais je savais que j'avais une sœur jumelle il y a assez longtemps.»

Elle devait savoir. «Comment as-tu trouvé, si notre mère ne te l'a pas dit?»

«Elizabeth Woodville.»

«Oh, Jésus.» Elle serra les dents. Ce nom qu'elle avait espéré ne plus jamais entendre.

«Elle m'écrivit avant ma première invasion,» il expliqua. «Quand Gloucester prit le trône, Elizabeth sut que ses enfants ne régneraient jamais. Elle pensa que le meilleur ensuite ce serait à ses petits-enfants de régner à la place.»

«Petits-enfants?» Denys haussa les sourcils de confusion.

Il acquiesça. «Je suis fiancé à sa fille Elizabeth.»

Ella haleta, sa main volant à sa bouche. «V...vas-tu épouser Elizabeth? Elle est si jeune.» Elle espérait que la pauvre fille était au courant du plan et de son rôle de pion innocent.

«C'est extrêmement pratique. Je vais rejoindre les maisons de York et Lancaster, et Elizabeth Woodville obtiendra ses descendants de la royauté.» Il se gratta le crâne. «Je ne voulais pas venir te dire qui tu es. C'est moi qui t'ai fait surveiller et j'ai éliminé les personnes qui auraient pu t'aider. J'ai soudoyé les prêtres pour ne pas te dire la vérité sur le Manoir Foxley. J'ai aussi fait prendre la généalogie de ta maison. Tout pour te frustrer. Je pensais que si tu savais de ta prétention au trône, ton mari quitterait Gloucester, avec une reine potentielle comme femme. Il serait là pour te mettre sur le trône, me forçant à me battre avec ma propre sœur.»

«Comment oses-tu!» Elle serra les poings et les claqua contre ses cuisses. «Valentine mourrait pour Richard. Il ne le trahirait jamais. Ils étaient plus proches que des frères.»

Ses yeux se plissèrent. «Tu ne sais jamais ce que tu vas faire quand ta femme est de la lignée royale et elle est à quelques pas du trône.»

«Alors me voici.» Elle leva les bras et les laissa tomber sur les côtés. «As-tu toujours peur que nous t'enlevions ton trône?»

«Au contraire, je l'ai pardonné, n'est-ce pas?» Ses lèvres s'entrouvrirent avec un sourire. «Mais je serai doublement content si tu acceptes ce que je vais t'offrir.»

«Que peux-tu m'offrir que je veux?» Elle rompit le contact visuel avec lui, réprimant un frisson de dégoût.

«Denys, comme enfants d'Edmund Tudor et Margaret Beaufort, nos prétentions au trône sont égales. Je n'ai pas d'héritiers encore, tu es ma seule sœur, et je souhaite que tu sois mon héritière, jusqu'à ce qu'Elizabeth donne naissance à un prince.»

Elle eut un rire amer. «Est-ce censé d'être une faveur?» Aurait Richard voulu qu'elle prît le trône comme sœur de Henry Tudor? Jamais! Occuper le poste de Henry Tudor éloignerait plus la couronne de la ligne Plantagenet, ce qu'elle refusait de faire. «Je n'ai jamais aspiré au trône, je n'aspire pas au trône, je ne suis pas intéressée par le trône. Tu me comprends, Henry? Je te conseille de désigner le fils de George Plantagenet Edward comme successeur. Il devrait être le suivant dans la ligne.»

«Les jours de domination de la Maison de York sont finis. J'ai gagné la couronne par conquête avec le soutien de Stanley et plein d'autres. C'est évident ce que les gens veulent.» Sa voix augmenta à un niveau qui irritait ses nerfs.

«Tu n'as pas visité le nord, Henry,» elle corrigea. «Le nord est un pays Yorkiste, et les sujets là-bas jureront toujours allégeance à la Maison de York. Je le sais, y ayant passé la majeure partie de ma vie.»

«Mais les Yorkistes n'existent plus. Richard est parti et je suis le roi.» Sa voix prit un ton pleurnichard. Elle voulait le jeter de sa position élevée. Ici il était le roi d'Angleterre se comportant comme un enfant gâté. «Le nord est le même royaume que le sud.»

«On ne parle pas de pièces d'échecs, Henry,» elle lui rabaissa délibérément, alors que son arrogance s'étouffait dans sa gorge. Si tu voulais gouverner comme un calife, tu as conquis la mauvaise partie du monde.»

Deux paires d'yeux brillèrent. L'entêtement Beaufort mit sœur contre frère pour la première fois.

«Alors je voyagerai vers le nord et j'y gagnerai le cœur de mes compatriotes. Ils viendront me faire confiance.» Sa voix hésita, comme s'il ne croyait pas en lui-même.

«Ne compte pas dessus, frère. Laisse le nord à mon mari et aux seigneurs là-haut. Mets ta maison en ordre en premier. Alors engendre tes héritiers, parce que je n'ai pas envie de gouverner. Ou usurper. Tu n'as rien à craindre pour moi ou mon mari.»

«Comme tu le souhaites, Denys.» Il leva la main droite en trêve. «Et pour montrer que je n'ai aucune mauvaise volonté vers toi ou ton roi déchu, j'annulerai l'interdiction et la confiscation contre George Plantagenet et je désignerai son fils Edward l'héritier du trône jusqu'à ce que j'engendre le mien. Prends en compte que c'est peu probable que cela se produise, puisqu'il est un connard, à peine apte à régner.»

«Il a des filles,» elle dit.

«Ce ne sont que des bébés,» il rétorqua.

«Richard II avait onze ans quand il monta sur le trône et Henry VI avait seulement neuf mois,» elle argumenta.

«Oui, et avoir un souverain juste sevré se prête à une lutte sans fin.» Il lui lança un regard méchant et haussa un sourcil. «Regarde ce qui s'est passé quand le Roi Edward est mort. Son jeune fils fut proclamé roi, mais Gloucester emménagea comme s'il avait le roi divin. Cela prouve mon point.»

«Tu ne prouves ton point d'aucune fichue manière!» Elle oublia qu'il était le roi; il était juste son frère parvenu montrant le côté laid de son caractère. «Le Roi Edward nomma Richard Lord Protector. Alors les princes et tous les enfants d'Edward furent déclarés bâtards. Cela comprend Elizabeth, ta fiancée.»

Il lui fit un demi-sourire. «Je vais rectifier ça. Je te dis que je ferai Edward Plantagenet mon successeur comme tu le proposas. Maintenant arrêtons de nous disputer. Tout ce que je veux c'est compenser de t'avoir causé tant de misère.»

«Rien de ce que tu peux faire ne le compensera. Non seulement tu as tué mon cher ami, tu as enlevé la couronne-

tout à fait injustement.» Elle leva le menton et le regarda dans les yeux.

Il critiqua. «J'ai pardonné et amnistié le duc de Norwich, contrairement à beaucoup d'autres partisans de Gloucester, juste parce qu'il est ton mari. Si j'avais le cœur cruel que tu crois que j'ai, je l'aurais envoyé dans les cachots avec les autres traîtres.»

«Il n'est pas un traître.»

«Nous verrons,» il répondit.

«Que veux-tu dire?»

«J'ai besoin de le surveiller de près pour que la canaille du nord ne se pose pas et me donne des problèmes.» Il regarda par-dessus son épaule comme si un ennemi le traquait derrière son dos.

«Tu n'auras pas de problèmes avec nous, Henry. Laisse-nous tranquille.»

«Très bien.» Il acquiesça. Souviens-toi seulement, tu as un frère maintenant, qui est roi. Je veux tout compenser, tes recherches vides, tes tragédies. Si tu changes d'avais et que tu veux être mon successeur au cas où je n'aurais pas d'héritier masculin, alors le royaume sera à toi, comme reine.» Il lui remit une couronne imaginaire. «Mais si tu ne veux pas être mon successeur, je vais comprendre. Mais s'il y a quelque chose que je peux faire pour toi, pas juste comme ton roi, mais comme ton frère, seulement dis-le. Ton mari gardera ses titres et terres, je ne les emporterai pas.»

Elle rejeta son offre. «Je suis heureuse dans le nord servant mon mari et nos sujets là-bas. Mon assiette est pleine.»

«Ainsi soit-il.» Il sourit. «Mais laisse-moi savoir s'il y a autre chose que je peux t'accorder.»

«Oui, il y a. Je voudrais une peinture de famille. Pour l'instant, c'est tout ce que j'ai.» Elle fouilla dans son sac et en sortit le chapelet. Le médaillon se balançait d'un côté à l'autre. Elle lui montra.

«Les yeux.» Il plissa les yeux, l'étudiant. «Tu as ses yeux. Les yeux Beaufort. El la chaîne autour de son cou dans le portrait, elle me la donna. Je l'ai ici.» Il alla à son bureau et revint une «B» en or pendue avec deux perles suspendues à une chaîne en or. Avant que Denys puisse prononcer un mot, il le mit par-dessus de sa tête. «Elle me la donna la dernière fois que je suis arrivé à ces côtes. J'allais la donner à ma fille un jour, mais je pense que tu devrais l'avoir. En outre, j'ai l'intention d'avoir des fils,» il ajouta avec un sourire supérieur. «Et maintenant que le Manoir Foxley est de retour entre les mains de la couronne, je veux que tu l'aies aussi.»

Cette maison abandonnée d'une beauté envoûtante qu'elle avait voulu embellir lui appartenait maintenant. «J'aimerais, Henry. L'héritage de notre mère.»

«Il acquiesça. «À côté de nous, bien sûr. Elle aimerait que tu l'aies.»

«Pourquoi le Manoir Foxley était-il vide quand j'y suis allé?»

«Elizabeth Woodville y avait des locataires, mais quand elle découvrit que tu irais la trouver, elle les mit à la porte eux et leurs biens meubles pour ne te laisser aucun indice,» il dit.

«Sauf qu'ils ont oublié ce petit indice.» Elle entrelaça ses doigts autour des perles du chapelet. «Oh, quelle vie gâchée, vivant comme une Woodville.»

«Ne t'arrête pas dans le passé. Pense à ce que tu as maintenant. Un frère qui est roi, un mari qui a été sauvé. Rentre avec lui maintenant... et profitez de la vie dans le nord.»

«Je le ferai,» elle jura.

«Alors maintenant... tu dois assister à mon couronnement, toi et ton duc. J'espère être couronné à la mi-Octobre.»

Elle secoua la tête. «Au contraire. Ne nous attends pas au couronnement, Henry. C'est trop douloureux. Même tu peux comprendre ça.»

«Alors c'est au revoir, chère sœur. Pour l'instant.» Il lui tendit la main et elle l'attrapa. C'était chaude et moite.

«Bonne chance, Henry.» Elle quitta le palais et commença son voyage de retour. «Ma recherche est terminée.»

Chapitre Dix-Sept

DENYS ÉTAIT ASSISE sur son siège de fenêtre préféré donnant sur la cour extérieure de Dovebury. Pendant qu'elle berçait son fils Richard pour qu'il endormît, un amour féroce et abondant remplissait son cœur. Sûre qu'elle était enceinte de son deuxième enfant, elle avait l'intention de donner à Valentine un pays plein d'enfants.

Un cheval drapé dans la bannière Tudor, le dragon rouge, entra dans la cour extérieure. Denys se figea. *Cher Dieu, qu'est-ce qu'il voulait?* Elle appela la nourrice pour tenir Richard el se précipita pour sortir.

«Un message pour le duc de Norwich de son altesse le roi.» Le messager s'inclina et lui tendit un parchemin gravé du sceau royal.

Valentine, s'occupant de ses affaires à l'Université de Middleham, ne serait pas de retour avant le lendemain. Incapable d'attendre, elle brisa le sceau quand le messager partit et le terrible dragon disparut de sa vue.

Elle déplia le parchemin et lut une convocation à la cour. «Pourquoi veut-il que Valentine aille à la cour?» elle se demanda à haute voix. Sa reine, Elizabeth, venait de donner naissance à son premier fils, alors il avait son précieux héritier, le futur Roi Arthur. Mais que voulait-il de son mari?

Henry Tudor n'avait pas gagné en popularité, surtout dans le nord, qu'était toujours Yorkiste avec une fidélité inconditionnelle à Valentine.

Elle alla chercher sa cape, rassembla un cortège pour charger un cheval de bât de fournitures, éperonna sa monture et prit la route de l'Université de Middleham. Ça ne pouvait pas attendre.

UNE SEMAINE APRÈS, VALENTINE ÉTAIT DANS LA CHAMBRE extérieure du conseil dans le Palais de Westminster. Pendant son temps comme chancelier, la bonne humeur et la camaraderie remplissaient l'air. Maintenant la chambre était plongée dans l'obscurité. Les palefreniers et les laquais du roi avaient des visages grognons dans l'exercice de leurs fonctions. Il y avait des gardes armés partout. Le dragon rouge sanglant répété sur des dizaines de bannières faisait que toute la place fût l'enfer Yorkiste.

Le garde du roi franchit la porte et s'approcha de Valentine. «Son altesse le roi souhaite vos services, Sir Starbury.»

Il secoua la tête perplexe. «Dans quelle position?»

«Il vous a confié la fonction de Grand Chambellan.»

«Je suis gouverneur du Yorkshire. Je n'ai aucune envie de servir à la cour royale. S'il vous plaît transmettez cela à son altesse.» Valentine se tourna pour partir.

Le garde tapota l'épaule de Valentine. «Vous ne pouvez pas retourner dans le Yorkshire. Vous servirez votre roi... » Il fit une pause et continua. « .... Ou vous mourrez un traître.»

Deux autres gardes apparurent des ombres et prirent Valentine. Au crépuscule, il était assis dans la Tour de

Londres avec une semaine pour réfléchir à sa décision. Il envoya un message à Denys, l'exhortant à rester calme.

🜃

SON MESSAGE L'OUTRAGEA. «COMMENT POURRAIT-IL LE faire! Comment osait-il!» Elle serra les dents comme la fureur chauffait son sang. Avec son cœur battant, elle jeta le message au sol et le déchira avec ses chaussures.

«S'il vous plaît sellez ma monture,» elle ordonna à son palefrenier et rassembla son cortège. «Nous partons pour Londres-maintenant.» Les serviteurs échangèrent des regards complètement perplexes. «Dépêchez-vous!» elle exigea et ils se dépêchèrent de préparer le voyage.

Pendant que sa femme de chambre lui emballait un sac, elle tenait son bébé dans ses bras et le berçait pour dormir dans un adieu en larmes. Lui soufflant un autre baiser alors qu'il était dans son berceau, elle partit pour Londres.

🜃

LE GARDE OUVRIT LA PORTE DE LA CELLULE DE VALENTINE dans la Tour Byward et Denys se jeta dans ses bras. «Ça va? Que t'ont-ils fait?»

«Je suis assez à l'aise.» Il fit un geste vers le lit de plumes et la fenêtre ouverte à une douce brise et au soleil. «Henry me rendit une visite personnelle. Il tourna la clé dans la serrure et entra seul. Plutôt une entrée humble pour un usurpateur.»

«Qu'est-ce qu'il a dit?» Elle lui serra les bras, incapable de lui lâcher.

«Il m'a donné une semaine pour décider. Je dois avouer que c'est assez libéral. Donc je dois dire au revoir sous peu et donner ma décision.» Il la conduisit aux deux chaises rembourrées près de la fenêtre.

«Je ne voulais pas retourner à la cour.» Elle s'assit à côté de lui.

«Écoute-moi.» Il attrapa sa mâchoire entre le pouce et les doigts toute comme il fit quand il lui donna la terrible nouvelle de la bataille perdue. La peur lui donna un coup de pied dans l'estomac. «J'ai choisi de mourir.»

Elle cria, sauta sur ses pieds et enroula ses bras autour de son cou. «Dieu, non, tu ne sais pas ce que tu dis!»

«Je ne peux pas être à son service, Denys. Je me donne librement. J'ai dit que je mourrais d'une mort noble et je vais le prouver.» Il repoussa ses bras pendant que deux gardes entraient, lui levèrent et tinrent ses bras avec leurs mains.

«Mais tu as beaucoup à vivre! Qu'arrivera-t-il à nos enfants? Vas-tu nous laisser seuls?» Dans sa frénésie, elle essaya de faire en sorte que les gardes le libérassent.

«Tu ne seras pas seule, Denys. Tu as ta mère et ton frère. Pour moi être au service d'Henry Tudor sous la menace de la mort est l'acte la plus lâche que je puisse concevoir. Tu finirais par me détester. Je ne veux pas que tu vives avec un lâche et un traître à la mémoire de Richard. La mort est le choix le plus noble.» Les gardes le sortirent de la cellule.

«Alors j'irai avec toi! Nous mourrons ensemble, je ne vivrai pas sans toi!» Frénétique, incapable de respirer, elle les suivit.

«Nous ne mourrons pas ensemble,» il parla par-dessus son épaule alors que les gardes lui poussaient en avant. «Tu es sa sœur, tu es la royauté. Je suis une putain d'épine à ses côtés de la rose blanche d'York. Tu dois comprendre. Il n'y a pas d'autre choix pour moi ou Henry.»

«L'un des gardes l'attrapa par le coude et les conduisit tous les deux dans les escaliers circulaires de la Tour Byward.

Elle ne pouvait rien faire d'autre ici. «Au contraire, je ne te laisserai pas faire ça seul, Valentine. Je sais ce que je dois faire. Je dois aller voir mon frère.»

Alors qu'elle descendait les marches vertigineuses, elle

décida quitter ce monde sachant qu'elle avait réalisé ce qu'elle avait décidé de faire.

Elle combattit une pointe de regret parce qu'elle ne verrait jamais ses enfants grandir. Elle espérait que Henry ne prît pas sa vie jusqu'à la naissance de leur deuxième enfant. Mais il n'y avait pas de temps de regrets: la porte de la chambre de réception du roi s'ouvrit et Henry se tenait devant eux. Pendant que Valentine s'inclinait, Denys baissa la tête.

«Denys, Sir Starbury.» Henry leur fit un geste pour qu'ils entrassent et ils le suivirent dans la chambre. Il les invita à s'asseoir. «Content de te voir, chère sœur.»

Ella n'accepta pas son offre, et Valentine également resta debout. «Nous sommes venus te donner notre décision.»

«Je parlerai pour moi, Denys.» Elle pâlit au ton dur de Valentine.

«Ah, alors vous serez à mon service.» Un sourire de supériorité élargit les fines lèvres d'Henry.

Denys secoua la tête. «Au contraire, je viens mourir.»

Henry cligna les yeux. «Vraiment?»

Mari et frère la regardèrent avec les yeux tout aussi surpris. Valentine attrapa son épaule. «A-au contraire, elle ne voulait pas dire ça, majesté... »

«Valentine, arrête!» Elle enleva sa main et se tourna vers son frère. «La loyauté ne s'arrête pas à la mort, comme toute personne à Yorkshire sera témoin.» Denys garda sa voix ferme. «Pardonne Valentine et prends-moi. Il vaut beaucoup plus pour toi vivant que ses propriétés après sa mort. Ne vois-tu pas que l'exécution de Valentine ne mène qu'à la rébellion? Il est plus aimé dans le nord que ne l'était Richard. Tue-lui et les gens du nord essaimeront comme des guêpes furieuses. Les guerres recommenceront. Tu décharges mieux ta colère contre moi. Es-tu trop ignorant des manières de l'État et, en outre, dans le cœur de tes sujets, pour le comprendre?»

Le roi resta sans voix, évaluant ses mots. Denys ne pouvait pas supporter de le regarder. Tout sentiment était épuisé à l'engourdissement.

Valentine prit de nouveau sa manche et cette fois elle ne résista pas, mais prit sa main entre les siennes.

«Denys, je suis impressionné.» Henry hocha la tête. «Doublement surpris que tu sois prête à mourir au lieu de ton mari au lieu de vivre une vie de royauté ici. Je ne peux pas saper ta loyauté envers ton roi mort. Je sais que tu ne me considères pas comme un allié, mais je ne peux pas tuer ma seule sœur vivante. Valentine, ta domination du nord est formidable. Je ne peux pas prétendre que tout le monde m'aime. Tout le monde n'aimait pas non plus Richard.» Le coin de sa bouche se tordit en un faible sourire. Il s'éclaircit la gorge et continua. «Si tu voulais te rebeller, tu l'aurais déjà fait. Je ne te considère plus comme une menace. Tu peux t'en aller.»

Valentine se pencha et commença à reculer. Mais Denys resta enracinée se forçant à regarder dans les yeux de son frère. Elle trouva sa voix, prononça un court «Au revoir, Henry,» et évitant de nouvelles coutumes, elle rejoignit son mari.

«Denys,» la voix du roi l'atteignit à l'approche des escaliers.

Elle se retourna pour lui faire face.

«Aimerais-tu voir ton neveu, le Prince Arthur?»

«Je suis tante.» Elle hocha la tête et sourit. «Oui, Henry. J'aimerais en fait.»

Elle les accompagna personnellement à la crèche où Elizabeth était assise berçant le bébé. Elle n'était plus la fille qui nourrissait des fantasmes sur Valentine. Elle était une femme et une reine. Ses airs royaux découverts récemment apportèrent un drôle de sourire aux lèvres de Denys.

La reine accueillit chaleureusement Denys et Valentine. «Oublions le passé, Denys.» Elle permit à Denys de tenir son neveu. «Si tu peux le trouver dans ton cœur pour pardonner les insultes d'Henry et comment ma mère t'a mal traité, je te souhaite la bienvenue comme notre sœur.»

«C'est déjà dans le passé et c'est déjà fini, Elizabeth. Regardons vers l'avenir pour créer un monde meilleur pour nos enfants.» Denys regarda dans les jeunes yeux du Prince Arthur, si semblables aux siens, à ceux de son frère et ceux de leur mère. Ses lèvres avaient la même moue en forme de cœur. Il était Beaufort du début à la fin. Il n'y avait rien de Woodville à la vue.

«Il est charmant, Elizabeth, il est tellement charmant.» La joie illumina son cœur, sachant qu'elle et l'immense amour de Valentine avaient créé un miracle à eux.

«Mais pourquoi ne l'as-tu pas appelé Henry?» Denys demanda à son frère. «Ne voudrais-tu pas avoir ton propre Henry grandir devant toi?»

«Les bardes Gallois me racontèrent la version Bretonne de la légende du Roi Arthur, et je les ai fait raconter encore et encore. Je rêvai de vivre cette légende, et si j'avais un fils je l'appellerais Arthur. Un nom approprié pour un garçon né pour être roi.» Henry tapota le haut de la tête d'Arthur. Notre prochain fils sera Henry. Et qui sait, un jour Henry VIII.»

Alors il rêvait aussi avec la légende d'Arthur; il rêvait de le vivre, tout comme elle.

«Les légendes sont fascinantes, Henry, mais elles sont juste ça, des légendes. Être roi te montrera que tu ne peux pas vivre dans une légende. Cependant, je souhaite Arthur un règne long et propice en tant que roi.»

Avant de partir, Henry dit quelques derniers mots à sa sœur. «La fidélité prend de nombreuses formes. N'oublie pas que tu as une famille ici.»

«Ça me donne une grande joie que j'ai enfin trouvé ma famille, Henry. Mais j'ai aussi trouvé ma vie, qui est dans le nord avec mon mari.» Elle hocha la tête dans son dernier adieu.

Le roi regarda avec une fierté renouvelée tandis que sa sœur et son beau-frère marchaient dans le couloir, bras dessus bras dessous.

Chapitre Dix-Huit

LA TOUR DE LONDRES.

Les gardes conduisirent Denys dans une petite chambre. Le compte de Warwick, le fils de l'assassiné George, duc de Clarence, la salua avec une expression confuse qui obscurcissait ses yeux gris.

«Salut, Edward. Je suis Denys. J'étais un ami cher de ton oncle Richard, et je connaissais ton père. Nous avons passé de merveilleux moments ensemble.» Maintenant qu'Henry avait son premier fils, les jours d'Edward étaient comptés. Elle savait qu'Henry supprimerait Edward, le dernier Plantagenet. Elle craignait qu'il bannisse également la femme d'Edward Sabine et leurs filles dans l'obscurité. Edward était le dernier lien de Denys avec son passé, et elle avait besoin de lui rendre visite.

Les yeux d'Edward s'éclairèrent. L'éclat espiègle de son père guettait derrière l'obscurité d'une vie d'emprisonnement. Sa femme Sabine les rejoignit, suivie par leurs deux filles, Topaz et Amethyst.

Les petites filles se pourchassaient, se tiraient des cheveux et criaient de joie, heureusement inconscientes de la douleur

376

et de la souffrance qu'elles devaient endurer pour être celles qu'elles étaient. Topaz s'assit droite et haute sur le siège de la fenêtre et plaça une bague en or sur sa tête, brillant complètement comme une reine infantile.

«Topaz, tu es un bijou, et toi aussi, Amthyst!» Denys était impressionnée par la confiance de la fille, la petite mais fière silhouette. Topaz inclina la tête avec dignité. «Topaz est prête à s'asseoir sur le trône.» Denys sourit. «Elle ressemble déjà à une reine.»

«Nous ne saurons jamais.» Sabine caressa la chevelure d'or de Topaz. «Qui sait dans quelle direction ira la couronne inconstante après notre départ.»

Denys dit au revoir et rentra chez elle.

Sa monture glissait sur les champs dans le crépuscule de la fin de l'été. «Je rentre à la maison avec toi, Valentine. Je ne veux pas la couronne d'Angleterre, tant que je sois couronnée par ton amour!»

FIN

Épilogue

CHRISTOPHE COLOMB n'oublia pas Denys et Valentine; lors de son quatrième voyage vers le Nouveau Monde, après finalement atteindre le financement du Roi Fernando et la Reine Isabel d'Espagne, il appela une des îles La Huerta, qui veut dire «Le Verger».

Reconnaissances

Je voudrais exprimer mes mercis les plus sincères à la Société de Richard III, en particulier Peter et Carolyn Hammond à Londres, pour leur aide dans mes recherches. Les documents de la Bibliothèque Barton furent particulièrement utiles.

Note de L'auteur

Le père d'Anne Neville, le compte de Warwick, fut tué dans la Bataille de Barnet, pas Tewkesbury. Pour l'adapter à mon histoire, je l'ai gardé en vie un peu plus longtemps de ce qu'il a vraiment vécu.

Cher lecteur,

Nous espérons que vous avez passé un agréable moment avec *Couronnée Par L'amour*. N'hésitez pas à prendre quelques instants pour laisser un commentaire, même s'il est court. Votre avis est important pour nous.

Bien à vous,

Diana Rubino et l'équipe de Next Chapter

Lightning Source UK Ltd.
Milton Keynes UK
UKHW020023160221
378843UK00012B/1355/J

9 781034 422976